探寻三峡历史文化　揭开巴人失踪之谜

巴人密码 ②

石虎归来

周茂全 ◎ 著

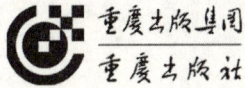

图书在版编目（CIP）数据

巴人密码.2, 石虎归来 / 周茂全著. -- 重庆：重庆出版社，2020.6
ISBN 978-7-229-15030-3

Ⅰ．①巴… Ⅱ．①周… Ⅲ．①长篇小说－中国－当代 Ⅳ．①I247.5

中国版本图书馆CIP数据核字（2020）第068685号

巴人密码2·石虎归来
BAREN MIMA 2 SHIHU GUILAI
周茂全　著

责任编辑：苏晓岚　赵光明
责任校对：刘小燕
封面设计：张合涛
版式设计：王平辉

重庆出版集团
重庆出版社　出版

重庆市南岸区南滨路162号1幢　邮政编码：400061　http://www.cqph.com
重庆豪森印务有限公司印刷
重庆出版集团图书发行有限公司发行
E-MAIL：fxchu@cqph.com　邮购电话：023-61520646
全国新华书店经销

开本：710mm×1000mm　1/16　印张：16.75　字数：280千
2020年12月第1版　2020年12月第1次印刷
ISBN 978-7-229-15030-3
定价：39.00元

如有印装质量问题，请向本集团图书发行有限公司调换：023-61520678
版权所有　侵权必究

第二十六章	黑洞神兵……………………………………	2
第二十七章	潜能之门……………………………………	12
第二十八章	途遇…………………………………………	31
第二十九章	第五名队员…………………………………	40
第三十章	训练…………………………………………	47
第三十一章	雪中奇缘……………………………………	56
第三十二章	九级台阶……………………………………	66
第三十三章	子午河………………………………………	78
第三十四章	临危受命……………………………………	99

第三十五章	穿越丛林	107
第三十六章	盐水女神	124
第三十七章	向王后裔	143
第三十八章	英雄虎胆	156
第三十九章	巴氏先祖	169
第四十章	祸起萧墙	185
第四十一章	血祭	204
第四十二章	梯玛神歌	222
第四十三章	驼背聂梯	238

为了找到并打开传说中的巴王秘宫，必须寻回六百多年前被抢走的白色石虎。于是，五个年轻人一起进入了千古禁地神堂湾。这是一个与世隔绝、充满神秘传说、处处布满死亡陷阱的险恶之地，千百年来，一些无畏的探险者不是半途而返，就是一去不回。几位年轻人冒险进入，历经种种匪夷所思的遭遇，可谓九死一生。

他们究竟如何穿越那片千古禁地？

最终是否找到了失落的白虎？

第二十六章　黑洞神兵

1

　　8月31日这天，李虎、郑雯、沈立和向前进，这四位原本素不相识的年轻人，因为神秘石雕虎形器的相继现世，阴差阳错陆续来到七星山。

　　在七星老人的启发下，他们明白了自己"罗布巴"的身份，以及寻找巴王秘宫的神圣使命。而他们第一步要做的事情，就是进入千古禁地神堂湾，去寻回六百多年前被向大坤抢走的白色石虎。他们听说七星老人当年闯过神堂湾，纷纷要求他讲讲自己的那段经历。

　　老人说："好吧，反正也是要让你们知道的。"

　　七星老人在小桌边坐下，端起一碗老荫茶，"咕咕咕"喝下，然后缓缓说出了自己的身世经历。平平淡淡的语调，却让几位年轻人听得目瞪口呆——

　　我姓齐，曾经有过一个名字，叫齐岳山。不知为我起名的父亲是否有意，总之是与我们脚下这座山同名了。不过，这名字也只在我年轻时那段金戈铁马的峥嵘岁月里使用过。后来，当我隐居乡里，这名字就渐渐被人淡忘了，连我自己也很少想起。

　　年轻时，我也是一名铁骨铮铮的军人。早年进入云南陆军讲武学堂学习，跟随蔡锷将军参加过著名的护国战争，后来又到黄埔军校做过军事教官。北伐时，我上前线，在第一军担任过少将师参谋长。民国十六年，北伐胜利了，原本以为打倒了北洋军阀，天下从此太平，人民可以安居乐业。哪里想到，胜利一方派系重重，主张不一，为了争权夺利又大打出手，自相残杀起来。

　　大权在握的蒋介石要做独夫民贼，排除异己，首先拿共产党开刀。在一片白色恐怖、血雨腥风之中，我感觉前景暗淡，无所适从，心灰意冷地离开

第二十六章·黑洞神兵

队伍，回到了鄂西家乡。那时候，家里尚有几亩薄田，我打算从此隐居乡里，只做一个诗书耕读的田舍翁，再也不问世事了。

我家就在湖北咸丰县的玄武山下，曾经是一个闭塞宁静的乡村乐园。

回家一看，在我离开家乡的这十多年里，家乡的局势也发生了翻天覆地的变化。

我小的时候，曾有过一位私塾老师，名叫王锡九。此人热衷功名，无奈考运不济，取得秀才以后，总是屡考屡败。后来苦读成疾，久治不愈，在心灰意冷、百无聊赖之中，上五谷坪普济寺游玩散心。在寺院僧人劝说下，他抽签拜神，求药治病。

那时候，五谷坪普济寺里供有一尊神像，人称张公夫子，又名白马将军。

清朝末年，鄂西地方防御薄弱，周边土匪常来烧杀掳掠，老百姓生命财产毫无保障。其时有一个姓张的湖南人，在利川做生意多年，颇有资财，被土匪谋财杀害了。此人生平耿直，疾恶如仇，交游广阔，乐善好施，在鄂西一带备受推崇，名头很响，死后被人当做正义之神，为他塑了像，供奉在普济寺内，尊之为张公夫子。同时又传有一匹白马，死后成神，和张公并驾齐驱，得一"白马将军"的尊号。从此以后，每遇土匪骚扰，四方乡民便自动持矛执戈，集合于张公夫子、白马将军神像前，听神的命令，齐心协力抵御土匪。

这王锡九本是仕途不济，在心灰意冷之际，听人劝说去求神治病，只不过是一种排遣之举，原也没作什么指望。在寺内住过一段时间，偶尔也去张公夫子神像前来一番顶礼膜拜。哪承想，不久后，他那一身沉疴竟然不治而愈了。

王锡九欣喜之余，自对张公夫子信奉不渝，带头出钱修庙，并号召各地信士弟子集资二万多吊，将普济寺修葺扩建一新，更名为精灵宫，自任总理。以后又修建了武圣宫、金霞宫，自称"三宫敕令总理"。

从此以后，王锡九摇身一变成了"三宫敕令总理"，人称王大仙，到处开坛宣讲，发展会众，定期组织庙会，接纳四方香客。

王锡九借神道以传圣教，预言祸福，调解纷纭，抗拒土匪，办理慈善。信士弟子遍及城乡，事无巨细，悉听命于他。到1911年清朝皇帝逊位之时，王锡九在鄂西地区已是一言九鼎，俨然成为一方教主了。

那一年，我刚刚十九岁。耕田读书之余，每天苦练家传的先天功，也已经有了相当的火候。那时候身居僻壤，我对外界世事一点不知。但因为读过一些书，懵懵懂懂的少年之心便有些不安分了，总想着要建功立业，报效天下。

有一天，王锡九在外宣讲圣教，路过我家，特意对我说："而今天下局势未稳，新旧军阀各自为政。眼看狼烟四起，战乱不可避免。你风华正茂，文武双全，学文不如从武。云南有一所陆军讲武堂，是培养军事人才的地方，正好我有一位表兄在云南都督府做事，你可去找他，想法进入讲武堂学习，未来前途不可限量。"

老师一番言语打动了我，于是，我带着他的推荐信，到云南都督府找到他表兄，顺利地成了一名讲武堂学员，并从此开始了我十多年的军旅生涯。

民国十六年秋天，我重归故里，发现王锡九在家乡着实干了一番轰轰烈烈的大事业，整个鄂西地区已经完全在他掌控之下，而民国政府的政令，在鄂西地区已经完全行不通了。

2

原来，在民国九年的9月，驻守鄂西的靖国军陈绍基团，派一姓夏的参谋从利川带30余枪兵到黑洞，要黑洞立马交军谷96石，军饷5840吊，否则以土匪论处。地方罗掘俱穷，哪里交得起？当地团首刘清太、祝儒均等人无法可想，便上精灵宫请教极具人望的王锡九。王锡九趁机鼓动说："怕啥！交不起就和他们拼了嘛！不交钱，坐牢上铁，那是没说的。奋力一拼呢，或有活路！"

于是，"三宫敕令总理"王锡九亲自开坛降神，假张公夫子之名降下神谕："打不进，杀不进，杀匪者保，后退者不保，歪拿东西者不保。"10月2日清晨，刘清太、祝儒均带领数十人，头缠青丝帕，身穿黑长衫，腰捆白布带，扎着半边月，半边胸脯膀子露在外面，喝下王锡九亲画的符水，手持梭镖、大刀，口念"打不进，杀不进……"雄赳赳气昂昂，直捣夏参谋住处，击杀10余人，其余靖国军兵士四处逃散。

第二十六章·黑洞神兵

是役大获全胜，当地民心大振。10月20日，王锡九在精灵宫召集会众，正式组织农民武装，保卫乡里。称有"神助"，"刀枪不入"，遂取名"神兵"，主张"打倒军阀，消灭棒匪，取消苛捐杂税"。

从此，王锡九的称号也改为"三宫敕令神兵总理"。神兵"寓兵于农"，有战事土炮一响，群众云集；战事一完，各自回家种地。鄂西地区，大多是巴人后裔土家族山民，都是忠勇重义的血性男儿。他们敬神信鬼，憨厚虔诚，又长期遭受军阀、土匪欺压，早就积恨于心。故王锡九借神教之名登高一呼，自然应者如云。所以，黑洞一带，家家都有人当神兵，人人都有梭镖大刀。六七年来，各路官军数度围剿，无一不是大败而逃。于是，包括咸丰、利川、恩施、宣恩等县纷纷出现神兵组织，均以"三宫敕令神兵总理"王锡九的号令是听。整个鄂西地区便完全掌控在神兵武装手里，俨然成了一个政教合一的独立王国。

这就是曾经轰动一时的"黑洞神兵"。

民国十六年秋天，我刚回家不久，王锡九听到消息，立即把我叫到五谷坪精灵宫，要我为他参赞军事。

黑洞，就是现在的黄金洞，位于恩施、咸丰、利川三县交界之处，是川鄂通道的必经之地。这里古木参天，怪石林立。洞口嵌在千仞绝壁上，洞内阔大幽深，如迷宫一般连环相套，险峻神秘，易守难攻。天然屏障加上里面机关重重，是神兵聚居习武、商议战事、抵御外敌的理想之地。

神兵以此为大本营，可谓万无一失。

当时军阀混战，自顾不暇，施鹤一带，山高地险，竟成一片相对稳定的真空地带，王锡九集神权与军权于一统，高居精灵宫，号令四方，一呼百诺，美滋滋地做起了"山皇帝"。我原本无心去做什么参赞，碍于老师颜面，在精灵宫盘桓几天。没想到，无意中听到一件事情，引起了我的极大兴趣。

原来，王锡九不知从哪里探知到了巴人黄金权杖的传说，正在组织人马去神堂湾搜寻白虎。当时，我父母尚在，又有兄弟，加上常年戎马在外，并不知道家世来历。但黄金权杖的传说一直秘密流传在鄂西一带，却是早已有过耳闻。所以，我找到王锡九，直言相询，他也并不隐瞒，坦率说道："方今天下大乱，群雄相逐，政见纷争，各持主义不一，正是有志男儿大展宏图之时。黄金权杖的传说虽未验证，不妨信其有。黑洞神兵如今根基已牢，若得权杖相助，岂非如虎添翼！你要真有兴趣，我正求之不得。以你身手，我再请上神助，配以得力人手，大可去神堂湾一闯。"

神堂湾又名"神堂寨"，位于桑植县境内的天子山上。据说，天子山就是因"向王天子"向大坤而得名，至今那里还建有向王庙。神堂湾是一个半圆形深谷，四周悬崖峭壁，谷底深不可测，终日云雾弥漫。下神堂湾，仅有一条极为险峻的九级天梯可走，而每一级天梯仅能容下一只脚，当地人说："下一级天梯丢一条魂！"盆底中央有一个水潭，绿阴阴的，深不见底。站在崖边，会听见从湾内隐约传来的一阵阵鸣锣击鼓、人喊马嘶之声，似有千军万马正在鏖战。传说当年向大坤与明军作战，兵败天子山，走投无路，率残部跳下神堂湾，终不服气，所以天天操练人马，以图东山再起。

神堂湾里面到底有些什么，至今无人能知。所以神堂湾一直被视为武陵源的一处禁地，一个千古之谜。"宁过鬼门关，不下神堂湾"，这是一直在当地民间流传的一句话。

王锡九挑选了三个练过功夫的神兵随我同行，并为我们每人画了几道符咒，让我们带在身上，说是遇上危险取出焚化，即可化险为夷。

去到天子山，向当地百姓打听，人家听说我们要去神堂湾，反应都很冷漠，没人愿向我们提供情况。神堂湾是向王天子的栖身之所，是当地人心中的一块圣地，他们不愿外人前去践踏，我们甚至连向导也找不到一个。在周围转悠了整整三天，才找到一道缺口，可向湾底俯瞰。所谓九级天梯，不过是九道极高的绝壁，每道绝壁间有一窄窄的平台可容歇脚。据说，九道绝壁加起来有一千多米高。我们沿缺口边的石缝摸索下行，从清晨走到正午，才下到第三级，却再也找不见路了。

3

我们去的时候正是深秋季节，天清气朗，阳光明媚，谷里一片宁静。

稍事休息，我们打算用绳子吊到下一级平台。刚刚准备完毕，忽然狂风

第二十六章·黑洞神兵

大作，峡谷里飞沙走石，迷雾翻滚，天色很快阴暗下来。谷底传来阵阵怪异的啸声，隐隐夹有人喊马嘶。顷刻，更是大雨倾盆，咫尺之间，人影莫辨。我们伏在窄窄的平台上，一动也不敢动。山上冲下的洪水就从我们身旁的石缝里呼啸而下，不时有飞下的小石子砸在我们身上。

不知过了多久，大雨稍停，天光渐开，我们连忙顺着原路返回。当我们一身湿漉漉地爬上顶部，发现天上一片晚霞烧得正旺。

晚上，我们想起带去的符咒，说不定会有止雨的法力。几人一摸，结果全被大雨淋成了纸浆。这场经历，可算是死里逃生，但并没有把我们吓倒。

第二天，太阳刚刚冒头，我们又一次出发了。遭遇与昨天一模一样，就像重放了一场电影，连动作都没有什么变化。

第三天还是如此。

但第三天我伏在平台上遭受暴雨洗刷的时候，却清清晰晰地听到一个声音对我说："快回去！你未授天意，去之无益！"

就这样，我们连闯三次，每次都被堵在第三级。那神秘的声音让我颇觉蹊跷，到底什么意思？为什么同行三人都没听到？但我已经决定不再下去了。

回到黑洞才知道，此前他们曾秘密派出过两班人马去探神堂湾，遭遇和我们相差无几。事已至此，王锡九也无法可想，事情就这样搁了下来。

我留在黑洞已没什么意思，便向王锡九告辞。王锡九说："看来，我这塘水是浅了，总归留不住你这条大鱼。不过，你得先陪我见一个人了再走。"

"什么人？"

他神叨叨地说："见了你就知道了。"

民国十七年的12月初，王锡九聚齐大小头目，在精灵宫隆重接待的不过是只身而来的一个三十来岁的年轻人。我见他身材魁伟，走路大步流星，两目不怒自威，举止之间，气度非凡。正想此人大有来头，忽见他嘴上那一抹浓须，不禁大吃一惊！

原来此人不是别人，是原国民革命军第二十军军长，北伐时曾立下赫赫战功，后来又参与过南昌起义指挥的贺将军。北伐时，我们在武昌曾经有过一面之缘。

几个月前，贺将军还在南昌叱咤风云，是共产党武装的领导人物。后来听说起义的队伍在往广东转移的路途中被蒋介石的军队打散了，不知为什么他在这个时候竟然出现在鄂西的大山之中。

我当时心想，贺将军独闯黑洞，必有深意。

他是由王锡九手下一个姓杨的头目领着来的。后来我才得知，那姓杨的头目名叫杨维藩，是中共施鹤地区的临时特委负责人。杨维藩在民国十七年5月只身来到黑洞，被王锡九委任为"黑洞精灵宫神兵第一军第一路司令"，并赐神号"杨大仙"。在王锡九的支持下，杨对黑洞神兵进行了两项大的改革。一项是组建常备队，让一部分神兵脱离生产，脱离家园，专门维护地方治安，成为常备武装。这些人克服了临时观念，注重练习武功，提高了战斗力。当时黑洞有两支常备队，100余人，一支由杨维藩领导，另一支由外号名叫铁拐李的李长清领导。

杨维藩对黑洞神兵进行的第二项改革，就是克服黑洞神兵忌用枪弹的排洋心理，大胆使用现代火器。两支常备队都配备了长短快枪，弥补了神兵武器装备落后的缺陷。

贺将军拜访王锡九，就是由杨维藩一手安排的。杨维藩领着贺将军，向王锡九介绍说："这位是王建业王副官。"

贺将军爽朗大笑，补充说："人称王胡子。"

"哈哈，"王锡九离座相迎，高兴地握着贺将军的手说，"你姓王，我也姓王，这一笔写不出两个王字，原来我们早就是一家人嘛！快快请坐！"

交谈中，贺将军一眼看见我，稍一愣，马上掩饰过去了。我想他是认出我了，不过，他既没主动招呼，又是用的化名，我也不便与他相认。

王锡九与贺将军相谈甚欢，王锡九对贺将军大为赏识，连叹相识太晚，极力劝他加入神兵，共谋大业，并许诺要把自己手中两股神兵先拨给他使用。我则暗暗揣摩，这贺将军乃是人中蛟龙，志在天下。他来到这里，即便一时龙困浅滩，恐怕也是不会加入黑洞神兵的，必定另有深谋。只是如此一来，王锡九这"山皇帝"怕是做不长久了。想到形势复杂多变，前景变幻莫测，我去意更盛，再也无心待在精灵宫了。

第二十六章·黑洞神兵

4

贺将军那次会见王锡九的结果，是吸收杨维藩、李长清两支常备队加入了他所创建的共产党武装，并编成特科大队，由杨维藩任大队长。

我随后便辞别王锡九，回到了玄武山下的老家。哪知刚回到家里，就陷入一场莫名其妙的病灾。

民国十八年初，咸丰县长以"串通共产红匪，骚扰乡里"为由，暗中收买王锡九手下一个名叫向修怨的神兵头目，趁王锡九不备，用利斧将其砍死。

黑洞神兵一时群龙无首，四分五裂，几近瓦解。民国二十年，黑洞神兵四大团首之一，赫赫有名的少壮派头目度万鹏，重振旗鼓，再倡神兵，当了黑洞神兵第二任总理，总部改设在水杉坪金霞宫。后来，这部分神兵随度万鹏参加共产党武装。

我回到家里后，贺将军曾派人找到我，劝我加入共产党武装。当时，我尚在病中，身体时冷时热，神志时清时醒。来人听我说话颠三倒四、不着边际，以为我是装疯卖傻，此后就再也没有联系了。

一场大病过去，我被"神选"了，成了一个比兹卡。有关巴人石虎的秘密，经过祖先神的不断启示，渐渐明了于心。

那些年，我隐居在家乡，表面上不问世事，暗中却一直在关注神堂湾的白虎。

我知道，尝试搜寻白虎的人不在少数，大多望而却步；但也有个别铤而走险的人，不得不防。我暗中追访，探知一个名叫黑鹰的人，原来曾是王锡九的得力助手，三宫禁卫的统领，不但武功卓绝，一身法术更是出神入化。自黑洞神兵瓦解以后，他就没有干过别的，一心一意在寻找白虎。很可能当年王锡九得知白虎的信息，就是由他提供的。自被"神选"以后，无论武功法术，我自信都不会逊于他。所以，趁他有次进咸虎山采药，我暗中跟踪到大山里面，径直向他说明，要他放弃对白虎的妄想，从此不准染指此事！

哪知他自恃神功，目中无人，猝然向我发难，被我一一化解，却仍不死心，妄干阴阳，企图用雷劈了我！

算来，也是六十多年前的事了。那时候，我年轻气盛，看他是不见棺材不落泪，便借他之力，劈翻一棵大树，将他压成重伤，几乎要了他的性命。后来，逼着他答应在那山上终老一生，运神咒将他囚禁在那里，解除了这个心腹之患。

从此以后，这几十年来，我一直认为再也没有人觊觎这个秘密了。但从你们的遭遇看来，这些年来，我在这山上也是坐井观天啊！完全丧失了应有的警觉，全然不知有一股神秘的势力正在暗中窥视着我们。而且，人家在暗，我们在明，这很可能会成为我们此次行动的最大威胁啊……

老人一气说到这里，终于停了下来，面色冷峻，两眼望着悬挂在西边山头的那颗硕大的夕阳，久久无语。

几个年轻人被老人的离奇身世深深地震撼着，好半天没有回过神来。

一阵难堪的沉默之后，李虎首先回到了老人的思路，他说："我家白虎上的铭符早就泄露出去了，9年前，曾有人拿到美国去找到著名的考古学家童恩正教授，求他破译。"

听到这话，老人双眉一跳，脱口问道："是么？"

"是的。"郑雯回答说，"童教授是我父亲的导师，当时正好父亲也在美国。这事是童教授亲口对我父亲讲的，并且还把那幅只译了一半的图语交给了我的父亲。父亲怀疑，童教授就是为此而死的，估计是拿来图语那个神秘人物对他下了什么巫蛊。而刚刚我父亲的突然去世，也很有可能与此有关。"

老人询问了整个事件的详细情况后，问："那图语是如何泄露出去的呢？"

郑雯说："只有一个答案，那就是当年向大坤抢去白虎后，图语被人抄了下来，秘密流传到现在。"

老人闭目沉思一阵后说："上午，虎子和郑雯上山时，我曾发现你们后面尾随着一股邪气。当时，我不能判断这邪气是否有意跟踪，也未去深究，只是将它引入歧途，让它自生自灭去。现在看来，人家是处心积虑已久，暗中寻访不知好长时间了，只是限于解不开图语，没法采取进一步的行动。我分析，对方跟踪我们，并不是为了得到这几只石虎，而是想知道我们从石虎上得到了什么样的信息，他们要的是最终结果！"

第二十六章·黑洞神兵

李虎和郑雯听了这话，都是暗暗心惊。李虎不禁问道："你早知道我们要来并且还暗中去路上接过我们？"

老人淡淡一笑，平静地说："我是知道你们要来，但并没去接过，我一直就在这山上等着你们。"

说罢，老人站起身来，两目精光闪烁，语气笃定地说："不去管他们了！还是先商量一下去神堂湾该作一些什么准备吧。你们的首要任务，是要找回白虎。如有可能，找到那些陶简更好。从虎子带来的图符拓片看，那些陶简上有巴国最后一段历史的记载，甚至有可能指明巴王秘宫的具体位置。记住：你们一行是五个人，四男一女，五人一个整体。天色不早了，我这作主人的也该为你们准备晚饭了。"

第二十七章　潜能之门

1

太阳和月亮在天上见面了。

泛出紫蓝的西天挂着一枚红红的夕阳，碧青的东天则悬着一弯淡淡的月牙。辽阔晴天，不见一丝云彩。有几颗急性的星星最先从蓝天深处钻了出来，浮在轮廓模糊的东山顶上，羞羞答答地闪着眼睛。

几个年轻人披着一身金辉，沐浴着清冽的山风，围坐在小桌边。

李虎和小向看着沈立在一张纸上专心地写着什么。郑雯好奇，起身跟着老人进了巨石下的小茅屋，她想知道老人将为他们准备什么样的晚餐。

不一会，只见沈立掏出一只手机，打开电源，拨了一串号码，放到耳边，"喂"了一声，然后说："是的。你听着，在解放碑大都会5楼有一家野外装备中心，我要你去那里给我采购一些东西。……对，野外生存装备，如果那里采购不齐，你再去两路口看看，那里也有几家户外用品商店。……你不要问太多，照我说的做！先把纸笔找到，我说，你记。……悬挂式双人野营帐篷，3个；能乘五人的充气橡皮艇一只，记住，要配9.9马力的马达；冲锋衣裤……军用背包……"

此时，暮色渐浓，光线模糊起来，李虎从包里取出一支电筒，从旁边照着沈立手中的纸片。沈立似乎用不着看纸片，对着电话继续说："……对讲机……夜视镜……丛林刀……还要一柄猎斧……"

一旁的向前进听到这些物品名称，又是兴奋，又是害怕，一阵夜风吹来，不由打了一个寒颤。他向李虎伸伸舌头，咕哝说："我的天！"

李虎拍拍他的后背，安慰说："不用害怕，就当是一次野营活动。"

沈立拿着手机，显得既耐心又细心。他不厌其烦地和对方核实采购清单，

第二十七章·潜能之门

对个别陌生的名称作出简要的解释，甚至会告诉对方某个字该怎样写。直到对方记录准确无误后，他又说："我这事情非常紧急，十分重要！你得抽出专门时间去办，至少一天！钱，你先垫上。关键是要抓紧时间，明天上午10点钟以前，你必须将所有物品采购齐。同时，你还得准备一辆车，不能要货车，那速度太慢，最好是一辆越野。好了！明天上午10点，我准时给你电话，告诉你送货地点。赶紧准备去吧！要是误了事，我可饶不了你！"

这边沈立电话刚刚说完，郑雯和老人一前一后端着晚餐出来了。几个年轻人被一阵特别的香味勾得饥肠辘辘，未待放稳，就迫不及待地抢食起来。

晚餐是老人亲手准备的，嫩包谷粑粑，嫩包谷粥，鲜黄瓜加腌制的野生菌。看似素简，其实风味独特，非常爽口，而且营养丰富。

老人只象征性地吃了几口。朦胧月光下，他看着几位狼吞虎咽的年轻人，不禁微微点头，露出满意的笑容。

饭后，几人立在山梁上，欣喜地看见前方不远处竟然有一方波光粼粼的水池。在这样的高山绝顶，星光下的一汪碧波，足以让人心情愉悦。几人不由自主来到池边，低头见到自己的身影在水中微微晃动。老人说，这是他利用山巅的一眼泉水，花了好几年的功夫才建成的一项工程。如今池中，已经有两尺长的鲤鱼了。

他们立在池边，回过头来，再往前面看去，只见那七座独峰在一片银辉之下一览无遗，仿佛七支饱蘸浓墨的笔尖，朝天而立，正待大手挥毫，绘漫天画卷，写大块文章。

李虎扭头向老人问道："漆大大，您'七星老人'这名字是因山而得吧？这山，不也叫七星山吗？"

老人指点着说："你看，这山的排列，像不像一只勺子？"

一经提醒，再看去，果然不谬，七座翠绿山峰在一畴平野上列成一个惟妙惟肖的北斗七星阵。

李虎说："造化神奇，真是鬼斧神工啊！齐岳山又叫七曜山，与这有关吧？"

"齐岳山就像一本大书，"老人说，"七星山不过是这书中一个小小细节。齐岳山属于大娄山的北端支脉，也可以说是巫山山脉的过江余脉，自重庆石柱进入湖北利川境内后，自西南向东北绵延，莽莽苍苍，恰似一道巍峨的城墙横亘西天，成为古时荆楚、巴蜀之间一道天然屏障。其间沟壑纵横，层峦叠嶂，《水经注》称其'地密恶蛮，不可轻至'。自古有'万里城墙'之称，成为军家攻防要隘。明末李自成余部，清代白莲教，包括1934年的红三军，都曾在此据守。

"齐岳山古名很多，不少人根据自己不同的理解往往给出不同的叫法。传说有古代道仙采集百草炼长生不老丹，访遍天下名山，只在此山中采齐，所以俗称齐药山。在苍龙般矫健蜿蜒的山岭之上，有七座突兀而起的平头大山，错落有致，高耸入云，宛若北斗七星当空照耀，又有人将它们分别名为'日、月、金、木、水、火、土'七峰，因此古人又称它七曜山。还有人形象地认为，那七个异峰突起的山包，犹如万马奔腾中翘楚而出的七只马头，因而又叫它七跃山。齐岳山的最初得名，大概也是因为这七座山包，被人叫做七岳山，后来才逐渐演变为齐岳山。"

李虎饶有兴致地说："难怪有人说七曜山神秘莫测，这大'七'之中又套小'七'，繁复巧妙，似乎暗藏玄机。仔细想来，无论是自然世界，还是人类文化，这'七'字总是以某种神奇的面貌频频出现。比如：北斗七星，彩虹七色，音乐七个音阶，每周七天，人死后有断七，二十八宿以七为基础，还有牛郎织女七七鹊桥相会……"

向前进接嘴说："啊，还有'全真七子'、'江南七怪'哩。"

"呵呵，"李虎笑说，"你倒是个金庸迷。那么，这'七'，到底蕴藏着什么玄机，又有什么特殊的意义呢？"

2

老人说："古人认为，人的灵魂是天的一部分，变化多端的星空蕴藏着许许多多与人类密切相关的神秘信息。所以，古代的占星师，就是解读星空密码的人，具有显要的社会地位。无论东方人西方人都是如此。在中国传统文化中，'七'其实是指阴阳与五行之和，这是道家所谓的'道'或'气'，

第二十七章·潜能之门

也是儒家所谓的'和'的状态。对普通人来讲，就是吉利吉祥、尊贵博大的意思，都与'善'、'美'有着密切的联系。"

正说着，郑雯忽然打了一个寒战，她说："好冷！"

李虎说："这里风大，我们还是回坝子上去吧。"

回到茅屋前，李虎忙从包里取出一件备好的衣服给郑雯穿上。接着，向前进也抱住双臂说冷，沈立将自己身上的迷彩服脱下给他披上了。

齐岳山秋夜，真是夜凉如水。半个月亮悬在中天，满天星斗闪闪，不知名的鸟儿在梦中呢喃。朗朗清辉下，几个年轻人忽然都噤了声，你望望我，我望望你，一阵飒飒山风吹过，不见了七星老人的身影。

正疑惑间，忽听一个清晰的声音逆风而来——

"都过来吧！"

老人绰绰身影立在茅屋旁边招呼着。

几人如梦方醒，忙走过去。老人领着他们来到巨石后面，也不言语，径直朝石上走去，轻飘飘的身影冉冉上升，宛如驭风而行，瞬间便达石顶。夜色下，他们看不真切，不知石头表面有无攀援之处，那坡度，估计在七十度以上。石顶有朦胧月光映照，几人仰起头，只看见一个蠕动着的小小黑点。

"这是干什么？"向前进打出一个长长的呵欠，揉揉眼睛，忍不住说，"这么晚了，难道是要我们去上面吹着山风睡觉？"

那声音，在夜风中有几分颤抖。李虎和沈立对望一眼，也不明所以。只听老人在上面说："今晚你们得做做功课！虎子先上来。"

那声音，仿佛自天外飘来，空旷邈远，却又清晰入耳。

李虎对几人说："我先上去看看。"说罢，他试着攀了几步，发现巨石表面凹凸不平，多有着力之处，然后运起功夫，手脚并用，沿着巨石的斜坡，顺利地登上了石顶。刚上顶端，还没立稳脚步，老人出其不意挥出一掌，直向李虎胸上印来。李虎但觉劲风扑面，来不及转过念头，体内自然生出反弹之力，抵御老人的袭击。

老人随即收掌，哈哈一笑，说："不错不错！看来，这些年你长进不小啊！"

李虎说："没敢忘了您的教诲，每天坚持晨练一个时辰。"

"什么时候？"

"卯正。"

"比之我当年，已是不遑多让了。只是，实际运用不足，要闯神堂湾，还差火候啊！"

"所以，您让我们做功课？"

"有备无患嘛！"老人说着拿出一根绳子，递给李虎说，"你用这个帮助两位小朋友上来，沈立这小子嘛，我看他自己能行。"

李虎丢下绳子，在上面立桩拉住；沈立在下面帮助郑雯和向前进，将绳子拴在腰上。上面一把把拉，下面一步步爬，两人先后上来了。沈立无须绳索，果然轻松攀援就上来了。

石顶是一个几十平米的宽敞平台，站在这高高平台上，放眼望去，身比山高，心与天齐，仿佛伸手可摘星辰，不觉豪情油然而生。

七星老人缓缓说道："我知道，你们一路奔波，劳累一天，早就困倦不堪了。漆大大这山上虽然宽绰，却没地方安排你们睡觉。今晚，就请你们到这石台上面，漆大大为你们做一番调理，对于恢复你们的体力，比睡上一觉可要好多了。"

按照老人的安排，沈立、郑雯和向前进三人，面向东方，盘腿坐下。老人教他们掌握了最基本的呼吸吐纳导气方法，说："等会儿我和虎子行功，会形成一个强大的气场，遍布四周。你们只管照我教的方法去做，别的什么也不要管，就如顺水行舟，随波逐流就行。会有一些小动物出现在周围，也不要去理会。"

然后，老人与虎子并排坐在三人身后，静心息念，行起功来。气机启动，渐入忘我之境，与星月山川融为一体，自身宇宙之场迅速向外扩展，笼罩四野。

李虎感觉自己迅速融入一片强大的气场，仿佛汪洋大海中的一叶小舟，从流漂荡，轻如鸿毛，恍恍惚惚。恍惚之中，感觉群山逶迤着向后移去，山谷间有白亮亮的河水流淌，蜿蜒如玉带缠绕。间或飘过几片白云，然后是起伏的丘陵，广袤的原野。黄绿杂陈的田野间，房舍俨然，星罗棋布。不时有条块状的水域映照天光。

幽幽冥冥之中，出现一片水光环绕的三角地带，他看到水岸边耸立着巍峨的城墙，锯齿般的雉堞，翘檐如飞的望楼，还有守城士兵闪着青光的剑戟。越过一排排密匝匝的房舍，城池中央宽阔的广场上，密密的人群手持火把，照得广场一片通明。紧锣密鼓之声激越昂扬，排山倒海的欢呼响彻天宇。高高的土台上，香烟缭绕，两个戴着面具的人跳着奇怪的舞蹈。人们随着强烈的节奏扭动身躯，赤足踢跳，齐声高唱着古老的歌谣。台前跪伏两人，一动不动。随着台上舞者的一声断喝，两道寒光闪过，跪伏者人头滚落地上，两腔热血如喷泉射出，洒向高高的土台。有人捧了人头献上祭台，祭台上，一只石雕的白虎仰首啸天。欢呼再次响起，人群如痴如狂，气氛已达高潮。

继而，一阵清风吹过，城池、人群飘浮起来，瞬间烟消云散，复归一片幽冥。

3

开始，郑雯几人裹在凛冽的夜风之中，阵阵寒意袭来，分心御寒，不免身躯微晃，意念涣散。渐渐感觉寒意消去，暖暖融融，如沐阳光。于是合目端坐，气沉丹田，心念专一。渐渐感觉宁静祥和，通体舒泰，脸上泛出惬意的微笑。

不知过了多久，向前进睁开眼睛，发现周围出现许多松鼠，有的在石上翻滚玩耍，相互嬉戏，有的伏在石上一动不动，端目如凝。更奇的是，他看见一只狐狸竟然直立起来，面朝东方，合起两只前掌，如朝如拜。

向前进兴致勃勃地看着，正觉好玩，忽见平台一角盘着一条斑斓巨蛇，正在那里昂首吐信，两只如豆小眼在月光下闪着青幽幽的冷光。他大吃一惊，几欲脱口呼出。

此时，老人和李虎行功完毕，沈立和郑雯也相继睁开眼来。几个年轻人看见周围这些奇怪的动物，都是惊魂不定。

老人安慰说："不必害怕，这些都是我的好朋友，尤其这大蛇和狐狸，已随我练功十多年了，从未间断呢。"

"它们还懂练功？"郑雯奇道，"那不就是传说中的狐狸精了？"

"呵呵，"老人笑道，"没几百年功夫哪容易就成精！那是因为我们发出的气'场'激发了动物的灵性，也就是你们通常说的潜能，使动物不由自主向我们聚来。久而久之，它们在气'场'的带动下，也学会了自行修炼。"

如果不是亲眼所见，几个年轻人哪会相信动物还能自行修炼？

郑雯说："动物也有潜能？"

"当然，就和我们人一样，动物的潜能也是可以激发的。在古代，由于自然环境险恶，人类必须调动自身敏锐的机能，尽量与自然融为一体，达到天人合一的和谐境界，才能更好地生存下去。遗憾的是，随着现代社会技术的进步，人类身体机能已逐步退化了。头脑越来越发达，精神越来越萎靡。科学技术，已成为现代人唯一的信仰，一旦离开对技术的依赖，就难以生存。表面上看，人类似乎依靠技术拓展了生存的领域，实际上是分裂了人与自然的关系。对大自然的肆意掠夺，已使人类的生存空间越来越狭窄了。对现时快乐和浅薄舒适的追求，更是让越来越多的人处于严重的病化状态。如你们几个这样的体质，可谓天赋异禀，现代人中已经不多见了。你们在刚才这个气'场'的带功之下，潜能之门已经打开，按照此法自行修炼，日久必见奇功。"

老人又问虎子："说说看，今天和以往练功有什么不同？"

李虎还沉浸在刚才的情景之中，那石雕的白虎，让他暗暗心惊。尤其是那两颗落地的人头更是让他惊悚不已。他以难以名状的心情描述了那些如梦似幻的情景。

老人说："很好！你现在天目已经启动，突破了时空的禁锢。刚才你所见到的，恐怕就是巴人先祖们举行人祭的场面了。只是不知那个地方，那些城墙、雉堞，还有望楼、广场，是不是巴人先祖们的最后一个都城——虎都江州。"

"难道，我见到的那些场面，都是真实的？"

"当然，我们所见到的一切景象都是真实的。由于时间观念扭曲了我们的思维，我们总是陷于'过去''现在''未来'这样的线性框架之中不能自拔。实际上，一个灵力发达的人，既没有空间的隔阻，也没有时间的限制。他可以依靠精神的力量，在广阔无边的世界里自由来往。现在，我要再助你一臂之力，为你打开天眼。"

听得心惊的郑雯，忽然倾身悄悄对李虎说："这话，多像是我父亲说的。"

老人正色说："你父亲，是一个真正的智者。"

郑雯问道："您刚才说，要给李虎打开什么？天眼？"

"所谓天眼，"老人说，"就是我刚才说的，能够突破时空限制的一种灵力。

能看前世见今生，预知未来。在人脑百会穴之下，双眉之间，印堂之后深处，有一个状如松果的物体，就是所谓天眼了。人在四岁以前，天眼一直是开着的，能够见到许多别人看不见的东西。有人说，天眼是'智慧之门''灵魂之窗'，可惜四岁以后，就渐渐闭合，堕落成浑浑噩噩的普通人了。"

李虎问："一些懂得巫术的人，自称能见到魂灵，与鬼神沟通，那是不是天眼？"

老人说："一般巫师的灵力，都是通过所谓'神降'而获得，就是人们所说的魂灵附体。由于鬼神没有肉体束缚和物体障碍，灵力异常活跃，一般都有不同程度的天眼。一旦成为被鬼神所寄托和依附的人，也就获得了鬼神所具有的天眼，能够看见别人看不见的事物。但严格说来，这还不是天眼，只能算是阴阳眼。天眼除了能够沟通鬼神外，还能够见到未来将要发生的事件现象，也就是预知未来的能力。所以，真正的天眼，是要通过修炼才能获得的，那绝非一朝一夕之事。我原打算通过'开天目咒'的方法，从祖先神那里为你暂时借得一副天眼，以应对即将面临的险恶环境。见了你现有的功力，虽然尚差火候，但我助你一臂之力，或许能够成功。来吧，我们现在就开始。"

此时，由于已经收功，平台上那些长毛和不长毛的不速之客早已走得干干净净。天空仍是繁星闪烁。罡风阵阵，松涛声声。

不远处的水池映出一方蓝天，星月俱沉池底。

4

老人让另外三人继续盘腿打坐，谆谆教导说："这段时间里，你们继续练习。首先要做的是守静聚性，观光止念。先静坐片刻，待身心定后，意念止于眼前约二十公分处，似照似定，若有若无，不久会有白云现于目前，以意照于白光中，从微白而至皓白，从光小而至光大，从波动而至光定，从不圆而至光圆……。你们只管按此做去，无论做到什么程度都行，不能用意太急。"

　　这边,李虎复又盘膝坐好,老人为他讲过一番冲关要诀后,一双手掌抵上他的后背,两人同时用功。初时,李虎只觉暖洋洋的如沐春风,渐渐热力升高,头上冒出汗来。老人不停告诫说:"勿动勿惊,心归杳冥。""不即不离,勿忘勿助。""以真意领之,气不动我不动,气将动我先动。"

　　第一次,借助老人之力,气流一撞直上乾顶,须臾化为甘露,深入任脉,但觉香甜满口,脑髓清定,响声隆隆,直达丹田。从此,八脉俱通。

　　二次冲关,将至玉枕时,忽觉气流中途岔道,如脱缰野马,不受意念控制。老人及时叫声"息念散功",休息片刻,调匀气息,重新开始。

　　直至第六次,那股灼热气流在百会之下左冲右突,终于闯开关窍,夺路而出,自两眉之间放出一道白光。所有压力随之一驱而散,李虎只觉脑袋一轻,四肢百骸一片舒坦。随即,眼前放出万道金光,一阵目眩之后,但见霞光之下,雕梁画栋,花团锦簇,人影绰绰,红袖轻舒,一派轻歌曼舞。

　　七星老人长长舒出一口气来,疲惫地说:"好了,大功告成!"

　　李虎缓缓睁开眼睛,感觉气足而定,双目炯炯有神。他站起身来,轻声问道:"这就开了天眼了?"

　　老人无言。只见他头上尚有热气冒出,面色苍白,汗迹斑斑。想是刚才为李虎运功冲关,大耗精力。此时,正盘腿而坐,闭目宁神,尚在调息恢复。再看郑雯三人,也同样盘腿而坐,对周围一切无知无闻,面色宁静安详,自满自足,宛如熟睡的婴儿。

　　李虎自觉全身精气弥漫,不便去打扰他们。他独自站到石台边,放眼望去,淡淡的天光已将夜色挤出视野,天空星月俱隐,远山露出粗犷的轮廓。随着天光大白,地温回升,远处山谷间有淡淡薄雾缓缓浮起,田畴阡陌显得朦胧迷离。雾气越聚越浓,越漫越高,竟形成一派白茫茫的云海,将所有山间谷地塞得满满的。雾气浓而沉稳,凝滞不动。一座座山峰竟似浮了起来,仿佛从远古驶来的一艘艘舟船,相拥着停泊在今天的港湾。

　　东边云天相接处,羞答答的太阳先是探出半边脸来,看看没有动静,便大大方方钻出云层,喜气洋洋地洒出万道金光。脚下白雾被阳光搅得不安起来,开始蠕动、漫卷,如波涛汹涌;渐渐轻薄泛散,好似抽丝剥茧,丝丝缕缕冥于大化。山谷河流,终于在阳光之下露出真相来。

第二十七章·潜能之门

老人终于功行圆满,来到李虎身边。李虎微微一笑,又自顾陶醉着。

郑雯三人也相继睁开眼来,如梦初醒,陡然间看见天光大白,红霞满山,都感到说不出的欣喜。五人一起立在大石之巅,身披霞光,一时均无言语。

良久,老人方问:"在这大石顶上过了一夜,你们感觉如何?"

向前进伸胳膊踢腿,笑嘻嘻地说:"真是神奇也!昨夜临上这大石之前,我已是倦得直想睡他三天三夜。这一夜只是坐了这么几个小时,现在倒觉得全身有使不完的劲儿!"

老人一一打量眼前这几个年轻人,只见他们一个个英华内蕴,精神抖擞,满意地点点头说:"良材美质,可雕可塑!不过,你们也只刚刚打开了自身潜能之门,而且,还是在我和李虎发动的气场带动下,走了很大的捷径。现在,你们劳累一天后,只需按照此法打坐一个时辰,体力不只恢复如初,还会略有进益。此后,如能像虎子一样持之以恒,每天坚持一个时辰练习,日久必见功效。好了,现在该下去弄点东西犒劳犒劳我们的肚腹了。"

说罢,老人自顾转身走到石台另一端,两腿略屈,双臂一展,宛若雄鹰捕猎,腾空而下。李虎几人奔来望去,但见老人微屈的双腿只在斜斜的石壁上略略点了两点,便稳稳地落到了地上。直看得几个年轻人目瞪口呆、提心吊胆。

沈立摇头叹息说:"真看不出,这是一个年过百岁的老将军!"

"按他履历计算,"郑雯道,"漆大大可是跨过了三个世纪,年龄恐怕快到一百二十岁了。这可是人间罕见的超级寿星了!"

李虎说:"秉天地正气,吸日月精华,道法自然,或许正是漆大大的长寿之道吧!"

"可是,"向前进一脸焦急地说,"我们该如何下去?站在这里,看看下面我都头晕。"

"正好可以锻炼锻炼!"沈立说,"用绳子坠着,面对石壁,一步步下去。小向和郑雯,谁先来?"

小向连忙往后一躺,指指郑雯说:"她先来!"

5

"好！我先来。"郑雯一笑说道，随即将绳索系到腰上，由李虎把着，翻身便下了石壁，一步步向下攀去，显得毫无畏惧。眼见郑雯顺利下到地面，小向仍是胆战心惊。轮到他时，先慢吞吞地系好绳子，再理理衣服，又扶扶眼镜，磨磨蹭蹭地半天不愿下去。沈立看得心焦，一把握住他腰间绳索，提起便向崖边放了下去，吓得小向手脚无措，哇哇直叫，最终还是攀住石壁，一步步下去了。

剩下李虎和沈立，沈立问："你先还是我先？"

李虎说："你用绳子么？"

"不要！"

李虎一把将绳子丢到下面，说："我先来。"他回忆起漆大大夜间讲过的轻功提纵的行气要诀，跃跃欲试，想要如老人一般从石顶飞腾而下；他数次目测，二十多米的高度，终究还是不敢。他只好一步步向下攀去，开始尚有几分提心吊胆，渐渐摸出门径，石壁之上行走竟然如履平地。下到一半时，他到底忍不住了，心一横，便腾身而起。正在下面仰头观望的郑雯，以为他失足摔下，吓得一声惊叫！十来米的高度，李虎只在石壁上用脚点了一下，便稳落地面，脸不红，心不跳，赢来了郑雯和小向的齐声喝彩。

再看沈立，简直就像一只猿猴，在石壁上游走自如，轻松落地。

四人走进漆大大的小茅屋，发现里面显得高大轩敞，光线明亮。原来，外面看见的草篷，仅是一个屋檐，里面另有洞天，竟然是巨石下面天生的一个石穴。老人只在宽敞的洞口加上圆木垒就墙壁和茅草屋檐，便自成一房。木墙上挖有宽大的窗口，窗楣上装有展卷自如的草帘。再看室内，仅有一床一几一灶台，简洁、素净。

早餐所食仍和昨夜一样，只是多了两碟蜂蜜。老人介绍说这是在山上采集的野蜂蜜，清芬之中有一股淡淡的草药味道，可算是山珍中的极品了。

正当几人吃得舔嘴咂舌之时，李虎却问起另外一个问题。他说："漆大大，您在这茅屋里住了多长时间了？"

"哎哟！这山中无甲子，我可记不大清楚了。"老人放下筷子，悠悠说道，"年轻时，这脑子里还不时有个时间概念，也能记住自己年龄。后来山里住久了，只见春去春来，花落花开，循环往复，也就懒得去计算了。回想起来，大概是到了五十多岁的时候吧，那时候，日本鬼子占领了宜昌，举国震动！这可是鄂西重镇，川中门户，日寇一旦突破三峡，川中便无险可守了。倘若失去天府之国这个大后方，那就是举国沦丧，恐怕再也无力抗战了。据说，陪都重庆已是一片混乱，蒋介石都打算迁到西康去了。我虽隐居在乡下，也不再年轻了，但作为军人，此刻却是坐不住了。我赶到前线部队，希望能够带领一个连队，去和日本鬼子拼杀，因为无职无衔，辗转数处，竟不能如愿。后来，到恩施的谭家坪，找到时任第六战区司令长官的陈诚，总算收留了我。陈诚和我是老相识了，黄埔军校时，他任炮兵教官，我是步兵教官，共事两年，算有袍泽之谊。但陈诚说我年纪大了，不让我去前线，只在他的参谋部为我设了一个虚职。后来，鄂西会战时，我强行跑到前线，到驻守石牌要塞的11师，和日本鬼子真刀真枪地干了几仗。"

听到这里，李虎不由心中一阵激荡，失声说道："石牌保卫战？！"

"是啊！"老人笑呵呵地说，"在你们的历史书上是怎样说的？"

李虎说："我对抗战历史一直很感兴趣的。石牌保卫战在抗战史上非常有名，具有里程碑的意义。中日双方在沿长江两岸500多公里的战场上，投放数十万军队，一场恶战绞杀了几万条年轻的生命，目的就是争夺一个名叫石牌的小山村。"

"绞杀！"老人目光迷离起来，似乎又回到了当年血肉纷飞的战场上，喃喃地说，"绞杀，你说得很准确！那是由嶙峋坚硬的石壁和横飞的钢铁构成的巨大的绞肉机，双方都把自己年轻的士兵往这机器里填塞，直到日本鬼子战败而逃……"

李虎轻声说："我曾到石牌去过。那是长江南岸一个宁静优美的小山村，顺长江出西陵峡口不远，南岸一道突兀挺拔的石壁直向江心伸出，形成一个尖角，硬逼着长江在这里拐了一个大弯。石牌村就在这个尖角上，成为据守长江天险的一道要塞。"

"是的。我是在战斗开始的前一天到达那里的，正赶上那位年轻将军举行的祭天仪式。"

李虎说："十一师师长？是胡琏么？"

"是的。他是黄埔四期的，虽不是我学生，知道我在黄埔军校任过教官，见到我仍以师礼相待。他正值三十多岁的盛年，真是一员铁骨铮铮的虎将，他对天发出的铿锵誓言，让我这年过五旬的老兵听了，也禁不住热血沸腾，直欲冲锋陷阵！"

"您亲自去了前线？"

"胡琏见我一把年纪，并不同意！我不管三七二十一就自己上去了，当时正好有个连长牺牲了，我火线代理，如愿地领着这个连队，一直坚守到最后。到日军撤退时，这个连队只剩下9个伤员了，我自己也负了伤。"

"后来，您怎么又离开了军队？"

"在恩施养伤时，我见到战报上正在大肆宣传鄂西大捷，石牌大捷，说是役灭敌两万五千，自损一万余。和我一起养伤的不少军官都受到了嘉奖，但他们对宣传的战果感到怀疑，议论纷纷说，我们自己的不少队伍都打得只剩几个人了，从没人见过日本鬼子陈尸累累的情形，而且，与以前敌我双方伤亡比例也悬殊。后来，我一直没有见到陈诚，问到司令部的一位长官，他只含糊地说，宣传上适当夸大战果，既为鼓舞民心士气，也为国际舆论需要。这就等于承认了他们战报上的数据是虚假的。我认为这对我们那些牺牲在战场上的士兵不公正，对倾力支持前线抗战的人民也不公平。我不是军队在编人员，枪伤好后，前方也没有什么大的战事，我便闲云野鹤四处游荡。就是在那段时间里，我途经这里时，无意中发现了这个石穴，更喜这里的山高水长、明月清风，便在此结庐为家了。算来，这一住也是好几十年了吧！"

几个年轻人眼睛一眨不眨地盯住老人，都忘记吃东西了。郑雯说："起码也有六十年了吧，您就一直住在这个远离人烟的山顶石窟里，过着原始人一样的穴居生活？"

老人呵呵笑道："我们的祖先，当年夷水的虎族五姓，不就是从赤黑二穴中走出来的么！这是大自然为我们提供的栖身之所，正是一种天人合一的栖居方式哩！其实，我住过的洞穴不少呢，这方圆几百里内，到处都留下过我的足迹。山泉野果，充饥解渴，洞穴石窟，流动的住所。"

李虎心念一动，问道："您在这方圆几百里到处行走，是在寻找巴王秘宫？"

6

老人说："其实，也没有什么明确的目的。虽然猜测到先祖们的归宿地可能就在这范围内的某一个地方，但也明白盲目地搜寻无异于大海捞针，不会有什么结果。我只是喜欢先祖们曾经生活过的这些山山水水，到处走走看看，熟悉熟悉。一旦石虎现世，咒语启动，也不至于茫然不知所措了。"

听到这话，郑雯心中"咯噔"一下，突然想到自己死去的父亲，感到心中一阵绞痛，脸色竟然青了。她不禁问道："咒语？什么咒语？"

"镌刻在石虎上的这些神秘的远古图符，实际上是当年祭师们刻下的一种咒语。散落各处的石虎之所以能在这个时候同时现世，素不相识的几个年轻人之所以能够聚到一起，除了祖先神的指引，关键还在于这咒语的作用。"

"这么说来，"沈立揣测道，"您对秘穴所在，心中已是有底了？"

"还需进一步考察吧。"老人摇摇头说，"你们去神堂湾期间，我也不会闲着的。等你们回来时，应该会有一个大致的方位了。你们吃好了么？"

"啊？！"几人回过神来，才发现手里还端着饭碗。接下来，都不言语了，一阵"呼呼啦啦"，很快风卷残云，将桌上锅里一扫而光。

饭后，老人说："今天，你们就该出发了。昨天我听到沈立在电话中安排购买了不少野外生存装备，你们拥有这些现代高科技设备，比起我们当年，要强过百倍了。只是，神堂湾被称为千古禁地，自有它的神秘险恶之处，你们还要有充分的精神准备。自从向大坤率部跳下以后，几百年来，不知又有多少人舍命以赴。可以推测，那里面必定是阴魂不散，怨气重重，仅凭你们年轻气盛，是没法化解的。尤其是现在，刚刚入秋，下面瘴气很浓，水也很多。还有各种虫蛇猛兽，有毒植物。一旦下到谷底，还特别要注意下大雨时涨洪水。"

沈立不以为意地说："瘴气洪水、虫蛇猛兽，是应注意防范的，至于什么阴魂怨气，我不太相信！我在部队接受训练时，也曾经历过不少险恶场面，甚至独自在一片空旷的乱坟岗上待过一夜，从没见过什么鬼魂。"

"呵呵，"老人笑道，"一般坟场，死者都经过正经的葬礼，少有怨鬼。你阳火正旺，又有火器在身，普通小鬼避之犹恐不及，谁敢惹你！但人死后有灵，这是真的。甚至一些修炼过的动物，死后也能成灵呢。你曾经在现代化的特种部队服役，不相信也属正常。信则有，不信则无嘛！现在，我要教虎子掌握一些咒禁之法，这本是传自上古的一种巫术，后来主要被中医吸收，用于治病。我国古代中医典籍曾有专门篇幅论及禁术，古代国家医疗机构中也设有专门的禁咒师。儒、道、佛三教对于疾病治疗，都各有独特的咒禁术。禁咒的应用范围非常广泛，有人大疫不受传染，驱逐邪魅，禁虎豹蛇蜂，为人治病，乃至于禁水倒流、禁火熄灭等等。如果将咒和气结合起来运用，效果更为明验。虎子现在天眼已开，气功已有相当基础了，再学会一些诀法就可运用了。"

李虎诧异道："你是说，……要教我巫术？"

"不要说起巫术就一副不齿的样子。"老人说，"远古时候，巫术就像现在的麻将一样，家常便饭，人人都会两手。黄帝、蚩尤，都可算是顶级巫师。在黄帝蚩尤大战中，蚩尤作法请神下雨，黄帝则驱动旱神天女止雨。蚩尤斗法失败，于是被杀。这就是典型的巫师斗法！可以说是'惊天地、泣鬼神'吧。更重要的是，这一仗决定了我们把自己称为'炎黄子孙'而不是'蚩尤子孙'。巴人老祖宗名叫巫咸，也是一个顶级巫师呢。巫，其实是人类黄金时代的一种天人合一的精神力量。只是后来人类智力发展了，原先与宇宙平等和谐的关系，渐渐演变为凌驾于自然之上，征服自然、掠夺自然的一种分裂状态。于是，技术发达起来，精神萎靡下去。曾经一度能做国家元首的巫师，后来逐步沦为卜、祝、史这样的下级爵位，再后来就干脆被逐出庙堂，流落民间了。但巫术在民间却一直是经久不衰的，因为它能让无权无势的普通老百姓趋利避害，除了能带来切切实实的现实利益之外，还能为人们提供一种宗教般的精神慰藉。即使是号称科学昌明的今天，在纯朴的乡村，在土著人那里，巫术仍是人们不愿舍弃的原始信仰。"

说罢，老人当即教了几套用途各异的基本诀法，对李虎说："你要明白，现在你已入巫途，你就是一个小巫了。无论你愿不愿意，此去必有用处。时间紧迫,要随时随地,有空就练。尤其要注意如何将外在精微之气与自身化合、自身又如何在外力的作用下发生变化,从中摸索造化之妙,心领神会,这是没人能教的,全靠运用中的领悟。一个巫师的超能力不外乎三种,一是自身的透视通灵能力,二是通灵后交的一些灵界朋友的帮助,三是冥冥中自然力量的支持。第三种力量才是决定性的,你目前还无法得到。但多行光明之事,冥冥之中自有正道力量暗中护持。"

李虎无言,当下默记功法不提。

7

老人又对沈立说:"你跟我来一下。"然后起身向茅屋走去,沈立疑惑地跟了过去。

进了茅屋,老人说:"因为你还不相信,所以现在任何灵力都加持不上。但你有一身正气,至刚至强,在特种部队又练出一身过硬的本领,和他们一起,所以总能逢凶化吉。不过,你身上有一隐疾,会给你带来致命危险。"

"隐疾?……我会有什么隐疾?"

"你是不是以前受过伤?虽然当时治愈了,现在偶尔还会感到疼痛?"

沈立开始不以为然,想了一想,不由大吃一惊。他想起一件事来,但这事极为隐秘,除了当事者之外,几乎无人知晓。几年前,他们在一处秘密军事基地接受特殊训练时,沈立不小心被硬物伤了睾丸,当时痛得昏了过去。醒来后已躺在医院,被告知左边睾丸破碎。依靠先进的医疗手段,四十天多后他又恢复如初。但就在去年,他连续几天执行任务,疲惫之中感到左边睾丸一阵隐痛。只一会儿就过去了,他并没在意。昨天上午,爬坡途中,他又曾感到过那种隐痛,仍是一会儿就过去了,仿佛只是记忆中的一个闪念,根本就没有发生过似的。他也明白这是受过伤的缘故,但并不认为是什么隐疾,没当多大回事。难道这样的事,漆大大凭肉眼也能看出来?

"那是人身阳气所聚,稍一闪失,就有蚁穴溃堤之险!"老人慈祥地说,

"来吧！孩子，解开我看看。"

沈立毫无抗拒地解开裤子，让老人枯瘦的手掌轻轻托起他的睾丸，感受到一股灼热的气流，如熏春风，如沐温泉。渐渐至小腹，传遍全身，十分舒服受用，他不由得惬意地合上了眼睛。不一会儿，听老人说声"好啦"，他才感到，热气已经退去。这时，他十分羞愧地发现，下面那玩意儿不知什么时候竟恬不知耻地翘了起来，激发出一个男人体内最隐秘的欲望。他连忙理好裤子，脸上一阵发烧。

老人说："现在没事了，你去吧。"

沈立来到外面，看看手表，已经9点过了，见老人随后走过来，问道："您说，我们是五人一个整体，缺一不可。可现在我们才到四个，怎样出发？"

"昨夜我观星象，"老人说，"你们的另一个同伴已经出发，今天你们就会会合的。只是，你们有没有什么计划、步骤？就这样直闯神堂湾么？"

沈立抬腕看了看时间，说："必须训练！要确保每个成员都能够掌握基本的野外生存技巧，熟练使用现代野外生存装备。但今天已经是9月1号了，时间不允许我们作从容准备，一切都只能按紧急状态处理！"

"这样吧！"老人果断地说，"你们作为一个执行特殊任务的小分队，由李虎任队长，沈立任副队长。重大事情商量后由李虎决断，沈立主要负责技术。如需分开行动，则你们两人各领一组，遇事各自临机决断！出发前，你们要有一个基本的行动方案！"

此言一出，大家一齐把目光投向李虎。李虎脸上微微一红，很快镇静下来，对沈立道："时间紧迫，我们必须马上出发！你负责技术和装备，现在装备已经落实，到哪里接装备，哪里训练，训练多长时间，都由你决定！"

"好！"沈立说，"我有一辆越野车放在柏杨坝，正好派上用场，我们先到利川！重庆到利川大概需要六至七个小时，下午四到五点可接到沈鹏运来的装备。在那以前，我们还要去购置一些食品和野外防护药品。接到装备后，今晚就到确定好的训练场地宿营。明天强化训练一天，后天直奔天子山！现在的问题是：第一，第五个队员什么时候与我们会合？第二，训练场地选在哪里？"

老人露出满意的表情，回答说："今天之内，第五个队员肯定会与你们会合。至于训练场地，由利川向南，沿途悬崖峭壁到处都是，你们可以自己选定一处。"

说罢，老人打开手中不知什么时候拿着的一个沉甸甸的小布包，揭开里面一张黑色绸布，几人看见，大吃一惊。向前进忍不住叫了起来："哇！金条？！"

那张摊开的黑绸上，整整齐齐地摆放着五根黄灿灿的金条，每根足有二十公分长。老人说："这是我几十年前攒下的一点积蓄，想到有朝一日会用钱的。现在是时候了，你们拿去吧！"

几人互相望望，李虎说："这金条您还是先留着吧！我这卡里还有些钱，这次行动开销大概也够了。沈立购装备的钱就从我这拿吧。"

"不！"沈立说，"我也有些积蓄，应付眼前的支出还不成问题。"

郑雯重新将金条包好，塞到老人手中，说："您收着！要是差钱，我也还能拿出一些，不会影响我们行动的。"

向前进两手一摊，说："我可是穷光蛋一个，只能沾哥哥姐姐的光了。"

沈立伸手拍拍小向肩背，笑着说："小弟，我们本是一体，就应不分你我！你这学生娃，只须胆子再大些就行了。"

老人说："这金条我已存放几十年了，原是为你们准备的。现在我已这把年纪，还要它做什么！不过，你们既是有钱，我就先替你们保管着。你们还有什么事吗？"

沈立再看表，10点还差5分。他取出手机，打开电源，拨通了他侄儿沈鹏的电话："……都准备好了？"

几人一齐盯着沈立的脸，想从他表情中读出对方准备的结果。但沈立脸上毫无表情，只听他说："什么车？……好！到时叔会奖励你的！现在听着，你马上出发到利川，尽量争取下午四点赶到，最迟不能超过五点，我在利川等你！"

沈立挂掉电话，扫视众人一眼，说："现在，我们出发？"

七星老人手一挥，说："走吧！记住，今天是9月1号，时间你们一定要把握好！从神堂湾回来，还到这里集中。"

几人拿上背包，在老人带领下，经过那片碧汪汪的水池，登上一道山梁。立在山顶，眼前陡然一空，视野开阔无边。起伏的山势从脚底如流如泻，一路下奔，跌入一片绿毯似的山间平坝之中。平坝后面，新的山峦又拔地而起，节节升高，形成一片气势磅礴的山峦，逶迤连天，最后被一片紫色氤氲的山岚化于无形。

平坝中，房舍连片，人烟稠密。老人说："那里就是柏杨坝，再往南去三十多公里，就是利川城了。以前不通公路时，北边人去利川，都要途经柏杨坝。从这里下去，沿着这条羊肠小道，一个多小时就到柏杨坝了。老头子就送你们到这里，此去艰难险阻在所难免，相信你们能够逢凶化吉、遇难呈祥！我等你们圆满归来！"

第二十八章 途遇

1

柏杨坝镇，是位于利中盆地北缘地、齐岳山脚的一片山谷平坝，东西环山，山水连绵，溪涧纵横、峡长深幽，神秘的梅子河流经其间。

以前，奉节、云阳人到恩施、利川，都是走大溪河谷到吐祥，再经竹笋河峡谷进入沐抚大峡谷到大河碥，向西爬山到利川团堡，进入利中盆地，顺沐抚峡谷向东南则到恩施。沐抚大峡谷在土语里被叫作"马者"，翻译成现代白话来说就是"马帮行者"，说明这一线峡谷水流是以前马帮行走的古道。也许就是因为这种人文地理上的关系，柏杨坝作为一个乡镇级行政区域，以前一直属于奉节地界，直到1955年才划入湖北省的利川辖内。

这天，将近中午，在柏杨坝镇外，往南约两公里处，水泥路面的公路上，一个一身行装打扮的年轻人被一老头拦住。那老头硬要将手中一个匣子塞给年轻人，年轻人却死活不肯收下。两人闹得不可开交，几欲撕打起来。

一个浑身滚圆的少妇焦急地站在一旁，显得不知所措。

见此情形，距路边不远的一幢红砖楼房里，又一个老头急急忙忙地朝这边跑了过来……

原来，那红砖楼房里，住着一户王姓人家。儿子在外打工多年，积蓄点钱，回到家里打算办一个生猪养殖场。

选择场址时，因为不愿占用农田，最后确定建在一个叫做"范家老屋"的山坡上，村长表态说用这块地可以不要钱。这地名有些古怪，一块长满灌木野草的荒坡，怎样看都不像是什么老屋的基址，但老辈子的老辈子都一直是叫这名的。毕竟只是一片平平常常的荒坡，也没人吃饱了没事去深究它这名称的来历。山坡较缓，又是厚厚的土层，没有什么岩石，稍加整理就可建起一排猪舍，成本还是挺划算的。

不过，有时运气不好，喝水也会硌掉牙齿。不久前，场地刚平了出来，遇上一场大雨，上面塌方涌下的泥土又将场地给埋住了。

谁知天晴后在清理塌方时，竟从泥土里刨出一个银元宝来，接着又刨出一只样式奇怪的木匣子。这可真叫塞翁失马。仅仅那个银元宝，揩去泥土后白灿灿的锃光发亮，称称足有八百克重。那可是白花花的银子哩，年轻人连见都没见过的，拿银行去能兑换哗啦啦的人民币，比养两年猪不知要划算多少！那只黑色的木匣子更是沉甸甸的，漆色光亮，毫无疑问，里面装的不是金银就是珠宝，只是不知咋的，翻来覆去找不到机关，一时竟打不开来。

儿子情急之下，操起一把斧头来，骂骂咧咧的打算生生劈开，被父亲慌忙挡住，连声说："千万不可千万不可！不要毁了这匣子！你看这样式，这漆色，说不定……这个……是个什么古董，可能要值大价钱的！"

其实，作父亲的是心中另有疑虑。这匣子不大，外形非常奇特，竟像是一副棺木，无丝无缝的，漆得又挺讲究，只怕是其中另有古怪，他得找人看看再说。

这样一来，养殖场的事就暂时搁下了，毕竟养猪也不过是为了挣钱。而今猪还没养，先已挣到一笔，一家人高兴之余，不免要整些酒肉庆祝一番。不知是儿子量浅还是兴奋过度，总之，他是喝醉了，而且醉得不轻。吐了又吐，一夜打胡乱说。他那胖媳妇给他喝了醋，又喂白糖水，不但全不管用，反而弄得人事不省了。一家人慌了手脚，只好连夜送往镇上医院，又是打针又是输水，几经折腾，仍是时昏时醒，显得越发深沉了。而且醒时不认家人，答非所问，满嘴胡话，神志竟是糊涂的。医院查不出个所以然，只建议赶紧送大医院。

这可真是乐极生悲，一家人吓得直抓筋，一时没了主意。

旁边有人说："看这样子，莫不是中了邪？"

一句话点醒梦中人，想起刚刚捡回的那些蹊跷的东西，家里人深信不疑，一大早又把儿子弄回家里，马上派人去请镇上的杨聋子，要在家里开法场，跳"端公"驱邪。

这杨聋子是柏杨镇上三个老派名人之一，上至80岁老人，下至3岁细娃儿，无人不知，无人不识，人称"猪牛羊"三宝。有言子说：朱胖子不胖，

第二十八章·途遇

刘矮子不矮，杨聋子不聋。那朱胖子原是食品站的杀猪匠，长得瘦骨嶙峋的，不知怎么就得了这么个恶作剧似的名字。刘矮子是工商所的市管员，偏偏长得高长武大的，为人又搞笑滑稽，连小孩叫他"刘矮子"他也"哎哎"地应答不迭。当然名气最大的还数杨聋子了，杨聋子聋得有名堂，说他好话听不见，说他坏话立马就有反应了。所以，人们常常故意当他面议论，为他编上一些莫须有的坏事，或者把别人的尴尬事情栽到他的头上。末了还说："不怕，反正他听不见的。"气得他脖子一梗一梗的，青筋直冒，却又不便明里发作。但他法术高明，跳"端公"却是没得说的，谁要是遇个邪撞个鬼，或是走个魂儿，只要他一出手，包管没事。而且，杨聋子收费公道，虽然收费标准年年都在不断上调，但群众心里都明白，那是市场物价闹的，油盐酱醋一天一个价，水涨船高嘛，其实不算多收。毕竟，杨端公虽是与鬼神交道，也要食人间烟火。

杨聋子总是吹嘘说，在他那司刀下，曾斩杀过十万八千恶鬼。所以尽管六十多岁的人了，还成天这个村那个寨地忙个不停。像跳"端公"这样的事，一般又没法预约，总是事到临头，事情闹出来了，人们才会想到。但杨端公不会在家等着，他太忙，一年到头很少有歇着的时候。所以，要找到杨端公可不是件容易事。

不过这王家的运气还真不错，派去请杨聋子的人刚走不久，就见他背着一个布囊，一身尘土从乡下回来了，正在王家门外的公路上一晃一晃地行着方步，面带喜色，似笑非笑。大概正想着这一趟回家，袋里又装满了，老婆数完钱后，高兴之余，又该如何如何犒劳自己了。王家人一眼瞧见杨端公，喜出望外，也不容他回家喘一口气，半路上捉住就拖到家里去，要他立马行法救儿子。

2

这杨端公虽然袋里装满了，也不在乎再多装些，顶多也不过让老婆数钱数得手抽筋。再说，老婆手上一忙，嘴巴自然就闲着了，杨端公那不大灵光的耳朵也得享清闲了。所以，杨端公对王家的强拉硬拽也并不怎么反感。

一到王家，连水都不及喝上一口，问清原委，杨端公就径直奔到里屋去了。王家儿子躺在铺着竹席的床上，直挺挺的人事不省。杨端公走过去，摸摸额头，又翻翻眼皮，然后在屋里转一圈，又到屋外转一圈，嘴里一直"嘀里咕噜"地不停念叨着。回来后，他装模作样地掐了掐指头，又神叨叨地翻了翻白眼，然后做出十分深沉的脸色，开口问道："最近家里从外面捡了什么来历不明的东西没有？"

王家老头闻言心中一惊，想道：这就是了！

当下王老头不敢隐瞒，把刨出元宝和匣子的事原原本本说了出来。杨端公不动声色，让他把捡到的东西拿出来，摆放在桌上，然后烧了两道符纸，闭上眼睛，扭动身子，踏起罡步，嘴里念念有词，咿咿呀呀，如吟如歌。只见他时而威风凛凛、神气十足，俨如颁旨发令；时而面色祥和、喁喁细语，又似协商求和。

待杨端公功夫做足，跳得满头大汗之时，又从包里取出两道符纸，点燃，拿在手中晃出浓浓的青烟，弓身绕床一圈。最后，杨端公默默回到桌边，望着那个古怪匣子，紧锁双眉，语气凝重地说："真正怪事！我跳了几十年端公还是第一次遇到！"

"什么？！"

王家人一听此言，以为大事不妙，不免惊慌起来。

杨端公不紧不慢地坐到椅子上，翻翻白眼，沉思良久，才又说道："人家是正人君子，才用这先礼后兵之计！你们听着：这元宝是人家给你们的酬金，尽管拿着去使。"

说到这里，杨端公望望桌上的银子，咽了咽口水，说："你家这下可是发财了！人家出手大方，这银子可不是一笔小数！但这匣子却千万动它不得！人家为什么要给你银子？那是要借你们的手，把这匣子拿去交给正主的！至于匣子里面装的些啥，不要去管，不该知道的千万不能多事！你们呢，只是拿人钱财替人消灾，这事可万万马虎不得！你儿子眼下正被人家当作人质捏在手里的哩，死活只在人家一念之间！"

"那，那可怎么办？！我们咋知道谁谁、谁是正主，又又、又怎样去交？"

第二十八章·途遇

王家老头虽然早有预感，听到这话仍不免心惊肉跳，说话舌头也不大利索了。

杨端公此时却不言语了，他掏出烟荷包，垂着眼皮，拿出旱烟慢条斯理地裹着。王家老头醒悟过来，连忙向老太婆递一个眼色。老太婆慌忙离去，不一会儿拿来一个厚厚的红包，双手捧到杨端公面前，低声下气说："您先收着。"

杨端公也不客气，接过红包捏了捏，塞进鼓鼓的袋里，又吧了几口烟，从鼻孔里喷出两股浓雾来，这才正眼向王家老两口瞧了瞧，"哼哈"两声后，不慌不忙说道："既是请到我来，你老哥还担个啥子心？再陡的坎子也要过去嘛！"

王家老头一脸谄笑，连声说："那是那是！请到你这位菩萨，我就放心了！"

杨端公说："你儿子不会有事的！他福大命大，自有神灵保佑。我都算计好了：今天午时，会有一个背包的年轻人，从你家门前经过。拦住他，问他是否姓范，如果他说是，那就是匣子的正主到了。匣子给他，你儿子立马没事！"

王家老头"呼"地站起身来，几步奔出门外，看看天色，火红的太阳正独步中天，金灿灿火辣辣的阳光水也似的泼洒下来，晃得人张不开眼睛，离正午已经不远了。他赶快派人在门外用眼睛盯着，按杨端公的吩咐，千万不能放过了目标。拦住了姓范的年轻人，就等于从阴间换回了儿子性命，否则……哼哼，那就后果难料了。

在屋外檐下盯着的，正是王家儿子的胖媳妇。娶进王家这些年，也不知是吃了什么，一副身子疯也似的扩张起来。大概骨骼是既定的，往上受到限制，就向四周发展了。结果是，手脚一般粗，脖子也长没了，看去就是一个圆圆的肉球。当初王家选择养猪这项目，大概就是由胖媳妇而受到的启发。她接受盯梢的任务后，因担心两腿负担太重，便提了一把结实的藤椅放在门外屋檐的阴影下，好不容易坐下去后，无辜的藤椅被塞得满满当当的，发出痛苦的"吱呀"声。但胖媳妇却显得很稳重，她把目光投向明晃晃的阳光之中，眼睛被刺得微微眯着，却是一眨也不敢眨，眼巴巴地望着，心想这是决定自己会不会变成寡妇的关键时刻了。左等右等，公路的水泥路面被强烈阳光炙烤得腾起一浪浪热气，却连鬼影也见不到一个。她被屋檐外的阳光斜射得浑身大汗淋漓,肥肉堆叠出的一道道沟壑,就如雨后的山溪,总有蹚不完的水流。胖媳妇心想,这种时候连狗都晓得在阴凉处歇着,谁还会在这毒日头下走路?只怕是脑子进水了!想着想着,倦意如大网一般铺天盖地罩将下来,眼皮愈发沉重,脑子里晃出一串串千奇百怪的幻影……

若不是王家老头也时不时地出来望望,一再叮嘱,千万不能错过了,胖媳妇说不定就睡着了。正倦得不行时,忽见一小路上有个影子一晃一晃的,晃得她心中一激灵,甩甩脑袋,定睛一看,是一个被地面烈焰映衬得变了形的人影。再走近些,胖媳妇就认出来了,正一个小伙子,还背着个布包,走上公路后就立住不动了,在那左顾右盼,东张西望,似在等着什么。远远地,胖媳妇就能看见那小伙子满脸汗水在阳光下闪着湿光。胖媳妇一时睡意全无,马上反应过来,激动地朝屋里喊道:

"来、来了!背包的年轻人!"

王家老头一个箭步冲出屋,朝公路瞅了一眼,确定无疑,拔腿就跑了过去。嘴里忙不迭喊道:"我先拦住他,你们快把那匣子抱来!"

年轻人二十多岁,皮肤黑黝黝的显得十分健壮。一身行装,头戴一顶白色遮阳帽,满面风尘,满脸汗水,眼圈有些发黑,眼里透出几分疲倦。此刻,他走上公路,正焦虑地朝镇子方向望着。

王老头跑到他面前,气喘吁吁地问:"小、小伙子,你是、是不是姓范?"

小伙子一脸惊讶,对王老头凝望半响,才说:"是呀,我是姓樊。你怎么知道?"

王老头激动万分地握住年轻人的手说:"当真是你!果然是你!这下好了!"扭头去朝屋里吼道:"匣子快点!"

年轻人莫名其妙地抽回自己的手,说:"什么事?"

王老头连忙又抓住年轻人的手,生怕他跑掉似的,亲切地对他说:"好小伙儿,你来得真是准时,我有样东西要还给你!"

"东西?……什么东西?"

王老头一时也解释不清,只含糊说道:"刨出来的!从范家老屋。"

3

这时，从镇里出来一辆墨绿色的越野车，正向这边快速驶来。年轻人朝老头望望，挣脱被抓住的手，也不理会，径直走到公路中间，伸出手，远远地向越野车招着。这边，胖媳妇抱着匣子向公路跑来，一身肥肉如果冻般颠闪颠闪的。

绿色越野车"吱"的一声在小伙子前面刹住了，同时胖媳妇也来到眼前。

小伙子朝车里望望，见还有空位，开车的又是一个年轻人，不太自信地说："我去利川，能捎一个么？给钱也行！"

王老头一下挡在车门前，双手将匣子推到他面前，说："这个给你！"

小伙子见到匣子，似乎吃了一惊，然后又露出迷茫的表情，喃喃说道："这是从哪来的？是什么东西？为……为什么要给我？"

"是从范家老屋刨出来的。"

王老头生怕送不出去，边说边往小伙子手里塞。

小伙子将手一缩，一脸迷惘地说："我又不认识你，为什么要给我这个匣子？"

老头急了："你不姓范么？"

"姓樊咋啦？"

"既是姓范，这东西你就该收下！"

"为什么姓樊就该收下？"

"你不收下……难道留在这里要害死我儿不成？！"

这时，杨端公也急急忙忙跑了过来，对小伙子解释说："小伙子莫急！事情是这样的，这匣子呢，在范家老屋地下埋了恐怕有上千年了，是王家修猪圈时遇到塌方，从土里刨出来的。王家儿子为此犯了病，让我请神，结果请到的正是你们范家老祖宗。范家祖宗说，请他们把这匣子交给你，还给了王家一锭银子作酬谢的。"

小伙子听得越发糊涂了，又怕旁边那车开走了，急急地说："什么樊家老屋、范家祖宗的，我根本不是这里人！我老家在长阳。"

杨端公说："拿着吧！这真是范家祖宗托王家人交给你的。不然，我们怎么知道你会在这个时候来到这里？"

小伙子抓耳挠腮，正不知如何是好，从车里钻出了一个人来，那是一个英俊的高个儿年轻人，他向小伙子问道："你姓樊？"

"是的。"

高个儿又对王老头说："给我看看匣子，行么？"

王老头疑惑地望了望高个儿，又把目光投向杨端公。杨端公点点头，放心地说："给他看看也不咋的。"

王老头迟疑地递过匣子，目光就像粘在匣子上一样，一眨不眨地盯着，生怕高个儿抱着匣子飞了去。高个儿将匣子举在眼前仔细看了一遍，又伸出一根手指，在匣子上摸摸、摁摁，然后塞到小伙子手里，说："你来试试，摁摁这里。"

小伙子顺从地接过，摁住那里，手指轻轻一顶，那拱形盖子"啪"地开了。众人都是一惊，一齐伸了头向里望去，只见一件黑不溜秋的东西静静地躺在匣子里。小伙子一时也没看清里面是什么，表情却呆了，抱着匣子傻傻站着，不知所以。

高个儿从小伙子手里端过匣子，又递到他面前说："把里面东西拿出来！"

小伙子迟疑地伸出双手，从匣子里捧出那东西。只见一层纤维状的灰粉簌簌落下，露出一只黑色石雕虎形器来。小伙子先是"咦"了一声，忽然睁大眼睛，惊讶地说："哎呀！是这个！我见过，真是见过的！"

高个儿闻言也是一惊，忙问："你见过这个？！在哪里见过？"

小伙子又是一脸迷惘，喃喃道："我……不知道。……真是见过的。"

王老头松出一口气来："对了嘛！这东西本来就是你们范家的。"

这时，坐副驾驶座上的一个姑娘也打开车门走了下来，她看了看小伙子和他手中的石虎，热心地说："既是你家的，就拿着吧！"

说罢，姑娘回头又对高个儿说："我们走吧！"

高个儿伸出手中的空匣子，对小伙子说："给，好好装上！你不是说要去利川么？我们正好同路，上车吧。"

小伙子看看手中石虎，对满头大汗的王老头说："谢谢。"然后随高个

第二十八章·途遇

儿一起钻进车里。越野车"呜呜"地打燃引擎,正要启动,忽听杨端公喊道:"等一等,莫忙走!"

只见杨端公对着车门,双手抱拳,连连作揖:"请师傅高抬贵手,不要收了我的饭碗,小的家中还有老小,还想再求几年衣食!"

车里几人面面相觑,不知他这是唱的哪一出。

杨端公见无人吱声,又说:"同行不该拆台!没办法,我小巫见大巫,甘愿拜你为师,年年给你进贡!这行了吧?!"

那声音中,既透有悲愤,也含着更多无奈。

车里人更是丈二和尚摸不着头脑。还是那高个儿年轻人摇下车窗,温言问道:"老人家,你说这话是什么意思?我们可听不明白。"

杨端公说:"你们中间,不知是哪位高人收去了我的法力。刚才还在作法的,现在已经不灵了。既是同行,还请高抬贵手!"

年轻人说:"你是什么法力?我想,我们中间没人和你同行吧。"

"我是柏杨坝的杨端公,人称杨聋子,远近闻名,一向很灵验的。如果不是同行拆台,怎么突然间功夫全失?!"

车内几人你望望我,我看看你,一时如丈二和尚摸不着头脑。

那高个儿又说:"真是抱歉,我们确实没人拆你的台。"

"我杨端公也行走江湖几十年,虽是雕虫小技,也做得堂堂正正,从来没有干过什么昧心事情!方圆百十里内,还从来没人说过我的坏话。如果小的有哪里做得不对,得罪了高人,你指出来,我立马赔罪,行不?!"

高个儿年轻人见这人不可理喻,只好摇摇头,对司机说:"走吧!"

车子"呼"地冲了出去,在炙热的公路上留下一股烟尘和难闻的汽油味。

杨端公一脸无助地呆立在公路上,跺着脚,冲车屁股大声喊道:"嗨!这无冤无仇的为啥断我财路?我拜你为师还不行吗?!"

那声音悲愤莫名,还带着几分哭腔,却如空气般消失在炎炎烈日下。

躺在床上的王家儿子,这时却走出屋来,站在门口,对自己的胖媳妇喊道:"咦!这红火大太阳的,你们站在公路上做啥子?"

第二十九章　第五名队员

1

李虎他们从七星山一路如飞下行，二十多里路仅用了两个小时。到柏杨坝时，刚好上午 11 点。沈立取出他寄放在这里的帕杰罗，一行人坐上车，刚出镇子便赶上了樊家小伙子的一场奇遇。

看到小伙子伸手拦车，又看到王老头手中抱着他们熟悉的匣子，车上每个人都想到了七星老人的话，心中在说：第五名队员到了。

等他们从车外几人的对白中弄清楚争执的原委时，不禁又是惊讶又是好笑。郑雯说："看来，这正主儿还一直蒙在鼓里，没有弄清楚自己的身份哩。"

李虎心中有些担忧，忙打开车门，说："我下去看看。"

好不容易让小樊接收了匣子，顺利地上了车，接着又摆脱了杨端公莫名其妙的纠缠，李虎终于松下一口气来，问那小伙子："你叫什么？"

"樊高。"

小伙子的思维还纠缠在刚才发生的怪事上，不解地问道："刚才那人，那杨端公，到底怎么回事？"

李虎皱眉说："这事还真有些蹊跷。他说我们收了他的法术，可我们这几个，谁有这功夫？平白无故又为什么要收他法术？"

沈立驾着车，不以为然地说："端公所谓行法，多半都是骗人，他会有什么法术！"

郑雯扭过头说："莫不是樊高这匣子有什么古怪？"

樊高不禁看了看手中匣子，疑惑地说："这匣子来得有些突然，说不定真是有些古怪？或者他们是不是给错了？他们说的是范家老屋，我却是姓樊。"

"不会错的！"李虎说，"我看这匣子也很正常，与其他几个匣子也没什么两样。你说见过这匣子，现在能回忆起来么？是在哪里见过？"

"我确信是见到过这匣子的，还有里面的石虎也是见到过的。但……是在哪里见到过呢？"樊高努力回忆着，却总是想不起来。

李虎见他脸上露出痛苦的表情，安慰说："这事并不重要，以后总会想起来的。你说你是长阳人，到柏杨坝来干什么？"

樊高脸上表情渐渐缓和下来，轻描淡写地说："下棋，旅游。"

李虎呵呵笑道："这倒新鲜。你独自一人，和谁下棋？"

"和棋友下呗。"

"专程到柏杨坝和棋友下棋？"

"是啊！我从小喜欢下围棋，读大学时，在网上建了个名叫'棋星山'的围棋群，结识了全国各地不少棋友。现在，我是以棋会友，周游世界。"

李虎惊讶地问："你那群叫什么？'七星山'？"

"我曾经去桂林七星山游玩过，建群时想要起一个别致点的名字，一下子想到七星山，就顺手拿来，只把'七'改为'棋'就是了。"

"你知道么？"李虎说，"我们几个就刚刚从七星山下来。"

"刚从七星山下来？哪个七星山？"

"离此不远，就顺柏杨坝西边那山爬上顶就是了。"

"这里也有个七星山？你们去那里干什么的？旅游么？"

"对呀！旅游，探险！"

"嗨！可惜我现在没时间，不然真想跟你们一起去玩玩！读大学那几年，知识没学到什么，倒是跑过不少地方。什么神农架探险、猛洞河首漂，那都是特惊险的，有一次还差点把小命玩丢了。不过，那真是刺激，现在想想都十分过瘾！我看你们装备也很简陋，现在是要去哪儿？"

"这个……"李虎迟疑地说，"还是先说说你的情况吧。"

郑雯听得兴味盎然，接过话头说："你说叫樊高，我还以为是画画的呢！以棋会友，周游世界，真是个不错的主意。你不工作么？"

樊高随和地笑道："画画的梵高是个疯子，下棋的樊高还算正常！我去年大学毕业，找了几个月工作没有结果，倒是和棋友们在网上打得火热。郁闷之际，跑出去和棋友下个天昏地暗。酣畅淋漓之时，偶尔押个彩头，还能赢到盘缠，渐渐就想到这个主意了。去他娘的工作吧！先游荡两年再说。"

郑雯呵呵笑着说："你老爸大概不是老板就是官员，不然也养不起你这啃老族。"

"这你可说错了！"樊高仍是一脸笑容，"爸妈都是普普通通的公务员，哪来闲钱供我游荡？倒是我偶尔还能给他们捎点各地土特产孝敬孝敬。自从去年不小心'误入棋途'，我现在可是个网络名人了。每天的游历，以棋会友的经历，还有探幽览胜的照片，都是要在博客上交代的，差一天都不行。网友们都像看连载小说一样期待着呢！每天的点击率上百万，甚至我的游历路线都是棋友们为我精心设计的。至于说费用，现在也用不着去赌棋了，网友们为我成立了专门的基金会，我只需如实报账就行了。不信，你可以上网查查，我的博客名叫'棋天大胜'。"

2

郑雯听得哈哈大笑，从前座扭过头来看着小樊，表情夸张地说："哎哟！看你模样，长得并不瘦嘛，怎么取了个猴儿名字？"

"什么猴儿名字？"樊高听了一愣，随即反应过来，说，"是下围棋的'棋天大胜'，可不是大闹天宫的'齐天大圣'！"

"哈哈！真是失敬了，等会儿可得请你签个名儿！你的段位多少？"

"业余六段。"

李虎问："柏杨坝也有你棋友？"

"有哇！"樊高兴致勃勃地说，"一个中学老师，厉害着呢，棋风特别凌厉！三盘棋，从昨晚七点下到凌晨三点。开始两盘都以一目半输给他了，第三盘我稍稍适应了他的棋风，结果仅以半目险胜一盘。这下他在网上可露脸了！所以，今天他陪我去游大水井的李氏庄园时，显得特有精神，临走还送我几包柏杨豆干哩。"

说话间，利川城已进入视野。沈立放慢车速，拿出手机打了一个电话，然后看看表说："队长同志，现在差10分到12点。沈鹏已经过了梁平，我们在这里大概还有四到五个小时的时间，购买食品和防护药品大概需要一个小时。其余时间如何安排？"

"我们先把第五个队员落实了，再去吃饭、买东西，然后再说。"

樊高赶了个顺风车，不想与车上几人一见投缘，一看目的地就要到了，马上就要分手，心中不由生出一股惜别之情。他默默听着沈立与李虎的对话，听得一头雾水，再看看车上的四个人，又是羡慕，又是不舍，不禁问道："你们还有第五名队员？下一个目标是哪里？"

李虎望着他，认真地说："先前你说你见过这匣子和石虎，却又想不起是在哪里见过。现在想起来了么？"

樊高不知他为什么要问起这个问题，想了想，摇摇头说："这匣子来得神秘，但感觉又似曾相识。我只能说，这……真是一个奇遇！"

"想不想知道这石虎的真相？"

"真相？难道，这里面……"

"就是这石虎的来龙去脉。"

"这么说来，你是知道的？你……你们是什么人？"

这时，车已进入城内，李虎看着马路上来来往往的车辆，对沈立说，先找个地方把车停好。沈立七弯八拐，驶入一家豪华宾馆的停车场，停到一片林荫底下。李虎说："把你们的匣子都拿出来吧，让小樊看看。"

沈立、郑雯和向前进，各自从包里取出一只匣子来，向前进挪到车子后座，腾出座位来，几只一模一样的匣子摆在中间座位上。李虎又往旁边挪了挪，对看得目瞪口呆的小樊说："来，把你的也放这儿。"

小樊惊得脸色大变，结结巴巴说："这，这是……"

李虎让他们一一打开各自的匣子，露出里面的石虎，对小樊说："这里，本来应该还有一只匣子，里面石虎是白色的。可它在六百年前，被一个强人带到了一个神秘的地方去了。这一白四黑五只石虎，代表了廪君巴人五姓……"

在李虎说话的间隙，车上安静极了，彼此呼吸相闻。李虎将有关巴人石虎整个事情的来龙去脉、前因后果和盘托出，直听得小樊目瞪口呆，浑身发抖。

李虎说完后，车内一片寂静。沉默了好一阵子，小樊才开了口："这么说，我就是廪君五姓之一的樊姓后代？"

"确定无疑！"李虎说，"因为这匣子只有你才能打得开。"

说着，李虎将小樊那匣子合上，指着那个圆形凹点："你看，这是你打开匣子的关键着力点，这里有一个隐秘的图案。看清楚了吗？这就是两千多年前巴国樊姓显族的族徽。再看里面石虎，在每个石虎的腹部都刻有一些神秘的图符，各不相同。这是当年先祖刻下的咒语，也是指引我们今天寻找先祖遗踪的密符。我们现在一行五人，是一个密不可分的整体，我们不是去做什么探险旅游，而是去寻找先祖的遗踪。这是早在两千多年前，先祖们就预设好了的。两千多年来，祖先的血液代代流淌，流到我们身上时，咒语启动了！每个家族只有一个唯一的选手，挣脱不掉，也替换不了！无论我们以前是干什么的，此前种种际遇，皆是为此而来。这既是我们的宿命，也是我们责无旁贷的使命！"

小樊听得倒抽一口冷气，半晌，轻声说："原来，你说的第五名队员就是我？我和你们四人一样，是早在两千年前就确定了的罗……罗什么？"

"罗布巴！"李虎定定地望着他，点了点头。

小樊看着摆在那里的四个匣子，又拿出其中的石虎认真地看着、摸着，仔细察看刻在腹部的那些千奇百怪的图符，不解地问道："你说，这是当年先祖刻下的咒语，也是指引我们寻找先祖遗踪的密符？但这些奇怪的符号到底代表什么意思，有哪个弄得明白么？"

3

"这个你不用担心。"

李虎说着将几位同伴一一向他作了介绍，最后指着郑雯说："她，就是破译这些密符的专家。你把石虎给她，看看这些图符是什么意思。"

郑雯拿过小樊的那只石虎，看了会儿，轻声念道："默行风箱岩，横攀百丈壁，直走龙门桥，仰头登天梯。"

第二十九章 · 第五名队员

小樊听着，仍是不解，皱眉说："这是什么意思？"

李虎解释说："这是我们寻找途中的路径指引，我们现在也不清楚，大概要身临其境才会明白具体所指。"

"哎哟！"小樊忽然一拍脑门，"我想起来了，这匣子，还有……这石虎，我是在梦里见到过的，还不止一次哩。我记得，第一次见到这石虎，是摆在一个木架上，上面鲜血淋淋，还在冒着热气。一个长发葛衣的高大汉子，跪伏地上，连连叩头，然后上前捧起石虎，一面撩起衣襟轻轻擦拭，一面将脚下一个圆圆的物体踢得飞了出去。我忽然看清，那飞起的物体竟是一颗尚在滴血的人头……"

"我的天！"李虎吃惊地说，"原来还经过了这样的仪式？"

"什么仪式？"

"那是虎族用活人做血祭的仪式！"

"你说的这个远古巴人的血祭仪式，我倒是听说过！"小樊回忆着说，"……后来，我又做过一个梦。看见在一棵大树下，有一个老头子抱着一个形状奇怪的匣子，就跟今天我收到这匣子一模一样。那老人对我说，这是我家祖传宝贝，当年遇战乱，一家人逃难，慌乱中丢下它被后人搞忘了。他对我说，这匣子从祖上传下来有上千年时间了，你拿去可不能再丢了，有一天会有大用的！我正要问他这匣子里装的是什么，忽见那大树如山一般垮塌下来，变成一堆黄土，将老人活活掩埋了。惊醒后，我一颗心还咚咚直跳着，胡思乱想一阵后，也没把这当回事。因为我这人好猎奇，总爱胡思乱想，经常做各种稀奇古怪的梦，以为不过是暴力传奇之类电影看多了的缘故。"

李虎说："这大概是你的先祖以梦传灵，说明这石虎确是你家祖传之物。"

"你说的这些我都信！我们土家族一向自认是巴人的后裔，我父亲又是一个文化工作者，对巴人历史特别关注。小时候，他时常对我讲，说我们长阳就是廪君巴人的发祥地。史书上说的武落钟离山就在长阳境内的清江边上，五姓巴人居住的赤、黑二穴也在这山上。我曾去游玩过，所谓赤穴，是因为里面的石头含有血色，有人说那是巴人血祭留下的痕迹；里面还有一尊奇特的阴阳石，一头干一头潮。黑穴则是终年无光照射，里面漆黑一团。还有香炉石，据说就是廪君当年率五姓'建夷城而王巴'的夷城遗址，我也曾去看过的。土家人说'向王天子一支角，吹出一条清江河'，向王天子就是土家人对廪君的尊称，认为他开发治理清江，造福后人，实有大禹之德。所以山顶立有向王庙，供后人顶礼膜拜。今天这番奇遇，我真是……做梦也不会想到，我就是廪君五姓之一的樊姓的后代，而且……还有幸被选中成为……罗、罗布巴？"

"罗布巴！"

"这简直就是一桩千古奇遇！既被选中，我是命中注定别无选择，那没说的，先祖遗命不得违抗，我跟你们去了！那么，我们现在，就是要去神堂湾了？"

"是的。这就是前往神堂湾的途中。"

"就我们这样？赤手空拳去闯神堂湾？这神堂湾我听说过，那可是个人迹未至的险恶之地，我们绝不能掉以轻心！"

"这个你放心！我们购置了一套完整的现代化野外活动装备，马上就运到了。"

小樊想了想，又说："还有一个难题，我现在……如何向我的网友们交代？"

"这是你的事了。"李虎笑着说，"以你六段棋手的智力，还想不出一个办法来？"

"这个……应该难不住我！"小樊果断地说，"我就说……就说跑了这么长时间，我累了、病了，需要休息，向网友们请一个月霸王假！"

"什么叫霸王假？"

"就是同意得同意，不同意也得同意，霸王硬上弓！"

就在李虎和小樊说话间，沈立已去宾馆开了一个房间。

来到宾馆房间，小樊一眼看到里面装有宽带接口，立即从背包里取出笔记本，说："我马上就把这消息发到网上，从现在起我要消失一个月了。"

"我看这事等会儿再办也不迟。"李虎望着几人，拍拍肚皮说，"我们现在，是不是该去补充点卡路里了？"

这一说，大家果然都感到有些饿了，纷纷站了起来。

樊高见李虎和沈立拿出他们的笔记本电脑，留在房间充电，他也找到一处电源插口，从包里取出电脑，依样画葫芦。

李虎说："各位检查石虎是否在匣子里、匣子是否在包里，这可是我们的生命线！从今以后，要随时做到虎不离匣、匣不离包、包不离身。总之是，人在石虎在！"

第三十章　训练

1

吃完午饭，快两点了。

李虎拿出房卡交给樊高，对他说："我们要上街去采购一些东西，你先回房去，把你要向网友交代的事情办好，发出你的霸王假条，在我们出发前从网上暂时消失。"

然后，李虎四人去超市、药店，整整转悠了一个小时，除必要的野外防护、急救药品，还为每人准备了一个星期的食品。

回宾馆的路上，沈立和沈鹏取得联系，估计还有两个小时就到了。沈立对李虎说："这两小时，我们要抓紧时间休息。一旦出发，途中各种情况都有可能出现，我们必须保持良好的体力！"

回宾馆见小樊还在电脑上忙乎，李虎又另开了两间房，安排郑雯一间，沈立和小向一间，他自己则和小樊一起。刚刚躺在床上，郑雯就来敲门，说是睡不着，要了李虎那些拓片，又拿去电脑，打算趁空做做翻译。

沈鹏是四点二十分到的，驾着一辆北京吉普。沈立十分仔细，拿了自己的清单和沈鹏的货单，让小向协助清点，拿着笔在清单上打钩，自己则一件一件地查验实物。沈鹏诚惶诚恐地立在一旁，见沈立虽然一脸严肃，却不时在暗暗点头，偶尔还会对手中器材发出一声赞叹，他绷紧的神经也渐渐松了下来。

沈立特别满意的，是那根长达200米的专业登山绳索，因为这样长度的绳索在一般店内是很难买到的。神堂湾号称九级天梯，其深度达到一千多米，没有200米的绳索只怕是难以下攀的。沈立为此曾特别向沈鹏嘱咐过，沈鹏不负所托，不但买到了，而且质量一流。绳索直径10毫米，合成纤维制成，高韧性低延展，是获得过国际登山联盟（UIAA）质量认证的专业登山绳，绝对可以放心地把整个身体交付给它。此外，清单上的登山鞋也换成了越战丛林战靴，橡胶底加防刺钢板，真皮鞋面，全棉鞋腰，防滑透气，对脚部和踝骨的保护比普通登山鞋可要好多了。

　　验收中，发现比原有清单还多出几样东西，比如狗腿砍刀、进口汽炉、便携式过滤器等，都是很适用的。沈鹏解释说，那店老板一看清单，就知道这是要进行一次大型的丛林穿越探险活动，其中涉及攀岩、漂流等多项运动。所以，他拿的是质量最好的，不少都是进口器械。最后老板还大大方方地赠送了几样东西：一本1:50000的全国旅游地图、一个手摇充电器、两台露营灯。验收完毕，沈鹏皮着脸问："叔！侄儿这次办得还行吧？"

　　沈立总算露出了他少见的笑容，拍拍沈鹏肩背，说："按时按质完成任务，不错！只是，你样样都按最贵的买，以为你叔是大财主呀！总共花了多少钱？"

　　"嘿嘿！"沈鹏搔搔头，讪笑说，"你本来就是财主嘛！价钱都在这货单上，我可是黑着心肠狠狠和老板砍了价的，最后合计还不到3万元。要不是因为时间紧，我还可以狠狠砍他一下的！"

　　沈立掏出一张银行卡递给他说："我知道你现在资金比较紧，这上面还有5万，你先用着，回头跟你算账！"

　　沈鹏欢天喜地接着，说："那我就多谢叔了！还有什么事么？"

　　"辛苦你了！回去吧！"

　　李虎叫出尚在房内埋头电脑前的樊高和郑雯，沈鹏的北京吉普刚刚开走，他们也跟着出发了。沈立在启动引擎时抬腕看了看表，正好下午五点。他对李虎说："我们在天黑前找到训练场地，就在那里宿营！"

　　"好！"

　　郑雯仍是坐在副驾驶座上。李虎见她面色凝重，一副沉思的模样，问道："那些拓片，你都翻译出来了？"

　　郑雯恍若未闻。李虎拍拍她肩，提高声音又问了一遍。

　　"……啊？哦，"郑雯如梦初醒，扭过头说，"还早呢，才写了一小段。"

　　"写？！不是译吗？"

　　"我粗略看了一遍，那些拓片，内容十分珍贵。只可惜那些图符语义简奥，很难准确表达其含义，只好用现代语言重写一次了，所谓意译吧。但我文字功底又太差，生怕言不及义，糟蹋了这份珍贵的文献内容。你学中文的，到时候交你润润色吧。"

"首先，弄懂图符含义是最重要的。你不要去考虑什么修饰，尊重自己的第一感觉，然后用合适的语言表达出来就是了。准确、质朴，就行！"

"多好的内容，就怕你们读来……味同嚼蜡。"

"哦？都是些什么内容？"

"现在还只看了一部分。我估计，那些文字所记录的应该是巴国王朝最后的一段历史，大概就是亡国的经过吧，充满了血腥与传奇。尤其让人吃惊的是，一些早成定论的史实似乎有了另外的说法。如果这真是出自2000多年前的文献，一旦公之于众，我估计，将会给史学界带来一场不小的地震！那时候，我们恐怕有得热闹看了。"

车上几人都听得暗暗心惊。李虎说："文献的真实性应该不用怀疑吧！到底有些什么骇人听闻的故事，能够剥开历史新的真相？"

"一言难尽！等译出来你们慢慢看吧。"

"呵呵，难怪你一副魂不守舍的样子。不要急，有时间再译吧，你身体还没完全恢复，不要太伤神了！"

2

出利川城，向南，一路快速行驶。

当他们见到路边"黄金洞"的标识牌时，沈立放慢车速，指指那牌子说："这里，就是七星老人讲过的'黑洞'了，当年神兵的大本营。"

郑雯说："我们就去那里训练吧，顺便也看看黑洞。"

沈立见天色还早，看看时间，还不到七点，便说："现在最要紧的是时间，再走一程吧！再说，黄金洞旅游胜地，人来人往的也不方便训练。"

快到八点，车子过了咸丰，在一段两山夹峙的峡谷中，沈立见两岸峭壁森然，河谷深切，一眼见不到底，满意地说："就是这里了！"然后放慢速度，在一座跨涧桥头将车子拐进一条野草疯长的小道，寻到崖间一块凸出的平台，在崖根下面一个角落里停好车子。

一行人下得车来，舒展身子，四面张望，眼见夕阳西下，暮色将至，谷间晚风阵阵袭来，爽人肌肤。几只不知名的鸟儿从狭窄的空中掠过，洒下几声啼鸣。

向前进扶扶眼镜，朝两岸光滑的秃壁瞧瞧，倒抽了一口冷气，嚷道："我的天！就在这样的地方训练？！这岩上寸草不生，只怕是连岩鹰也没法驻足的！"

沈立白了他一眼，冷冷地说："神堂湾号称千古禁地，比这里更要险恶十倍！"

说着，沈立走过去打开后车门，拿出两把丛林刀，丢了一把给李虎，大声说："大家一起动手，先清理营地，扎帐篷！今天事情可不少！"

沈立早已看好一块地方，在一处略略凹进的崖脚下，有一片长满灌木野草的平地，地面干燥，周围又无水草林地，远离毒虫野兽，正好适合建营。他和李虎三下五除二，将那片灌木野草齐根割除，丢开粗灌木，捡去地面石块，一块铺满松软野草的营地就出来了。几人中，除沈立外，樊高也有过野营经验，布置营地可谓轻车熟路。三顶帐篷一字排开，几人七手八脚很快就扎好了。帐篷里铺好防潮垫及睡袋，俨然就是一个舒适的小窝。李虎与樊高在左，沈立和向前进在右，郑雯居中独住一个帐篷。

携带的饮水尚多，他们各自取出干粮，简单地吃过晚餐。沈立开始分配个人装备。

此时，暮色四合，峡谷里黑暗笼罩。沈立在车尾亮起两盏露营灯，先让每人拿了一个军用背包，然后将必备的个人装备一样样发到每个人手中。沈立每发一样，便示范性地往包里放一样，口中解释应怎样放才既节约空间又方便拿取。眼看一个50升的背包就要装满，沈立跳下车，关好车门，说："现在，我们开始训练的第一课：认识装备的性能和作用，学会使用个人装备……"

沈立每讲一样，又从包里拿出一样。半个小时后，包里取空，五个人都是全副武装了：头盔、护目镜、冲锋衣、手套、战靴、安全带、连接锁、下降器、腕带防水夜光表，腰间挂着工具袋，肩上别着对讲机。那头盔和衣服都是漂亮的橘红色，尤其醒目。

"好了！"沈立说，"现在是晚上10点，明天早晨5：30起床，6点准时训练！"

众人无语，当下钻进帐篷，解除一身装束，熄了营灯各自就寝。此时，一弯眉月悬在峡谷口上，洒下满地清光，峡谷一片宁静。

临睡前，李虎盘膝而坐，静心凝神，将漆大大传授的禁咒符诀温习一遍，最后运气发出一道针对毒虫猛兽的禁咒，在营地周围试着布下了一个禁区，也不知有无效果。

凌晨5：30，几人的腕表一齐震动起来并发出响亮的铃音，宛若一支合奏的晨曲，悦耳动听，大家准时起床。

曙光初现，头顶青天一碧如洗，残星摇摇欲坠。樊高钻出帐篷，四下一望，大声叫道："李虎呢？李虎哪去了？"

几人四处张望，均未瞧见人影，郑雯禁不住"哎呀"一声叫了出来。沈立说："我们分头找找，不会有事的！"

沈立朝前走出几步，刚一拐弯，便见李虎正在谷口一块突出的巨石上盘腿练功，面对深谷，一动不动。他盘坐之处恰在巨石边缘，下临万丈深渊，处境极其危险。

后面几人跟过来，一眼瞧见了，樊高忍不住张嘴欲叫，被郑雯一把按住了嘴，轻声说："别喊！莫要吓着他。"

几人正为李虎提心吊胆，却见他慢慢站了起来，回身见到众人，展颜一笑，容光焕发。郑雯埋怨道："哪里不好练功，却要跑到那里去！"

李虎笑着说："这谷口之地，风云际会，正是天人交合的理想之处。你们可要记住了，以后练功，尤其是练习漆大大所授的先天吐纳功，要尽量寻找这样的地方！"

"呵呵，"向前进吐吐舌头说，"我可没你那样的胆量。"

营地不远处有一道细细的飞瀑，从山涧挂下，跌进路边一个涵洞里。几个人就着飞瀑，洗漱毕，快速吃完早餐。沈立要求大家按昨晚所学进行装束，除向前进胸带、臀带没分清楚系错了，其余几人全都穿戴正确。

一行人一身劲装，列成一排，一齐望向沈立。

沈立说："我们此行的目的地，是被传说得十分神秘的神堂湾。我们对那里了解很少，从目前知道的情况看，那是一个桶状的深谷，下去的唯一途径，就是从被称为九级天梯的绝壁上攀援而下。这对我们的要求，最首要的就是良好的身体素质和心理素质。身体素质，我们大家都是没问题的；心理素质上，我们面临的最大障碍，就是恐惧心理。面对绝壁深渊，心生恐惧，对我们每个人来说都是十分正常的，但这也是可以通过训练和自我调节来克服的。今天的训练，除了掌握最基本的攀援技巧，关键就在于对恐惧心理的控制。训练目标，就是眼前这道深谷，我们要从这里下到谷底，再从谷底回到这里。我昨天目测了一下，这道绝壁大约有60余米的高度。如果只是普通的攀岩探险，这是绝对的禁区，非专业人员是不允许这样尝试的。但我们肩负特殊使命，时间紧迫，不容我们有更多的时间训练。我可以向大家保证，我们是绝对安全的：第一，我们有一个好的教练。作为一个具有十年军龄的特种兵，我有过去各种险恶环境执行特殊任务，多次死里逃生的经历，对于今天这样的攀岩训练，我绝对是超一流的教练。第二，我们有现代化的高科技装备，这是完成我们这次特殊任务最可靠的技术保障！大家有没有信心？！"

"有！"

"声音不够饱满，而且不整齐！这不是我想要的效果！我再问一遍：有没有信心？！"

"有！！"

"好！这次，我看大家是鼓足了劲儿，那我也底气十足了！我们先把对讲机频道调好，随时保证信息畅通是非常重要的！"

3

确信每台对讲机都能良好对话后，沈立继续说："我们开始的第一步，是打锚，在崖壁顶端定位处固定好绳索……"

沈立边说边拿出工具走向崖边，郑雯几人小心翼翼地跟在后面，伸长脖子往下望，只见谷中浓雾弥漫，白茫茫如棉絮一般将峡谷塞得满满的，脚下的崖壁仅有几米浮在浓雾上面。大家都不约而同地"咦"了一声,向前进说:"如此大雾,下去伸手不见五指,还怎么训练?多半取消算了!"

沈立狠狠地瞪了他一眼,严厉地说:"见到一点小小困难就裹足不前了?如你这般思维,我们还如何完成任务?!这地势都是昨天看好了的,下面很安全!再说,这是晨雾,太阳一出即会消散。我们……"

李虎打断说:"雾中视野虽说不能及远,近处还是看得见的。我打头阵,先下去探路!"

"也好!"沈立说,"原本打算我先下去再上来的。因为有雾,望远镜也看不清,主要担心绳索与崖壁摩擦。你下去要注意,凡是能够摩擦的地方就一定要打锚,重新定位绳索。此外,如有挡事的树枝藤蔓,也一定要清理干净!"

李虎带上工具,在众目睽睽之下,翻身下崖,一下子没入浓雾之中。

崖上几人都紧紧盯着锚杆上绷得直直的绳索,屏息以待。整个峡谷安静极了,只闻谷底潺潺水声,被峡谷一逼,便如万马奔腾,轰鸣不已。

时间似乎停止了,才过去两分钟,郑雯觉得这个120秒好像比120分钟还要长,她忍不住歪过头,朝肩上对讲机喊道:"喂!怎么样了?"

"没事!"对讲机里传来了李虎清晰的声音,"这里有一块突出的岩石,会和绳索发生摩擦,需要打锚避开。"

接着便听到下面浓雾之中传来叮叮当当的敲击声。

敲击声停下不到两分钟,对讲机里又响起李虎的声音:"我已经安全下到谷底。"

崖上几人发出一声轻呼,沈立问:"谷底情况如何?"

"河谷狭窄,水流湍急,乱石嶙峋。不过,供几人落脚的地方还是有。"

沈立嘱咐说:"好!你在下面等着,我们一个个下来。找位置站开一些,注意上面碎石坠落。"

沈立望着眼前三人,双目炯炯,说:"我殿后!现在,你们三个谁先下?"

几人稍一迟疑,郑雯和樊高几乎同时喊道:"我!"

沈立望望二人,用鼻孔发出一字:"嗯?"

樊高见郑雯要和自己争先,似乎自尊心受到伤害,脸涨得通红,瞪了郑雯一眼,争辩说:"我!当然是我先下!"

郑雯笑笑说:"好!你先下。"

樊高也像李虎一样,翻身下崖,很快没入雾里。沈立说:"小心!要慢一点。"

"我知道。"对讲机里,樊高的声音显得很平静。

轮到郑雯和向前进时,郑雯还没开口,小向便朝她挥挥手说:"你!你先下。"

郑雯笑笑说:"好!我先下。"

待郑雯报告安全着地时,向前进忽然全身哆嗦起来,面色苍白地望着沈立,结结巴巴说:"我……我有恐高症!"

沈立拉住他的手,耐心地说:"小弟,我知道你害怕。但眼前这关如果不过,今后等在我们前面的还有更多的难关,那时候你怎么办?我们是五位一体,缺一不可,你不会一个人拖我们大家的后腿吧?!来,鼓起勇气,昨天在七星山,你不是也从大石上下去了么!你记住,恐惧这东西也是欺软怕硬的,你越坚强,它就离你越远!来吧……"

小向被沈立扶到崖边,慢慢地向下坠去,四肢不住颤抖着,眼里泪光莹莹。当他进入迷雾之中,眼前只见峭壁如铁,四周一片白雾茫茫,虽然下凌涵虚,不知其深远,但有胸前绳索系住,结实可靠,反倒不觉得如何害怕了,心中渐渐平静下来,然后顺利地下到谷底。脚步触到坚实的地面时,他心里说:"难道这就下到底了?"几乎不敢相信这是真的。

在解开连接锁时,向前进一双手抖抖擞擞,半天解不开来。李虎过来帮他解开了,正要扶他去旁边休息,他却脚下一软,一下子瘫坐在地上。李虎见他脸色苍白,额头虚汗直淌,朝对讲机说:"小向已经安全着地了。"李虎随后弯下腰,轻轻将他抱到一边,放在一块大石上坐好,让他喝点水,然后运气助他恢复体力。

浓雾渐渐淡去,四周景物逐渐显露出来。

谷底宽不过十来米,宛如一条巨石围成的狭窄甬道。清澈的水流在乱石中穿行,激起阵阵水花,轰然巨响。一些奇形怪状的巨石散布在河床之中,伴生着杂草与苔藓。不远处一汪水潭碧波微漾,郑雯忍不住走过去,摘下头盔,临潭梳妆。

沈立下来后,看看腕上手表,说:"这里海拔390米,上面是456米,我们这次攀越的准确高度是 66 米，五人下来共用时 58 分钟。"

"咦！"樊高好奇地看着沈立的手腕，仰慕说，"你那表和我们的不一样哎！我们这怎么看不出来海拔高度？"

沈立说："都有这功能，你们只是不会用。不过，我这表也确实不一样，我这是'鲁美诺思'，瑞士制造，美军海豹突击队的指定佩戴品牌。"

樊高不禁捉住沈立手腕，好奇地看着说："这是在哪里买到的？"

"这是一次在国外执行任务时我缴获的战利品，后来首长就奖给我了。好了！有时间再慢慢看吧，现在我们该上去了。"

沈立简单示范了一番上升器的使用技巧，便自己打头，率先攀了上去。李虎殿尾，一行人顺利回到平台，用时 103 分钟，几乎是下去的两倍。沈立做了一个小结，指出存在的几个问题，然后另寻一处绝壁，几人又重新攀越一次，速度已比上次快多了。但沈立并不就此满足，他不顾大家连续作战的疲惫，坚持让每个人对自己的两次绝壁经历做出一个检讨，尤其要认真分析自己在绝壁上的心理变化情况。最后，他对这次速成训练做了一个简洁而不乏热情的总结，让包括向前进在内的每一个人都对此次神堂湾之行充满了信心。

此时，红日当空，峡谷里阳光朗照，迎来了一天之中唯一能见到太阳的时刻。虽然夏日的暑气尚未退去，直射的阳光依然炙人，峡谷阴影中却是凉风习习，清爽宜人。他们匆匆吃过午餐，拆除营地，往壶里补充了饮水，又上路了。

第三十一章　雪中奇缘

1

　　这一路，都是由李虎驾驶。

　　郑雯坐在李虎旁边，打了一会儿盹，醒来听不到一点儿动静，车里静悄悄的，唯有车轮碾压路面的"嗡嗡"之声不绝于耳。她回头望去，只见后面三人都在座位上睡着了。沈立即使睡着了也保持着标准的坐姿，另外两人却耷拉着脑袋，东倒西歪，睡相不雅。尤其是向前进，头歪歪地枕在沈立肩上，嘴角还流出涎水来。樊高不时咂咂嘴，"吧答吧答"地显得津津有味，似乎正在梦中吃着什么东西。

　　郑雯笑笑，又侧头看着李虎，见他手握方向盘，一脸轻松的表情，问道："你不困？"

　　李虎笑了笑，说："我休息的质量比你们高，整天精神都好。"

　　车子穿过长长的山谷，又驶上高高的山口，翻山越岭，过桥穿隧。尤其是那些上山的盘旋公路，路面上车辆不多，两旁翠柏森森，挡住西斜的阳光，显得极为幽静、凉爽。郑雯和李虎说了会儿话，忽然想起尚未译完的拓片，便拿出李虎的笔记本电脑，放在膝上敲了起来。李虎说："你还是闭目养会儿神吧，这会伤害眼睛！"

　　"没事。"郑雯头也不抬地说，"我粗略看过几次，被一些似是而非的图符勾起了好奇心，要是不译出来，这心中就老是想着，反而不得安宁了。"

　　李虎只好尽量保持车子的平稳，不再一味地追求速度了。

　　傍晚，他们已经来到天子山下。

　　路过一个小镇，他们在一家小餐馆吃晚饭的时候，意外地买到一张《天子山旅游地图》，其中便有神堂湾地形图。虽然一看就知道，那只是一幅简

第三十一章·雪中奇缘

略的方位示意图,仍给他们日思夜想的神堂湾提供了一些具体的相关信息。图上,对神堂湾周边及外围景点标注详细,内部以一些奇峰异石的照片作填充,指意不明,实际还是一片空白。但沈立仍然如获至宝,他说:"至少,为我们指明了大致的方向和位置。"

饭后,他们又去商店补充了一些食品、饮水,然后由沈立驾车,在夕阳中驶上了进山的公路。暮色四合的时候,他们在一块宽阔的林间草地上宿营了。沈立说:"神堂湾离此不远了。夜间辨不清山势,还是明天一早出发吧!今晚,我们可要养足精神!"

扎好帐篷,沈立第一个钻了进去,在露营灯下聚精会神地研究起地图来。李虎依然按照漆大大的吩咐,在帐篷外盘膝打坐,运气向四周布下了一道禁咒。刚刚收功,郑雯递过电脑,对他说:"译出了一部分,先看看吧。"

李虎钻进帐篷,迫不及待地打开电脑,在文档中找到了郑雯起名为《巴人遗书》的文件,心情激动地读了起来——

一场春雪将莽莽秦岭装点得银装素裹,分外妖娆。

冰天雪地之中,一群人骑着马在丛林里往返奔驰。冲在前面的是一个身穿豹皮的英俊少年。他腰挎青铜剑,手持桑木弓,正纵马追逐一只肥硕的麋鹿。当麋鹿奔入一片开阔地时,少年眼疾手快,拈弓搭箭,"嗖"——,麋鹿应声而倒。

一群人欢呼着冲了过去。

忽然,对面林子里也奔出一队人马,直向尚在地上挣扎的麋鹿冲了过来。

"你们干什么?"

"你们干什么?"

双方几乎同时喝问。

"这是我们王子射中的!"

"这是我们姑娘射中的!"

原来,那身着豹皮的少年乃是镇守阆中的巴国王子,因为与分封汉中的蜀国苴侯十分交好,这几天正在苴侯府上做客。因见这大雪下得酣畅,冰天雪地正好狩猎,一早便带了从人进山。纵横搜索几十里,这是他们见到的第一个猎物。

不想刚刚射中，就遇上争夺猎物的。而且，对方竟然是清一色的一群姑娘。

王子纵马上前查看，发现自己的箭只是射在鹿子的前腿上，而对方却是一箭贯脑。他不禁暗暗钦佩，朗声说道："好箭法！这确是姑娘射中的，你们抬走吧！"

这时，对方款款走出一位姑娘，向王子凝视半晌，落落大方地说："不掩他人之功，足见磊落！听说巴国王子殿下正在苴侯府上做客，就是你吧？"

王子看见姑娘，大吃一惊，脸色都变了，竟然忘了回答人家的问话。

只见她面如朗月，一双眼睛灿若星辰，盈盈笑容暖似太阳；行比麋鹿轻盈窈窕，声赛黄莺婉转亮丽；英姿飒爽，仪态大方——天底下竟然有如此美丽的姑娘？！

从人叫道："殿下……"

王子觉察到自己的失态，脸上一红，连忙收摄心神，不太自然地说："哦！正是在下。请问姑娘……"

姑娘展颜一笑，回答说："我叫木青。今日无事，带了姐妹们出来游猎，不想冲撞殿下，望勿见怪。"

王子忙道："哪里！遇见木青姑娘，那是在下缘分。"

木青姑娘原本红彤彤的脸显得更红了，宛如一朵盛开的木槿花，在这白茫茫的冰天雪地之中显得卓尔不群，娇艳动人。她含羞带笑地瞟了王子一眼，腰身灵动跨上马背，拨转马头，轻挥一鞭，径向林中走去了。

眼看姑娘就要没入林中，王子心中一急，失口叫道："木青姑娘！"

2

姑娘勒住马，转过身来，一双眼睛波光盈盈地望向王子，脆声应道："什么？"

王子稍一凝神，即已冷静下来，从容说道："如此大雪，姑娘尚有兴致出猎，足见豪情不减须眉！我们相约明日，再来一次雪中围猎如何？"

第三十一章·雪中奇缘

姑娘哈哈一笑，说："多谢王子盛情相邀！只是，这样的雪天，出猎全凭一时兴致。或许，明天我见到这漫天的雪花，懒懒的只想待在家里烤火哩！"

说罢挥挥手，一群姑娘在嘻嘻哈哈之中，转眼便消失在林子里面。漫天雪花之中，王子愣在马背上痴痴发呆……

第二天，那青年王子果然又领着从人进山了。

只是王子身边，多了一位面容和蔼的中年汉子。

雪比昨天下得更大，阵阵寒风裹着雪花漫天飞舞。看着心神不宁、东张西望的王子，中年汉子笑着说："这天气，是没法打猎了。你想见的那人儿，恐怕还躲在家里烤火呢！我们还是去前面避避风雪吧。"

说罢，中年汉子一马当先，转过一片森林，径直来到一个草亭前下了马。

草亭里面挺宽敞，还放有简陋的木桌木凳。中年汉子吩咐自己的从人，放下周围卷起的草帘，再在中央生起一堆木炭火，亭子里顿时暖意如春。更让人惊喜的是，从人将一只散发出诱人醇香的青铜酒壶煨到炭火里，还从担子中取出一盒盒丰盛的下酒菜来。于是，两人便在这冰天雪地里，围着火炉，品杯中美酒，看槛外雪景。

原来，这中年汉子便是当今蜀王的弟弟，分封汉中的苴侯。说来也怪，苴侯虽是蜀王的弟弟，却与巴国王子情同手足，相互往来不断。

几杯酒下去，身子暖和了，舌头也活泛起来。苴侯说："你知道这亭子的来历么？"

王子四下望望，不以为意地说："不过山野中一破草亭，会有什么来历！"

"嘿嘿，这你可小看了！"苴侯说，"这可是一百年前，你的一位祖先亲自动手修在这里的。这里面，可有一篇很大的故事哩！"

王子惊问："什么故事？"

"你的这位先祖，可非常人。少时即好观天文，爱读古籍，修养深厚，既是预承大位的王子，又是巴国王族中最年轻、最杰出的巫师。那时，巴国正值鼎盛时期，广阔疆域曾一度抵达汉中境内。在一个炎热的夏天，王子游历到汉中，一日夜晚，独立楼观之上凝视星空，忽见东方紫云聚集，其长三万里，形如飞龙，由东向西滚滚而来，自语道：'紫气东来三万里，圣人西行经此地。青牛缓缓载老翁，藏形匿迹混元气。'王子早闻老聃大名，又听说他为逃避周王室的追杀，只身流亡出关，隐居在终南山下，时时骑着青牛在西域各地游历说经。王子心想，莫非是圣人老子将来？于是算定老子来路，派人修了这座草亭子，设案焚香，以迎圣人。

"几天后，一直守候在此的王子，果然见到大路上有一老者，倒骑青牛而来。老者白发如雪，其眉垂鬓，其耳垂肩，其须垂膝，红颜素袍，简朴洁净。王子仰天叹道：'我生而有幸，得见圣人！'当即奔上前去，跪于青牛前拜道：'小子叩见圣人！'

"老子见叩拜之人浓眉大眼、端鼻厚唇，威严而不冷酷，柔慈而无媚态，运神凝视，已知身份。老子骑在青牛之上拈须沉吟，故意试探道：'一国王子叩拜贫贱老翁，非常之礼也，老夫不敢承当！不知王子拦下老夫，有何见教？'王子道：'老丈，圣人也！小子不才，好观天文略知变化，得知老丈将途经此地，于是专结此庐，略备浆水，务求老丈于草庐之中歇息片刻，以指修行治国之途。'

"老子听罢，哈哈大笑：'一诚至此，可见孺子可教！'王子闻言大喜，即将老子迎进草庐，请上坐，设案焚香，行弟子之礼。然后，便有了这亭间的一席长谈。老子先言天地变化之机，阴阳变幻之妙；继述长治久安之道，人事进退之方。王子闻之，如获至宝，记录默诵，如饥似渴。后来承继王位，以老子之道治国，将巴国国力推向鼎盛。如今，这亭子在我的治下，已善加修葺，取名'迎圣亭'。"

王子听罢，不禁心生钦羡仰慕之情，起身绕亭三匝，感叹道："想不到这荒山野岭之中，竟留下过圣人的足迹！听说老子如今尚在？"

"是啊！"苴侯说，"据说，老子如今在终南山的某个隐蔽之所闭门修仙，世人恐怕是无缘一见了。"

"当年，老子是见周朝将亡，这才隐居边关的，而且还在函谷关为关尹写下五千言真经。你刚才，为什么要说是周王室追杀他？"

苴侯不答，看看爵中酒浆将凉，一口饮下，这才叹息着说："老子一代圣人，却不幸卷入一场王室内乱，满腹治国安邦的抱负都付之东流了！"

"王室内乱？"王子不解地问，"你说的是周王室？"

苴侯问："你听说过'王子朝之乱'么？"

3

王子想了想，说："不太清楚。好像是说……周景王死后，其庶子王子朝率百工发动政变，与悼王争位，后兵败亡楚。"

"这其实是一桩冤案！真正受到陷害的是王子朝及王室旧臣、百工，甚至连周景王的死都是不明不白的。在这背后，其实隐藏着一个巨大的阴谋！当时，真正作乱的是单穆公。老子出身于周室王族，家族世袭周朝司空之职，老子的具体职位是守藏室吏。所谓在函谷关写的五千言道德经，实际上是周景王变法的纲领，是由老子所写、被周景王铸在无射钟上的律文，被人称作《周书》。后来，主张变法的周景王突然蹊跷地去世了，当时继位的王子朝继续推行景王的变法纲领。于是，以单穆公为首的反变法派，便以王子朝非嫡出为由，勾结晋国发动政变，对包括王子朝在内的王室、旧臣和百工进行野蛮屠杀。王子朝势弱不敌，携带大量周室典籍逃到了楚国。老子是眼见自己政治理想破灭，不愿卷入王室纷争，这才流亡到关外隐居修行的。"

王子听后，心中惊疑不已。沉思良久，才缓缓说道："也许是先辈们刻意回避，先祖向圣人问政于途，我竟没有听说过此事！自廪君筑夷城、立巴国，一千多年来，世代祖先披荆斩棘、筚路蓝缕，骁勇盖世，无人敢争其锋。进长江、都江州，历夏商周三代，拥有万水千山，成为睥睨四邻的泱泱大国。那时候，楚国还是一个偏处荆山的蕞尔小国。近百年来，东边、北边，各路列强，纷纷崛起。尤其是楚国，几百年来励精图治，兼收并蓄，一跃而成为南方霸主。巴国呢，这些年来却是不进反退，一步步下滑，积弱至深。这其中，难道不正是受到老子治国思想的影响所致？！各列强均以霸道治国，自强不息！而巴国列位先祖一味秉信老子无为而治的政治理想，国家建制不全，行政约束无力，至今仍是一个松散的部族联盟。不单在列强面前抬不起头来，屡遭侵犯，版图一再缩小，都城一迁再迁；即便在国家内部，也是弄得朝纲松弛，王室威权不足，部族自行其是！正是因为如此，才滋长了部族野心，酿成了几十年前的那场令人痛心的内乱。"

苴侯问："当年，巴国那场内乱到底是因何而起？"

"说起来，不过是一桩鸡毛小事。賨族下面有一个小部落，其头人与賨族邑侯发生矛盾，投靠到濮族去了。賨族邑侯派使者去濮族要人要地，濮族邑侯原本答应归还，其条件是不要杀头人。但賨族邑侯却不能容忍族人的叛变，一定要见到头人的脑袋才肯罢休。賨族和濮族是巴国两个毗邻的大族，多年来一直和睦相处，也许是因为王室的逐渐衰弱，统率无力，两族一天天自大起来，双方开始互不服气。这次，就为了这样一件小事，双方明争暗斗，互不相让，最后竟然兵戈相向，演变成部族之间的大规模战争。两族都在借事生端，目的是借此打压对方，提高本族地位。好心的国王在两族间奔波调解，非但无效，反而在阆中被賨人所执，强行要求国王按本族所提条件，让濮人交人赔地。国王居然被属下所执，这真是亘古以来闻所未闻的大逆不道之事！那时候，王室软弱无力，国王受属下部族欺凌，真是奇耻大辱，整个王室也危在旦夕！賨人剽悍骁勇，甲坚器利，王室卫队根本不是其对手。绝望之时，巴蔓子挺身而出，只身潜去楚国，见到楚王，许以三城，借得一师楚军，回国平乱。賨人见到楚师，自知不敌，立即转变态度，一切听从国王调停。濮人率性耿直，原本与王族相亲，维护王室，更是不在话下。楚师一到，没费一兵一卒，一场内乱就这样平息了。当时被賨人所执的国王，正是我的祖父，受到从未有过的惊吓和屈辱，解救回来后一病不起，不久便含恨而逝，由父王继承了王位。经过这次内乱，王室知道了厉害，也渐渐加强了对部族的约束。阆中是賨人的领地，我十三岁到阆中，名为镇守，其实是王室放在这里的一双眼睛，也是留给賨族的一个人质。这些年来，我在这里秘密训养了三千名死士，要确保自身安全是没问题的。让我担忧的是，賨人是巴国最强大的一支部族，经过那场内乱，如今更是与王室互不信任了！由此种下的祸根如不设法消除，有朝一日，必成心腹大患啊！"

"濮人呢？那也是一支实力强大的部族啊，他们对王室可是忠心耿耿？"

"濮人的辖地要小些，势力也没有賨人强大，但他们比賨人更为骁勇！正因为他们对王室忠心耿耿，賨人才显得规矩一些。如果没有濮人的牵制，此刻，我恐怕也不能坐在这里和你安安心心地喝酒了。"

"我听说，当年巴王西征，濮人首领曾与巴王有过一段快意恩仇的故事？"

第三十一章·雪中奇缘

"当年,巴族先祖西进之时,巴王与濮王在合川钓鱼城会盟,两个血性男人在酒酣耳热之后,兴之所至,当庭起舞击剑,搏杀决斗。两人斗得酣畅淋漓,不禁开怀大笑,同时把利剑刺进了对方胸口,一脸一身,都被鲜血喷洒得鲜红淋漓。直至气绝,两人仍是手握剑柄,巍然而立。双方族人将两王并排而葬,而巴濮两族也因此而结成了兄弟般的同盟。"

王子说起此事,禁不住心驰神往,眉飞色舞,为先王视死如归的豪迈气魄所倾倒。苴侯提起炉上酒壶,将爵中斟满,两人一倾而尽。

苴侯擦擦嘴角,不无倾慕地说:"人说巴人好义,多有血性勇猛之士,真是不虚此言!三十年前巴国出了那场内乱,便有巴蔓子将军挺身而出解国难!听说,完师归楚时,巴蔓子又用一颗头颅换回了巴国三座城池?"

4

"不是换回,是根本就没有让出。巴蔓子归还楚师时,楚国将领要求兑现许诺的三座城池。巴蔓子说,当时国王被执,臣子无权私割国土,此次承蒙楚王慷慨解难,蔓子只能以头相谢了!说完便挥剑割下了自己的头颅。楚王爱其忠义,以上卿之礼厚葬其头,巴国亦以上卿之礼葬其身。"

"经过此乱,恐怕巴国是元气大伤吧!"

"岂止元气大伤,简直就是一蹶不振了。而且,部族间的隔阂一旦形成,就很难消解了。尤其是宗人,表面臣服于王室,内里恐怕是反心未死。以我们王族现有的实力,宗人并没放在眼里,他们真正忌惮的是濮人的力量。"

苴侯说:"当年,参加武王伐纣的,就是濮人吧?"

"是啊。在牧野之战中,濮人前歌后舞,威武凌人,迫使纣王前锋部队倒戈相向,为周武王的定鼎之战打开了胜局,也为巴人树立了赫赫威风!濮人质朴好义,几百年来,始终对巴王室忠心耿耿。现在宗人势大,若无濮人牵制,王室危矣!几年前,巴灵均赴楚之际,曾向父王建言说,要学列强变法,强化中央集权,走富国强兵之路。父王倒是听得心动,但积弱已久,岂是朝夕能改！"

"巴灵均是谁？"

"巴灵均是我们王族最杰出的一位青年巫师，可惜被父王送给楚国了。"

"那是为什么？"

"当今之世，北方秦国崛起，对其他国家尤其是南方诸国虎视眈眈，已构成了极大的威胁。迫于强秦压力，巴楚又重新修好，达成联合抗秦协议。楚怀王对于巴国的宫廷巫术十分倾慕，要求我们派一巫师作为结盟代表。于是，作为王族子弟的巴灵均便去了郢都。楚怀王十分赏识灵均的才华，特赐予他楚国王族姓氏'屈'，取名'屈原'，现在正受楚王的重用呢！唉，要是巴灵均尚在国内，善加利用，恐怕就是巴国的商鞅啊！"

苴侯听罢，也跟着长长叹了一口气，说："如此看来，当年巴族纵横驰骋的威威虎性，莫非已被老子那一套治国学说所驯化了？"

王子坚毅地说："不！巴族威威虎性，仍在我们的血管里淌着！血性尚在，虎威尚在！总有一天，巴国会翻过身来，纵横捭阖，重新跻身强国之林！"

说罢，王子端起青铜爵："来！为巴族的未来，为巴国的强盛，干！"

两人相视一笑，一倾而干！

苴侯提壶倾满，又端起来，笑着说："你身为王子，国家本是一体。说了半天国事，也该谈谈家事了。来，为你和木青姑娘的雪中良缘，干！"

两人喝罢，哈哈大笑。笑完，王子叹息说："唉！人家今天就没有出来，这恐怕只是我的一厢情愿啊！"

苴侯笑着说："这木青姑娘啊，从小使性惯了的，敢作敢当，连她父亲都让她三分哩！她刚刚和你认识，难道不会使点小性儿？我曾听人说过，十六年前，木青姑娘出生时，也是这样的大雪天，婴儿落地，满室红光。当时，接生的女巫说，这姑娘长大，将会成为一位王后。如今看来，这女巫的预言很准哪！你要我怎样帮你？"

"我不想借别人之力，我要先见着她！"

"那你打算怎样见到她？"

"就在这雪地里等吧！我不相信她就不出家门了！"

"好！以她那个性，我包你三天之内一定能见着她！"

……

第三十一章·雪中奇缘

　　译文到此结束，李虎的思绪却沉浸在两千多年前的时光之中，久久拔不出来。不只王子那段雪中奇缘，还有老子的遭遇，屈原的出身，都让他惊诧不已。一度雄顾四方的泱泱大国，就是这样衰落的？难道真是"无为而治"的政治理想导致了"内忧外患"的悲惨结局？还有，正如郑雯所说，这些出自两千多年前的神秘图符，还让一些早成定论的史实又有了新的说法，到底孰是孰非？

　　李虎合上电脑，揉揉眼睛，感觉脑子里一片混乱，好像让郑雯敲出的这些文字弄得失去了思考能力；但胸中仿佛又有很多很多话，想要交谈，想要倾诉。他看看一旁熟睡的小樊，也不知郑雯睡没睡着。他想，在这些文字的背后，也许她还知道更多。

　　他正要打开帐篷出去看看，忽然一股恶臭钻进他的鼻孔，使人欲呕。他以手掩鼻，虎目四顾，寻找这气味的来源。帐篷拉得很严实，气味不会是从外面进来的，但扎帐篷时地面也是清理干净了的，绝不会有什么死老鼠之类的臭东西留在里面。这时，他看见樊高在睡梦中翻动身子，一双光脚板伸到外面，一下明白了这臭味的来源。原来，这营地周围没有水源，他们劳累一天，仅用饮水浸湿毛巾，匆匆擦擦脸就睡了。樊高这双脚，待在丛林战靴里攀爬颠簸，憋了一整天的劳累辛酸，这一解放出来，那还不肆意发挥一番？个中滋味，可让李虎饱受了一顿。

　　李虎望着小樊睡得甜甜的模样，想想也没什么办法。他打消了去找郑雯的念头，和衣躺下，把帐篷撩开一角，伸出头去，仰望满天星斗，调匀气息，渐渐睡了过去。

第三十二章　九级台阶

1

　　充满神秘传说的千古禁地神堂湾就在眼前，这就是他们今天的目的地。

　　每个人心中都充满着莫名的兴奋与恐惧，沈立这位身经百战、闯过刀山火海的特种兵也不例外。他们谁也没法预料在那片终年迷雾紧锁的秘境之地，会遭遇到什么样的经历。用"提心吊胆"一词，可以准确形容他们此刻的心情。

　　清晨出发时，他们决定轻装前行。沈立提出，行囊中除必要装备，其余东西一概留在车内。李虎决定要带上匣子，他说："我们对石虎负有保护责任，绝不可以掉以轻心！反过来，漆大大曾经说过，石虎曾被远古的先祖施以秘咒，受过血祭，能够驱邪镇祟，会成为我们的护身符。所以，去神堂湾，我们一定要做到虎不离身！"

　　郑雯提出要带一台电脑，理由是要翻译拓片，为下一步寻找秘穴作准备。经过大家讨论，否定了这个请求，认为既是身入险境，哪还有余暇去做什么翻译。最后决定连橡皮艇也不带了，但丛林刀、狗腿砍刀和猎斧都一并带上。小樊在整理行装时，偷偷将自己的数码相机塞进了背包里。

　　他们将车子寄放在离神堂湾很近的一个农家小院里，并在这家农户吃了早餐。男主人是一个三十多岁的农民，除了种庄稼，家里还经营一个小食店，并能提供几个床铺的住宿。男主人偶尔也为游客当当向导，在能够保障安全的前提下，带领他们去旅行社规划线路之外的一些偏僻地方，看不一样的风景。听说几个年轻人要闯神堂湾，他连连摇头说："去不得！去不得！那可不是什么好玩儿的地方！你们知道人家怎样说的么？'宁闯鬼门关，也不去神堂湾'。那地方，只能远看，没人能走进去，走进去了也没人能出得来！要不然，咋会称为'千古禁地'呢？！前些年，有一些国外的探险专家，组

第三十二章·九级台阶

成的什么联合探险队都是下去了再也没有见到上来！我看你们年纪轻轻的，家里有父母疼媳妇爱的，还是不要去冒这个险了。就是这天子山上，也还有几多好玩儿的地方，都可以去逛逛嘛！"

沈立对他说："谢谢你的忠告！不过你放心，我们也是经过训练的专业探险队，没把握也不会去硬闯的。你既是这里人，就给我们介绍介绍神堂湾的情况吧。"

那农民听了，心想这些年轻人一个个衣着光鲜，在城里过着好日子，出来也不过是图个新鲜，去什么神堂湾的话也只是随便说说，到时候多半会知难而退。这样想着，也就放下心来。据那农民讲，以前那些探险者，进入神堂湾的途径只有两个，一是从下面一条名叫十里画廊的峡谷攀援而上，一是从上面的绝壁悬垂而下。神堂湾的水从十里画廊峡谷流出，峡谷尽头有一堵三层绝壁，滑不溜秋，上行难度很大，所以，更多的人都是选择自上而下的办法。根据有人预测，从顶端下到谷底约有1500米深，共分九级，每级有一个台阶。所谓台阶，也就是两级绝壁之间有一层可供驻足的平台，通常只有几米的宽度。最高的一级绝壁，大概有近200米的高度。

离开农户时，沈立对那农民说："车子寄放在这里，我们要几天过后再才来取！一定给我们看好了，到时加倍给你报酬！"

农民担心地说："你们可千万不要去冒险啊！那可不是闹着玩儿的！"

沈立挥挥手说："放心吧！"

此时，太阳已是一片橘红。远望神堂湾，那些奇峰幽壑都被笼罩在一片烟雨苍茫之中，迷离朦胧，恍若梦境。

李虎说："那人说有两个途径进入神堂湾，但我们一直都是只按一种方法在准备，当然只能是从上到下了。"

"逐级下行，是比较稳妥的方案！"沈立道，"我们确定好位置后，由一人先下去探路，确定安全后，其余人再依次下去。最后一人下去后，抽掉绳索，再次固定继续下行，逐级下攀，直至谷底。其中，第一人和最后一个是十分关键的！进入谷底后，我们搜索前进，直至完成任务，到时候可以考虑沿十里画廊峡谷出来。"

李虎说："还是我先下吧！你来殿后。"

"好！现在，我们去崖畔寻找合适的位置！"

沈立走在前面，领着一行人往最近的绝壁走去。

走后面的李虎见一行其余三人都是沉默不语，面色凝重，心知他们临阵恐惧，此刻一定是十分紧张。其实，自己心中也是七上八下哩。他打破沉默，随意说道："小樊啊，你怎么喜欢上了围棋？我觉得你踢足球似乎更合适些。"

"咦！"小樊回过头，奇怪地说，"你也知道我爱踢足球？不过，我还是觉得围棋下得更好些，我也更喜欢下棋。"

李虎认真地说："你要是踢足球，我保证会比下围棋更出色！"

小樊倒来了兴致，好奇地问："你能保证？你凭什么？"

"因为你有一双好脚！要是踢足球，一定会被选进国家队！"

小樊不禁望了望自己正在走路的一双脚，感觉步伐矫健，行动有力，笑着说："你的意思是，我这双脚，要比我的手更出色？"

"那当然！要论你这脚上的功夫，比起我们国足队员那些脚来，那也是不遑多让啊，我看是有过之而无不及！"

"你能看出我这脚上的功夫？"

"我认为，你这脚上功夫可算得天下第一！"

"……什么功夫？"

"臭！"

李虎刚一说完，几人"噗"地笑出声来，连小樊自己也是笑不可抑，郑雯更是笑得捧着肚皮说："你……你是说，他的脚……比国足队员的脚还……还要臭？"

李虎笑着讲了自己昨晚的遭遇，打趣说："所以我认为，小樊之足与国足之足，足可媲美！"

小樊说："真是对不起，让虎子哥的鼻子受苦了！原本我也晓得自己脚臭，昨天不知怎么就搞忘了。"

向前进推推眼镜，幸灾乐祸地说："看来你和李虎搭档真是对头了，他有气功，足可抵御你的臭功！要换其他人，那谁受得了？！"

"难道，"郑雯揉揉胸口说，"你自己那鼻子就不怕臭？"

小樊摸摸鼻子说："这个嘛，久居鲍鱼之肆，早就习惯了，早就习惯了。要不，我还能怎么着？开除它们？毕竟都是我的亲骨肉嘛！"

小向补充道："那是那是，你也只能臭味相投了！"

2

　　几人笑过一阵，气氛一下轻松多了。
　　一行人很快来到山崖边缘，沈立让大家停下，自己穿过一片杂树丛，趴到岩边，观察一阵，又取出望远镜上下左右看了一番，退回来，指着对面一道山梁说："那边有一平台，崖壁比较平整光滑，下面台阶也要宽绰些。我们过去看看！"
　　对面山梁，尚隔着一道深谷，他们往回绕出好远，足足花了一个小时，走得汗流浃背，才到达沈立所说的那个平台。所谓平台，不过是立在崖顶的一块巨石，石面并不平整，约有百来平米，呈二十多度向内倾斜。几人爬上巨石，忽从崖下吹来一股疾风，堵得人几乎喘不过气来。向前进脚下一个踉跄，连忙蹲下，以手触石，似乎害怕那风会把巨石吹跑了似的，脸一下变成了青白色。李虎也蹲下身子，握住他手臂说："不要害怕！"
　　向前进用很小的声音，颤抖着说："我……我有些头晕。"
　　李虎一手抚在他背上，柔声说："来，先做几个深呼吸，再慢慢调匀气息……"
　　此时，沈立已趴到绝壁边缘，用望远镜朝下观看着。他这次让沈鹏买了一只俄罗斯产军用望远镜，让李虎带着。自己用的这只，则是以前花近万元购买的美国产"博士伦"特种兵数码望远镜，是自己最珍视的物品之一，视野宽阔，超远夜视，红外探测，罗盘功能，在观察的同时还能准确地测出距离。
　　沈立看了会儿，翻过身坐了起来，望着几人说："就是这里吧！到下面第一级台阶100米左右，崖面上没有什么障碍，台阶上的杂草灌木也容易清理。我们的装备和技术是没有问题的，但在心理方面，还需要自我调节。我们一定要保持良好的精神状态！……"
　　"这样吧，"李虎打断说，"我们花一点时间，就像七星老人教我们的，我来运气带功，大家做一会儿吐纳，调理调理！"
　　小樊问："什么吐纳？"

李虎教小樊掌握了最基本的呼吸要领，让他们四人围成一个小半圆，盘膝坐好，自己居中，与他们相向而坐，闭目凝神，渐入物我两忘之境。早晨八九点钟的太阳，为他们每人披上一层金辉，崖畔凉风飒飒，小向和小樊两人初时尚摇摇摆摆，难以入静，渐渐聚精凝神，也稳坐如钟。

李虎收功时看看时间，刚好十点。日影缩短，阳光开始炙人肌肤了。对面几人渐次睁开眼来，仿佛刚刚完成一场奇妙的沐浴，均感神足气定，精神饱满。李虎满意地说："现在，我们可以开始了！"

沈立打锚，做了一个双保险的定位。几人装束停当，李虎带上一把丛林刀，一马当先，在另外几人提心吊胆的注视下翻身先下崖去了。

尽管李虎早已作好充分的思想准备，在垂下悬崖的那一瞬间，仍不免感到一阵紧张昏眩。他悬在崖边，扭头向下望去，所谓的台阶，不过是横在崖壁上的一条细线，崖壁垂直下切，谷中雾气氤氲，一片迷蒙，深不见底。因为崖顶绳索定位处是向前倾出的，李虎身子悬在空中，与眼前崖壁隔着近两米的距离。偶尔崖壁伸手可触，他禁不住会摸摸那生满石花苔藓、色彩斑驳的崖面，感受一下坚硬如铁、在阳光下带着微温的岩石。他双手操控下降器，两脚不时在崖壁上一蹬，快速下滑，倒是一无滞阻。同时，他不停地通过对讲机向上报告自己下降所遭遇的种种情况，一棵斜生的独树、一块悬石，或是一丛茅草、一道裂缝，对下降造成或大或小的影响，均详加说明。

崖壁垂直而下，一百多米高的崖面如刀砍斧削一般光滑平整。

李虎顺利下到了第一级台阶。五六米宽的平台上积满枯枝败叶，踩上去松松软软的缺乏踏实感。他朝两边勘察一番，确定并无危险，对讲机信号良好。然后，樊高、郑雯，都依次顺利地下来了。向前进第四个下到三分之一处时，慌乱之中，脚下踹到一块因风化而松动的悬石，碗口大的石块无声飞落，吓得他一声惊叫。正仰头上望的李虎来不及叫喊，一个飞扑，将一旁的郑雯和樊高一手一个按在地上，用自己的双臂紧紧护着他们的头。飞落的石头挟着一股劲风"刷"地砸在旁边的腐殖层里，碎成两块，大的一块又弹起来，滚落到李虎脚边，幸未伤人。

直到石头落地，郑雯和小樊还没明白怎么回事，李虎却是吓出了一身冷汗。好在有惊无险。小向好不容易下到台地，又是惊吓得瘫软在地。沈立最后一个下来，抽下绳索，望了望几人面色，又摸摸小向脑袋，关切地问："你感觉怎么样?"

小向在沈立的安慰下已经缓过劲来,虽然脸色略显苍白,精神尚好。他说:"真正悬到空中的时候,并没有想象那样可怕。放心吧,有了这次经验,我一定能够坚持到底!"

沈立看看表,说:"好!看来大家状态都还不错。我们可算是旗开得胜,首战成功了!这第一级的准确高度是132米,应该算是较高的!"

"咦!"小樊说,"你先不是说只有100米左右吗?难道你那望远镜测距不准?"

沈立不答,又举起望远镜向下观察第二道崖壁了。郑雯悄悄对小樊说:"我看,刚才在上面,他是有意隐瞒了高程的,怕说多了吓着你!"

"哼!"小樊挺胸说,"我什么时候胆小了?我可是第二个下来的!"

3

沈立沿着悬崖间的台地,一直向前走出一百多米,才确定好第二次下降的位置。

第二道绝壁没第一道平整,似乎还要更高一些,但沈立位置选得很好,他们下得也比较顺利。接着下到第三级时,已是下午两点过了,太阳热辣辣地烤着,他们也感到体力消耗太大,腹中空空如也。这里台面稍宽,有的地方甚至超过了五十米,只是树木茂密,野草疯长,连一块立足容身的地方也不易见到。他们以丛林刀开路,总算在几棵松树后面找到一块稍能背阴的地方,割除杂草,整理出一块临时营地,停下吃午饭,稍事休整。

没想到,向前进刚吃了几口八宝粥,就捂着嘴奔到一边吐了起来。那哇哇地的声音,弄得郑雯和樊高也吃不下了。李虎过去扶着小向,只见他口里吐着黄水,面色煞白,浑身直冒虚汗。李虎在他背上轻抚着,同时暗运玄功为他理中益气,调和肠胃。

连下三级总高程超过400米的绝壁,惊吓、恐惧再加体力耗损,只稍加训练的文弱书生向前进能够挺到现在，已经很不容易了。再看郑雯和小樊，也都脸色不好。他们只好在树荫下铺上防潮垫，就地休息，等精神体力恢复以后再行动。

李虎心中暗暗担忧。他们已经下到第三级了，正是漆大大他们当年受阻的地方。李虎担心当年的狂风暴雨也可能又会在今天出现，但看天空晴朗朗的，似乎毫无征兆。

向前进、樊高、郑雯都相继睡着了。李虎望望沈立，见他也在闭目养神，便悄悄起身，独自走开了。他要再去勘探一番地形，看能不能找到更好的下行地点。看样子，今天要下到谷底是不行了。

午后的神堂湾，一片寂静，明媚的阳光之中有阵阵悦耳的鸟鸣，却看不见鸟儿藏在什么地方。身后，是绝壁撑天，即使仰断脖子，也一眼望不到尽头；目光投向前方，远处一根根独立如柱的峥嵘石峰，静静浮在迷蒙如烟的阳光之中，一点也见不到传说中的神秘和恐怖。而立足之处的台地下面，层层绝壁往下深切，一直消失在一片白茫茫的雾气之中，深不见底。对面是同样的岩壁，直上直下，更见险峻。

一个小时后，几个年轻人全部醒了——他们是被一阵奇怪的嘶嘶声惊醒的。

当时，李虎走到平台另一边去勘察地势去了，忽听这边一阵嘈杂的人声，急忙奔回一看，原来，是他们在树丛中发现了一只巨大的蜘蛛。先是一阵如撕裂绸缎般的嘶嘶声让沈立警醒过来，他不动声色地循声找去，发现另几个年轻人也跟了过来。他们在一根树枝上看到了一只巨大的深褐色蜘蛛，向前进失声叫道："天哪！这应该就是传说中的食鸟巨蛛了！"

只见这蜘蛛身躯足有一只盘子大，八条毛茸茸的强壮螯肢呈放射状散开，行动极为敏捷。看见有人前来，那东西一转眼即隐入枝叶中不见了。

沈立说："这蜘蛛有剧毒！不过，只要不去招惹它，它一般是不会主动攻击人的。"

樊高离得远远的，咂舌说："我的乖乖！只要一见到这东西，我就会浑身起鸡皮疙瘩。模样狰狞，面目可憎，太恶心了！"

向前进是学生物的，此时是最有发言权了。他说："这是狼蛛的一种，因捕食蜂鸟而得名，在人们眼中显得既阴险又神秘。据说，它的一刺，能使

第三十二章·九级台阶

人因神经痉挛而疯狂地跳舞，要治好这种病，除了音乐外，再没有别的灵丹妙药了。所以，又被人称为黑腹舞者。不过，食鸟巨蛛虽然凶猛，却能捕杀害虫，是非常勤奋的游猎者，被科学家划进了对人类有益的动物范畴。尽管食鸟巨蛛是世界上体形最大的蜘蛛，但像这样大的却是极为少见！"

李虎说："好了！既然人家已经主动撤退，我们就不要再议论它了。你们几个恢复得怎么样？要是没什么问题，就准备出发吧！"

几人神色比较自然，都表示已经恢复正常，可以行动了。他们再次补充了一些食品，又开始向第四级进发了。

第四级大概是最高的一堵绝壁，有近两百米的高度。李虎降到一半时，壁面上出现一个硕大的洞口，下午的阳光斜斜地照着，赭红色的洞壁向内延伸，没入一片幽暗之中。李虎悬在空中，扭开头灯向内探照，强烈的光柱竟被洞内黑暗所吞噬，实在不知其深几何。李虎看见自己悬在洞口的身影，被下午的阳光清晰地映在旁边洞壁上面。崖洞入口处十分平坦，地上盖满了厚厚的浮尘，浮尘上印下一些凌乱的足迹，看不清是动物还是鸟类的印痕。赭红色的洞壁让他忽然想起赤穴麋君的故事来，这里古时是否也曾是人类居所之一？

但他随即自失地一笑，摇头否定了自己这个荒谬的想法，因为在这样的绝壁上，人类如不借助现代工具，是无法攀援的。他正在考虑是否有必要去洞里探寻一番，观测怎样才能落进洞内，忽然听见里面传出一阵异常的响动，紧接着发现一团黑云从里面飘出，速度极快，直向自己掩卷而来。

李虎被这突如其来的变故吓得心中一炸，脑袋里不由自主发出"嗡"的一声，瞬间变成一片空白。没有等他看清到底为何物，只听"扑棱棱"一阵乱响，灰黑的云团已从身边掠过，李虎腰身腿脚感受到一阵密集的撞击，虽然力度不是很大，还是让他悬挂的身子摇摆不已。这时，对讲机里传来一阵急促的呼叫："李虎李虎！快请回答！你那里是什么声音？"

李虎擦擦额上冷汗，渐渐缓过神来，调匀呼吸，尽量用平静的声调回答："这里要经过一个很大的洞口，刚才从里面飞出一群类似蝙蝠的东西，速度极快，旋风一般从我身边掠过。好在对人并无伤害，你们下来时要注意了！其他一切正常，我很好！"

第四级平台很小，窄处仅有二三米，又长满了半人高的灌木，落脚很是不便。李虎挥动丛林刀，麻利地砍去灌木，清理出一块平地，然后才通知其他人陆续下来。

这时，让李虎一直害怕又在心中隐约期待着的事情终于发生了。

4

当最后一位沈立还悬吊在峭壁上时，先是一阵狂风陡然刮起，怒号声声，飞沙走石，明媚的阳光只在眨眼间便如灯火一般熄灭了。迷雾滚滚，如潮涌来，天光隐去，视野如漆，狂风吹起尖锐的哨声，挟着沙石落叶漫天飞舞，毫无规律地东奔西窜，推搡拉扯，让人站立不稳，乘风欲飞。

狂风稍息，又有喧嚣之声自谷底传来，初若隐雷滚滚，继而锣鼓齐鸣，金戈相击。其间果然夹有人喊马嘶之声，似有千军万马冲锋陷阵。偶尔有莫可名状的尖啸，于一片嘈杂之中异军突起，兀然而至，直刺得人耳膜生痛。

混乱之中，李虎强令自己沉住气，用有力的臂膀将郑雯、小樊和小向三人拢入一处凹进的崖根浅洞里，让他们互相搀扶着蹲下，自己摸索着从包里拿出头灯戴上，打开光柱，搜寻着尚在悬崖上的沈立。虽然戴着护目镜，但眼前风沙狂舞，让他什么也看不清楚，迷离昏暗之中觉得眼前崖壁冰冷如铁，逼得人透不过气来。搜寻半天，始终未能发现目标。他对着对讲机叫了几声，对方一点反应也没有。

李虎设想了可能出现的种种情况，最终凭直觉相信沈立不会有事。于是他沉住身子，如铁塔一般立在那里，希望头灯的光柱能够成为沈立下行的路标。约莫五分钟过后，在一片阴冷的光线下，终于接住了垂吊而下的沈立。这时，豆大的雨点砸下来，头上安全帽一阵"噼里啪啦"作响。李虎和沈立抑制住心中的慌乱，顾不得黑暗之中陡然而至的狂风暴雨，沉住气，摸索着抽掉挂在崖上的绳索后，两人才相互搀扶着摸索到岩根下面，与其他几人挤在一起，蜷缩着静待天气的变化。

所有的声音都淹没在"哗哗"的瓢泼大雨之中。他们竖起冲锋服领子，紧紧揪着领口，尽量不让雨水渗进里面。

噩梦般的天气就这样持续了四十多分钟，突然间又雨霁雾散，所有声音瞬息消失无闻，恰如当初突兀而来，转眼间又匿迹而去。蓝天复现，朗朗阳光遍照四野。谷内景观，有如初浴般挂着晶莹的水珠，在一片宁静中展露着姣好的容颜。

几人从藏身之处挪出来，抖落身上的雨水，沐浴在失而复来的阳光之中，恍若一梦。

忽见小樊圆睁双眼，指着一旁惊叫道："天哪！你们快看！"

众人顺他手指的方向望去，发现平台左边一块突出的岩石上横躺着一只残缺的动物尸体。他们小心翼翼走过去，看见是一只灰色的猕猴，不知被谁开膛破肚，内脏已经掏空，一条大腿被齐根切断，两只无神的大眼惊恐地瞪着几人。看样子，似乎是在狂风暴雨之中刚被猎杀，血迹却让大雨冲刷得干干净净。

不知名的猎手早已遁去踪影，残存的猎物充分暴露其凶残的手段。

"别看了！"沈立说，"弱肉强食，这是丛林规则！"

一直用手捂着嘴的小向干呕几声，眼泪汪汪地望望郑雯，可怜巴巴地问道："雯姐，你好像一点也不害怕？"

郑雯冷冷一笑："有什么好怕的！千年尸骨我都见得多了，这算什么？！"

此时，西边残阳如血，谷底雾气氤氲，李虎说："时候已经不早了，我们才下到第四级，这里台面狭窄，不宜久留！趁现在体力尚在，我们继续下去吧！"

当沈立正寻找位置固定绳索时，郑雯在另一边的崖根发现一副动物骨架。那骨架沿着崖根延伸过去，大致估计，其长度足有二十多米。郑雯判定，这是一副蟒蛇骨架。

小樊咋舌说："我的乖乖！这得多大的蟒蛇？"

李虎说："《山海经》里讲过一则神话，说有'巴蛇食象，三岁而出其骨'。看这骨架规模，即便是古时巴地之蛇，恐怕也还不足以吞下一头象吧。"

向前进说："还记得我们在七星山上看过的'灵异事件调查协会'的笔记记载么？那上面说，神堂湾有巨蟒，果然不假！"

说话间，小樊已用数码相机拍下了骨架场景。

第五级下完，夕阳已被山崖挡住，视野迷蒙起来，已经无法再到达下面一级了。这里的空间已经变得非常狭窄，他们仿佛是钻进了地缝，抬头仰望，只见一线细细的蓝天，对面的峭壁似乎伸手可触，两壁间距离不过两百来米，越往下面越狭窄。他们置身在一个由坚硬岩石挤压而成的狭窄空间里，不但视野受堵，似乎连呼吸也不畅了。所有的通讯设备都失去了信号，GPS也失了灵。

沈立说："通讯失灵应该是受到地磁的影响，也没什么奇怪的！"

但所有人都强烈地感受到，他们已经置身于一个被世间遗忘的死角之中！

就着天上余光，他们清理出一块平地，扎好帐篷，先解决了饥饿问题，然后拿出地图，围在一盏灯下，希望能够确定他们现在的大致方位。从示意图上看，整个神堂湾就像一只蝌蚪，他们现在的位置应该就在蝌蚪的尾巴上。郑雯有些担心，越到下面两壁挨得越近，不知狭窄的谷底能不能容他们穿越出去。现在才下到第五级，总高程还不到一千米，如果按资料所说，下面还有四级，五六百米的高度，谷底会是什么情形？他们有没有可能下到谷底？

沈立说："刚才我往谷口方向勘察过，平台已到尽头，前面只有绝壁，下面似乎稍见宽阔一些。我们现在别无出路，只能继续下到谷底，再向蝌蚪的腹部穿越。"

几人心中都是一片忐忑，却又不便在他人面前表露出来，加上连下五级，劳累不堪，各自钻进帐篷，怀着惶恐不安的心理渐渐进入梦乡。

这一夜，李虎仍然发出禁咒，在营地周围设了一个禁区。为防万一，他还和沈立两人轮流值哨，其中李虎从八点至十一点只睡了三个小时。

上半夜显得非常宁静，偶尔会从遥远的地方传来几声怪异的嘶吼，仿佛是某种巨兽相互间争斗撕打的号叫；又有尖锐的啸声应和，似乎是动物间的联络信号。声音在黑暗之中的峡谷峭壁间久久回荡，恐怖凄厉，余音袅袅。

李虎乍闻如此诡异的叫声，也自觉惊骇莫名，几乎沉不住气，无法运出神咒。后来以漆大大所授心法，强自慑住心神，才渐入宁定之境。

子夜过后，李虎在帐外闭目打坐，忽听"扑腾腾"一声，眼幕感受到一片微光。他睁眼一瞧，有两团淡淡的荧光从谷底快速升起，在黑暗中画出一道弧线落在约三十米外的地方。那荧光在一片昏黄中透出一种紫蓝色的光泽，显得神秘幽微。荧荧之光化开一片黑暗，映得峡谷中那些树木影影绰绰，竟

第三十二章·九级台阶

如电影中刻意渲染的魔幻镜头。

此时李虎已经心定神宁，早已见怪不怪了。他打开头灯，一股强光照射过去，发现那边耸立着一块巨大的岩石，那两团荧光似的东西就立在巨石上面。被李虎强光一照，那东西似乎受到惊扰，忽又升起，洒下"啾啾"两声啼鸣，"扑腾腾"带着一股强劲的气流从李虎头顶飞掠而过，眨眼间便出了峡谷，消失在重重叠叠的崖壁后面。李虎透过那两团荧光隐约看到，飞过去的似乎是一只巨大的鸟类，后面拖着长长的尾翼。难道那在夜里放光的东西竟是巨鸟的两只眼睛？

峡谷之夜，宁静的空气之中弥漫着无尽的神秘、诡异……

第三十三章　子午河

1

一夜平安无事。

几人在晨光之中陆续醒来，钻出帐篷，互相望望，眼神还有些发呆，恍如隔世一般。小樊最先伸伸胳膊，露出一口白牙，嘻嘻笑道："恭喜恭喜，大家都还活着！"

这一笑，便如阳光一般扫去心中阴影，大家情绪很快稳定下来。李虎又引导大家做了一回功课，个个更是显得精神饱满。早餐时，樊高一仰头，发现对面高高的山崖边上，映着一抹红红的朝阳，惊喜地叫唤起来："太阳！太阳！我看见太阳了！"

在这个与世隔绝的地缝之中，一缕映在远处的阳光，似乎让他们见到了与外面世界联系的纽带，人人都兴奋不已。饭后，沈立将下降点选定在平台尽头。他用望远镜向下观察，峡谷内光线阴森，迷雾蒙蒙，什么也看不清楚。只隐隐约约看到，笔直而下的崖壁在雾幔中反射出暗幽幽、湿漉漉的光泽，他估计高程至少要超过100米。为防谷底有水，李虎穿了一件救生衣，戴上头灯，一翻身坠入迷雾之中，先下去探路了。

谷中迷雾，氤氤氲氲、丝丝缕缕、黏黏湿湿，视野不能望远，但在头灯的强光下，近处仍能看得清清楚楚。对岸崖壁越来越近，李虎渐渐发现，下面就是谷底了,再也没有所谓的台阶，更不见下一级的崖壁。所谓"九级天梯"，他们只下了六级，还有三级台阶在什么地方？

峡谷两端，均被浓雾罩住，看不清出口情况。

由于对讲机失灵，无法向上面报告所见情况，李虎一边下滑，一边仔细观察四周情况，分析前景。快到谷底时，他被一张奇怪的大网挡住了去路。

第三十三章·子午河

他用头灯照着仔细一看,发现是一张硕大的蜘蛛网,如渔网一般,从对岸拉过来,上面粘满了晶莹的露珠和大大小小的蚊蝇飞虫,甚至还有一只不幸撞入罗网的翠色小鸟也在那里扑腾着翅膀,作徒劳的挣扎。一只早起的蜘蛛正惬意地趴在网上,慢条斯理地享用着它的早餐。那蜘蛛体大如盆,呈棕红色,如婴儿手臂粗细的长腿上面,密密长满几寸长的绒毛。这与他们在第三级台阶上所见到的食鸟巨蛛大不相同,体形更大,色泽更艳,模样更加凶猛。李虎没有向前进那样的专业知识,说不出这蜘蛛叫什么名字,更讲不出像食鸟巨蛛那样动人心魄的传奇故事。那蜘蛛让他心头发毛,他一时停在那里,踌躇不前。

但那巨蛛对李虎的到来似乎浑然不觉,或者是根本就没有将他放在眼里,只顾享用自己的美餐,旁若无人。巨蛛利齿切入网上猎物,发出毫无顾忌的嗞嗞声。

李虎从小听过"雷公不打吃饭人"的古训,一向尊重别人的用餐时间,但这蜘蛛正好挡在脚下,想来想去,只好对不住了。他从未见过这样的巨型蜘蛛,也不知有没有毒,不敢以身试蛛,只好用脚去蹭掉粘在崖壁上的蛛网。照他设想,那蛛网被他蹭掉以后,会朝对岸落下去的,哪知蛛丝黏性极强,竟粘在李虎鞋上,一时蹬踢不脱。正用早餐的蜘蛛大概一向骄横跋扈惯了,此刻受到无端打扰,不禁勃然大怒。它那两只藏在绒毛后面的眼珠骨碌碌一转,马上就发现了肇事者,果断地挥动长腿,气急败坏地朝李虎这边爬了过来。李虎一看不对,抓住绳子急速向上攀去,上升十来米后,低头一看,蛛丝仍然粘在鞋上,蛛网已被拉扯得严重变形。硕大的蜘蛛似乎毫无畏惧,不达目的誓不罢休,仍然一个劲地向上爬来,距离越来越近。李虎又上升了十余米,蛛丝的韧性终于达到极点,"噗"的一声脱开李虎鞋底,急速弹回。那蜘蛛在自己编织的网上纵横驰骋,一生罕逢敌手,万万没有想到对方此时会来上这么怪异一招,可谓釜底抽薪,庞大的身躯一时失去依托,悬空而掉,预定的进攻只好作罢,慌忙施展飞行绝技自救去了。

李虎小心地扫去途中其余的蛛网,缓缓滑向谷底。越往下,壁面越潮湿、越溜滑,反射出青绿色的光泽,偶尔还能见到一丛丛的蕨类植物。湿湿的空气中弥漫着苔藓或是蕨物的腥味,崖面上凝结的水珠汇聚一块,形成一道道细细的水流。

谷底光线阴森，无名的腥味特别浓厚，让人不敢大口呼吸。一条流动的小溪"哗哗"作响，他小心踩入浅浅的河水之中。河床不过三五米宽，布满大大小小的砾石。

李虎发现那些砾石非常光滑，溪水刚刚淹过脚面，清澈见底。他忽然想到，如此阴森潮湿的环境，终日云雾缭绕，不见阳光，这些露出水面的砾石怎会如此光滑，竟然丝毫没有崖壁上面那样的苔藓？他看了看河床两边陡峭的岸壁，发现都有一道三米多高的明显痕迹，十分对称，痕迹上面部分包裹着一层苔衣呈青绿色，下面则露出灰白的岩石本色。

李虎一下子明白过来，这只能是河水冲刷的结果。他眼前见到的这点溪水仅是暂时现象，一旦下起大雨，这里肯定是满河汹涌，洪水滔滔。早餐时尚见到过一缕阳光，看来眼前不致会有大雨。不过，这里天气说变就变，此处绝对不可久留！

他试探着顺流向前走出一段，虽然看不清前面的情况，但既然水能从这里流出去，李虎确定人也是可以通行的。正要拉动手中绳子，这是对讲机失灵后他们规定的安全信号，忽然听到一阵"呼哧呼哧"的异常响动，他循声望去，只见上游方向的河床中滚动着一段黑黝黝、湿漉漉的巨木。——巨木咋会滚动？

忽听"哗啦啦"一阵水响，看上去陈旧不堪的黑色巨木居然灵活矫健地摆动起来，并以迅猛之势向李虎这边游奔过来。

李虎被吓得心中一炸，立即认出那是一条凶猛的巨蟒。

不容李虎多想，那巨蟒已来到眼前。只见它巨大的三角形脑袋猛地一甩，已轩昂地立起，溅起的水花洒了李虎一身。一股腥膻恶臭扑面而来，令李虎一阵窒息眩晕。血盆大口、森森白牙，就在李虎眼前晃动。滚圆的身躯披着粗大的鳞片，在河床上翻滚，身上糙皮与河中砾石摩擦着，发出"呼哧哧喀嚓嚓"的声响。巨蟒身子的后半部分还隐在浓雾之中，不知其有多长。这一切变故，其实只在瞬息之间，正所谓"说时迟，那时快"。

巨蟒并未立即施展进攻，只是摆出一副凶恶的架势，鼓起两只眼珠观察着眼前的猎物。大概这是它从未见到过的猎物，一时还不知从何下口。

李虎乍逢巨变，稍一惊慌即定下神来，脑子里闪过一个念头：禁咒！

2

李虎在第一瞬间本能地释放出身体的应急能量，气机遍布全身，起防护作用。

随即，他急促地翕动两片嘴唇，源源发出一串串咒语。巨蟒昂起的脑袋已到眼前，距李虎面颊仅有两米之隔，粗重的喘息清晰可闻，呼出的恶臭气息扑面而来。一双圆鼓鼓的眼睛露出凶猛的光芒，定定地盯住李虎，似乎在估摸眼前这猎物滋味如何，或者考虑该从哪儿下口。那样子，随时都有扑上来的可能。

李虎腰上挎着一柄两尺长的丛林刀，坚韧锋利，加上自己一身功夫，相信足可与之一搏！

但禁咒是和平之音，施咒的目的就是尽量避免暴力的发生，让势成水火的各方势力消解分散，不干天和，以利生灵。因而李虎此时别无选择，他圆睁虎目，寸步不让，与巨蟒面对面眼瞪眼地艰难对峙着！李虎暗暗告诫自己，无论咒语灵与不灵，自己绝不主动出击！万一巨蟒暴起而攻，他也只能与之一搏，周旋到底了。李虎自信，尽管对方巨大凶猛，最后胜负如何，还是殊难预料之事。

时间一秒一秒地过去。

巨蟒脑袋就在眼前晃来晃去，庞大的身躯在水中不停地扭动着，搅得溪水"哗哗"直响。李虎立在水中，身如渊渟岳峙，巍然不动。

渐渐地，李虎发现，巨蟒眼中的凶光一点点暗淡下去，转而现出平和柔顺的眼神，脑袋慢慢耷拉下去，缓缓地转向后面，然后艰难地转过庞大的身躯，朝上游方向爬走了。开始行动缓慢，转过身后便迅速游动，很快隐入浓雾之中。

李虎长长舒了一口气，紧张的心情放松下来，不太自信地想：咒语起了作用？

他不敢懈怠，朝上游方向走了一段，确信巨蟒已经离开，这才将手中绳索狠狠地拉了三下，通知上面的人可以放心下滑了。

李虎站在河床上游，眼观着队友一个个滑落下来，一对耳朵却全神贯注听着身后，以防巨蟒去而复来。待所有人都安全下到谷底，李虎发现除自己外，他们都没有穿救生衣。他要求他们立即穿上，以防不测，然后领着大家快速向下游走去。

　　他们蹚着溪水，在雾气弥漫的狭窄甬道内摸索前进。走出约500米，李虎发现水下石缝中卡着一白色物体，不像石头。他弯腰抠出来，看清是一个已被磨得十分光滑的人头骨。紧跟后面的小樊看见，惊叫一声："是骷髅！"

　　李虎说："不知是何年何月的探险者，大概是被水冲到这里来的。"

　　"还是放在这里吧。"郑雯说，"巴人信仰水葬。"

　　李虎忽然想到自家几位进入神堂湾再没回去的祖先，忍不住说："谁说这就是巴人的头骨了？"话虽这样说，还是小心地将头骨放回了原处。

　　溪谷渐渐宽敞，光线也渐渐明亮，前面出现了河滩。他们走上铺满砾石的河滩，时有巨石挡道，逼得他们不得不又从水中绕过。

　　转过一道弯，雾气早已淡去，能够一眼看到谷口了，迷幻似的光芒从谷口处映入，让人眼前一亮。那是一幅气势雄伟的水墨画，两壁夹峙，比夔门略窄，但显得比夔门更高，构成一道惊心动魄的齐天大门！门内，蝌蚪的尾巴，只是一个巨大的甬道，空间狭窄，光线幽暗；门外，却是阳光朗照，紫气氤氲中，隐约见到浮在雾幔中的一丛丛树冠、一垛垛石峰，泼墨写意的景致，浓淡相宜，如梦似幻……

　　一行人都被眼前景象映得满面发光，向前进兴奋地说："哇噻！我们莫不是在做梦吧？好像是走进了传说中的仙境耶！"

　　樊高看看表说："再有几分钟就12点了，我们正好走完蝌蚪的尾巴，这简直就像从地底下钻出来呀，马上就要见到太阳了！"说着，在宽阔的河滩上蹦蹦跳跳，朝着五彩斑斓的谷口奔跑过去。手舞足蹈犹未尽意，还放开嗓子唱了起来——

　　　　胜利在向你招手，
　　　　曙光在前头！
　　　　……

忽听一阵闷雷响来，大家心中一惊，不约而同地抬头看天，头顶一线青天如碧，谷外阳光灿烂依然。声音却越来越响，回响在整个峡谷之中，轰轰隆隆，嘈嘈切切，有如千军万马，汹涌澎湃。

李虎猛然醒悟过来，大声喊道："快跑！是大水来了！"

大家回头望去，就在他们刚刚走出的那道弯口，河滩上已经铺开一片白浪，后面滚滚水流如大山倾倒，呼啸划破空气，卷地而来。

"哎哟！"

"快跑！"

几人大惊失色，同时叫喊。

然而，两壁如削，又往何处逃！唯一的出口就在前方。事实上，大家刚有"跑"的意识，还不知道该往哪"跑"，也根本没来得及拔腿，大水就滚到面前，五个人瞬息被淹，巨浪之中如同草芥木屑，毫无自主之力，生生被巨大的洪流裹走。

3

这是每一个人都无法逃避的灭顶之灾！

就在被倾覆的那一瞬间，李虎情急之中伸手一抄，逮住一个人的衣服，但觉身子一轻，已被急速的水流托起，双眼再也看不见东西了，只有耳中充塞着巨大的轰鸣之声。他屏住呼吸，紧紧握着手中抓住的东西，还没来得及转过一个念头，便感觉心脏猛地向上一提，身体已悬在空中，随水流快速下跌。李虎明白这是被冲下绝壁了，他不知道在下面等待着的会是什么样的结果，只想睁开眼睛再看一看周遭的世界，但跌落的水势却冲刷得他睁不开眼来。他身不由己，只能期待这不可避免的遭遇，不要太糟糕！

人体从高空坠落，虽然裹在水中，浑身遭受着跌水的抽打，仍能明显感觉到那风驰电掣的速度！

但水流的下跌之势似乎无休无止，峭壁好像高得没有尽头。

终于，李虎一直悬着的心和他一直悬着的身体以及他手里抓着的一个人，有了一个实在的着落。在一片轰鸣巨响之中，他感受到来自下面的重重撞击，身子沉下去，沉下去，然后又浮起来……

"这是在水中，还不至于粉身碎骨！"李虎庆幸地想，"但如此下去可不行！我们不能坐以待毙，得游上岸。"

但在水中无依无凭，而且他手里还抓着一个人，除了两脚本能地踢蹬，实在难有作为。他一时忘了自己身上还穿着救生衣。正着急之时，忽觉眼前一亮，睁开眼，发现已经浮出水面来。他深深吸了一口气，急速地摆了摆头，抖落脸上的水珠，发现眼前是一条不大的河流，河面不宽，水流湍急。一岸是峭壁，另一岸则草木丰茂。再定睛一看自己手中抓住的，居然是郑雯。

只见她双目紧闭，面色青紫，李虎不由心中一阵疼惜，他一只手托着她，一只手用力划到岸边。他将郑雯抱上一片青草滩，摸摸手腕尚有脉搏，稍稍放下心来，然后伸腿坐下，将她腹部放在自己腿上，让她脑袋下垂，用手轻轻平压背部。郑雯"哇"的吐出几口水来，渐渐有了微弱的呼吸。李虎心中一喜，将她抱起来，揽入怀中，一手贴在她肚脐处的神阙穴，运气助她恢复。

不一会儿，郑雯缓缓睁开眼睛，扭头望见李虎，挤出一个惨白的笑容，轻声说："我们还活着？这是在哪里？"

李虎让她坐起来，揽着她的肩说："我们被冲下一道绝壁，顺流来到这里，刚刚才上岸来，其他人却不知被冲到哪里去了。你现在感觉怎么样？"

郑雯软软地靠在李虎肩上，又无力地闭上眼睛，面色苍白，呼吸微弱。李虎替她取掉头盔，理顺一头湿湿的长发，然后一掌抵在她背心，又提示她加深呼吸。一番内引外导，郑雯面色稍见好转，苍白的脸上渐渐现出两团晕红。她仰面望向李虎，正与李虎俯视的目光相接，见他眼中忽然喷出热情，目光一下变得火辣辣的，慌忙挣脱李虎的怀抱，红着脸故作轻松地说："放心吧，我没事，就是在水中憋得有些久了，现在已经缓过气来。我们得赶快想法，去找到他们！"

李虎揽着她温柔的身子，见她那复现血色的脸蛋娇艳如花，香唇微张，吹气如兰，禁不住心神荡漾，热血沸腾，几乎就要朝她脸上吻去。此刻，见她端坐一旁，连忙收摄心神，想到同伴下落不明，大事未了，他不禁羞愧自责，连忙站起身来，向四周打量一番；对面是层层叠叠的绝壁，身后一道缓坡，是密密的森林。森林与河流间,有一片长长的长满青草的河滩。此刻,他和郑雯就置身在这片松软的草滩上,午间的阳光暖暖地照着,流水潺潺,芳草萋萋,四周一片宁静。李虎看看手表,十二点过十分。算一算,从被洪流卷起到现在,一场惊心动魄死里逃生的经历,其实总共不过十来分钟。沈立几人难道被冲到前面去了?

正向远处张望,忽听河中水声渐渐小了。回头一看,河中汹涌的流水正在快速退去,河床袒露出来,大大小小的砾石间,只剩一股细细的溪水还在蜿蜒流淌。就像刚刚还是一部激昂澎湃的交响乐,转眼间就换成了一曲浅吟低唱的咏叹调,让人的情绪一时适应不过来。俩人莫名其妙地对望一眼,郑雯说:"这是怎么回事?"

"是啊!"李虎说,"前后不过十分钟,这水是从何而来?"

"或许,这就是传说中的间隙河?每隔一定时间就会来一次。"

"如是这样,我们得赶快找到他们!"

郑雯问:"怎么走?"

李虎说:"先往下游方向找找看!"

俩人说着拔腿就跑,刚跑出几步,郑雯脚下一个踉跄,几乎跌倒在地。李虎连忙扶住,说:"你还没恢复过来!就在这儿待着。我找到他们再回来!"

"这样吧,"郑雯说,"我慢慢朝上游方向走,或许会碰上他们。"

李虎看看周围,摇头说:"不!你还是在这待着,别到时候连我俩也走散了!"

说着,李虎让郑雯就地盘膝坐好,趁这工夫做会儿吐纳,然后运气发出一串咒语,在她周围布下一个禁区,叮嘱说:"千万不要走开,一定等我回来!"这才飞快离去。

4

李虎在七星山经过漆大大一番调教,如今所负功夫,已远非往昔了。快速奔驰之中，非但步履轻盈，而且长力不衰，脸不红，气不喘。

他跑了十多分钟，仍然没有见到一个人影。正自气馁，忽然，远远地看到前方树丛中有一个橘红色的小点，不禁一阵兴奋。取出望远镜一瞧，那橘红色静静地掩在一片绿树间，一动不动，看不真切。李虎心想莫是有人受伤了？跑拢一看，原来却是一丛开得正欢的花儿。李虎呆立片刻，先前只知寻找橘红色，此刻才注意到，这里的花呀草的显得异常高大，迥异于以前所见。眼前这花，形状像百合，呈橘红色，喇叭状的花瓣竟差不多与人体等高。再往纵深，那些叫不出名字的树拥挤得看不清树干，浓密的树冠高耸入云，仰头还看不到树巅，岂不有上百米的高度？其树干到底会有多粗？

这里处处透出怪异，但眼前还顾不上这些，找人要紧。算算路程，李虎已经跑出七八公里了，他们都穿着救生衣，会被冲出这么远？尤其是沈立，应付这种场合应比自己更有经验。拿起望远镜再往前面望去，不禁大吃一惊——

河床在前面一千多米的地方突然消失了！

李虎心中怦怦直跳，跑过去，果然见到河水又跌下一道悬崖！临崖一段河床是逐渐倾斜下去的，刚刚被水浸透了的苔藓溜滑无比，登山绳又带在沈立身上，李虎无法走到河床尽头的悬崖边去向下面看个究竟。

他向周围观察一番，最后涉过河床，大胆攀上对面绝壁，缓缓移到边缘，手臂钩住石缝中长出的一棵小树，回身下望，不由倒抽了一口冷气！

脚下这道绝壁，足足有一百多米高，百米以下，紧挨绝壁的是一片连绵无尽的原始森林。森林中，一根根高高矮矮的笋状石峰拔地而起，阳光映照下，显得十分峥嵘。他用另一只手举起望远镜，向下搜寻，发现在森林与绝壁间，还隔着一道窄窄的峡谷，峡谷紧贴着脚下的绝壁，幽暗深切，难以看清谷中情形。

李虎深深吸了一口气，慢慢回到河床上。他心中忽然涌出了一个非常坚定的信念：沈立他们没事！先前是关心则乱，他完全没有考虑到沈立他们在水中的时间。以自己奔跑的速度，恐怕不会慢于水流，尚且还跑了十多分钟，沈立他们穿有救生衣，在这段时间内是完全能够从水中游出来的。说不定，他们还先于自己上岸，而自己一开始就将寻找的方向定错了！

想到这里，他又担心起郑雯来，不知她一个人待在那里怎样了！于是，

第三十三章·子午河

他又快速往回奔去。远远望见郑雯好端端坐在那里，他放下心来。同时心中又生出一种失望：为什么沈立他们没有找来？难道沈立不见了两个同伴，就没有想到要来寻找自己和郑雯？

不！他们一定是遭遇到了什么麻烦。

郑雯见他只有一人跑了回来，惊问："没有找到？他们人呢？"

李虎摇摇头，然后又安慰她说："或许，他们比我们先上岸呢，我们往上游去看看吧！"

此时，地上的日影开始向下游倾斜，李虎由此判断那是偏东方向。俩人又逆着河床，一路向西搜寻。李虎边走边向郑雯讲了自己向下搜寻的结果，郑雯也是听得心惊，暗暗祈祷三位伙伴平安无事。走出两三公里，他们见到一个碧绿的水潭，上方挂着一道细细的瀑布，约三四十米高。瀑布的出口，正是两壁夹峙的一道窄门。李虎心想，这多半就是他们跌下的那道绝壁了。如果不是下面这个深水潭，他们恐怕是逃脱不了粉身碎骨的命运了。但既然走到了这里，为什么还没看见沈立他们？他们到哪里去了呢？

郑雯忽然伸手一指，叫道："你看那边！"

李虎向前望去，看见水潭另一端也有一道缺口，水从那里分流出去，也形成一道溪流，但水流似乎比这边大些，"哗哗啦啦"流得有声有色。

他们立刻朝那个方向跑过去。李虎心中闪过一个念头：毫无疑问，沈立他们是被冲进了另一道河床，一定就在前边。

这边的河滩很窄，河床坡度更大，水流也更急。李虎记起间隙河的事，只和郑雯走在河床水位线以上的岸边，紧靠着森林的边缘。他们眼睛一路搜索，耳朵也不敢闲着，随时警惕着间隙河的突然袭来。但他们一直走出两千多米路程，唯一的发现是河床又在前面陡然消失了，眼前同样出现一道绝壁。李虎的心"咚"的沉了下去，郑雯轻呼一声："我的天！"也是脸色煞白。俩人均想：三位同伴多半凶多吉少！

不同的是，这里临近悬崖时，河床变得宽阔平坦了，崖岸整齐，气势非凡。

远远望去，崖下是一片色彩斑斓的原始森林向远方铺展，偶有异峰突起，但已不如先前在另一边所见那样密集。俩人行走至此，不但没有见到一个人影，甚至也没见到一丁点有人走过的迹象。郑雯已经忍不住哭了起来，李虎的一颗心也是沉了又沉。但他强摄心神，坚信自己的直觉，一再向郑雯保证，说几个同伴不会有事。他让郑雯待在安全处,自己小心走到崖边,先向下张望一眼,发现崖壁并不高,不过三十来米,崖根下也有一个常年冲刷而出的碧绿水潭,比上面这水潭更大更绿。李虎心中先已放松一半,自忖这样的高度他们也曾经历过一次,有惊无险,如果沈立他们从这里再次跌了下去,结局也未必很糟。一边这样想着,他一边举起望远镜仔细观察。

5

　　这下面的地势与他们刚刚经过的那个水潭周围颇为相似,也是对着一个隆起的山丘,山丘上森林密布,与后面莽莽的原始森林连成一片。森林与水潭间隔着一片长长的砾石滩,其中横陈着一些巨大的石块。身边的溪流跌下断崖,飞成一道散开的瀑布;银瀑珠帘,在崖壁上跌成三截,最后挂落在绿潭之中,溅起细细的水花。水潭只有一道出口,水流贴着崖根向东流出一段后,突然转向钻进了茂密的原始森林,就像隐身一般不见了踪影。河床较宽,铺满灰白色砾石,十分醒目,中间缓缓淌着一道浅浅的碧色溪流。

　　李虎的视线顺着河流搜寻一番,没有任何发现。但他忽然明白了他们现在所处的地势,他现在所立之处,也不过是一个十分巨大的平台,两条溪流跌下的是同一道绝壁。先前他们下了六道绝壁,那么现在就是在第七个台阶上,难道下面那一眼望不到头的莽莽丛林后面还有台阶?

　　郑雯在后面着急地问道:"看到他们没有?"

　　李虎只好回答说:"不要着急。"他调了调镜头焦距,再次耐心地搜寻着。他坚信自己的直觉:沈立他们就在下面,情况并不很糟。

　　他回忆起自己和郑雯上岸的经过,设想沈立他们被卷入水流湍急的另一条河流,两公里的里程,还没来得及上岸,即又跌下另一道绝壁。要是他们三人被冲散,并且被水流带入人迹罕至、诡异莫测的原始丛林之中……他不敢再往下想了。退回几步,他在郑雯身边盘腿坐下,凝神聚气,试图打开自己的天眼。他将意念守在两眉之间,初时一片黑暗,渐渐现出一团红光,只

第三十三章·子午河

是迷迷蒙蒙，缥缥缈缈，什么也看不见……

忽听郑雯大声叫道："你快看！"

李虎心中一惊，睁眼瞧向郑雯，只见她眼睛睁得大大的，定定地望着外面，忽地从他身边站了起来，激动地说："你快看！那里冒烟了！"

李虎扭头望去，果见崖下升起一股浓浓的青烟。此时，正是午后两点多钟，阳光正烈，微风不起，青烟袅袅升起，直上蓝天，恰如从天而降的一条青色长龙。李虎心头一喜，脱口说："这谷底从无人迹，哪来青烟？这一定是他们了！"

俩人来到崖边，发现青烟正从水潭砾石滩上的一块巨石后面源源升起。巨大的石块挡住视线，后面到底什么情形，他们一点也看不见。郑雯忍不住大声喊道：

"喂——樊高——沈立——，是你们吗？"

清脆悦耳的声音刚从郑雯口里发出，随即被淹没在脚下轰鸣的飞瀑声中，恰如一滴水珠投入巨浪，踪影全无。郑雯不死心，又掏出随身携带的救生哨衔进嘴里，却被李虎阻止了。他说："那也没用的，还是我来试试吧！"

李虎站了一个姿势，调整气息，随即从口中发出一声长啸。啸声清迈激越，穿透水瀑的轰鸣，直如蛟龙飞天，婉转腾跃。一声甫歇，一声又起。第二长啸刚刚响起，便见巨石后面转出一个红色身影来。仔细一看，正是沈立。

郑雯喜极而泣，呜咽说："是沈立。快！快叫他！"

李虎啸声未停，已举起双手，朝下连连挥舞。下边沈立也已看见他们，一面挥手，一面朝这边跑了过来。郑雯担忧地说："怎么只见他一个人？另外两人呢？"

李虎心中也不无担忧，缓缓说道："他们连跌两道绝壁，说不定是受伤了。"

说完，俩人都沉默不语了。他们不敢也不愿往更坏的结果去想。下面沈立已走到俩人的正下方，打着手势，要他们下去。下面的崖壁李虎是早已观察过了，三十多米的高度，其间出现了两个断层，每个断层都露出许多横向的褶皱，勉强可以供人立足。即是说，三十多米的崖壁也可以看作是三道十余米的崖壁。他和郑雯两人随身携带的保险绳和辅助绳索，连在一起，也足有十米了。

于是，李虎向郑雯讲解了他们下去的方案，让她取出绳索，作好装束；

自己则拿出打锚器,通过手势与下面的沈立一起确定了最佳的下降位置,然后接好绳子,自己先下了。

李虎顺利下到第一层褶皱处,打好下降的锚,又为郑雯打了一个临时的保险锚。待郑雯下来后,让她用手抓住保险锚,自己抽掉绳索重新固定好,又先下了。如是三番,最后一次,因为沈立已涉过溪流,在崖根处等着他们,所以郑雯先下了。见面的第一句话是郑雯说的,她眼瞪着沈立,直问道:"他们呢?"

沈立避开她的眼睛,含糊其辞地说:"不急,等会儿就见到了。"

李虎下来也问了同样的问题,沈立已经一脚踏入水中,平静地说:"跟我来吧。顺便说说你们的情况。我不明白,你们怎么倒先上了岸?"

李虎和郑雯心中隐约感觉不妙。李虎一面向他介绍了自己和郑雯的情况,一面跟着来到大石下面,只见向前进软塌塌地躺在阴影下,身下垫着游泳衣,面色苍白,紧闭着双眼一动不动,也不知是死是活。

左右一瞧,再没其他人影,李虎和郑雯同时问道:"樊高呢?"

6

沈立略一迟疑,说道:"见到你们前,我一直以为他和你们在一起。现在看来……"

"天哪!"郑雯含泪说,"小樊当时是走在最前面的,我记得他一边跑一边还在唱歌。现在上面没有,下面也没有,他到底是去了哪里?"

沈立说:"大水袭来时,我一伸手抓住小向,和他一起跌下悬崖。等我从水中冒出头来时,已经进入小溪急流之中,因为手中有个小向,还没来得及上岸,就猝不及防跌入了第二道悬崖,连我也差点被打晕了。在丛林边缘,我好不容易拖着小向爬上岸来,发现他已经停止了呼吸……"

"啊!"郑雯和李虎,同时发出一声惊呼,两双眼睛一齐投到小向那张苍白的脸上。

第三十三章·子午河

"不用惊慌！我知道这是溺水之人一种常见的假死现象，只要施救及时，也能起死回生。这不，一小时前他才恢复了心跳，现在虽然还在昏迷之中，但已无生命危险了！一直不见你们的踪影，我一边为小向施救，一边就想，当时大水袭来，樊高在前，我和小向在后，你们二人居中，我并不知道上面会有两溪分流，一直以为你们在前面，希望你们会找回来。直到一小时前，小向活了过来，仍无你们消息，我才将他抱到这片稍微安全的砾石滩上，安置在大石的阴影下面，这才去寻找你们。我顺着溪流进入丛林，一路吹起救生哨，深入丛林两三公里，没有发现任何踪迹，确信你们并未进入丛林。但你们到底在哪里呢？我一时找不出什么原因，也想不出更好的办法，而小向这里也需要有人照顾，只好沿途抱了一些树枝回到这里，燃起一堆篝火来发出信号。"

李虎在听沈立说话时，已经蹲到小向身边，运气在助他恢复了。沈立说完时，向前进已经醒来，此时，听到郑雯这样说，他挣扎着坐了起来，看看这个，又看看那个，好像刚从梦中醒来，人虽醒来神志还未醒来的样子。他眼睛转了几转，才虚弱地说："小樊呢？你们刚才说……他怎么了？"

听到小向开口吐声了，几人心中都是一喜，围到他的身边，这个摸摸他手，那个摸摸他头，如释重负。郑雯拍拍小向的脸，说："你可把我们吓了一跳。"

说着，她脸上露出灿烂的笑容，随即想起下落不明的小樊，眼里又涌出泪水，结成晶莹的珠儿挂到脸上，就像是清晨带露的花朵。

小向又朝周围望望，一脸茫然地说："我们这是在哪儿？怎么没见小樊呢？"

沈立蹲在小向面前，一手抚着他的肩，问道："我们是被大水冲到这里来的。你还记不记得当时落入水中的情境？"

"大水？"小向皱了皱眉头，疑惑地说，"我们……不是一直在悬崖上么？"

沈立拍拍他肩，说："好了！你现在虚弱，要少说话，好好休息！相信我们，一定会找到小樊的。"

"嗯。"小向点点头说，"我好饿！"

似乎为了证实他的话不假，刚说完便听他肚子发出一阵"咕咕"声来。这一提醒，几人忽然真的感觉十分饥饿，看看时间，早已过了四点了。

吃过东西，他们就地支起帐篷，小向又沉沉睡去。其余三人去拾了些柴火，垒在火堆上面，让青烟继续向四周传递消息。然后他们围坐一起，综合分析上下搜索的情况，设想种种可能。李虎让沈立、郑雯先去休息，自己登上一块顶部平坦的大石，在阳光下盘膝打坐、闭目调息，做起功课来。

也不知过了多久，李虎双眉抖动，在一片迷蒙的光团之中终于见到了具体的影像。葳蕤的枝叶，高大的树木，无边的丛林，潋滟的水光……等一下，确是水光，隐约闪现的水光，丛林中的河流，潺潺水声……仿佛电影中的快镜头，清晰的景象快速闪过。然后，他看到一种颜色，那是他正在搜寻的醒目的橘红色。橘红色在树丛中奔跑跳跃，腾挪翻飞。那是什么？会是一个人吗？一个圆圆的东西，反射着阳光的斑点，是头盔？没错！那是一个身穿橘红色冲锋服的人影，戴着圆圆的头盔……那张脸扭过来了，是小樊，是他在林间跳跃，身后背着的是什么？黑黑一团的庞然大物……

李虎大汗淋淋地睁开眼睛，没有见到一个人影。

飞瀑轰鸣，阳光淡去，日影已经拉得很长很长。他从大石下来，看见郑雯和小向各自在帐篷里睡得正酣，沈立正在拨弄着火堆。新加的柴火，青烟正浓。李虎走过去，对他说："我看见小樊了！"

沈立从火堆边站起来，将信将疑地望着李虎，说："他在哪？"

"在丛林里。他似乎遇到了什么麻烦，在不停地奔跑。但目前还是比较安全的，也看不出前面会有什么大的危险。"

"你这信息可靠么？"沈立显然是更加怀疑了，"既然他是独自进了丛林，又凭什么说他没有危险？"

李虎自己其实也是信心不足，他说："我也不知道。我是用漆大大教我的方法，看到了这样的景象，也得到了这样的启示。我不知道事实会是如何，但我相信自己的直觉。再说，我们现在还能有其他的办法么？"

7

沈立看看天色，太阳已收敛了咄咄逼人的光焰，露出温柔的红脸。

这时，离他们遭大水卷淹已经过去七个小时了，小樊既然还没有自己找来，就只有他们去找他了。沈立和李虎正说着话，看到郑雯和小向走了过来，又见小向步履平稳，知道他已恢复得差不多了。

李虎说："天色已晚，今天大家体力都消耗太多，我们就地宿营吧！明天，我们的首要任务就是找到小樊。"

"可是，"小向说，"他独自一人，去了哪里？"

"在丛林里。"

"你怎么知道？"

"我知道！请相信我。"

李虎虽然相信自己直觉，眼见今天宿营少了一人，仍不免心中沉郁。又见几人脸上多有不豫，遂振作说："相信我，小樊不会有事的！明天我们肯定会和他会合！中午，我们经历了悬崖飞瀑、急流险滩；眼前，有这碧潭绿水，正好除去一身汗尘！下去洗洗怎么样？"

几人除去冲锋服，只着贴身短衫，下潭中洗了个痛快。

夕阳燃尽，新月初上时，他们回帐篷换好衣服，该是晚餐的时候了，但看着那些速食食品，一个个均感胃口不佳。李虎说："今晚我们就地取材，尝尝这神堂湾的河鲜怎么样？"

向前进此时精神见好，兴致勃勃地说："好啊！吃了两天速食，这嘴里都淡出鸟来了，正好整几条鱼烤来吃，也改善改善口味。"

沈立旋开一把军刀刀柄，取出藏在里面的钓鱼钩和线来。李虎见状，笑着说："不用那样麻烦，用我的办法先试试。"

李虎说着走到潭边，运起内功，向潭中轻轻挥出一掌。见毫无反应，他又试了两掌，发出的内力都是泥牛入海，毫无动静。他不禁涨得脸都红了。

沈立拿着钓钩说："算了，还是用这个可靠些！"

"等一下！"李虎说罢，蹲起马步，酝酿一番气息，然后两掌一起挥出，只听"轰"的一声闷响，平静水面忽然凹进一个小坑，水波激荡，向四周翻涌，激起阵阵惊涛拍岸，哗然有声，溅起高高的浪花。

一旁的沈立先是不以为然，此刻看得目瞪口呆，咂舌说："我的天！这就是七星老人的先天功？还真有这样厉害？！"

说话间，水面已渐渐平静下来。不一会儿，就见有被击昏的鱼从潭底泛起，翻着白肚皮浮在水面。开始是三条、五条，后来竟多得数不过来，水面白花花的漂了一大片。

有两条漂到岸边的被他们捞起。这种鱼他们谁也没见过，小脑袋，大肚皮，甲很小。李虎掂了掂那肥壮的身子说："这两条怕有五六斤吧，足够我们吃了。"

郑雯说："水中还有这么多，岂不可惜了？"

"那些鱼只是被震昏了，"李虎说，"等会儿自会醒过来，没事的。"

几人正说着，忽然传来一声响亮的巨吼，他们在猝不及防中大吃一惊。

朦胧夜色之中，几人循声望去，隐约见到对岸瀑布下面有一黑黑的石洞，声音似乎便从那里发出。他们打开头灯，几根白晃晃的光柱一齐投射过去，只见洞口出现一只比水牛还大的巨兽，正"扑通"一声跃进水里。那巨兽见到灯光，竟然吓了一跳，稍一迟疑便沉入了水中，却并不下底，留出一对碗大的鼓眼，一眨不眨地盯着灯光，似乎对这灯光颇为畏惧。这时，不知从什么地方又游过来一只同样的怪兽，只是体形稍小一些。两只巨兽并排浮在水中，观察了一阵，似乎瞧出并无危险，然后划动四肢，缓缓向这边游来，头盔般大小的眼珠警惕地张着，同时不忘把浮到嘴边的鱼吞进肚里。

李虎几人连忙提着鱼离开水岸。向前进显得有些紧张，不安地说："这是什么怪物？看那身材嘴脸，长腿大嘴，一双鼓眼，倒像是蛤蟆。"

郑雯说："哪会有比水牛还大的蛤蟆？"

"到了这里，我们只能见怪不怪了。"李虎说，"我看这俩家伙并无恶意，只是怪我们抢了它们的食物。只要不再去捞鱼，它们就不会构成威胁。"

检测无毒后，沈立提了鱼，去离水潭较远的溪边剖洗干净了。回来时，他们已捡来枯树枝，将先前一直闷烧着的火堆扒开，燃起熊熊的火焰。

尽管只是撒了一点盐，这烤鱼吃起来仍是鲜美无比。

吃完鱼后，李虎依旧用密咒在营地周围设了禁区，然后和郑雯、小向各自钻进帐篷睡觉了。沈立在营地旁寻一隐蔽处藏好身,开始值上半夜。他见郑雯帐篷里一直亮着灯,几次想过去提醒她要节约用电,最终又打消了这个念头。他想,夜幕中的灯光或许会引来一些不速之客,但未必不是好事。

半个月亮独步天庭,淡淡月光飘洒下来,给沙滩铺上一层朦朦胧胧的清辉。后面丛林中偶尔传出几声模糊的怪叫,反而衬托出这月夜无边的静谧。

到了半夜时分,沈立忽然感到这种静谧被破坏了,就像波平如镜的水面忽然起了涟漪,又如沉稳的大地遭受到最深沉的地震的摇晃,夜空中宁静的气氛被一阵轰轰隆隆的声音搅得翻滚起来。似隐约雷声,从夜的深处奔来,雄浑而又迅疾!

沈立心中悚然一惊,一时不明这声音的来源,连忙抬头看天。

半圆的月轮已经偏过天心,夜空之中纤云不存。

沈立正要张口呼叫,却见李虎和郑雯已从帐篷中奔出。那声音越来越响,越来越近,轰轰烈烈的声响已将这空蒙的银色月夜充塞得满满当当。

三双眼睛略一交流,异口同声地说:"是洪水!"

8

他们迅速叫起小向,登上了李虎白天运功的平顶大石。居高临下,他们估算了一下营地的位置,离水潭三十多米,而且高出水面好几米。从水迹判断,白天那场洪水并未漫过这里,估计现在也不会构成多大的威胁。

转眼间,洪水便从崖顶喷涌而下。先前飘逸舒卷的银瀑,此刻已经暴涨成庞大的水幕,有若天河倾泻,气势磅礴,雷霆万钧!平静的水潭立时鼎沸如潮,白浪滚滚,轰然之声猛然撞击着每个人的耳膜。水石相激,飘起的水雾一直漫上天空,染湿了朦胧月光,扑面生寒。李虎几人如沐春雨,感到阵阵潮意。

这突如其来的洪水,轰轰烈烈地一直持续了二十多分钟,然后又戛然而止。仿佛一出闹剧落幕,一切很快又恢复了原来的平静。

李虎说:"白天我们遭遇洪水是在中午,现在是半夜。正午一次,子夜一次,极为准时。这就是传说中的子午河?这水如此突兀,到底是从何而来?"

众人皆不明所以,只觉得这里一切都浸透着神秘,出人意料,捉摸不透。唏嘘一阵,已是睡意全无。李虎见几人还在眼神发亮,说道:"天亮后,我们将要穿越丛林,你们还是抓紧休息吧!现在由我值夜。"

几人收摄心神,正要钻进帐篷歇息,忽听"咕哇"一声巨吼,如石破天惊,又一次撕碎了夜的宁静。没等他们回过神来,又是一声"咕哇"响起。

月光下,几人看得真切,水潭边的砾石滩上,面对面的蹲立着两只体形相当的巨兽。其中一只,正是他们先前在水潭中见到过的怪物。只见那怪物阔阔的扁嘴一张,肚皮迅速鼓胀起来,如一只巨大的皮球,发出洪亮的响声,震得人的耳膜发紧。

"咕哇——"

"咕哇——"

两只对峙的巨兽此起彼伏,互不相让,都用愤怒的吼声来表达自己坚持的意志。很显然,这是一种"不战而屈人之兵"的策略,它们都不愿意弄成两败俱伤的结局。

这边几人被扰得睡不成觉了,只得坐山观虎斗,且看两只怪兽孰胜孰负。

观察一阵后,李虎说:"你们看,对面那只怪兽是新来的,估计是一个初来乍到的入侵者,一个单身的流浪汉,靠四处掠食为生。它见这里水深鱼美,希望到潭中来分一杯羹。这边这只和水中稍小的那只大概是一对夫妻,是这水潭的主人,它们属于有产阶级。小国寡民,自给自足,当然不会容忍第三者的出现!"

"我认出来了,这不是什么怪兽!"向前进说,"而是体形巨大的石蛤!你们看,三角形的宽扁头,圆鼓眼,小鼻大口,还有背部黑色的斑块,四肢背面的黑色横纹……"

郑雯点头说:"以前,我们在野外作业时,也见到过石蛤,果然有些相像。只是,普通石蛤最长也不过十来厘米吧,这家伙也大得太夸张了,恐怕比水牛体形还大吧!……我看,这架要是打起来,那外来的掠食者恐怕是输多赢少!毕竟这边水中还有一位,人家夫妻同心,保家卫国嘛!"

正说着,两只巨蛤果然挥动前爪,渐渐向对方靠拢。看来,仅靠嗓门大解决不了问题，最终还得诉诸武力，以力量取胜。它们肥硕的身躯半立起来，举起粗壮的前肢，巨趾同时抓向对方头部，对方则张开大口相迎。双方都是皮粗肉厚，抓刨几下不着痕迹，无关痛痒，只是间或发出几声怒吼以壮声势。

几个回合下来，双方谁也奈何不了谁，又僵持下来，肚皮一鼓一鼓地喘着粗气。

向前进遗憾地说："可惜小樊没在这里，要是用他那相机拍些照片拿回去，恐怕要给生物界带来一场不小的热闹。"

体形较小的母蛤一动不动地伏在水里，眼看着两只雄蛤以命相搏，显得无动于衷。

郑雯气愤地说："这家伙也太无情义了！丈夫在眼前与人拼命，倒像不关她事！"

沈立说："两只雄蛤之所以拼命，都是为了丰厚的利益。除了盛产肥鱼的水潭，战利品还包括这只母蛤。无论谁获胜，母蛤都是这里的女主人。所以，她乐得一边观战！"

向前进说："是的，动物界不同情弱者！"

忽然，刚刚还在生死决战的两只雄蛤一起调转身子，朝丛林方向伏下，张开巨口，同时发出一声弱弱的呻吟，模样十分紧张。

几人见状，均感诧异。

正未明白怎么回事，突然从空中传来一道尖锐的啸声。几人抬头望去，只见丛林上空飞来两团黄灿灿的灯光，后面拖着一个巨大的T形影子。眨眼间，两团灯光已降落到沙滩上，一只收敛了翅膀的巨鸟立在石蛤前面，后面拖着长长的尾翼，宛如贵妇人骄傲的裙裾。巨鸟长着一张酷似猫头鹰的大脸，脸上镶着两只橙子大的眼珠，散发出莹莹的宝石般的光芒，灿黄之中泛出神秘的紫蓝色。远远看去，便如两团莹莹的灯光。

这正是昨晚李虎在峡谷中见过的那鸟，此刻立在月光下的砾石滩上，竟有一人多高，虽然比起巨蛤来还是显得太小，但站在它们面前，却是神情倨傲，自有一股王者霸气，钩状的尖喙被它自己的眼光映出冷冷的钢铁般的光泽。

两只巨蛤如奴仆般匍匐在地，胆怯得连叫声也发不出了。

"啾——啾啾！"

巨鸟张开长喙发出一声尖利的怒啸，身子向前倾出，长长的尾翼在身后偾张而立，宛如打开一把巨扇，每一根羽毛足有两米长，隐隐泛出暗紫色光泽，相互间错落有致地震颤摇晃着。空气中陡然漾出一股摄人心魂的神秘气氛，连一旁观看的李虎几人也感觉皮肤一阵阵发紧，下意识地互相抵拢。

两只巨蛤闭上铜铃般的大鼓眼，浑身发颤，伏在地上一步步后退着，然后"扑通"一声跃入水中，隐匿不见了。

"九头鸟！"

郑雯轻声惊叹说，似乎害怕被那怪鸟听见了。

"九头鸟？！"几人都疑惑地望望郑雯，又看那鸟，却分明只有一个脑袋。

郑雯说："传说中的九头鸟并非有九个脑袋，而是指的九根尾翼。"

巨鸟立起的尾翼正在翩翩起舞，几人一数，果然是九根。

郑雯说："我在一件出土的楚国漆器上曾见到过一幅画，鹰嘴人面长尾，与这鸟一模一样。九根尾翼如屏展开，模样桀骜不驯。据专家说，这就是传说中的九头鸟，实际上是从九尾鸟演变而成的一种传说中的凶鸟，据称见之不祥。"

"我曾经读到过一篇文章，"李虎回忆道，"说九头鸟最初好像名叫九凤神鸟，是楚人崇拜的图腾物。《山海经》说，'有神九首，人面鸟身，名曰九凤'，指的应该就是它。只是后来人们在传说中将它变成了一只凶鸟。一直以来，人们都以为只是传说而已，没想到确有其鸟，而且生活在这样的神秘之地。"

说话间，那怪鸟已敛尾展翅，飞到水潭上空，一下扎进水里，瞬间又跃出水面，嘴上多了一条挣扎着的大鱼，然后扇动翅膀，迅速升空，一下消失在丛林后面。

夜晚复归宁静，躲入水中的巨型石蛤再没露出踪影。

折腾半宿，几人看看天色，已经快亮了。李虎说："你们抓紧时间再休息一会儿。今天我们穿越丛林，会很辛苦的！"

说罢，李虎特意拍拍沈立，叮嘱道："你一定要睡着！"

郑雯刚进帐篷又钻了出来，伸手递给李虎一个皮制封面的笔记本。

李虎问："这是什么？"

"看看就知道了。"

第三十四章　临危受命

1

　　李虎值夜和沈立不一样，他没有受过训练，不会采用特种部队那种神出鬼没的暗哨方式，而是堂堂正正跃上那块平顶大石，习惯地盘膝而坐。因为手里拿了一个笔记本，他特地取了一支小手电。先是闭目调息，用耳朵将四周声息听察一番，确信没有什么异常，这才打开手电，翻开笔记本。只见上面用原子笔密密麻麻写满了小字，正是郑雯娟秀的字体——

　　这场罕见的春雪已经下了些时日了，却并无停下的意思。但见漫天遍野，呼号的北风之中大雪纷飞，大地一片银装素裹。无论人或动物，都蜷缩在巢穴之内，不敢走出洞门。

　　苴侯府内却是暖意融融。王子和苴侯一边围炉饮酒，一边闲谈。两人都显得忧心忡忡。王子问："我听说，蜀王正征集大量役夫，要修一座思妻台？"

　　"是啊，我还受命征派过役夫的呢。"苴侯说，"我这位王兄真是糊涂！"

　　"你说，这是不是秦国处心积虑设下的奸计？先是要送几头会屙金子的石牛给蜀王，这蜀王居然信之不疑，耗费大量人力物力修了一条穿越秦岭的大车道，还美其名曰金牛道。结果呢，秦国送的石牛运到蜀国后，却是什么也不下了！蜀王淘神费力换来秦王一场骗局，据说当时还很生气，曾骂秦王是'东方放牛娃'。后来秦王又要送五个美女给蜀王，蜀王好色，不思教训，自然乐于接受。于是又派了你们国内最能征善战的五个将军去迎接，偏偏在回来的路上遇到了山崩，将军和美女一起被埋。蜀国损失了五员猛将，蜀王不知痛惜，反而心疼那五个连面都没见上的美女，还要去筑什么思妻台。这不是既劳民又伤财么！"

"是这样的，"苴侯补充说，"那五个将军都是蜀国大力士，具有移山之力，号称五丁。据说，他们走到梓潼时，看见一条大蛇钻入山洞中。一名大力士抓住蛇尾往外拽，但是拉不动，直到五人齐上，大呼拽蛇，结果大蛇被拉成两截，大山也轰然崩塌，五丁和秦国的五个美女一起被压在山底，死于非命。说来也怪，那大山崩塌之后，一分为五，形成五个山头，每个山头都是平石为顶，像是五座坟茔。蜀王登山凭吊，痛心之余，就把那山命名为'五妇冢山'。现在，更是在山顶平石上修建了宏伟的楼观，取名望妇堠，又称为思妻台。唉！我这位王兄啊……"

苴侯说着，也禁不住叹气连连。

王子说："北方强秦，对蜀中膏腴之地垂涎已久。以蜀国之力，凭什么抵挡强秦？凭的就是秦岭这道巍峨险峻的天然屏障！可现在，上天赐予蜀国的这道可资自保的屏障，被秦国略施小计便轻易除去。秦塞既通，国门洞开，而蜀王还在大兴劳役，自损国力。恐怕不日之间，秦国的虎狼之师就要越过边关了！"

"如此看来，秦国狼子野心已然是昭然若揭了，可恨王兄还在一味胡作非为！照此下去，亡国之日只怕是不远了！"

"这正是我所担忧的啊！巴蜀虽然素不相睦，时有攻伐，实则是唇齿相依、休戚与共啊！一旦蜀亡，巴又焉能幸存？"

两人对着炉火，久久无语。只把杯中温酒，频频倾进嘴里。

正饮到兴致处，忽见管家挟着一股寒风开门而入，向苴侯报告说："蜀王使者驾到。此刻大车已到门外。"

苴侯大吃一惊，脱口说道："如此天寒地冻，不知使者冒雪驾到，所为何来？难道王兄又有差遣？！"

说罢，慌忙命人撤去满桌狼藉的杯盏，整装出迎。王子悄然回避。

铺满厚厚积雪的院落里，使者掀开厚厚的布帘，跨出马车，一阵寒风兜头而来，脚下跟跄，不禁打了一个寒颤。他连忙裹紧衣服，穿过密密的雪花，跨进暖融融的厅堂，寒暄落座后，不禁说道："苴侯好会享福啊！"

苴侯恭身说道："使者一路辛苦了！王兄近来可好？"

使者坐在炉边，手捧热气腾腾的茶水，心不在焉地说："嗯，还好。"

"使者大人不辞辛苦，冒雪前来，一定是有重要旨意！"

"那是当然！有人说，在你的领地里，有一个名叫木青的姑娘，秦国五个美女加起来还不及她漂亮。所以，蜀王命我前来将木青姑娘接去宫里。"

苴侯一惊，不禁愣在那里，心想这事麻烦大了。

使者奇怪道："怎么？你治下出了这样的大美女，难道你还不知道？"

苴侯讪讪说："哦？真有这事？我……我还真是孤陋寡闻，从未听说哩！"

使者冷笑说："恐怕苴侯是心有不舍吧！难道你敢与蜀王争美？"

苴侯惴惴道："使者言重了！我即使有那心也没那胆哩！我听说，王兄在秦国五女遇难之处凭吊之后，又筑了思妻台，很是壮观吧？"

使者"哼"了两声说："那是自然，上万名役夫足足修了几个月呢！"

"不知王兄想没想过，这秦国先送石牛后送美女，让我蜀国遭受巨耗却没得到半分好处。我看这事蹊跷得很，思来想去，恐怕是秦国使的奸计啊！听说秦国现已囤兵边关，用意可疑。请使者回去转告王兄，一定要警惕秦国攻我蜀地！"

使者沉下脸，不满地说："蜀秦两国素来交好，时时礼尚往来，哪会攻我蜀地！苴侯且莫妄言，还是先去寻着木青姑娘吧，办正事要紧！"

"这个……此时天色已晚，使者大人又一路鞍马劳顿，还是先请使者用过酒饭之后好好休息！明日，容我先派人去打听打听。"

安顿好使者，苴侯来到后堂，见着王子，一脸忧虑地说："大事不好了！"

2

王子镇静地说："你别说了，我刚才在屏风后面都听到了。"

"那你打算怎么办？"

"你先使缓兵计，拖住他。我已经派人去找木青姑娘了，明天一早带着她回阆中。"

"使者这边如何应付？"

"那就是你的事了。你可以谎称木青正在患病，无法出行，想法先把使者打发掉。"

第二天清早，王子一行悄悄离开苴侯的城邑，沿河下行几里路，在一个隐蔽的河湾一字排列着十多条平底木船，那是他连夜派人准备在那里的。不一会儿，茫茫雪地里悄无声息地驰来一群马队，木青带着她训练有素的几十名女兵来到河边，弃马上船，留下两名中年妇女领着马群缓缓而回。

苴侯这边，使者却是不好打发。苴侯先是装模作样打听一番后，回报说："这木青姑娘并没有传说那样漂亮，且又任性顽皮、野蛮刁钻，虽出于大户人家，实乃山野村姑，恐怕不适宜侍候王兄啊！前几天，冰天雪地之中带一群人出去打猎，结果回来一病不起，至今还水米未进哩！"

"山野村姑怕什么！只要漂亮，国王正好换换口味嘛！"听说木青染上风寒，病势不轻，使者一定要苴侯领他前去看看。

苴侯为难地说："人家也是一方邑侯的小姐，深闺之中，恐有不便！"

"什么邑侯小姐，她既被蜀王看上，现在就是蜀王的人了！"使者蛮横地说，"病了探视一下，有什么要紧！"

苴侯见他不可理喻，也不便多说，只是一味推诿。使者没法，也只好在苴侯府上坐等，同时派人回报蜀王，请派最好医师前来诊治。

苴侯如热锅上的蚂蚁，正不知这事该如何收场。几天后，使者的随从在外听到人们议论，说木青姑娘已在大雪纷飞之中与巴国王子私奔了。随从回来报告使者，使者勃然大怒，直问苴侯怎么回事！

苴侯敷衍说："外面谣传，不足为信！待我派人再打听打听。"

最终敷衍不过，苴侯只好如实说道："现在人已到了阆中，我们怎么办？"

使者未能完成使命，气急败坏地回到王宫，不免向蜀王添油加醋地汇报了，并极言这一切都是苴侯从中作梗。

蜀王大怒，急令蜀国王子领军三万，前去讨伐苴侯，然后再攻阆中，一定要抢回木青姑娘。

苴侯闻讯，自知不敌，只带了全家和几百亲兵，慌乱之中逃往阆中。

巴国驻防阆中的军队不多，加上苴侯带来的亲兵，总数也不过五千余人。但巴国王子筹划周密，精兵坚城，严阵以待，竟让蜀军一时奈何不得。

但敌众我寡，后援乏力，小小阆中也不宜长期坚守。一个月后，趁蜀军疲惫松懈，巴国王子在一个月黑之夜悄然率军撤离。蜀国王子占了一座空城，

第三十四章·临危受命

又没有抢到木青姑娘，于是恼而直追。结果在一峡谷遭受巴军伏击，损失惨重，落败而去。

秦国狼子野心，不幸被巴国王子言中。由于早有预谋，准备充分，一听说蜀国有乱，秦国趁机派张仪、司马错领兵十万，由金牛道越过秦岭，直向蜀国杀奔而来。

蜀王失去了最勇猛的将军，又刚刚分兵去攻打巴国，一时手足无措，只得亲自挂帅领兵，前往边关御敌。不想这蜀王因为平时好色寡恩，前线将士不肯用命，加上实力悬殊，蜀国大军刚刚进至葭萌（今四川广元），便被秦军击败。蜀王率残兵逃至武阳时，被秦军追上，乱军中被杀。蜀国的丞相、太傅及太子一干人马退到彭乡（今四川彭州市），在白鹿山全军覆没。

自此，这个号称"尔来四万八千岁"的蜀中王国，在富饶的蜀中盆地创造了辉煌的农耕文明之后，在开明王朝的最后一个国王手中灭亡了。

虎都江州。

王宫议事厅内，围坐着国王和五位祭司，还有几位部族首领，他们正在听取刚刚返都的王子作时政报告。避难到此的苴侯也沮丧地坐在一旁。

王子讲完了蜀国新亡的经过后，话锋一转："……显然，秦国是处心积虑、谋划已久的了，其下一个目标就是我们。巴国危在旦夕！"

这话如一声霹雳，在每一个人的心中炸响。

一阵沉默后，国王侥幸地说："也不定然。我们与秦国通好多年，他不会毫无道理地就打过来吧。我想，我们……也可以派人去向秦王说明，今后……今后我们可以考虑向秦国称臣纳贡。"

王子激动地说："父王，你不要再作无用的幻想了！眼前的形势，是人为刀俎，我为鱼肉，秦王虎狼成性，哪有什么道理可讲！秦楚两国在中原争霸多年，眼睛却一直都盯着巴蜀这块肥沃的战略后方。谁得巴蜀之地，谁就稳操胜券！这是谁都明白的道理。蜀国尚且不堪一击，何况积怨弱至深的巴国？我们现在已经成了人家的囊中之物，江州是保不住了，大片国土也将失去。假若号令各地邑侯领兵勤王，原可抵挡一阵。但是，第一，现在王室威权不足，不一定所有邑侯都能听令；第二，即使所有邑侯领兵前来，仓促而

103

来的一群乌合之众，又焉能与训练有素的秦国大军匹敌？早晚不免一败，落得玉石俱焚！国运至此，实无他法！眼前之计，是去哪里寻得一块安身立命之地，保住王室根基，先求自存，再图发展。"

几位祭司和部族首领相互望了望，都默默点头。心想，王子小小年纪，可说的都是剥骨剔筋之理、老成谋国之言啊，看来巴国国运未绝，希望尚在。

国王忽然号啕一声，痛哭流涕说："千年江山，走到如此地步！我真是无德无能，将成千古罪人啊！我如何向列祖列宗交代？……

"若非我为政松弛，束勒无方，部族之间不生内乱，我现在也有粮可囤，有兵可调；若非平治内乱，巴蔓子不以头谢国，我现在也有将可遣啊……"

哭声让大家心中一片恓惶。

王子说："父王，现在不是哭泣的时候，大兵压境，我们要早谋退路。"

3

王宫前，宽阔的广场集合着部族的子民。

祭坛中央的神案上，立着一尊石雕的白虎。神案下燃着香草，氤氲的烟雾夹着浓烈的香味在广场上弥漫。

人们庄严虔敬，在静默中等待着。

急促的鼓声响起。浓妆的祭司踩着快速的节奏从鼓声中走出，赤足在地上发出"啪啪"的声响，腰肢恣意扭动，如癫似狂。

当祭司手里舞动法器，悠扬地唱起神歌时，数千人摆起手、跺起脚，翩跹进退，高声和唱。一时，广场上舞如奔浪歌如潮水。

三名捆绑着的蜀国俘虏，被当作人牲，由手持利剑的武士带上祭坛。

鼓声更加急促，人群激动起来，歌声中夹着粗犷的欢呼，还有尖厉的啸声。

祭司在神案前急速跳动着，手中法器指指点点，嘴里念念有词。忽然转过身来，嘴里发出一声大喝，法器向后掷出。只见三道寒光闪过，武士们手起剑落，三名人牲头颅滚落地上，热气腾腾的鲜血如利箭般喷上神案，石雕

第三十四章·临危受命

白虎披满了浓浓的血浆。

尸身被拖走了。祭司捧起三颗人头，放上神案，整齐摆设在白虎头前。

然后，祭司退后几步，两手抚地，跪伏在神案脚下，良久方起。

这时，国王手握金灿灿的权杖，在王子和几位祭司的簇拥中走上神坛。

国王向神虎行过礼，然后向人群缓缓挥了挥手，激动的人群安静下来。国王用苍老而洪亮的声音诏告道——

"伟大的神灵啊！北方的豺狼已经汇聚到我们的门口，灾难正向我们袭来。我们将失去我们的土地，失去我们的家园。但是，伟大的白虎神告诉我们，灾难只是暂时的，只要虎族子孙虎威不倒，我们的希望尚在！在遥远的东北方向，神灵为我们划定了一块新的乐园！那里有肥沃的土地和清澈的河流，那里将带给我们富足和安宁，那里将成为我们新的乐土！我们将获得先祖的保佑，神灵将给我们福祉；我们将有一位伟大的国王，他将带领我们，去那里建设新的家园！"

国王停顿下来，向王子招招手："来吧，我的儿！"

然后，他将权杖高高举起，朗声说："遵照神灵旨意，从现在起，你就是新的国王了！你肩负重任，你要带领你的子民去开创新的家园！"

王子大声说："不！父亲，由您领着我们，我们一起出发！"

"孩子，这是神的旨意，你不能拒绝！为父罪孽深重，年事已老，我不能随你们同行了。我要留下来！留在江州，为你们挡住敌人！"

王子泪流满面，跪伏在地。向白虎神行过仪式后，他从国王手中接过权杖，双手高举在头顶，庄严地转向人群。

人们大声欢呼——

"国王！国王！"

"国王！国王！"

……

郑雯的笔记又到此结束了。李虎知道这又是根据巴家先祖保存下来的瓦简拓片意译出来的，是有关巴国最后一段历史的生动写照，直看得他心旌摇动，血脉偾张。掩卷熄灯之后，李虎思绪还沉浸在那段早已尘封了的历史之中，久久不能自拔。

血祭白虎的仪式，他曾亲眼目睹。那是几天前，在七星老人刚为他打开天眼，他在七星山大石之巅神游远古时，曾见到过那血腥的一幕。此时从郑雯笔记中读来，无异于古人的亲口述说，情形简直一模一样。只是，李虎记得，他在神游中见到的人牲只有两名，而这里的记载是三名。或许，是自己灵力不够，所见有误。但这并不重要，反而让李虎对拓片所记史实的真实性更加确信了。同时，这也让他真切地感受到了一种时空的倒置。难道真如郑雯的父亲所说，时间只是人类虚拟的一个概念？有灵力的人真能突破时间与空间的限制，上穷碧落下黄泉、前瞻未来后顾远古？

这段笔记显然只是拓片的一个片段。新的国王接掌权杖，即将带领族人弃都远行，等待他们的会是什么样的命运？

此时，东边天际已经发白，新的一天又悄悄睁开了眼睛。该去叫醒帐篷中熟睡的同伴，例行每天的功课，然后开始新的行动了。跃下大石前，李虎在站起来的一刹那，脑中也闪过一个念头：今天，在丛林中等待着我们几人的又将是什么样的命运呢？

第三十五章 穿越丛林

1

当第一抹曙光投到林梢时，李虎几人已做足功课一跃而起。

昨夜水潭的领地争夺战被九头鸟搅黄后，无果而终，成了无言的结局。李虎他们去潭边洗漱，面对一潭静静的碧水，也不知那掠食的流浪汉此刻身在何处。

面对莽莽丛林，他们首先需要确定的是行进的方向。李虎也不知哪来的灵感，想都没想便脱口而出："向南走！"

手表上的罗盘功能失去以后，全靠沈立丰富的丛林经验判断方向了。

他们沿着方向大致向南的河床走出了二十多公里，虽然两旁树高林密，但河床宽坦，光线十足。后来，河床愈来愈窄，渐渐深切下去，两边斜张的树枝在空中穿插纠结，遮蔽了天光，竟形成一个幽暗的甬道。两岸石壁越来越高，方向也渐渐向东拐去。

李虎见此情形，立住脚步说："不能再这样走了！到时子午水涨来，我们连避处都没有，可能又要重复昨天的故事。还是进入丛林吧，方向正南！"

丛林里植物密集，光线阴暗。沈立拿着丛林刀在前面披荆斩棘，开路前行，郑雯、向前进居中，李虎殿后。尽管沈立经验丰富，善于寻找林中空隙，仍需不停地砍掉挡道的灌木树枝，行进十分缓慢。

密匝匝的树冠如伞如篷，遮住了大部分天光，潮气很浓，四周一片阴森。此时已是日头高升，丛林似乎犹未醒来。丛林中的动物，善于夜间行动的，此刻已经偃旗息鼓，安息就寝了；喜欢白天工作的，这时也还在睡乡之中回味昨天的收获。所以，上午，是丛林中难得的一个宁静时段。正是这种宁静，反而平添了一股阴森的气氛。偶尔有看不见的小动物从草丛中快速穿过，惊得草木"哗哗"作响，在人们原本绷得很紧的神经上拨响一道颤音。尤其是向前进，有时脚下枯枝断裂的声音也会让他惊悚一阵。

习惯早起的鸟类大概是丛林中的首任值班者。他们看见色彩斑斓的长尾鹦鹉和巨嘴鸟振翅穿越林梢，还有一些不知名的鸟儿藏在密叶间演奏晨曲或是对唱情歌。

一些已经死去的巨大树骸仍然挺立着数十米的高大身躯，上面爬满了野山藤蔓等寄生植物，好似穿着褴褛衣裳的寂寞巨人。阳光照在高高的林梢上面，漏下一束束斜斜的光芒，散射在幽暗的林间，映出斑斑光点，让密林空气之中到处都流溢着美丽的绿色。他们仿佛置身于一个浩瀚的海底世界，在水藻礁石间缓慢穿行。

当天上云层挡住了太阳的时候，丛林中忽然陷入一片黑暗。

穿行于密林中的几人在紧张之中似乎产生了错觉，一阵阴森森的疾风刮来，他们看见幽暗之中有一些模糊的影子在林间快速闪过，如飘如荡，似鬼似魅。接着，他们又听到令人发怵的呻吟或是号啼，幽幽咽咽，哀哀怨怨，开始三声五声东撒西丢，渐渐十声百声响成一片，如泣如诉，连绵不绝。几人正被这声音瘆得全身发麻，心中慌张，忽又凭空滚来一阵重浊如雷的咆哮。那声音呼呼噜噜，愤怒乖张，有如千军万马隆隆奔驰，又似狂涛巨浪滚滚而来，直逼得他们喘不过气，震惊颤悚，挤成一团。

李虎分明感到浓重的阴邪之气当道横行，魑魅魍魉鬼鬼祟祟，他让大家停止前行，只身挡在众人前面，凝神运气，发出一串串严厉的咒音……

沈立、郑雯和向前进三人互搂着肩，头顶着头，靠着一棵大树蹲在一起。李虎则背靠着他们，扎下马步，两手平伸，俨如母鸡护鸡仔。

天昏地暗持续了近半个小时，长长的穿林疾风终于过去了。渐渐云开日出，阳光又在林梢流淌起来，一切复归平静。

经过一段艰难的行程，他们总算进入到一片开阔的林间草地，遮天蔽日的树冠让出一片蓝天来，他们感觉连呼吸也通畅了许多。

平坦的草地上，绿草如茵，山花烂漫，蝴蝶翩飞。清新空气中，弥漫着馥郁的芳香，让人感觉一种说不出的舒适惬意。

忽然，走在前面探路的沈立往后做出一个停止前进的手势。

原来，在一面缓缓的山坡前，赫然暴露出一堆散乱的白骨。他们慢慢靠上前去，在数百个平米范围里，那些白骨，有的大如树桩，有的小如木筷，形态各异，重叠交加，横竖陈列，其中甚至有两个人的头骨。在这人迹罕至的神秘之地忽然见到自己同类的遗骸，尤其是骷髅头上那两只大大的眼洞，空空地瞪着他们，让他们感到一阵莫名的恐惧。

这些不同种类的骨殖是怎样聚到一块的？是谁有这样的兴致，搜集罗列这成千上万的骨头堆放在这里，简直就是一个众生骨殖博物馆了！

李虎几人观察良久，大感不解。他们看不出这些骨头堆码在这里会有什么神秘的宗教意义或是具体的功能用途。

"真是奇怪了。"郑雯用手扇扇风，又吸吸鼻子，皱眉说，"这么多的骨头在一起，竟然没有发出令人恶心的气味。"

这一说，几人动动鼻翼，果然闻不出什么异味来。沈立从一根大骨上掰下一小块，指头一捻即成粉末，分析说："骨头放在这里的年代已经很久远了，气味早已散尽。"

一直向周围观察着的李虎说："这些骨头没什么好看的，我们还是快走吧！"

行走中，郑雯一个踉跄几乎跌倒，李虎伸手扶住，发现脚下一块圆滚滚的石头，比拳头略大，捡起一看，呈墨绿色，上面布满蜂窝状的小孔，沉甸甸的，质地异常坚硬。郑雯接过看了看，说："好沉！这……像是一块陨石？！"

几人将信将疑地传看着。

"真是陨石，"郑雯说，"我以前见过的。你们看，这些小孔就是燃烧过的痕迹。只是，一般陨石都是不规则的形状，如此滚圆如球的却是少见，简直就像雕琢过的！"

李虎将陨石放进自己包内，对她说："我替你收着吧，这可是稀罕之物。"

2

前方，云雾缭绕的低洼处有隐隐有水光闪现。

李虎心中一怔，依稀记起这好像是他在天眼中见到过的景象。沈立根据周围地势判断，那里应该是一条河流。几人走近一看，果然是一条不大的河流，粼粼清波从林间无声淌过。河面不宽，水流较缓，河水清澈见底。河底铺着一层均匀的砾石，还有一些伸入水中的植物根须。其间，有不知名的小鱼小虾优哉游哉。沈立向四周观察一阵后说："这河正是南向而流，水量也足可行船。我们改走水路，顺流而下！"

"坐船吗？"向前进说，"可惜我们橡皮筏放车上了。"

沈立指指身边树林说："这很简单，我们伐木造船。"

他们立即动手砍树，扎起一只简陋而结实的木筏。

林中有很多可作绳索的藤萝，他们用的是一种特别柔韧的不知名青藤捆绑木筏。李虎在寻找这种青藤时，闯入密林深处，闻到一股浓浓的血腥味儿。他循着气味，在一片倒伏的灌木丛中发现一只巨兽残骸；只剩下半边肋骨和一截小腿了，还有地上一大摊血迹，隐隐可见。从肋骨的尺度可以判断出这是一头体大如象的庞然大物，灰黄色的皮，毛很浅，毛根粗壮，脚上长有坚硬的蹄，黑黑的蹄壳坚硬如铁。根据李虎的动物学知识，无法判断这动物的科目种属。只见现场草木凌乱，血迹斑斑，肉骨残渣狼藉，估计刚被猎杀不久。李虎担心同伴们看见受到惊吓，没敢惊动其他人，割了几根青藤悄然返回河边。于是他手下加劲扎筏，深感此地不可久留，争取尽快离去。

他们穿上救生衣，在木筏上盘膝而坐。李虎和沈立一前一后，各自拿了一把简陋的木桨，却无须划动，筏子顺水而流，他们只需偶尔掌握一下方向。

这是一段轻松的旅程。他们从包里取出食品，慢条斯理地享受了一顿惬意的午餐。

整个中午，他们一直在时浓时淡的雾气中穿行。两岸树木均属罕见，大多叫不出名字。连向前进这个生物专业的大学生，偶尔说出几种树名，也是连猜带蒙。他喃喃道："无论动物植物，到了这里都要变异。真是奇哉怪也！"

两岸景色多姿多彩，让人应接不暇。那些树，有的挺拔秀丽，笔直刺天，宛若植物界独立不群的诗人；有的盘根错节，枝繁叶茂，占据偌大地盘，网罗无数伴生植物，自成一国，俨然丛林里主宰众生的君主。

河面渐行渐阔，河水渐渐呈现出蓝莹莹的翡翠色，河水下面已经深不见底了。

第三十五章·穿越丛林

木筏速度渐渐缓慢下来，他们发现河水已经停止流动了。李虎和沈立只好划动双桨，让筏子继续前行。两岸高大笔直的树木整齐排列，形成两道树篱，夹出一条波平如镜的水上甬道。甬道前方，灿烂阳光下一片波光闪烁，迷离耀眼。当筏子穿出甬道，眼前进入一片宽阔的水域。薄雾如纱，轻笼慢掩，绿汪汪的水面琵琶半遮，若隐若现。水边，树丛向后退去，露出一线如茵的草岸。头顶碧空悠悠，闲飘着几朵舒卷的白云。四周一片静谧，唯有彼此呼吸相闻。坐在筏子上的几人面面相觑，以为进入了传说中的仙境。但不见翩翩起舞的仙鹤，也没有逐水而饮的麋鹿，更不闻婉转啁啾的鸟鸣。四周静止如画，沉寂得有些不真实。

这是一个镶嵌在密林深处的湖泊，面积不大，宛如森林的眼睛。阳光映照中，微漾的水面如绸缎般光滑，时而蓝里透紫，时而紫中露碧，闪耀着梦幻般的色泽。轻纱般的薄雾漏出一片片明镜似的空隙，蓝天白云映照其中，林木倒影一动不动。

他们屏息静气，左顾右盼，一边陶醉于眼前的美景，一边沿着水岸继续向前划去，一时拿不准要不要上岸去。

前方岸边青草地上，远远望见一堆白色物体。划拢一看，是一只巨大的动物头骨：高高的颅骨，前突的口腔，眼洞分列两侧；那些排列整齐的牙齿，每一颗都有拳头那么大。上次跌落水中失去了眼镜的向前进，放胆走下木筏，凑着头仔细观看一番，判断不出是什么动物的头骨。唯一能够解释的就是他的变异理论，他说："这里地理环境特别，所有生物都非同凡响。除非物种变异，别无解释。"

沈立说："能够猎杀如此巨大动物的，如非体形更为庞大，就是性情特别凶残！这地方看似美如仙境，实则神秘莫测，还暗藏杀机。不知这片湖水还有没有其他的出口，我们得赶紧离开这里！"

先前见是流动的河水，他们只做了两只小小的木桨，在静止的湖水里划起来，实在太慢。为了加快速度，他们让郑雯和小向各执一柄木桨，李虎和沈立则坐到筏子前面，以头盔代桨，使出强劲的臂力，和着节奏向后一阵猛舀，木筏立时快去如飞，在明镜般的水面上拖起一道长长的水痕。

此时，身边的湖泊正悄然发生着变化。

就像一个温柔的少女忽然变成一个撒泼的妇人，湖水在毫无征兆中无风而起巨浪。木筏下的水面，陡然隆起如山，筏子被高高托了起来。几人猝不及防，在郑雯和小向的惊呼声中，筏子又猛然从峰顶跌下。坐在后面的两人叫声未歇，已被摔入水中。李虎和沈立刚刚扭过头来，发现郑雯和小向已被后面的浪头卷走。一个尚在浪峰，另一个已跌入浪谷。沈立叫声"不好"，向李虎做个手势，两人分头跃入水中救人。

湖中巨浪翻腾，轰然作响。上空已是阴云聚合，遮天蔽日，光线一片晦暗。

李虎长手长脚，几个抓刨便接近一个在水面上飘摇颠簸的模糊红点，捞到手中一看，是正在张口吐水的向前进。

恰在此时，一股疾风陡然从湖面上刮来，一时波涌浪翻，山呼水啸。巨大的水点夹着一股股腥味冷冷地砸在脸上，又冰又疼。

在一片哗啦啦的嘈杂声中，有一股尖厉的啸声异军突起，如钢鞭抽击，穿透所有声音，直达心尖。这声音不知从何而来，凄厉恐怖，令人毛骨悚然。

3

李虎和向前进在水中迷失了方向，既没看到木筏的踪影，也不知道另外两人的去向。不知是天上砸落的雨点还是被狂风激起的湖水，交织成密密匝匝的大网，让人睁不开眼睛。李虎一手托着向前进，在惊涛之中闭目凝神，凭直觉掌控方向，奋力向前划着。

也不知过了多久，李虎手中触到一件硬物，定睛一瞧，昏暗之中只见黑压压一片，不是筏子是什么！两人心中一喜，先后爬上木筏，两只木桨早已不知去向，幸喜筏子扎得还结实。李虎确信向前进体力尚好，两人将身子伏在筏子上，用一只手紧紧抓住固定木筏的藤条，另一只手则当作桨使，在筏子的起伏摇摆之中尽力朝着一个方向划拨湖水。同时，眼睛不停在波涛汹涌的湖面搜索着橘红色的目标。

充天塞地的喧嚣之声渐渐小了，波浪翻卷的势头渐渐弱了，浪头也低了，筏子渐渐平稳下来，天光渐明。不一会儿，金灿灿的阳光复又出现在远处的

第三十五章·穿越丛林

树梢上。

筏子上两人重见天日，心中都是一暖。李虎放眼在湖面搜索着，发现他们所在的筏子此时已进到了湖泊一个宽阔的岔口里。两边没了高大的参天树木，低矮茂密的灌木林从水岸线向两边铺展延伸，让视野开阔了许多。岔口向前一直伸入密林深处，隐藏在一片灰蒙蒙的雾霭之中，让人无法看清前方境况。

向前进吁出一口气来，开声说："我的天！终于走出了噩梦世界！不知沈立和郑雯俩人怎么样了，我们如何才能找到他们？"

李虎抑制住心中的担忧，安慰说："放心吧，他们不会有事的！我们现在……还得返回湖中，去找到他们！"

两人以手代桨，划出湖岔，湖面已是波平浪静了。下午的阳光斜斜地映照着，水面上一层薄薄的雾气好似新人遮面的粉红细纱，神秘缥缈，让人遐想。

刚才一阵突如其来的风暴过去后，这片神秘的湖泊又恢复了让人难耐的寂静。四处搜寻，没有发现他们要寻找的目标。

向前进忽然问道："你说，这里会不会有像尼斯湖那样的怪物？刚才这里……先是无风而起巨浪，是不是湖底有怪物在捣鬼？"

"胡说！这只是一种异常的气候变化。你相信会有湖怪吗？"

"这样的地方，什么都有可能啊！"

"不要胡思乱想了，快点划吧！"

两人沿着湖岸继续向前，忽然听到沉静的湖面上飘来一阵哨声，宛如云雀穿过夜空，平缓而有节奏。李虎闻声一喜，宽慰地叫道："是沈立他们了！"

筏子刚刚转过一道弯，前面青青草滩上两个醒目的红点如耀人的太阳一般映入李虎眼帘。向前进一声欢呼："快看！他们在那里！"

两人都露出欢欣的笑容，忽觉整个世界一下子亮堂起来。

沈立和郑雯也看见他们，停止了哨声，立在碧青的草滩上远远地向他们招手，看样子都是平安无事。小向文弱的手臂此时也变得有力了，筏子很快向草滩靠拢。李虎立起身来，对他们喊道："快上筏子来！那边有一个很大的岔口，我们从那里出去！"

沈立让郑雯先上，她抓住李虎伸出的手，一脚跨上木筏时，忽觉脚下一沉，身子失去重心，一下扑进了李虎怀里，紧紧贴在他的身上。她头靠在李虎肩上，湿湿的头发擦着他的脖子，李虎情不自禁地伸出另一只手，宽慰地拍了拍她的背心。这时，他感到她揽在他腰上的一只手也用力地紧了紧。两人分开时，他发现她眼中已是满含着泪花，于是柔声问："刚才吓着了吧？"

她摇摇头，脸上挤出一个由衷的笑容，欢快地说："没事儿。"但眼中蕴含的泪珠还是滚落下来，在她苍白的脸上划出两道亮晶晶的水迹。

原来，当时郑雯落入水中，沈立游向她时，一把没有抓住，又被一个巨大的浪头推得远远的。好在沈立有经验，昏天黑地狂涛巨浪之中一直没有远离她的方向。到光线稍明风涛渐息时，沈立才游过去抓住了郑雯的手臂。那时，郑雯已在狂风大浪之中喝下不少湖水，好在神志一直保持清醒。俩人会合后，上看不到天，下见不到岸，周围是无边无际的滚滚浪涛，只能在水中盲目地向前划着。

直到风平浪静之时，他们才发现已经到了湖的中央，宽阔的水域一片茫茫，丝毫不见李虎、小向还有木筏的踪影，倒是发现了一支失落的木桨，被沈立捡到了手里。好在俩人都穿着救生衣，在水中游动并不太费力气。他们游向最近的湖岸，郑雯一上岸即瘫软在草滩上，在沈立帮助下吐出不少水来。待郑雯稍安，沈立又用望远镜四处搜寻同伴的下落。直到郑雯恢复一些体力后，他们才沿着湖岸，一路寻找，一路吹响联络的哨子。

四人只有一支桨，划出一程后，沈立说："这样速度太慢！我们得再做几支桨。"

于是又靠上岸边，沈立砍来一棵树，几人一起动手，迅速削出三支简易木桨来。这下，四人齐心协力一阵猛划，很快就进入了岔道。

说起刚才湖中遭遇，每个人都觉得匪夷所思。这里的气候，就像是一个患有癫痫病的人，说发作就发作，一丝征兆都没有。这与他们前天在绝壁上的遭遇颇为相似，但谁也说不清楚个中缘由。尤其是向前进关于湖怪的猜想，更是让人不寒而栗，过后想起仍是心有余悸。此刻，当他们离开那噩梦般的湖泊，重又置身于太阳之下，每个人都长长地舒出一口气来，苍白的脸上也渐渐恢复了生气。

岔道里的水面仍是静止的，两岸水草渐多。划出不远，前方出现了一片沼泽地。茂密的草丛挡住了他们的视野。

他们只好停下木筏，沈立上岸爬到一棵大树上，去观察沼泽情况。在确

第三十五章·穿越丛林

定木筏能穿出沼泽之前,他们不敢贸然进入,以防陷在里面进退不得。

李虎发现捆绑筏子的一根木藤松了,弯下腰去重新打结,无意中看见旁边漂来一段黑不溜秋的枯木,正要看个究竟,忽听向前进在树上喊道:"快看筏子周围是什么?"

李虎四下一望,筏子周围不知什么时候已经漂满了这样的枯木,心下一惊——

4

漂在筏子四周的,哪是什么枯木?!那是一头头体形巨大的鳄鱼!

筏子已经在不知不觉之中陷入了鳄鱼群的包围圈。

李虎还没来得及转过念头,只听"哗"的一声,游得最近的一只鳄鱼已经从水里昂起头来,一张长满锯齿般利牙的血盆大口直向他伸张过来。此时,李虎手中空空如也,或者说是手无寸铁。面对鳄鱼闪电般的袭击,李虎无处躲避,情急之下,他抡起拳头对准鳄鱼坚硬的上颚狠狠击下。只听"咔嚓"一声,鳄鱼上颚碎裂,昂起的头一下子无力地搭落在木筏边,然后翻着白眼滚落水中。

当真是"说时迟那时快",这一切就发生在间不容发之际,前后不过几秒钟之间。这时,李虎回过神来,略一扫视,趁其他鳄鱼尚未靠拢,运起神力,抓过郑雯便向岸上抛去,然后是向前进,再然后是那几只鼓囊囊的登山包,随手抓起,一一抛上岸去。

由于事起仓促,郑雯还完全没有明白是怎么回事儿,就腾云驾雾般莫名其妙地飞到了空中,惊叫声中又轻轻落到一堆草丛上面。紧接着,同样惊惶失措、手舞脚乱的向前进,还有几只登山包,如雨点一般飞落到了身边。这时,她已看清河里情形了,木筏周围,十数条鳄鱼张开森森利口,一齐向李虎扑过去。郑雯一颗心提到了嗓子眼上,张开嘴尚未来得及发出叫声,只见木筏往水下一沉,李虎已腾身而起,张臂屈腿,如大鹏展翅,向这边飞了过来。

李虎人在空中还没落地，就大声叫道："快跑！"

这时，沈立也从树上快速溜下，飞奔过来。他们看见，河里成群的鳄鱼已向岸上爬来。这些鳄鱼体形巨大，爬行速度极快。

慌乱之中，几人提起背包便向丛林深处跑去。

后边李虎见同伴已经跑开，连忙回过身来，面向河岸，盘腿坐下，闭目凝神，嘴里念念有词，以体内真气送出一连串咒音。那些张牙舞爪的鳄鱼，碾过河边茂密的水草，呼呼有声，模样穷凶极恶，直向李虎这边奔来。尚在数米之外，十多张利嘴便一起张开，尖尖的利齿在阳光下闪耀着白玉般的光泽。

李虎不躲不避，端坐如钟，只把一串串咒音从嘴里源源吐出。

奔在前面的鳄鱼，到李虎身边停下了。后面挤上来的鳄鱼被挡住道路，便爬到前面鳄鱼的背上，再后面的水中仍有鳄鱼源源而来。不大会儿工夫，李虎周围便密密匝匝布满了鳄鱼，形成一个十分奇特的太阳状。李虎及他周围空出的圆圈就像一个太阳，头前尾后呈放射状的鳄鱼就是太阳四射的光芒。只是这光芒线条笨拙，色泽灰暗，有如随手涂鸦的蜡笔画，让人见了不免眼目不爽，心中犯疑。

初时，冲到最前面的鳄鱼在离李虎一两米的地方突然止步，像是受到一堵无形墙壁的阻挡，或是见到从未有过之怪事，一个个瞠目结舌、呆若木鸡。后面拥来的鳄鱼似乎受到前面同伴的传染，也东施效颦般如痴如醉。接下来，鳄鱼们一个个合上嘴，似乎疲惫已极，昏昏欲睡，渐渐闭上眼睛伏地不动了。

满头大汗的李虎长长地吁出一口气来，然后长身而起，踏上鳄鱼坚厚的脊背，飞快穿出鳄鱼阵，追赶同伴去了。

沈立领着郑雯、小向朝丛林深处跑出一段，回头没见李虎跟来，放心不下，又折了回去。

向前进早已跑得上气不接下气，对郑雯说："我们也歇歇吧，等等他们。"

郑雯担心李虎安危，说句"好吧"，一双眼睛已向来路望了过去。脸上很快就露出欣慰的笑容，原来李虎正和沈立快步走了过来。

小向全凭初时一股锐气跑到这里，此时气一泄，顿觉筋疲力尽，不由自主便坐了下去。忽觉脑袋一阵眩晕，他以为是累了的缘故，狠狠摇了摇头，却感觉是屁股下面的坐处在晃动。正不知是怎么回事，李虎已飞一般奔到眼前，拖了他急速退开，接着长长地吸了一口气，然后嘴里发出一串莫名其妙的声音。

向前进惊魂未定，发现自己原来竟是坐在一条水桶粗的大蟒蛇身上。此刻，原本沉睡一般的蟒蛇似乎受到惊扰，正蜷缩着庞大的身躯，从十多米外昂起三角脑袋，吐着信子回望过来，两只圆溜溜的眼睛充满敌意地盯着这几个打扰自己休息的不速之客。但它并没有如小向预期的那样发起让人惊悚的凶残进攻，而是好奇般地打量一阵，张了张嘴，然后低眉顺眼垂下脑袋朝丛林深处游走了。

此时，李虎额头布满汗珠，但心头一阵轻松。他说："我们误入大蛇领地打扰人家休息了。现在人家既然让出地盘，我们就先休息会儿，吃点东西，确定好方向再走吧！"

要是两天前，向前进遇到这样的事情，恐怕早就吓得晕了过去。现在他要大胆多了，虽然仍不免面色苍白、浑身发抖，还是能鼓着劲和大家一起吃东西。

沈立说："我们无意中闯进了一片巨型生物的天下，前面这片沼泽地是没法过了。不只是鳄鱼，刚刚我还看到沼泽中间一块草地上，有比鳄鱼更大的东西在那里行走，开始以为是巨型蜥蜴，后来发现它能直立起来，岂不更像是恐龙？！"

"不可能吧！"向前进惊魂甫定，疑惑地说，"恐龙不是早已从地球上绝迹了？"

李虎也说："或许就是巨蜥吧。从外形看，蜥蜴和恐龙也没多大区别。我记得，在英语中，恐龙一词的中文含义，就是恐怖的蜥蜴嘛。"

"目前世界上所发现的最大的蜥蜴是印尼的科莫多巨蜥，"郑雯说，"有三米多长，一百多公斤重。你见到的比这还大么？"

沈立说："大得多！估计身长接近十米，身高超过两人，体重就难说了。"

向前进"咦"了一声，将信将疑说道："如果真有这么大，又能直立起来，还真有几分像恐龙哩！不过，这怎么可能呢？现在国际上关于恐龙的定义，是生活在距今大约2.35亿年至6500万年前的、能以后肢支撑身体直立行走的、已灭绝的一类陆生爬行动物。这里处于大陆的中心地带，地质、气候条件与周边也没多大区别，几千万年前的古生物，是如何生存过来的？"

5

郑雯听着几人议论，一直沉思着没有说话。

这时，她拧开水壶盖，喝了两口水，缓缓说道："这神堂湾地处武陵山区，史前时期就属于'华南海'海湾位置，一直是海滨地带，非常适宜两栖动物的生存繁衍。我们眼前见到的这些奇峰异石，地质名称叫做砂岩峰林地貌，正是史前海滨沉积所致，是非常古老的地质奇观。后来，经过侏罗纪，在武陵山区东边出现了'江汉洞庭盆地'，这里又正好位于盆地边缘，是那时候'华南扬子古陆'的中心地带。几百万年来，这里地壳运动稳定，峰林保存完好。地质报告中，也没有发现'第四纪冰川'在这里出现过的证据。而且，由于长江主河道尚未形成，'江汉洞庭盆地'后来又成为远古著名湿地，即古人所称的云梦泽。长期以来，这里是终年降雨，从未留下过人类足迹。所以，一些古老物种利用这里特殊的地理环境，完全有可能躲过地质和气候变化所带来的各种灾难，奇迹般地延续下来。比如，九头鸟、巨蛤，这些奇怪的巨型生物，都有可能是史前动物的遗留。"

"但恐龙不会有这种幸运！"向前进争辩说，"它那巨大的食量……"

"好了！"李虎挥挥手，果断地打断说，"我们来到这种地方，只能见怪不怪了，这样的争论对我们眼前的处境毫无帮助！看看天色吧，太阳早已偏西了。我们已经向南走出了很远，一路没有发现樊高留下的任何踪迹。现在最重要的，是要赶快走出丛林！"

说到樊高，几人猛然警醒，前面一连串惊心动魄的遭遇，自顾不暇，几乎将走散的同伴给遗忘了。此时说起樊高，一个个心情又沉重起来。

沈立说："刚才我在树上看到，从这里向正东方向，不远处有一个峡谷，大概已到丛林边缘。我们别无出路，只有穿出这段峡谷再说。"

"你是说，峡谷？"

李虎努力搜寻自己的记忆，想不起是否从天眼中见到过这样的地方。他无法确定漆大大帮他打开的所谓天眼到底灵与不灵，要费很大劲才能看到一

第三十五章·穿越丛林

些似是而非的景象,而目前的处境也不允许他再用这样的方法去搜寻。但强烈的直觉告诉他,小樊就在他们前方,虽然处境有些不妙,却也并无太大危险。他只是一直解不开心中的一个疑问:小樊一个人单枪匹马,真的走到他们前面去了?他又凭什么穿过这样险象环生的丛林?

他们朝着沈立所说的峡谷方向,继续穿越丛林。

途中不时有枯木断树横躺在地,向前进杯弓蛇影,看见总是胆战心惊。李虎宽慰说:"现在不用担心了,沿途所有蛇虫猛兽都已避开,不会再惊扰我们了。"

"真的么?"小向心有余悸地问道,"你凭什么这样肯定?"

李虎坚信地说:"真的!因为刚刚两次都很成功,我相信咒音已经传播到很宽的范围去了!"

沈立感叹道:"我一向是不相信的!见过几次李虎施咒的过程,现在看来不像是巧合,确实有些灵验,只是不明这其中的道理。"

"说到这道理,还真的是有些道不清说不明!我想,大概是一种特殊语言的沟通交流吧。"李虎若有所思地说,"这是借口型传音发出的一种内功力,通过振动空气形成强大的气流,可以传到很远的地方。动物通过咒音能够感知到施咒者巨大的能量和强烈的意愿,然后在其他力量的胁迫之下,不得不以规避的方式解决双方可能发生的冲突。"

"刚才,要是万一不灵怎么办?"郑雯此刻说起,仍然不免心有余悸。

李虎说:"前天在谷底,⋯⋯巨蟒运用这种方法时,心中着实没底。当时凶残的巨蟒已经与⋯⋯不过两米,张开的大嘴就在我眼前晃来晃去,恶臭的气息熏⋯⋯知道它会不会突然一口咬过来。当时僵持不下,注意力全都集中在施咒⋯⋯根本不容你有思考的余地!唯一能做的,就是一秒一秒地坚持,既不能抢先进攻,更不能率先退缩。抢先进攻是向对方暴露怯意,退缩则只有死路一条!今天,面对鳄鱼和巨蟒,其实也是一样的道理。这是意志的比拼!根本没有去想咒语灵不灵的问题。但最终,它们都乖乖地按我咒音的指令去做了。我和你们一样,见到禁咒的灵验,也是惊奇不已。现在想来,要真是不灵,我大概就成了一个可悲的试验者,那也是命中注定,只能自认倒霉。"

向前进问:"对人呢?你这方法也会有作用吗?"

"应该是一样吧。只是，如果对方也是有灵力的人，而且比你功力更强，那就危险了，你可能会反受其制，自作自受！"

沈立说："你刚才说的，所谓其他力量，到底是指什么？它又源于何处？难道咒语像催眠术一样能够控制对方的意志？"

李虎沉思道："不是的！按照漆大大的说法，咒音的主要作用是调动冥冥中的自然力量，由这种看不见的第三方力量去执行咒语的指令。我相信，如巨蟒鳄鱼这等凶残动物，都是受到这种神秘力量强有力的挟制，才有可能暂时熄灭贪念，收敛凶残的本性，十分温驯地离开禁区的范围。"

"冥冥中的自然力量！"沈立摇摇头说，"这样的称谓……让人费解。"

李虎说："我相信郑教授和漆大大的观点：人类生活的这个世界，是多维的！而我们人类的理解只达到了三维的境界。与我们看得见的世界相平行的，还有其他看不见的世界并存着。在我们所能理解的时空之外，还有另外的时空与之并存。古往今来，只有极少数天才级大师，如达·芬奇、爱因斯坦、弗洛伊德等人，曾对幽冥世界作过一些有益的探索，但无一例外都遭到了主流学术的强烈反对。人们对于不理解的事情，最省事的办法就是不予承认。如孔夫子这样的圣人，似乎要开明一些，但也只是'六合之外存而不论'的态度，因为说不清道不明，更是坚决不谈'怪力乱神'之类的事情。所以，唯物主义的现代人总把幽冥之说斥为异端，也算是情理中事吧。"

向前进充满好奇地问道："那你怎么能够确定幽冥中的力量就会帮你？要是它反过来帮了对方，那你岂不是大大的糟糕？"

李虎笑着说："我听漆大大说，冥冥之中也分正邪两端，但终归是邪不胜正。我行的是光明正大之事，所调动的自然也是正道力量。一般情况下，总是胜券在握的！"

6

说话间，眼前果然出现一道峡谷。谷口两边，斜斜的缓坡仍是林木森森。往前走去，中间出现一道布满嶙峋怪石的溪谷，有浅浅水流在怪石间蜿蜒穿行。

第三十五章·穿越丛林

乱石之间极难行走，好在并不太长。走出乱石滩，前面是一条两壁夹峙的狭窄甬道，谷底小溪水流淙淙。他们手扶着崖壁，在狭缝之中涉水而行。

甬道渐行渐宽，前面又出现一片乱石林，巨大的石块均呈暗红色。他们在巨石林中寻隙穿行，被一阵"哗哗"的水声吸引。

循着水声方向，他们曲曲折折穿出巨石林，几人陡觉面上一寒，一股冷风扑面而来，其中夹杂着一股怪异的血腥味。

抬头望去，呈现在他们眼前的，是一幅十分奇特的景观。几人乍一见到，不由惊心动魄。郑雯失声喊道："血瀑？！"

前面一道光秃秃的崖壁上，半腰中裂开一口，裂口处源源涌出殷红的液体，在崖壁上挂成一道碧血般的瀑布。远远看去，仿佛坚硬的石壁被谁用刺刀捅出一道伤口，鲜血便从那触目惊心的伤口之中汩汩涌出，连崖壁也被染成暗红了。阳光投映在崖壁上端，反射下来，让那血瀑流淌着深红色的亮光，显得尤其阴森可怖。

向前进倒抽一口冷气，轻声说："我的天！这石壁里咋会流出这么多的血？"

"不会是血！"沈立分析说，"可能这水，是被什么东西染红了。"

说着，几人绕过几块巨石，慢慢走上前去。瀑布飘落到小山般的巨石后面，轰然有声，下面的石头都染上一层殷红的颜色，却不见崖上跌落的血水流出来。

这时，几人走得离瀑布已经很近了，能够更加真切地感受到瀑布冲击空气所带来的嗖嗖冷风，扑面生寒，那刺鼻的腥味儿也越来越浓烈了。

向前进以手掩鼻，皱眉说："真的是血也，好大的腥味！"

沈立看了看身边石头，随手一摸，指头沾上一些红色粉末，他凑在鼻子下闻闻，皱了皱鼻，又闻闻，然后说："是硫黄味儿。"

几人也学沈立，沾起粉末闻闻，果然有一股淡淡的硫黄味儿，略微有些刺鼻。李虎说："但这空气中不止是硫黄味，还有其他味儿！"

沈立见周围石头上铺满了这样的粉末，又抬头望望血瀑出口，崖壁也呈暗红色。他想了想说："这山岩里面很可能蕴藏着大量的铁矿石。铁矿石氧化后会变红，流经的山水冲刷铁矿石，裹带大量的氧化铁粉，就变成这血一样的颜色了。我们在空气中闻到的腥味儿，也是氧化铁从水中散发出来的味道。"

郑雯说:"如果真是这样,那也应该是铁硫化合物氧化后的液体。"

但是,这些源源跌下的铁水都流到哪里去了?

几人带着这样的疑问,绕出好远,过了那块巨石,才见到瀑布的落地之处。原来,崖根处张着一个巨大的洞口,真如血盆大口一般将那瀑布整个儿吞了下去。深不见底的巨洞传出轰隆隆的闷响,那些被吞下的血水却神秘地消失在洞里,不知去向。

向前进感觉脸上痒痒,随手一抹,半边脸顿时鲜血淋淋,一片通红。郑雯看见,忍住笑,指指他另一边脸说:"看你这脸上。"

"怎么了?"向前进又随手一抹,这一下就满面通红活脱脱成了一张关公脸。李虎沈立看见,都哈哈大笑起来。原来,崖上飞溅的细小水珠洒到几人脸上身上,到处都是血一般的红点。随手一抹,便是一片殷红。一时间,几人童心大发,你一把我一把,人人都有了一张红脸。仿佛化了妆的印第安土著人,浑身透出一股野性来。玩闹一会儿,他们回到小溪边,费了好大工夫才把脸上洗净。

顺着溪流继续向前,不一会儿便走出了峡谷。

眼前豁然开朗,让他们双目一亮,心境开阔。这是一片开阔的谷中盆地,地势略微起伏,一条清澈小溪穿流其间,两岸芳草萋萋,山花烂漫。下午灿烂的阳光倾泻下来,远处林梢,光线迷离如烟。小河水流淙淙,林间莺歌燕舞。

几人立在那里东张西望,一时但觉美不胜收。郑雯叹道:"真是一片宁静和平的世外桃源啊!要是能在这样的环境里生活,人恐怕真的会成仙吧?"

李虎笑着说:"你本身就是从天上下来的仙女了,还要如何成仙?"

郑雯闻言脸上一红,白了李虎一眼,心中窃喜却又面含嗔怒。

他们在谷口不由自主陶醉了好一阵子,才沿小溪缓缓向前走去。走过两道河湾,忽听前边一个浅浅的土丘后面隐隐传来一阵喧哗声。

李虎伸出指头,示意大家噤声,然后几人蹑手蹑脚循声走去。登上土丘,钻进一片密密树林,穿行到树林边缘,隐身林中,从树枝缝隙间望出去,只见前方出现一片茵茵草地,草地中央嵌有一汪碧莹莹的水池。在池边宽阔平坦的草地上,一群似人非人的奇怪动物正在尽情地嬉戏喧闹。

"那是樊高!"

第三十五章·穿越丛林

郑雯伸手一指，失声叫道。

"在哪？"

小向没了眼镜，稍远一点距离便是一片模糊。

几人看见，草地中央嬉闹的动物群中，有一橘红色的人影，十分醒目。仔细一看，果然便是樊高，好好地坐在草地上，正被那些奇怪的动物围在中间。

第三十六章 盐水女神

1

大家心里一阵激动,嚷嚷着立时便要奔过去。

李虎连忙止住,悄声说:"看样子,小樊目前还比较安全,我们不能贸然行动!对方不知是敌是友,又有一个庞大的群体,还是先观察一下情况再说。"

几人抑制住内心的激动,屈身隐在林中。

沈立和李虎都取出望远镜来,调好焦距,只见草地上那群动物,有四肢,能直立,全身黑毛,个子比人稍高,胸前都吊着两只晃晃荡荡的乳房。看那模样,像是猩猩,但比之猩猩,又更像是人。它们在草地上成群结队,手舞足蹈,嘴里发出"吱吱"的声音。其中,有几只动物拿着一只竹筒在池边轮流舀水喝,不争不抢,显得极有秩序。

郑雯从李虎手中拿过望远镜,观察一阵后,轻声说:"看到它们喝水用的那竹筒没?那是一个盛水的工具,而且口沿整齐,那是需要更为坚硬锋利的工具才能制作完成的。如此看来,这群动物,有明显的组织,能分工合作,还能制作和使用简单的工具,应该是一群智力非常发达的类人动物!"

沈立说:"按你所说,所谓更为坚硬锋利的工具,那就只能是铁器了。其文明程度至少已经超过新石器时代,那要算是原始社会的人类了!但看这情形却是不太像。"

郑雯思索着说:"它那竹筒的口沿是如何弄得那般整齐,确实让人费解。听它们相互发出'吱吱'的声音,有应有答,似乎是用于交流的语言,但又看不出像是拥有铁器的原始人类。只能说是野人吧。"

"有可能真是野人!"向前进也拿过沈立的望远镜,观察着说,"在离此不远的神农架,能够提供关于野人目击证明的就有好几百人。不仅是当地老百姓,还有一些外地游客、科学工作者,都声称自己见到过野人。神农架和这里,都在北纬30度附近、东经110度至111度之间,生态环境十分相近,都能够提供适合野人的生存环境。你们看,不只这些野人的体型四肢,甚至面孔,那鼻子那嘴,除了尚未褪尽的毛发,简直与我们没啥区别。"

"在神农架,没听说有谁见过成群结队的野人。"沈立说,"据所有的目击报告宣称,见到的都是单个活动的野人。所以,即便神农架真有野人,那也远远没有这些野人的文明程度高。还有,你们在这群所谓野人中,发现过一位男性没有?"

郑雯说:"你们看,挨小樊坐着那位,手里正在剥着什么?天哪!那是一只新鲜的玉米。这些所谓野人,难道已经进入农耕时代?"

几人争相抢过望远镜观看,果见小樊旁边那位面容年轻的野人,正剥开一只玉米的青皮,露出晶莹玉润的玉米棒来。她先放到嘴边啃了一口,然后又递到小樊嘴边。小樊皱皱眉,扭开头,不吃。那野人似乎很意外,怔了一怔,顺手将玉米棒递给站在旁边的一野人。那野人眉开眼笑,接过玉米棒便狠狠啃了起来。

郑雯见此情形,感到十分惊讶。她说:"如果她们有了铁器,又懂得耕作,那早就应该学会使用火了,应该习惯了熟食。这真是一个天大的疑团!"

"现在我明白了。"李虎说,"昨天,我看见小樊在丛林中纵跃自如,背上似乎还有一团黑黑的东西。现在看来,他是被这群野人捉住了,抱着他在林中奔跑。"

几人将注意力集中到樊高身上,只见他落寞地坐在那群舞蹈者中间,衣衫大概是在林中奔跑时被树枝之类撕开一道道口子,脸上也留下几道细细的血痕,表情显得沮丧无奈。看样子,小樊确是被这群野人劫持了。

他的背包已被取下,正被几个盘腿而坐的野人放在地上翻过来翻过去,嘴里"吱吱吱吱"叫嚷,似乎想要打开却又不知其法。头盔则被另外一群野人争抢着,一会儿戴在你的头上,一会儿又戴在我的头上。抢到头盔的,大概是学小樊的样子,马上会戴到头上,甩手甩腿走出人模人样的步子,又昂起脑袋,左顾右盼,做出趾高气扬的样子来。其他野人望着这样的表演,嬉笑一阵,又一哄而上抢走了头盔。另有一个娇小的野人小孩独自蹲在一边,专心致志地玩着手中的东西。好奇的郑雯终于看清，她手里拿的居然是一只红色的救生哨，毫无疑问这是小樊的东西了。那小孩儿似乎知道这东西是要含在嘴里的，就是弄不出声音来，后来不知怎么响起"瞿"的一声，那小孩吓得"吱"地跳了起来，连忙吐出哨子，一下躲得远远的。然后又回过头，怯生生地望着另一野人从草地上捡起救生哨。

小樊无可奈何地坐在那里，旁边还有两个野人陪他坐着。其中一个显得十分年轻，身材姣好，胸前乳房也是挺挺的，还不时向别人发号施令，别人也对她恭恭敬敬，一副十足的首领派头。见樊高不吃玉米，满脸不高兴的样子，她将手一挥，舞蹈嬉戏即刻停止。又听她"吱吱"两声，有人用一只竹筒从水池盛了水，捧过来，首领接过，小心递给樊高。樊高不耐烦地摇摇头，伸手挡开。又有人捧来几枚果子，年轻的首领接过递去，樊高仍是摇头，一副拒人千里的固执模样。

那首领似乎并不恼怒，耐心地像哄小孩儿一样，将几枚果子塞进樊高衣袋，又拿起其中一枚向他嘴里喂去。樊高扭过头不吃，她就一把将他揽进自己怀里，让他的脸靠上自己毛茸茸的乳房，似乎要喂他吃奶。小樊大窘，扭过头挣扎几下，挣不脱野人的怀抱，只好张开嘴吃了她手上那果子。围观的野人立即击掌踢腿，发出一阵嘻嘻笑声。

见樊高在那群野人中备受优待，虽然情势颇为尴尬，却也并无危险，隐藏林中的几个同伴心情先轻松了下来。

沈立说："注意到没有，这可是个女儿国，没有见到一个男的。"

"糟了！"郑雯一本正经地说，"看这情形，那位年轻首领大概是看上了小樊，多半是要招他为婿，与他成亲。"

"那岂不和唐僧进了女儿国一样？"向前进说，"不知小樊怎样想的……"

"怎样想的？"郑雯白了他一眼，接过话头说，"多半他会说，我一道还有几位兄弟哩，我去把他们叫来，大家都来做女儿国的女婿，岂不热闹！"

"我可不干！"向前进连连摇头说，"我女朋友还在家里等着我呢。"

"要是你能带回一个野人姑娘，让你女友看看，那也不错。"

"好啊！"小向回击说，"我们都去做了野人的女婿，李虎哥也去了，看你怎么办！"

郑雯脸上一红，偷偷望了望李虎，说："呸！谁愿去就去，关我什么事！"

第三十六章·盐水女神

2

沈立已用望远镜向周围观察了一阵，说："时间不早了！野人数量众多，而且攻击性很强，我们得制定一个有效的营救方案。首先要确定好撤退的方向，但我们不能再走回头路了！沿着河流向前，盆地的尽头又是一道峡谷，我们就往那方向撤退。郑雯和小向先走，回到河边隐蔽向前，千万不能让野人发现。你们走出一段后，我和李虎突然出击，以迅雷不及掩耳之势救出樊高，再来追赶你们。"

李虎想了想，说："这方法还是太冒险了！野人不但是这里的主人，熟悉地形，而且人多势众，加上她们具有丰富的丛林经验，我们恐怕很难获胜！这人生地不熟的，万一被野人纠缠上，我们麻烦就大了！……不如用我的方法先试试。"

沈立不解地问："你的方法？什么方法？"

李虎说："就是先前你们见过的。"

几人一时还没反应过来，已见李虎盘膝坐好，凝神运功，仿佛有无形气场向四周展布，一串咒音从他嘴里源源发出。

旁边几人眼巴巴地瞧着，等待奇迹的发生。奇怪的是，时间一分钟一分钟地过去，对方却是毫无反应，依旧在草地上热热闹闹玩乐着。

郑雯失去耐心，忍不住说："你这咒语怎么不起作用了？"

向前进说："莫非因为都是女野人，咒语就失灵了？"

"呸！"郑雯伸手打了小向一下，"你就想着这事儿！"

开始，李虎也自觉奇怪，不知为什么禁咒无效了。后来忽然记起漆大大曾教过一段"定身咒"，那是用来对付人的，不知对付野人行不行。他决定试一试。

果然生效了！

"定身咒"发出不一会儿，只见那些玩闹撒欢的野人们一个个目瞪口呆，笑的仍然笑着，弯腰的仍然弯着，走动的仍是甩手跨步的样子。就如武侠小说中被人点了穴道一样，全都一动不动成了泥塑木雕。

身在野人群中的樊高，被这突如其来的变故吓呆了，不知这些野人为何会做出如此怪相，看样子又不像是在逗自己玩儿，会不会对自己有所不利？正惊惧莫名之时，忽然望见从林中走出的李虎几人，呆望片刻，又揉揉眼睛，确信没有看错，这才喜极而泣，喉咙里发出"咕咕"两声，也不知是喊的什么，坐在那里竟然不知动弹。

郑雯朝他招招手，喊道："快过来呀！"

樊高醒悟，急忙连滚带爬跑了过来。跑出一截，忽又倒回去，从一个瞪着一双傻乎乎眼睛的野人头上取下自己橘红色的头盔，在膝上磕了磕，戴回自己头上。又从另外几个野人身边提起自己的背包，看看拉链尚好，挎到背上背好。回头看见救生哨尚在一野人手中，取回后又嫌脏了，他顺手丢回到那野人脚下。

郑雯看见，那些野人身子不能动弹，眼睛却一直看着樊高，眼珠子骨碌碌一直随他转动，流露出依依不舍的惜别之情。尤其那位年轻的首领，眼睁睁看着小樊从她身边离去，表情极其痛苦，眼睫毛上挂满了泪水。

小樊跌跌撞撞跑到李虎面前，一把抱住，呜咽两声，终于失声痛哭。李虎拍拍小樊后背，然后双手扶住他肩，上下打量一番，轻声问道："受伤了么？"

小樊拭去脸上泪水，在李虎面前挥挥胳膊伸伸腿，挤出一个笑容说："还好！"

这时，郑雯走过来，和他轻拥一下，安慰地拍拍他肩，笑着说："好个樊高，害得我们好找！原来你是丢下我们独自进了女儿国，该不会留下不走了吧？！"

一向油腔滑调的小樊，此时面对郑雯的调侃，竟然一时语塞，无言以对。还是小向给他一个热烈的拥抱，才化去了他的尴尬。

"好了！"沈立拍拍小樊肩膀，说道，"我们得赶快离开这里！"

一行人走出几步，小樊不禁回头望了望，问李虎："就让她们这样待着？"

"不会。"李虎说，"一个时辰后自会解禁，不会伤害她们的。"

"哟嗬！"郑雯笑道，"这会儿怜香惜玉了？"

小樊朝她扮个怪相，无奈地笑了笑。他一边走，一边讲出自己那段离奇的经历——

第三十六章·盐水女神

原来，昨天中午子午河突涨洪水时，小樊正独自跑在最前面。被洪水卷起后，他完全慌了神，结果在被冲入与沈立、小向同一条河道后，连续跌落两道绝壁，人昏迷过去。他是在毫无知觉中一直随大水冲进入丛林里面，被横出的树枝给挂住，这才停了下来的。他不知在那片幽暗的河床边昏迷了多长时间，在刚醒来后的那段时间里，浑身动弹不得，脑子里也是一片空白……

渐渐恢复知觉后，他一点一滴回忆，也只记起被大水冲下第一道绝壁的那一瞬间，以后的事就再也想不起来了。周围一片寂静，他只能听到潺潺的水声，偶尔还有几声婉转的鸟鸣，但不清楚自己现在身在何方，也不知道其他几人去了哪里。

感觉身体渐渐能动了，他挣扎着坐起来，忽然听到一阵奇怪的"吱吱"声。他扭头四望，发现只有自己孤独地坐在一条林中小溪边，周围除了密密的树林，就是遍布在河床里的石头了。再检查自己的装备，背包还在，头盔也戴得好好的。身上除了几处大概是被河里石头撞出的瘀痕，并未受到其他伤害，只是感觉有些乏力。

他正想如何去找到失散的同伴，身后又传来几声"吱吱"的声音。他回过头，发现有几个黑黑的身影鬼鬼祟祟，正在林中探头探脑。他心中一惊，不知是遇上了什么样的林妖树怪，顺手捡了一块石头拿在手中，以壮胆。但那些黑黑的身影似乎很怕他，见他一回头，立刻就闪身不见了。小樊站起身来，只想尽快离开这里。他不知道同伴们现在何处，想到自己是被大水冲来这里的，便逆着小溪往回走。

哪知刚走出几步，忽见黑影闪动，前面已站着几只全身黑毛的直立动物，一下挡住了他的去路。待看清那些动物模样，小樊心中大惊——

哪有什么林妖树怪，分明是几只张牙舞爪的黑猩猩！

3

这些猩猩一共三只，都是毛发披散，长手长脚，胸前吊着两只晃晃荡荡的大乳房。它们只是站在那里，似乎并无进攻的意思。其中一只猩猩向小樊咧开嘴巴"吱吱"两声，小樊不知其意，迟疑着停下步子。僵持一会儿后，小樊灵机一动，忽然转身向另一方向走去。还没迈出几步，又被挡住了。如是三番，总被那几只猩猩拦在前面。小樊知道它们行动迅捷，一时半会儿恐怕是走不脱了，又不知它们到底要干什么，索性在一块石头上坐下。当时他想，如果李虎沈立他们能够找来，就是打架也不会输于这几只猩猩了。如今自己孤身一人，势单力薄，又刚刚从昏迷中醒过来，浑身软弱无力，面对强敌，只能文斗不能武斗了。

就这样，小樊坐在石头上与猩猩们默默对峙着。

足足过去十分钟了，没有等到一个同伴找来，小樊心中失望已极。几只猩猩站在那里，只是好奇地打量着他，就像人在动物园观看铁笼里的猩猩一样。他见它们似乎并无敌意，却不知道拦住自己到底要干什么！据说，猩猩是灵长类动物，智力比较发达，凭我樊高三寸不烂之舌，不求动之以情，或许可以晓之以理？

于是，他清清嗓子，试探着对那几只猩猩说："喂，你们穿皮衣，我穿布衣，咱们井水不犯河水，拦我干什么？"

小樊尽量吐词清楚，也不知猩猩能否听懂。

其中一只猩猩听了，一时抓耳挠腮，眼珠骨碌碌转了几转，又一本正经不动了。小樊心想，总算是有了点反应。他又说道："看在我们都是灵长类的分上，就放过我吧！还有几个同伴在那边等着我呢！"

"几位老兄……不不不，几位这个……妹子，你们要愿意站那儿也行，我就多走几步，从你们旁边绕过去好了。"

几只猩猩听后只是直直地站着，无动于衷。

小樊果然起身，要从几个猩猩旁边绕过去。但刚一动步，它们又挡在了前面。小樊时而向左，时而向右，几只猩猩总是身形一闪就挡在了前面，令他无法过去。

小樊心中一急，不由发起怒来。他掂掂手中石块，虚张声势地喊道："喂喂！你们三个我一个，就这样拦着算怎么回事儿？！有种就放马过来，咱们公平决斗，一对一单挑！赢了的走路！"

几只猩猩初时似被吓了一跳，见小樊手中石块并未飞来，又如木偶一般呆立着。

小樊越看越觉得它们傻乎乎的，突然灵机一动，决定冒险一试。他从袋里掏出救生哨来，假装把玩几下然后放入口中。那几只猩猩只是好奇地望着他，不知他那红颜色的救生哨是个什么玩意儿。它们交头接耳，似乎在讨论那是什么东西。

小樊暗中运气，忽然一阵猛吹。急促尖厉的哨声惊得几只猩猩一下子跳起来，手脚无措地慌忙躲进了林中。小樊心中暗笑，自以为得计，拔身就朝上河方向跑去。

哪知跑出不到一百米，忽被一只毛茸茸的手臂拦腰夹住，接着便腾空而起，进入密匝匝的丛林之中。那手臂将他连人带包环抱着，有力得让他呼吸不畅，丝毫没有挣扎的余地。小樊张嘴欲咬，那猩猩手臂箍在他腰上又够不上，反过头来，唯一能咬到的地方是那只如水袋般晃荡着的乳房，这让他无论如何也下不了口。他沮丧、绝望、无能为力，喉咙里本能地发出"嗷嗷"嚎叫。挟持者身上那股浓烈的腥膻味儿，熏得他十分难受。刚叫了几声，就不得不停了下来，紧紧地闭住了嘴唇。

林间树梢不时扫过他的脸庞，或者撕扯着他的衣服，带来一阵阵疼痛。

他就这样莫名其妙地被挟持着，在丛林大树间腾跃飞纵。那猩猩怀里抱着樊高，仅用一只手臂抓住树枝，从一棵树飞荡到另一棵树，如履平地，轻松自如。小樊被挟在臂弯里，直荡得眼花缭乱，晕头转向，吐得七荤八素。这时，小樊脑子里便想到一个问题：这些猩猩费尽心思把我捉去，到底想要干什么？

这时，听见一阵"吱吱"声，似乎另外有两只猩猩出现了。他被放下来，很快又被另外的手臂夹住，继续在丛林中飞腾。

这时，他想起小时候曾听老人们讲过"熊姥姥吃娃儿"的故事来。

"熊姥姥"就是黑猩猩，她扮成姥姥的模样，半夜溜进人家屋里，偷食小孩儿，特别爱吃小孩儿的手指头，像嚼零食一般嘎嘣脆响。此刻，自己被黑猩猩捉住，难道就要成为它们的腹中之物？可它们为什么又要抱着自己跑这么远的路？要是一见面就撕了，嘎嘣嘎嘣吃进肚里岂不更为省事？……或许，它们更喜欢在夜里吃人？喜欢在黑暗之中听到从自己嘴里发出"嘎嘣嘎嘣"的咀嚼之声？

小樊偷偷看看天色，虽然离天黑尚早，仍是又惊又怕，全身冷汗淋淋。

那时候，小樊挣又挣不脱，跑更跑不掉，也只好听天由命了！但内心里却是一百个不甘心，一千个不愿意，脑中急速转着各种各样的念头。

——想不到我一个受无数棋迷追捧、纵横棋坛的现代棋侠，一个才从大学毕业对未来生活充满美好向往的阳光少年，一个刚刚暗恋了一位美丽姑娘还没来得及向她表白的多情种子，原本在路上下棋观景，走得好好的，忽然莫名其妙地接到一个古怪匣子，又莫名其妙地来到这样一个神秘地方，再莫名其妙地成了黑猩猩的夜间点心，甚至都没人给自己送个花圈念念祭文什么的！最后，多半会被人用"失踪"二字草草宣告自己一生的结束。除了学校尘封的花名册里还保留着"樊高"这个名字，自己在这世界上就算是灰飞烟灭了。再说了，这样的死法又叫什么？以我之身，果尔之腹，该叫腹葬么？从来只听说过天葬、土葬、水葬、火葬，这腹葬又是哪族的习俗了？古往今来闻所未闻吧！

想到自己死得如此不明不白、不光不彩，小樊不禁悲从中来，仰天大叫——

"快放下我！"

"我不会甘心的！"

"我又不是小孩子！一身骨头又老又硬，又有什么嚼头！"

"会硌坏你们牙齿的！"

……

"喂！你的，听得明白？！"

……

这样乱叫一通，实在是毫无用处。猩猩们听不懂他的语言，完全无动于衷。小樊心想，即便听懂又能咋样？眼下自己落入它们手中，双方实力悬殊，就自己这点点本钱，又哪配与猩猩们讨价还价？……

4

郑雯听小樊一路说来，开始时一惊一乍，尚能感同身受。当听他说起自

第三十六章·盐水女神

己独涉险境，危难之中渴望同伴营救却又大失所望时，心中感动，眼里还不由自主涌出了泪花。

后来，听小樊说起害怕被猩猩吃掉，一路想起的种种荒唐念头，又实在忍俊不禁，哈哈大笑起来，纠正说："那不是猩猩，是野人！"

"好吧！就算是野人。"

小樊嘀咕着。见郑雯毫无心肝地只是大笑不已，他不满地白了她一眼，继续讲道——

天黑时，他被挟持者带进了一个臭气烘烘的山洞里。黑暗之中，有一只毛乎乎的手向他摸索过来，小樊吓得缩成一团，心想这就来了，我樊高如今在劫难逃，于某年某月某日丧命于无名山洞，——"熊姥姥"就要吃夜宵了！

开始，小樊尚本能地东躲西让，但始终逃不掉那只毛茸茸的手掌，索性就不躲了。心想，吃罢吃罢，趁着天黑看不见，胡乱让你吃了倒干净，免得让我瞅到你那恶心的嘴脸，岂不是连死也死得不爽快！

哪知那手在他脸上摸索一阵，见他老是躲来躲去，最后往他手中塞了一样东西，竟自行走开去了。小樊感到手中圆圆润润的一个小东西，还没弄清到底是什么，先已闻到一股奇妙的清香。是水果？小樊此时已是饥肠辘辘，不管三七二十一，先放到嘴里咬下一块，一时汁液满口，果然是水果，而且味道之鲜美，竟是他以前吃到过的所有水果都无法比拟的。

黑暗之中也看不清楚，他不知道这是什么果子，三下五除二吞进肚里，只觉意犹未尽。他哑吧几下，又舔舔嘴唇，感到余香满口，愈发觉得这果子甘美无比，忍不住朝黑暗之中喊道："喂，再来一个！"

喊叫声在洞子里空空地回荡着，对方却悄无声息。他想，看守的猩猩一定还在洞里，只是果子再也舍不得给了。勉强给自己吃一个，大概是怕自己饿死了吧。我死了本不打紧，只是探秘还没有结束，任务还没有完成呢！想到这里，他又大声喊道："喂，果子还有吗？"

"这么小的果子，只吃一个会饿死的！"

"我马上就要死了！"

"喂！到时候，死翘翘的，臭烘烘的，你们吃着不爽，可别怪我言之不预！"

接连喊了几声，小樊听到的只有从洞壁上弹回来的自己的回音。他想，对方不理，不如趁着黑暗悄悄溜之大吉？

这个想法让他一阵激动。转念又想，这黑暗之中伸手不见五指，又能往哪跑？外面原始森林中处处充满险恶，各种毒虫猛兽、林妖树怪说不定就等着自己送货上门！恐怕我刚刚跑出洞口没有几步，就"喀哧喀哧"几下，稀里糊涂被分而食之。手进了这个的胃口，脚又跑到那个的肚里去了，落得个鸡零狗碎的下场，又有什么意思？

看来，还是这洞里暂时安全些。

阵阵饥饿袭来，他想到自己背包中还有些食品，便从背上取了下来，心想趁着这会儿还没被"熊姥姥"当作点心吃下，先自己吃饱了点心再说，免得到时做了饿死鬼，再到阴间去后悔就来不及了。哪知刚取下包来，还没来得及打开，就被黑暗中伸过一只毛茸茸的手给抢走了。咦？难道猩猩在黑暗之中还能看清东西？

"喂！"小樊不由一阵气愤，朝黑暗中厉声喊道，"为什么不让我吃点心？这可是我自己的东西，临死还不让人吃饱了？！"

黑暗之中只听到一阵"呼呼啦啦"之声，似乎是那猩猩拖着背包走到洞口去了。小樊斜靠在洞壁上，百思不得其解。既然允许吃果子，又为什么不让自己吃干粮？难道它们也想尝尝从现代化工厂里做出来的精美点心？

后来，小樊忽又"扑哧"一笑，自言自语说："它又怎么会知道我是要吃东西？它们甚至连包里装的是些什么都不清楚呢！"

这时，他又想到一个问题：这猩猩主动给自己东西吃，又是为了什么？难道是嫌自己太瘦，要喂肥了再吃？……管他呢，既是给东西吃，目前大概还不至于被拿去当作点心。这丛林之中人迹罕至，好不容易捉到一个，猩猩们可能一时半会儿也舍不得吃，说不定到时候还得召开一个群猩大会，再举行一个食人仪式什么的，也好纪念纪念它们这一丰功伟绩！如果它们还有什么节日的话，一定会留到那时再慢慢品尝的！书上不是说过，猩猩是有智慧的动物嘛！不过，既是这样，难道人的智慧就不如它么？难道以我业余六段的智慧就不能从它们手中逃脱？以我这身体，它们又没有大鱼大肉、山珍海味，一时半会儿也不是那么容易把我喂肥了的！挨下去吧，或许还有逃跑的机会……

心里这样想着，饥饿感渐渐消失，阵阵睡意袭来，他倒头便睡了。

第三十六章·盐水女神

第二天小樊醒来睁开眼睛,第一件事便是庆幸自己还活着。

看见山洞外面一片朗朗的阳光,映得青枝绿叶格外亲切。他借着外面折射进来的光线,在洞内搜寻一番,发现里面就剩自己,包也放在一旁。难道猩猩们丢下我这俘虏,都跑出去玩耍了?它们以为我还在睡大觉?

小樊心中一阵狂喜,想到这下自由了,提着包便大摇大摆向洞外走去。

哪知刚走出洞外,便听到一阵激烈的"吱吱"声。原来外面有几只猩猩不知为什么正在发生激烈的争执!其中一位身材高大的猩猩,手中攥着一根木棒,一眼瞧见小樊走出洞来,眼里立时喷出怒火,嘴里"嗷嗷"叫着,做出一副仇人相见的拼命模样,挥动棒子就要冲了过来!另外几只猩猩吓得尖声惊叫,慌忙挡在小樊身前。

小樊直吓得浑身发抖,几乎尿了裤子。他赶紧躲回洞里,心中百思不得其解!自己从未见过这只大个子猩猩,它为什么对自己这样刻骨仇恨?看那样子是要打杀而后快!难道是因为它个子高大,比别人饿得更快,等不及要先吃了自己?如果真是这样,那可大大不妙,那几个身材矮小的猩猩看样子绝对不是它的对手。不如趁它们争吵,先逮个机会溜之大吉。这样想着,又趴到洞边偷偷向外张望。

几只护着他的猩猩赤手空拳,嘴里叽叽喳喳说个不停,那大个子默默听着,似乎有所顾忌,却又显得心有不甘。它时而怒容满面,时而抓耳挠腮,却并未硬冲过来,否则那几个矮小的猩猩又哪里阻拦得住?!

5

就在这个时候,那年轻首领出现了。

它被一群模样都很年轻的猩猩簇拥着,大模大样来到洞子前,见了大个子,显得十分气愤,激烈地挥动手臂,一阵叽里哇啦的怒吼!

大个子猩猩对这年轻首领显得十分忌惮,一见到便满面惶恐丢了手中棒子,垂首肃立一旁。首领似乎还不满意,提高声音又是一阵叽里哇啦,大个子垂头丧气,一脸可怜兮兮,无可奈何地钻进丛林去了。

那首领似乎长长吁了一口气，这才焕发出满面笑容，朝樊高这边轻快走来。它刚要走进洞口，大个子猩猩忽又从林中冲了出来，双手在胸前"咚咚咚咚"一阵痛心疾首的猛捶，对着小樊藏身的洞口发出一声声愤怒咆哮！

首领气愤已极，转过身来一声娇斥，大个子又如飞而逃。

首领向几位守护者询问着什么，守护者"吱吱吱吱"说了一通，然后指指洞口。小樊心想，这下说到我了，看来这首领也是护着我的，暂时并无危险。眼下逃是逃不脱了，不如装作顺从的样子，再慢慢寻找机会。

于是，小樊手里提着包，磨磨蹭蹭从洞里走了出来。

野人首领见了小樊，立即面带笑容，对他一番叽里哇啦，还夹杂着几种好看的手势。见小樊毫无反应，只是莫名其妙呆望着，首领甚觉无趣，只好挥挥手。一个野人过来，冷不防从小樊手中夺过包，提了便走。小樊抢上几步便要夺回包来，心想匣子和装备都在里面，那可是自己在这丛林之中伺机逃命的东西！岂知小樊与那野人力气悬殊，人家轻轻一带，小樊便一踉跄，眼睁睁看那野人提着包走到前面去了。这时，首领走过来，强拉住小樊的手，在一群野人的前呼后拥中，往丛林中穿行而去。

这次，再没人挟着他了。偶尔有难走的地方，首领还会拉住手帮他一把。

他们穿过一道窄窄的峡谷时，小樊在一阵浓烈的血腥味中见到那道从天而降的血瀑，被强烈的恐怖击中，几欲晕倒。那些野人却全不当回事儿，见他脚下发软，便一边一个架着他继续走路。出峡谷，再穿林莽，没走多久，就来到一片有着漂亮水池的宽阔草坪上。这里大概是野人们的大本营，周围有好几个供它们居住的山洞，野人们进进出出，十分热闹。

首领将樊高带到草坪中央，摁他坐下，一个野人用竹筒舀了池子里的水递给小樊。小樊正好口渴，大大喝了一口，吞下过后才尝出是又苦又涩的盐水，便皱了眉，面露愁容，再不肯喝了。他想，原来这个被野人们当做命根的池子，竟是一个盐水池……

"盐水女神！"郑雯听到这里，失声说道。

这小樊原是个能说会道的勤嘴，此时回到队友身边，心情愉快，庆幸自己刚刚经历的种种险象已成故事，正当作传奇侃侃而谈，忽被郑雯一下打断，显得极不高兴，抱怨说："什么盐水女神？你总是打岔！"

郑雯笑着说："呵呵，我笑你啊，原来是一场虚惊！你一直以为这些野

第三十六章・盐水女神

人捉了你，是要像猩猩一样把你当点心吃掉，一路担惊受怕，想入非非！殊不知人家是见你仪表堂堂，要为她们的首领捉一个如意郎君回去！这群野人，实际上就是一个母系氏族社会，又拥有珍贵的盐泉，她们的首领那就相当于远古的盐水女神啊！我猜想，那位一心想要杀了你的大个子野人，应该是位男性吧，看那情形，他大概是早就经过多番残酷决斗、竞技角逐，最终力挫群雄，才获得了雌雄双方一致的认可，他是把盐水女神当作独自拥有的心爱之物！哪知凭空而来你这么一位白脸小生，被母系族众奉为神灵，势必要横刀夺爱，当然是直欲打杀而后快了！谁知他又慑于盐水女神的权威，在犹疑不决之中错过了机会。这盐水女神一见到我们小樊，眼都直了，哪还会把那大个子野人瞧在眼里？自然是怒而斥退了！"

听她如此侃侃说来，明知是说笑，李虎仍然说："你将这野人比作盐水女神，岂不是辱没了我们的廪君先祖？"

"哪里就辱没了？"郑雯争辩说，"盐水女神也不过是个母系氏族首领嘛！当年，廪君初为首领，带着族人沿江而上，进入盐水女神领地。人家对他是一见倾心，款款深情地说：'此地广大，鱼盐所出，愿留共居。'哪知廪君胸怀更为广大，不愿为一美女囿于一隅之居，缠绵恩爱之余，最终还是为清江五姓的族众利益而牺牲了个人情感，忍痛割爱，在一个大雾的早晨，一箭射杀了千方百计要阻挠自己前进的盐水女神，从而也为后人留下了一段传唱千古的凄美爱情故事。今天，我们在这里又见到了一位盐水女神，对小樊同样是一见钟情，愿留共居啊！小樊如此不辞而别，岂不有负人家一片芳心？"

这小樊一向是不肯在言语上吃亏的，此时被郑雯连连奚落，噎得他直翻白眼，半晌才说：

"要是郑雯姐姐成了这里的盐水女神，我樊高受宠若惊，恐怕是舍不得走了！只是横刀夺爱，又怕惹恼了这里的大个子，那可……"

向前进哈哈笑道："你是怕李虎哥哥会打你吧？"

"那倒不是！我是怕他口吐咒语，把我生生定在这原始森林里，眼睁睁看着他把郑雯姐姐带走了……"

郑雯含嗔带怒，作势欲打，嘴里恨恨说道："我把你们两个小东西……"

小樊和小向嘻嘻哈哈朝前跑去。这一跑，樊高感觉衣袋沉沉的，伸手一摸，记起是"盐水女神"塞到自己衣袋里的果子，数一数正好还有四个。他掏出来捧在手中，首先走到郑雯面前，说："这是盐水女神的礼物，姐姐先尝一个。"

　　郑雯一看，小樊掌中躺着四只比鸡蛋略大的果子，表面光滑晶莹，紫里透红的色泽在阳光映照下反射着迷离耀眼的光芒，夺人眼球。几人被一阵奇异的清香吸引，围了过来，惊讶地看着，不知何物。小樊说："这是野人采来的果子，味道十分鲜美。这里正好四个，你们一人一个，尝尝鲜！"

　　郑雯说："这可是人家心疼你，给你吃的！"

　　"我都已经吃过两个了。"小樊拍拍肚皮说，"现在都不饿哩！"

　　几人取了果子，在溪水中洗了洗，第一口咬下，都抿住嘴不忍咀嚼，瞪大眼睛互相瞧瞧，"嗯嗯"几声，连连点头。吃完过后，还剩花生米大小的一粒果核，十分坚硬。向前进捏在指头上，观察着说："这是我们刚刚发现的一个新品种水果，我得把这种子带回去培育！我想，这个……是小樊带来的，培育成功后就叫樊果吧！"

　　大家齐声叫好，纷纷将果核交给小向。

　　郑雯打趣说："我看不如叫梵果，梵心的梵。这果子不但形状玲珑，色泽晶莹，味道更是无比鲜美，如果名字再与菩萨沾上点边，说不定吃了会成仙哩！"

6

　　李虎咂了咂嘴，问小樊："先前，那野人要递给你吃的是玉米棒子吗？"

　　"是的，那是新鲜的嫩玉米。"

　　"还有她们使用的那竹筒，她们哪来的这些东西？你见过她们有铁器吗？"

　　"铁器倒是没见到过。只是……我怎么一直没有想到，她们这玉米和竹筒是从哪来的？我绝对不相信她们自己会做出这种东西来！"

　　"难道，"李虎说，"她们会跑到外面去偷？"

第三十六章 · 盐水女神

郑雯摇摇头说:"好像从来没有听说过天子山有发现野人的报告。"

说话间,他们已顺着小河走进另外一道峡谷。谷中怪石耸立,两壁藤萝密挂。他们在大石之间左穿右拐如行迷宫,脚下地面颇为光滑,似乎被长期踩踏过,他们猜测这是野人常走的一条小路。

现在是沈立走在前面探路。愈往前走愈觉阴森,阳光被挡在谷外,崖壁上垂挂的青青藤萝又吸去了从别处折射过来的光源。几人都感觉出谷中弥漫着一种诡秘气氛,一个个都噤了声,步履也缓慢小心起来。

前方水声越来越响,空气也越来越潮。几人正觉奇怪,忽听走在前面的沈立传来一声闷吼,然后是一阵杂乱的"吱吱"声。后面几人立即冲上前去,却被劈面一块巨石挡住了。

几人绕过巨石,只见沈立呆呆立在那里,两只眼睛似乎还没回过神来。

李虎问道:"刚才怎么回事?"

沈立吁出一口气,朝前面努努嘴,说:"看吧。"

前面是两块紧挨着的巨石形成的一个拱洞。洞里,赫然出现几只加了盖的木桶。木桶上安有拱形的提把,颜色已经很旧了。李虎走过去提提,很沉。他揭开上面的圆形木盖,赫然看见里面装着尚未剥皮的玉米棒。整整四桶,全都装得满满的。

几人如见天外来客,面面相觑,均觉此事匪夷所思。

小樊四下张望说:"刚才明明听到有野人叫声的,哪去了?"

沈立还没回答,已听一旁向前进惊叫:"在那里!"

众人随着小向手指的方向,抬头望去,果然看见有四个野人正在绝壁上悬空飞跃。只见她们长长的双臂交替抓住崖上青藤,如履平地,快速向谷外攀去。

沈立说:"我刚才转过这块大石,与几个野人猝然相遇。她们每人提着一只木桶,正从这拱洞中鱼贯而出,见到我后慌作一团。趁她们惊疑未定,我一声大吼,她们'吱吱喳喳'丢下木桶就跑开了。"

小樊望望野人刚才消失的崖壁,鼻孔里"哼"出一声,心想这些东西原也欺软怕硬,见对方势众便溜之大吉。自己当时要不是刚从昏迷之中醒来,也像沈立这么来上一嗓子"狮子吼",说不定吓跑那几个野人,也不会遭受那诸多的苦楚了。

眼见几个野人飞快地逃出谷外，几人的注意力又回到那几只装满玉米的木桶上了。

郑雯说："这毫无疑问是人类的产物了，她们从何处得来？"

李虎担忧地向刚才野人消失的崖壁望望，果断地说："不要管这些东西了，我们要赶快找到出路穿出峡谷！现在野人已经知道我们的行踪，禁咒的时间也快到了，一旦被她们追上纠缠住了，后果不堪设想！"

沈立向前探出一段，发现峡谷两壁挨得只剩一道细缝，已经窄得没法行走了。而且前面还出现几道陡坎，溪水在一片幽暗之中跌出"轰轰哗哗"之声，水雾从峡缝中飘出，将四周浸染得湿漉漉的。他们已经走入绝路，不得不停了下来。

"怎么办？"小樊心有余悸地说，"现在要是退回去……可就危险了！"

沈立胸有成竹地分析说："刚才几个野人是从前面过来的，应该还有路径。"

说罢，沈立仔细观察脚下地面，顺着地上踩踏出的隐约痕迹，转到一块大石后面，发现有一两米来高的洞口。洞内一片黑暗，他取出头灯朝里照照，发现里面十分幽深，曲曲折折不知尽头，地面也现出明显被踩踏过的痕迹。

他说："或许，这里面就是出口。我先进去看看！"

李虎说："还是我去吧！谨防里面还有野人。"

"没事，我提防着就是了。"

沈立说着戴上头灯钻了进去，很快便消失在黑暗之中。

几人焦急地等在外面，李虎不时向后望望，防备野人来袭。

十多分钟后，洞内灯光晃动，沈立又出现在洞口，欣慰地说："果然是一条秘密出口！都戴上头灯，跟我来吧！"

从狭窄的洞口进去，里面越走越宽，几分钟便到了一个宽敞明亮的洞厅里。洞外天光映照进来，一切见得明明白白。向洞厅外面望去，映入眼帘的竟是蓝天白云，再往下面一看，有一道五十来米高的绝壁。绝壁前方，又是一个桶状峡谷，隐隐传来一片轰鸣之声。

真正让他们惊诧的，是在洞厅里见到的东西：几只与先前见到的一模一样的木桶，盖得严严实实，揭开桶盖，里面盛满盐水。尤其是在绝壁边缘还装有一个松木做成的简易卷扬机，卷扬机上缠着一根长长的木藤，直垂崖下。

第三十六章·盐水女神

这些东西显然不是野人能够做出来的，难道这里还有人类生活？或者，他们已经来到神堂湾的边缘，外面就是人类的世界？

沈立说："看这木桶，虽然做工粗糙，却必须用刀斧等工具，这卷扬机更非野人的智慧所能。我敢肯定，这些都是出自人类之手。"

李虎说："要揭开谜底，就只有下去了。这也是我们现在唯一的出路。"

说罢李虎提起那根木藤，看去已使用很久了，用手撸撸，感觉依然柔韧而结实。

沈立说："这个不保险！还是用我们自己的绳子吧。"

现在，五十来米的绝壁对他们来说，已经是轻车熟路小菜一碟了。几人依次下到谷底，立即被淹没在一片巨大的轰鸣声中。仰头望去，在崖壁顶端，两山夹出的一道细缝之中，斜射出一股巨大的水龙，引颈长喷，直向对岸。轰鸣水声在桶状的峡谷壁上回旋共鸣，似乎被放大数倍，让他们咫尺之间必须扯着嗓子喊叫才能彼此交流。

他们沿着一道明显的路径，从飞腾的瀑布下面穿过。来到峡谷出口时，谁都没有注意到自己已是全身湿透，他们被眼前所见景象惊得说不出话来了——

夕阳之下，一片漫山遍野的红色山花从眼前的谷口向外铺展开去，前方是一片平旷田野。田野间，一条河流蜿蜒穿行，河水在夕阳下泛起层层金光。河流两旁庄稼整齐，阡陌纵横，桑竹掩映中，一排排瓦房茅舍错落有致。

袅袅炊烟在夕照下缓缓升腾，远山苍茫，近水迷蒙，田园村舍如烟如画。

樊高欢叫一声"我的乖乖"，忍不住哼出一句小调来——

又见炊烟升起
暮色罩大地……

向前进喃喃说道："天哪，我们又回到了久违的人间？"

李虎也不敢相信这是真的，自言自语说："就这样走出了神堂湾？可是，我们历经千辛万苦所为何来？要寻找的白虎呢？"

红红的夕阳映照着，每一个人脸上都露出迷茫的表情。晚风吹来，空气之中弥漫着一股醉人的醇香。

郑雯梦呓般地说："这些花儿，好香好香。"

这话让李虎心中悚然一惊！

他刚到谷口，便觉得这香味有些怪异，此时，更觉非同寻常。他看着眼前这片红得耀眼的山花，警惕地说："这味儿香得有些古怪，我们可要注意！"

说罢不闻人声应答，左右一看，只见身边刚才还好好说着话的几个人，不知什么时候已如熟睡一般，蜷伏在地一动不动了。李虎大惊，刚叫了一声"沈立"，自己也感觉一阵眩晕，随即瘫软在地，不省人事。

第三十七章　向王后裔

1

　　李虎感觉自己被淹没在一片浩渺的黑暗浪滔之中，沉沉浮浮，自己全然无能为力。不知过去多久，他似乎受某种力量的牵引，从无边的黑暗深处缓缓浮起，意识渐渐醒来，脑子里出现一些画面。

　　他慢慢回忆起他们走出谷口的那一幕，眼见同伴们一个个熟睡在地，自己一阵眩晕，随即也失去了知觉。想到这里，李虎心中打了一个激灵，翻身便欲坐起。哪知身体却完全不听使唤，连眼皮也沉重得睁不开来。

　　到底怎么回事？难道是遭人暗算了？

　　此时，他感觉全身燥热难当。这是在什么地方？其他人现在又在何处？……燥热让他越来越难受，似乎全身血液鼓涨，无处宣泄，急欲崩溃而后快。他无力坐起，任由身体躺着，慢慢集中意念，意移丹田，心守太虚，一丝一缕引导体内鼓荡之气渐入任督。不久，但觉一股热气由丹田入尾闾过夹脊，经玉枕直达泥丸，又下降丹田气穴。如是再三，体内之气渐入正途，复归平静。宁静之中，一道白光亮如水银，由任督二脉快速旋转不停。三百余周后，但觉体内神气充足，精神愉悦。

　　最艰难的时刻已经过去！李虎睁开双眼，翻身而起。

　　首先映入眼帘的，竟是一幅奇怪的图案。渐渐看清，那是一扇宽大的窗户，窗外月光映照，被密集的棂条隔成形状各异的小块，构成了一幅变化繁复的精致图案。李虎发现，自己正坐在室内一张宽大的竹床上，空气中有淡淡暗香浮动，清新爽神。

　　他猛然记起谷口那古怪的香味，感觉一切皆是由此引起，却又说不清楚为什么。他在身边摸索一阵，吃惊地发现自己的登山包不见了。室内光线幽暗，只隐约看见床前似有一案一凳。这奇怪的窗户让他想起那些年代久远的古宅，没错，这就是古典建筑简朴而又唯美的装饰风格。那么，这是在哪里？

李虎正要从竹床下来寻找自己的背包，忽然听到一阵细碎的脚步声，由远而近，似乎正向这屋走来。李虎端端地坐在床上，决定静观其变。

窗处灯光晃动，"吱呀"一声，门被推开了，一道明光如水一般倾泻进来。他先是看到一只样式奇怪的方形灯笼，接着走进几个人来。

在前面引路的是一个提着灯笼的青衫男子，跟着款款走进一位十分漂亮的姑娘。明亮的灯光中，只见她光洁的额头下有一双波光盈盈的大眼睛，再配上一张明艳如花的俏脸，让人一见之下，凡俗顿消。她上穿高领短袖开襟衣，竖起的领子滚镶着三层明丽的花边，下着镶边罗裙。高高挽起的发髻插着一柄银钗，耳佩银耳环，颈戴银项圈，手戴银手镯，华丽高贵与庄重简朴，两种截然不同的风格竟然在她身上十分巧妙地融合在一起，让人丝毫不觉别扭。看那年龄，也不过十七八岁光景。

那姑娘随着灯笼跨进屋子，一眼看见坐在床上的李虎，还有他那双正静静打量着自己的眼睛，似乎大吃一惊，面色一红，急切地说："咦！你倒是醒转来哦？"

李虎听罢心中呆了一呆，只觉得那声音如银铃般清脆婉转，恰似珍珠洒落玉盘，虽然悦耳动听，一时却没听清楚说些什么。

那姑娘说罢，快步来到李虎身前，浑身裹着一股香风，伸手便向他的额头摸去。李虎一惊，一把握住她的手腕，喝问："你要干什么？"

那姑娘白皙粉嫩的小手被李虎握住，她用力挣了挣，哪里挣得脱？不由红了脸，气恼地说："你把住我作么事？腕子都让你拿痛哦！"

李虎这次听得有些明白了。那姑娘语调带着几分怪异，言辞又有几分滞涩，李虎走南闯北，各地方言听过不少，一时竟判断不出这姑娘说的是何方语言。但他心中警惕未懈，松开手，冷笑说："我不应该醒来是么？我倒是想知道：这里是什么地方？你们是用了什么诡计让我们晕了过去的？我的几个同伴又在哪儿？！"

姑娘似乎真被捏痛了，她皱着眉头向手腕哈了几口气，又用另一只手揉揉，脸色渐渐平和下来。她关切地看着李虎，柔声说："我刚刚煎好药汁，就给你送来哦。看你蛮快就醒转来，只是试试你额脑上还烫不烫。你动恁大

第三十七章·向王后裔

肝火作么事嘛！"

"药汁？什么药汁？"李虎不解地问。

这时，他果然闻到一股浓浓的草药香味。他看见，在姑娘身后站着两名男子。其中一个打着灯笼，另一个左手提了一个冒着热气的陶罐，右手还端着一摞土碗。

此时，姑娘脸上绽开一个明亮的笑容，露出两个醉人的酒窝。她说："你没喝解药，蛮快就醒转来，说明你是练过内功，而且修为不浅哦！"

李虎听罢，暗暗吃惊。但他内心着急，冲那姑娘问出了一连串问题："这是在哪里？你们是什么人？我的几个同伴呢？"

姑娘望着李虎焦虑气恼的表情，只是笑笑。两个指头不知从什么地方拈出一个东西，递到李虎面前，不答反问："你们是不是吃过这个？"

李虎接过一看，正是他们吃过那无名果子的硬核，被向前进装入自己衣袋说要拿回去引种培育的。于是问道："你这是从哪里拿来的？难道我们……就是吃这个中了毒？"

"那倒不是。"姑娘解释说，"我们发现你们时，见你们一个个面如赤金，全身滚烫，又闻到你们身上有浓郁的神仙果香味，才把你们救到这里来的。知道这是什么果子吗？这叫神仙果！不知你们是从哪里得到的，看样子每人都吃过，真是福泽不浅哩。"

"神仙果？为什么福泽不浅？"

"那当然了！整个神堂湾就这么一树，上千年的树精了，又长在十分隐秘险峻的石峰半腰。据老人们讲，那神仙果树，是独占了先天坤土、后天坎水之地，吸日月精华，得天地灵气，人食其果，大补元神。春华秋实，现在正是收获时候，被一群野人严密照看着，那是她们的宝贵财富。谅你们自己也采摘不到，不知什么机缘，竟让你们无意中得着了。你说，这是不是福泽不浅？"

李虎惊诧道："你们也知道那些野人？这果子，可是那些野人主动奉送的。"

"是吗？"姑娘惊异地睁大眼睛，疑惑地说，"要知道，那群野人与我们相交几百年了，对我们一直敬畏有加，每年也才进贡三枚呢。她们会一下子给你们这么多？"

"不就一种水果,好珍贵么?"

"原来你真是不知道,这水果功用可大了!普通人吃了,可保三天不饿,而且精力充沛,不但强身健体,更是百病难侵;若是练过内功,它还能激发体内真气,善加导引,可抵上十年修炼哩。"

李虎回想起来,将信将疑。他说:"既然这水果没毒。我们又是如何昏迷的?"

姑娘说:"你们是闻了酒盏花香气昏过去的。"

"酒盏花香气?"李虎一下想起在谷口闻到的古怪香味。

"你们从谷口出来,那一片红色山花就是酒盏花。这花早晨是白色,中午变成粉红,到下午就是玫瑰红了。中心花瓣像个小小酒杯,而且里面的花露更是胜过烈酒,所以叫酒盏花。每到下午,这花就会散发出浓烈的香气,闻者即醉。若非事先喝过解药,谁也没办法走过那片花丛,还没走到一半就会醉倒在地。所以,有人又叫它醉花。你们到达谷口,正是醉花香气最浓的时候,当时就醉倒在地了。不过,这也是你们千载难逢的机缘!你们刚刚吃了神仙果,再吸入醉花香气,会让神仙果功效增强一倍。当然,若是没有解药,又不会自我引导利用,那也是非常危险的。"

"那,现在,"李虎担忧说,"我的同伴呢?他们怎么样了?还有,我们的包呢?"

"不用急,都好好儿的哩!"姑娘笑笑说,"跟我来吧。"

姑娘说罢转身引路,李虎借着灯光,目光一转,匆匆瞥了一眼室内陈设。隐约见到案上有一笔筒,笔筒旁边似乎还有一圆形花绷子。宽敞的房屋中央立有一排屏风,他望见屏风后面有架雕花大床,流苏静垂。一阵幽香袭来,李虎心中一怔:难道这是姑娘的房间?又见这房内布置陈设,处处古意十足,而姑娘的口音吐词听来也略感生涩,心中越发起疑。

望着姑娘走在前面那袅袅婷婷的身影,李虎心中凉凉的,只觉得这里处处都透出神秘诡异的气氛,不禁脱口问道:"这里到底是什么地方?你们又是什么人?"

姑娘引着他在一条有木柱支撑的廊檐中穿行,头也不回地说:"你们既然来到这里,还不知道我们是什么人么?那你们又是从哪里来的?"

这话让李虎听得更加糊涂了,心中焦躁,却又不得不耐着性子问:"我们在丛林中迷了路,是误撞而入的!这里到底是什么地方?"

"先救人要紧!等会儿你自然明白的。"

说罢姑娘已推开一道房门,迈步跨了进去。

2

姑娘的话让李虎心中疑虑更甚!

他跟着跨进房里,正要继续追问,却一眼看见郑雯躺在那里。那也是一张竹床,只是房内陈设要简陋许多。李虎快步奔到床边,发现郑雯还睡得很沉。见她面色绯红,李虎伸手摸摸她额头,果然很烫,幸喜呼吸还算均匀。

那姑娘见李虎关切的目光落到郑雯脸上便再也离不开了,无声地笑了笑。她从那男子手中提过陶罐,倒出一碗热气腾腾的金黄色药水,捧到床边,对李虎说:"她没事的!先把这个给她喝下。"

李虎连忙接过,说:"我来吧。我们还有几人呢?为什么不让我们在一起?"

姑娘红了红脸,说:"我们一处没那么多床,这些竹床都是平常供长老们休息用的。你的另外几个同伴,就在隔壁房里。"

李虎端过药水,不解地问:"长老?什么长老?"

姑娘说:"就是我们这里的老人。快给她喂药吧!"

李虎端着碗,先自己喝了一口,慢慢品着,略微苦涩之中带有一股清香。姑娘笑笑说:"不会有毒的!要想祸害你们,还会等到现在么?"

李虎想想确有道理,只是郑雯睡着,自己一手端着碗不便喂饮。却见姑娘倾下身子,伸出双臂将郑雯扶着坐了起来。姑娘原本穿着齐肘的宽幅短袖衫,此时双臂伸出,那胳臂圆润饱满,洁白如玉,李虎不禁多看了一眼。姑娘一双眼却盯在郑雯脸上,赞叹说:"她长得好漂亮!是你妻子么?"

李虎腾地红了脸,摇头说:"不是,只是……是我朋友。"

那姑娘抬起头来,似笑非笑望着李虎,脸上又现出两个醉人的酒窝。她说:

"只是朋友么？什么样的朋友？……哦！快喂吧。"

李虎一手捏住郑雯腮帮，让她张开嘴，仰起头，将药水一点点灌下，直到碗底朝天。姑娘慢慢放下郑雯，说："好了，再去喂那几个吧。"

李虎刚要走，却又放不下心，问道："她什么时候醒来？"

"早着哩！"姑娘说，"喝下解药后，还要一个时辰才能醒来。"

李虎说："那还是弄到一块儿去。"说罢俯身揽起郑雯，正要抱起来，忽听她"嘤咛"一声，缓缓睁开了眼睛。瞧见李虎，她好像不认识似的，懵懂说："你要干什么？"

李虎感到她身上仍然滚热发烫，四肢毫无自制之力。他请那姑娘等等，也跨上床去，费力帮郑雯做出一个盘腿打坐的姿势，一掌抵在她后背，在她耳畔轻声说："不要说话，跟着我的导引，试着调息运气。"

郑雯原本根基太浅，此时体内真气激荡，若收束无术，极其危险。但她任督未通，周天难运，李虎只能助她收归气海。好在李虎此时功力倍增，无论自助或助人，皆能得心应手。郑雯半靠在李虎怀中，依言止心息念，意守丹田。在李虎导引助力之下，她渐渐感觉吸气下不过气穴，呼气上不过心田，绵绵若存，心息相依，氤氤氲氲一片。

渐渐地，郑雯感觉全身燥热尽去，神清气爽，精气弥漫。李虎见她睁开双眼，英华四溢，吁出一口气说："好了！现在应该没事了。"

那姑娘站在一旁，一直默默望着俩人，目光呆呆的，脸上阴晴不定。

待李虎郑雯运完功夫，两人一起跨下床来，姑娘如梦初醒，涩涩地说："原来你们……都是练过功夫的？"

李虎含糊其词地说："略知皮毛而已。走吧！"

郑雯茫然看着几人，说："去哪？沈立他们呢？"

李虎推着她说："走吧，这就去看他们。"

沈立几人果然就在隔壁。这是一间更大的房屋，三张竹床并排放在中央，沈立三人直挺挺地躺在床上。李虎让郑雯不要多问，要她配合着给三个同伴一一喂下药水。

在给樊高喂药时，发现他浑身滚烫似火，李虎心中惊疑，问那姑娘："他多吃了一个果子，此刻烧得比其他人更厉害！会有事么？"

那姑娘过去摸摸樊高额头，皱眉说："这可说不准，多喂些解药吧！"

第三十七章·向王后裔

又给樊高喂下一碗药水后,李虎仍不放心,将他放入自己怀中,又运功助他宣泄体内囤积的热气。不一会儿,小樊脸上浸出了细密的汗粒,渐渐结成豆大的汗珠淌下来。然后,头发开始冒出热气。约莫半小时后,小樊全身大汗淋淋,透湿得像刚从水中捞出一般。

待热气散尽,樊高身上温度渐渐下降,脸上红潮也慢慢淡去。李虎松下一口气来,望望那姑娘。姑娘说:"他现在没事了,应该快醒来了吧。"

话刚说完,小樊便缓缓睁开眼睛,见自己坐在李虎怀中,莫名其妙地望着众人,一时不知今夕何夕、此地何地,只说:"好口渴……"

姑娘又从罐里倒出一碗药水,递到李虎手中,说:"他知道口渴,说明恢复不错。只是现在还没力气端碗,你给他喂下。"

"他都喝过两碗了,不碍事么?"李虎接过碗来,疑惑地问。

"没事的,我们这里很多人平常就拿这个当茶喝呢!"

樊高牛饮一般几口喝下去后,意犹未尽,抹抹嘴说:"还要喝。"

"好。"李虎笑笑,又让他喝了一碗。

这时,沈立与向前进也先后醒来。昏黄灯光中,几人相互望望,见同伴都在,却不知所在何处,都是一脸迷茫的样子。

沈立看见站在一旁的陌生姑娘,还有她身后提着灯笼陶罐的两个健壮男子。姑娘满脸关切,两个男子却是表情漠然。沈立又朝李虎望望,并未感觉到紧张敌对的气氛。他向周围略一观察,发现这是一间宽大的老房子,眼前灯火衬得木格子窗外一片漆黑。他机警地跳下床来,感到脚下一浮,发现全身劲力不足,心中微微一惊,却掩饰得不动声色,只向李虎问道:"这是到了哪里?我们的包呢?"

李虎摇头苦笑,说:"这问题我也还没找到答案哩!我们在谷口昏迷过去,是这位姑娘和她的同伴救了我们。"

沈立一下记了起来,虽不明白昏迷原因,听得李虎如此说来,也不去问,只在心中暗暗作好戒备。他习惯地抬腕看表,却见时分秒针仍是指在四点零六分位置,如熟睡一般还没醒来。自进入神堂湾以后,这表上其他功能失灵还可解释为受磁场影响,可靠电力驱动的时钟为什么也凑热闹似的停止工作了?沈立百思不得其解。此刻他见到陌生人,心想既已回到人间,怎么这手表还在沉睡?不由问道:"什么时候了?"

姑娘朝窗外望望，说："月亮西斜过了屋顶，丑时已过，现在该是寅时哦。既然都已醒来，现在就过去见我阿爸吧！"

李虎不禁问道："你阿爸是谁？"

那姑娘惊异地望了望李虎，似乎他这问题问得很傻。见李虎一脸疑惑，不像是装出的样子，只好说："见到我阿爸，你们所有的问题都会有答案了。"

一行人走过一段廊檐，再穿过一个长长的天井，远远见到前面一间厅堂大门洞开，门外廊檐下悬挂两盏方形灯笼。黄灿灿的灯光投入天井，将李虎几人走动的身影映到地面上，拉得好长好长。檐下古旧的木墙板上现出整齐的雕花窗棂，室内灯火辉煌，里面隐隐传来嘈杂的人声。李虎几人已经看出这是一座十分古老的砖木宅院，脚下步子不禁迈得有些迟疑。

姑娘在前面引路，登上几级石阶，径直走进了高大宽敞的厅堂。李虎几个跟着刚到大门，忽听里面一个苍老的声音说："怕么事嘛！就和他打劫。这个劫，是你轻他重嘛！"

小樊"咦"了一声，不防脚下在高高的木门槛上一绊，李虎眼疾手快一把将他扶住，才没有摔到地上。只见厅堂那头，一群人闹腾腾地围着一张小桌，桌上似乎摆着一个棋盘，有两人正在对弈。那姑娘走过去，弯下腰对其中一个老人说了句什么。

嘈杂的人声一下静了下来。围挤在一团的人身子还没伸直，先已转过头来，一齐望着正从门外进来的李虎几人。

李虎发现，聚在那里的，居然全是一群老人。

此时，他们忙乱地撤去小桌，正各自找位置坐下。看那些老人，虽然大多白发飘飘，却都是容颜朗润、精神矍铄。奇怪的是，一个个相貌各异，高矮胖瘦不一，却像过节一般，都穿着一袭簇新的青衫。

那姑娘指着侧面靠墙的一排木椅，对李虎几人说："你们请坐。"

李虎略一扫视，室内除那些老人外，对面靠墙还站着几位毫无表情的年轻人，横抱着的手臂肌腱毕露，显得孔武有力。正面靠墙，居中放有一张八仙桌，那群老人似乎按着尊卑秩序分坐两边。高大的屋梁上错落有致地吊着几只方形灯笼。

煌煌灯光下，李虎赫然看见，他们的几只登山包都堆放在中间那八仙桌上。

这时，桌边坐着一位垂着浓须的红脸老人，目光和善地望着李虎几人，随即发出一阵爽快的笑声，朗朗说道："你们真是稀客呀！几百年来，到我们这里的客人本就不多，能毫发无损地进入的也就是你们几位了！"

这话被老人用和善的语气平平说出，李虎几人却是听得心中惊诧不已。

李虎站起身来，目光扫过那群老人，抱了抱拳，朗声说道："我们冒昧来到贵地，的确是误闯而入，唐突之处，还请您老人家见谅！请您告诉我们，我们这是来到了什么地方？你们又是什么人？"

3

坐在八仙桌另一边的，是一个灰胡子老头。他笑嘻嘻地指指那红脸老人，对李虎说："小娃娃，你们可要晓得哦，这是我们的土司老爷！"

红脸老人呵呵笑道："什么土司老爷，不过是个地保罢了。"

"土司老爷？"李虎惊讶说，"不是在清朝时候就废除了土司制度么？现在人民政府，哪里还会有土司老爷？"

"咦！"被称作土司的红脸老人指指桌上那些包，奇怪地说，"我看你们带着这些稀奇古怪的东西，能够顺利来到这里，还以为你们对这里起码是有所知晓、有备而来呢！原来对我们真是一无所知啊？那你们冒着偌大危险，历经艰辛，又所为何来？"

"我们一路误打误撞，真不知这是到了哪里！"李虎诚恳地说，"还请您老告之。"

"好吧！"土司说，"那我就告诉你们，这里是神堂湾……"

土司还没说完，李虎几人已不约而同地"啊"了一声，一个个都睁大了眼睛。

土司奇道："怎么？这名字让你们吃惊了？要知道，以前是没人敢随便进入这地方的。你们也不会无缘无故地冒险而来吧，到底是为了什么？"

"等等！"李虎拍了拍脑门说，"我们都有点糊涂了！据我们所知，这神堂湾可是号称'千古禁地'，从来罕有人迹的。你们既说这里就是神堂湾，又有自己的土司，难道真有这么一块化外之地？你们又在这里生活多久了？"

土司说："是的！既然你们已经来到这里，我们也不妨如实相告，我们就是一群不服王化的世外之人。六百多年来，我们就一直生活在这里，不为外人所知。外面的世事变化，我们也一概不去了解。祖训告诫说，外面的人虚伪狡诈，要像防范野兽和毒蛇一样防范他们。据先祖的记载，以前也曾偶尔有过大胆闯入的外人，但那都是百年以前的事情了。近百年以来，再也没见到有人闯入了，这里一直很清静。"

"这么说来，你们来到这里已经有六百多年了？"

"四季轮回，草木枯荣，这都是有记载的，一点不假！"

李虎理了理杂乱的思绪，费力说出自己心中最大的疑问："传说，在六百多年前的明朝初年，有大庸土司向大坤扯旗称王，后来兵败天子山，率残部跳下了神堂湾。那时候，你们是不是就已经在这里了？"

土司呵呵笑道："呵呵呵呵……几百年了，外面还有人记得此事，先祖业绩也算是彪炳千秋了！不错，我们就是'向王天子'向大坤的后人。"

李虎虽然心中早有怀疑，此刻一经证实，仍然让他大吃一惊。

对李虎来说，六百多年前的灭门之恨，原本从故纸之上见到，从传说之中得知，在他心中实在只是一个十分邈远的故事，铭记于心。此刻，面对这样一群自称是向大坤后裔的活生生的人，一时心中五味杂陈，竟似有了仇恨之意，说不清楚是什么滋味。他不动声色地问道："现在，外面的世界早就发生了翻天覆地的变化。由朱家统治的明朝也早被外族所灭。现在外面，已是一片清平盛世。六百多年来，你们就一直生活在这片与世隔绝的弹丸之地，难道真的是因为出不去？"

一群老人似乎并未听懂李虎这一席话，先是一脸茫然，然后又交头接耳。土司用手势止住老人们的喁语，然后缓缓说道："很早以前，我们也偶尔去外面打探过消息，也略微知道一些外界传说。外面传言，说当年向王兵败，为官军所逼，是在走投无路之时率残部跳下了神堂湾。其实，当时情况并不是这样的：向王是在与官军连续作战、一时取胜无望的情况下，为保存实力，才率部族家眷经一条早已探知的秘径，从容进入神堂湾的。向王心雄一世，哪肯轻易认输！他将神堂湾作为秘密根据地，日夜操练士兵，一心指望卷土

第三十七章·向王后裔

重来，东山再起！无奈天意不许，一场突如其来的瘟疫夺去了大部分士兵的生命，其中还包括他的两个儿子。向王眼睁睁望着他那些身经百战英勇无畏的士兵，一个个没有死在冲锋陷阵的战场上，却因可怕的瘟魔死在了他的身边。还有那些随军而来的家眷，无辜的老人、妇女和孩子，都一个个撒手而去。向王绝望之余，无可奈何地仰天大叫：'天亡我也！'然后口喷鲜血而死，年仅五十余岁。向王英雄一世，虽有拔山之力，无奈运势不济，只能徒唤奈何！咽气后的向王，一双眼睛还睁得大大的，他是死不瞑目啊！"

老人说到最后，已是两眼含泪、声音哽咽了。座中老人，也发出一阵唏嘘之声，还有几个默默抬手擦泪。

李虎虽对向大坤只有仇视之心，毫无同情之意，此时听到他英雄末路的无奈结局，心中也不免一阵惋惜，不禁问道："既有秘径，向王死后，其余人为什么不出去？"

土司摇摇头说："其中缘由，真是一言难尽啊！当年，向王生有三个儿子，大儿至道，二儿至德，三儿至善。至道、至德自幼秉承乃父，生得孔武有力，枪棒娴熟，有万夫不挡之勇，深得向王喜爱，倚为左膀右臂。唯三儿至善从小柔弱多病，不沾枪棒，却爱读书。瘟疫来后，在所有人都束手无策之际，他遍索典籍，从山上寻得几味草药，一经试验，竟有奇效，可惜得之太晚，大势已去。向王死后，其余人虽然都得救了，可是十人之中也只活下了一二人。当时，由于明军好几员猛将都死于向王之手，明军主帅名叫周德兴的，痛彻之余，咬牙切齿发誓要活捉向王，以报此仇。所以，明兵一直围困在外。他们并不知道向王已死，只等他出去自投罗网。其余人出去，自然也只有死路一条。至善公每天使人经秘径出去打探消息，得知明军一时半会儿并无撤走之意。眼见粮食所剩无几，又别无来源，索性便仿了桃花源的故事，不再指望回到外面的世界去了。他组织劫后余生的人们卸去铠甲，铸剑为锄，开荒种地，结草为庐。至善公说，与世隔绝的神堂湾，是上天赐予我们，供我们休养生息的一片富饶的化外之地。我们就这样代代相传，繁衍至今。"

李虎说："或许你们还不知道，明朝已经在三百多年前就灭亡了。现在外面是一片太平盛世，现在我们已经有了电，有了汽车和飞机，交通、通讯都非常发达了。你们也应该打开樊篱，与现代社会融为一体了。"

土司说："自从至善公决定定居下来以后，那条沟通外界的秘径就绝少使用了。后来生活安宁了，为怕泄露消息，更是干脆将秘道永久封闭了！朱家灭亡倒也曾听说过。不过，我们也有很长时间没有打探外面的消息了。如今外面的世界，究竟是谁家的天下？"

"现在是老百姓自己当家作主，是自己的天下了。"

土司惊诧地看着李虎，然后暴出一阵爽朗的大笑，摇着手说："年轻人和老夫打诳语！国不可一日无君，老百姓除了认捐纳粮、从征服役，还能干什么？让老百姓自己当家，天下多少大事，岂不乱套？！"

"想不到你这封建帝王思想还如此顽固。"李虎冷笑道，"你们自称仿桃花源故事，却又沿袭土司制度，经营一方封建领地，与理想中的桃花源岂非南辕北辙？！"

土司并不生气，沉思着说："靖节先生所述桃花源，实在是令人向往的。但通过至善公的实践，证明那是没法变成现实的。当初，至善公以一书生的天真，一心要仿桃花源故事，希望保留人们淳真的天性，'往来种作，怡然自乐'，创造一个和平、宁静、幸福的世外仙界。但当时初来乍到，环境险恶，内有利益争端，外有猛兽侵袭，人们急需组织起来，要有人公正裁判，有人发号施令。没有规矩难以成方圆啊！于是，大家按照祖制，强行拥戴至善公做了土司。后来生活稳定，人们安居乐业了，又需要集体的祭祀、禳解……总而言之，这土司就成为人们不可缺少的主心骨，一直存续下来了。"

李虎面对这位向王后裔，原本已是有了仇视之心，现听土司如此说来，感到心中厌恶更甚。他忍着性子，问道："那这土司一职，就由向家一直世袭下来了？"

"是啊！几百年来，一直如此。"

"所谓强行拥戴，土司倒是不得已而为之了！看来是这里的百姓骨头太贱，奴性太强，一定要有一个凌驾在头上的土司老爷在那里作威作福，他们才能够生活得下去了！"

土司呵呵笑道："如此说来，年轻人对我们误会不小啊！我这个所谓土司，不过是沿袭了一个旧的称谓而已，充其量也就是一个村庄的地保而已！我虽然吃着大家的供奉，却并没什么权力，又哪能作威作福？村里的大事小事，都要由长老会来决定哩！你看看，在座的这些老头子，都是各家德高望重的长者，是村民们自己选出的长老。他们听说从外面来了几位珍贵的客人，都

第三十七章·向王后裔

是一宿不睡,等在这里想见见你们哩!"

李虎望着眼前这群神色自在、面容和善的老头儿,不由想道:这样的自治方式,倒是颇有点"小国寡民"的意思了。

想到这里,李虎心中生出一种柔软的感动,不禁温言道:"如此说来,倒是让各位老人家受累了。"

座中便有几个老头连连摇头,七嘴八舌地说道:

"哎,不累不累。"

"小朋友不要客气!"

"我们也想见见外面人都长什么模样哩。"

……

李虎见这些老头子一个个单纯质朴,毫无心机,心中不由生出好感来。

土司继续说:"虽然我们没有实现桃花源那样的简朴生活,但比之外面的世界,我们这里没有尔虞我诈,没有弱肉强食,人人相互敬爱孝悌,人人得享天年,与周围环境和平相处,也算得上是一处人间仙境了。不过,你说你们现在是老百姓当家作主,我真是感到难以理解,难道一国之中就没个当家之人?皇帝干什么去了?"

李虎几人听了这话,不禁一起笑了起来。

李虎一笑,心中刚刚生出的敌意似乎已化去大半。他说:"皇帝早在一百年前就被废黜了。现在我们也有政府管理机构,也有国家领导人,那是由老百姓自己选举的,几年一换。如果领导人不称职,老百姓还有权罢免,重新选举。"

土司听了,先是眼睛一亮,随后又沉思起来,不断摇头,说:"听起来倒是不错,要做起来……难哪!只怕是问题太多,问题太多……"

"我们不说这个了!"李虎面色一端,站起身来,向那老人抱拳一揖,朗声说道,"我们擅闯贵地,扰了诸位清休,在此特向各位赔个不是!尤其是我们中了醉花之毒,承蒙这位姑娘援手相救,更是感激不已!现在,该把这些行李还给我们了吧!另外,你们既是向大坤的后人,我们此来,也还有一事相询。"

老人点点头说:"嗯,我就知道你们不会无故而来!说吧,什么事?"

第三十八章　英雄虎胆

1

李虎想到白虎之事，心中又是一阵激动，一时不知从何说起。他深深吸了一口气，定定神，开口道："先自我介绍一下吧。我原本姓巴，现名李虎……"

"什么？"土司瞪大眼睛，插话说，"你是说……你原本姓巴？"

李虎点点头，继续说："是的！这几位都是我的朋友。我们冒险进入神堂湾，是来寻找一具祖传石虎的。六百多年前，大庸土司向大坤为了当皇帝，听信传言，强行从巴家手中抢走了一只白色的石雕虎形器和十片刻满图符的陶简。抢去石虎也就罢了，还要灭口，巴家一门两百多人一夜之间尽数被杀！如果不是有三个后生事先侥幸逃脱，今天也就没有站在这里说话的我了。满门抄斩的血海深仇，几百年过去，当事人早已落得应有下场，也不用去说了！或许，冥冥之中真有神明指点，让我们一路穿越险境，误撞误打遇见了向大坤的后人！由此，我也相信，你们一定知道我家祖物的下落：一尊石虎和十片陶简！现在，我们既然千里寻来，你们也该完璧归赵了！"

李虎含悲带愤，一口气说出这番话来，已是虎目蕴泪，面色涨红。

这一席话，让土司听得目瞪口呆。沉吟良久，他才缓缓说道："刚刚听到你说原本姓巴，我就心中犯疑，——果然你就是巴家后人！巴家后继有人，这让我心中宽慰不少！白虎之事，几百年来，一直是我们向家的一块心病哪！六百多年来，我们不但书中记载，还口口相传，一直没敢忘了这桩血案啊！其实这件事情……当年从筹划到实施，都是军师李伯如一手操办的，向王当时并不知情。直至事出之后，向王得知，已是悔之晚矣！自此对李伯如敬而远之。李伯如自觉无趣，又见向王失势，便辞而归隐，不知所终。我如此说来，并非替先人诿过。向王自知此事造孽太深，曾颁下严令，敬百姓如敬父

第三十八章·英雄虎胆

母,有妄杀百姓一人者,以连坐十人抵命。在那以后,直至我们进入神堂湾,就再也没有出现过妄杀无辜的事情。大约在四百年多前,神堂湾曾来过一个不速之客,他自称是巴家后人,是来神堂湾寻找白虎的。那时,我们才知道,巴家尚有后人……"

李虎听到这里,只觉脑袋"嗡"的一声,胸中"嘭嘭"直响。他呼地站起身来,语无伦次地说:"你们……你们见到过巴家后人?那人,那人后来……"

土司点头说:"是的,我们的祖先当年曾经见到过的。但是,时光不能倒流,六百多年了,大错铸成,无法悔改!我只能代表先祖,向巴家列祖列宗致以深深的歉意!"

说到这里,土司站起身来,向李虎一抱拳,深深揖下,并无言语。

李虎望着老人那颗深深垂下的头颅,心中的悲愤不平早已淡去。他长长叹出一口气来,淡淡说道:"六百多年的时光,什么样的深仇大恨也都冲刷得干干净净了,不说也罢!当年,我们巴家幸存的后生逃脱大难,各自立住脚跟,打探到向大坤投下神堂湾的消息,估计抢去的祖物可能也被带进了神堂湾。为了找回祖传的白虎和陶简,截至四百年前,曾先后派四人进入神堂湾。其中两人半途而返,另外两人却是一直音讯全无。刚才你说,你们曾经见到过的,可知道他们后来的下落?"

土司拍拍脑门,回忆说:"据祖辈的记载,自我们在神堂湾隐居以来,活着进入我们这块土地的也就仅有一人。那人自称他是巴家后人,是到神堂湾寻找被向大坤抢去的祖传白虎的!白虎一案,是当年向王天子的憾事之一,知道内幕的人极少。所以,祖先也对那人的身份确信无疑。那是在约四百年前,当时他已是遍体鳞伤,又受醉花之毒,也像你们一样,昏死在醉花谷。被祖先发现救醒后,他得知我们是向王之后,拼着最后一点力气,断断续续说出自己的来历和目的,然后就睁着眼睛断气了。祖先得知他是巴姓之后,是神堂湾白虎的主人,都是又愧又敬。他们按照巴族的古老习俗,专门为他做了一具船棺,穴葬在一处明崖上,等会儿可以带你们去看看。正好现在七月半,是接亡灵回家过节的时候,你们也好去祭奠祭奠。如果你的这位先祖在天有灵,或许会随你回归家乡。"

这话让李虎听得怦然心动。能够打探到几百年前失踪亲人的下落,这真是想都没有想到的事情。他急切地问道："你刚才说道,几百年来活着进入这里的就只有一人!难道,还有其他……已经……"

"哦,是这样的,"土司解释说,"六百多年来,在这周边的河谷、丛林里,我们曾先后发现过不少人的残骸,大多是尸骨不全。也不知这些人是如何进来的,想来都是遭了野兽的祸害!几十年前,我还亲自见到过一个长红毛的大鼻子怪人,在座这些长老们也大都见过的!我们发现他时,他才刚刚断气不久,体温尚存。只是浑身血迹斑斑,衣衫破碎,伤痕累累,还有一只手臂被生生地撕去了……"

"大鼻子的红毛怪人?"李虎听得十分惊讶。

向前进说:"在七星山时,沈立曾从电脑中查到一个什么灵异协会的笔记,我记得那上面说到一个苏联专家。会不会就是那人?"

沈立点头说:"极有可能!"

李虎想到,那些尸骨不全的人当中,或许就有一位是巴家的先人,心中不由一片凄然。他深吸了一口气,问道:"那么,白虎和陶简呢?现在在什么地方?"

土司说:"白虎一直是神堂湾最高的神灵,与天地同尊!已经被我们供奉六百多年了。至于陶简,却是从来没有听说过。"

李虎说:"据巴家先祖记载,白虎和陶简是一起装在一个密匣内的,被强行抱去向王府,又是先祖凭德公亲自打开的。可以确定无疑是被向大坤拿去了的!"

土司"哦"了一声,痛心地说:"如此说来,那些珍贵的陶简,极有可能是在战乱之中被毁损或遗失了。倘若是带进了神堂湾,先祖们知道那是前人留下的圣物,再不会弄丢失!你们知道这里为什么叫神堂湾么?"

李虎几人互相望望,都摇了摇头。除樊高外,他们几人都是在几天前才第一次听说"神堂湾"这三个字。至于这名字的由来,则更是想都没有去想过。

土司见几人直是摇头,解释说:"天子山原来叫做青岩山,是因为向王天子在这里筑了王城以后,才被人们称作天子山的。神堂湾原来也并无此名,是向王进来后,发现西边有一处半围状的明崖,如刀砍斧削,壁立千仞,正中一穴,如天然神龛,那道明崖便似上天预设的神堂。向王便将白虎放入高高在上的石穴之中,供奉香火,日日朝拜。向王认为,白虎神就是西方白虎七宿中的白虎星,是充满杀伐之气的战神,会保佑向王天子重振雄风,叱咤疆场,战无不胜!神堂湾之名便由此而来。"

李虎听说这"神堂湾"名称的由来,竟与巴家祖传白虎有如此深厚的渊源,不禁油然生出一种亲切之情。但他仍然不得不向土司说明自己此行的目的:"我们此次不惜冒险进入神堂湾,就是遵循先祖遗命,要寻回白虎的!"

老人沉吟说:"如今白虎仍然供奉在神堂湾绝壁上的石穴之中,我们现在也仍然遵循向王旧规,年年中元节隆重祭拜,只是不再把它当做战神,而是当做祖先神祭祀了。当年,向王图霸天下,迷信黄金权杖,以致铸成大错;而今,我们已在这世外之地扎下深根,对我们来说,黄金权杖与普通木棍也没有多大区别了。向王之后,也是巴人之后;你们和我们,原本是一家人。现在,既是原主人来取,理当奉还。况且……"

说到这里,土司站起身来,双手从桌上捧起一枚石头,缓缓举到胸前,神情极其恭敬。李虎一下认出来,那正是自己包里的东西,是几天前在巫溪宁厂遇到那位宁河疯子给的石蛋,不知土司拿起有何用意。

土司望着手中的石蛋说:"况且,你们还带来了这个!我想问问,你们是从何处得到这枚虎胆的?知不知道它是什么来历?"

李虎见他对一块石头如此关注,感到十分诧异。坦然说:"虎胆?你是说这块石头么?那是几天前,我在大宁河畔途遇一个疯疯癫癫的神秘怪人,是他塞到我手上的。我也不知道这石头有何用处,随意就放到包里了!"

土司听后,神色庄重了,诚惶诚恐地说道:"哦,天意天意!真正是毫厘不爽,一点也错不了的!"

说着扭头向一直站在旁边的姑娘看了一眼,那姑娘立即闪身进入一道角门。不一会儿,她又从角门走出来,双手托着一个黑黝黝的木架,木架顶端有两个倾斜着的小托盘,其中一个托盘上赫然镶着一枚晶莹的石蛋。

姑娘恭敬小心将那木架放在土司旁边八仙桌上。土司立起身来,站到桌子前面,弯腰将手中石蛋放上木架,两枚石蛋便如两颗硕大的珍珠,并排镶在色泽古旧的木架上,熠熠生辉。人们发现,两枚石蛋,无论大小、形状、颜色,竟然一模一样。

这时,让李虎他们惊诧不已的是,那姑娘又奉上一炷香来,土司接过毕恭毕敬插到木架前的香斗里,然后拿起一个古老的石火镰,"叮叮"地打了几下,引燃一卷纸,将香斗内的几炷香一一点燃。

与此同时,那群老人,包括那姑娘和站在对面的几个健壮男子,仿佛听到无声的号令,都一齐站到土司身后,一个个低眉垂首,神情肃穆。土司上完香,退后两步,将膝下青衫一撩,倒身拜下。跟着,后面的人也一起拜下,噼里啪啦跪了一地。

李虎几人直看得张口结舌,不知这小小石蛋究竟是何方神圣,又有什么神奇之处,竟引得这样一群老头子竞相折腰,顶礼膜拜?!

2

跪拜完毕,土司起身向前一步,又弓身合掌,对着木架上的石蛋叽里咕噜,低声说些什么,似乎是祷词之类,李虎他们却是一句也没有听清楚。

然后,土司又小心翼翼取下那枚石蛋,捧在手中,回身对李虎几人说:"你们知道这虎胆的来历么?"

李虎几人看着石蛋,都茫然地摇摇头。

土司介绍说:"这虎胆,便是当年向王从不离手的杀敌利器!据我们先祖的讲述,说是有一天夜里,向王梦见一位白发老者交给他一对圆石,对他说是两枚虎胆,并亲自向他演示投掷之术,可谓出神入化、掷收自如。末了,白发老者说:拥有此胆,将无敌于天下!次日,向王上山狩猎,撞见一只斑斓猛虎,昂首挡在前面。向王自恃虎族后代,不但不惧,反而倒身下拜。那猛虎竟也心安理得,坐而受之。待向王拜完,那猛虎神色威严地向他发出几声轻吼,这才掉头缓步离去。向王起身,发现虎坐之处,留有两枚白蛋,捡在手中沉甸甸的,竟与昨夜梦中所见一模一样,只是上面多了一层湿滑滑的黏液,还带着热乎乎的体温。回到王府,军师李伯如一看,说是神虎特别遗下的两枚虎胆,将助向王克敌制胜,成就霸业。果然,后来向王每遇强敌,就掷出虎胆,每掷每中,中之立毙。明军几员大将,皆为虎胆所杀。你们看,这上面有三个明显的指印,据说就是向王用手指上的神力抓捏出来的。这小

第三十八章·英雄虎胆

孔呢，或许是为了拴上细线什么的，便于掷出后收回来。作为屡试不爽的杀敌利器，向王自然珍爱有加，从不离身。然而，进入神堂湾以后，向王却发现虎胆莫名其妙地只剩一枚了，至死也不明白另一枚是如何丢失又落在何处了。向王死后，仅剩的这一枚虎胆，就成了向王的化身，被当作神物供后人顶礼膜拜。前几天，这枚虎胆在圣坛上忽然无故跳动，铿然有声，我们当时惊奇不已，不知如此异兆，到底是吉是凶。现在看来，竟是神物有灵，知道将要和另一枚团圆，喜不自禁了！"

说到这里，土司沉默下来，突然神色变得有些扭捏，嗫嚅了好一会儿才细声说道："我不知道你说的那位宁河……怪人是如何得到这枚虎胆的，但既是有缘到了你的手中，我想，我想……石虎归主，虎胆团圆，这也是天意，只是不知……不知你们意下如何？"

土司说完，已是面红耳赤，仿佛做了亏心事，竟低了头再也不敢看着李虎几人了。

李虎听土司那意思，竟是要以石虎换虎胆。他想，那石蛋原本来得蹊跷，若土司不说，也不知有何神奇之处，既然本是人家之物，换就换吧。于是，大大方方地说："既是向王旧物，又是天意使然，就如土司老爷所说吧，让它们各自物归原主！"

土司闻言抬起头来，呵呵地笑着说："好好，这下好了！年轻人毕竟爽快！只是……只是这时间有些不凑巧。今天是一年一度的中元节，正是我们祭祖的日子。白虎一直作为我们的祖先神，已被我们供奉六百多年了。我想向你们告个情，准许我们把最后一次祭祀做完了再奉还给你们行不行？也就一天时间！再说了，你们是神堂湾几百年来唯一接待的珍贵客人，又正赶上我们一年一度最隆重的节日，在此，我也要诚挚地挽留你们，和我们一起过了节再走！"

李虎和郑雯几人交换了一下眼神，问道："今天几号了？5号吧？"

沈立习惯地看看表，见还是停在9月2日，又望望窗外渐渐发白的天空，说："天快亮了！今天应该是6号。"

李虎觉得事情能有如此结果已是不错了，再多待一天也无大碍，便和几位同伴交换了一下眼色，然后对土司点点说："既是如此，我们也不便让您为难。那就恭敬不如从命，我们在此多打扰一天吧！"

"那好！"土司指指身边姑娘说，"待会儿天亮了，让我女儿桂花领你们去祭拜那位……巴家故人。"

那姑娘向李虎露出一个明丽的笑容，脸上泛起两团红晕。

土司又看看手中石蛋，迟疑着说："那么，这个……虎胆你还是先拿着吧，待我们奉还白虎时……"

"不！"李虎爽快地说，"两枚虎胆既已团圆，就不必再拆散了！您收着吧。"

土司满脸堆笑地说："如此甚好！那我先谢了！"

说罢立即起身，恭恭敬敬将虎胆安放在木架上，让两枚虎胆真正团圆了！

土司刚刚转过身来，忽听啪啪几声，两枚石蛋从木架的托盘上弹起五六寸高来，在空中齐齐地翻滚着，如乒乓球般落下后复又弹起，连续三次，动作整齐，竟似两只在空中跳舞的白色精灵。

正当众人惊诧莫名之际，两只石蛋又在托盘上震颤起来，如蝉鸣一般发出"喈喈"的声响。接着，晶莹的体内似乎燃烧起来，通体泛出红光。

众人睁大眼睛，看那红光愈来愈强，渐成一片白炽，耀得人眼生痛，他们不得不侧过头，并用手掌护住自己的眼睛。

悬挂在屋梁上先前还是一片明亮的几只灯笼，此刻被这奇异的强光映得暗然无色了。强光射出门外，长长的天井便如在白昼一般原形毕露。李虎扭过头，远远望出去，天井在展平的地面似乎变幻出一层层整齐的图案，让人眼花缭乱。

那土司先是惊得如泥塑木雕一般，呆了片刻，忽然号啕一声，倒身拜下。除李虎几个外，室内诸人都手忙脚乱地跟在土司身后，呼拉拉跪了一片，仆伏在地，屁股撅得高高的，连连叩头，口中念念有词。

李虎几人见此情形，都是惊惧莫名，心中不胜惶恐。

强光大约持续了二十多秒钟，渐渐弱下来。两枚石蛋就如燃尽了的煤团，红光慢慢淡去，似乎化成了两团蒙蒙的灰烬，然后又慢慢显出色泽纹理，复归原态。

强光逝去后，人们的眼睛开始只见到一团黑暗，过了好一会儿才渐渐适应过来。在灯笼溢出的暖黄色的灯光映照下，两枚石蛋依然在木架上躺得好好的。趴在地上的一群人陆续站立起来，一个个泪流满面，神情甚为激动。

第三十八章·英雄虎胆

那土司擦去脸上泪水,抱起双拳,向李虎一个长揖,哽咽说:"多谢老弟!是你为我们带来了奇迹!刚刚……是向王显灵了!"

李虎慌忙站起还礼,心中还被刚才的情景震撼着,一时说不出话来。

土司又指指桌上那几只包,歉疚地说:"这些行李,我们都打开看过。当时你们昏迷未醒,我们也只是好奇,想了解你们的身份,别无他意!那些东西都是我们从未见过的,也不知有什么用途,都好好地放回包里了,一件不……"

说到这里,他忽然脸色一变,回头轻轻叫了一声:"哥哥……"

一个须发皆白的老头站了出来,手上捧着两只枣红色的圆形木盒,也不知他是从什么地方端出来的。樊高一眼认出那是他偷偷放到包里的围棋盒,由整段金丝楠木剜成,天然本色,纹理毕现。尤其特别的是盒盖上镶着两粒形如棋子的玛瑙石,一白一黑,既作装饰又代表了里面棋子的色别。先前进屋时,樊高曾在门外听到里面有下围棋的声音,没想到他们会翻出自己的围棋来。他记得,那棋盒是装在两只黑色的绸布套里的。

此刻,只见那白发老头满面羞惭地将两只棋盒放到桌上,然后对着李虎几人摊开手掌,掌心现出一白一黑两枚棋子。他红着脸,结结巴巴地说:"嗯,这个……我……只是想问问,你们这个……是不是传说中的棋中圣品——云窑子儿?"

说罢,也不待他们回答,又从自己怀里掏出一只鼓鼓囊囊的青色布袋,轻轻往桌上一放,发出"哗哗"的声响。

土司连忙解释说:"我的这位哥哥呀,小时候从祖物中见到一副残缺不全的围棋,也就几十枚棋子儿,当时不知何物,却是爱不释手,整天把玩。后来又发现一本破旧的棋书,才知道了这棋子的玩法。从此,他土司也不做了,整天迷在棋里。几十年来,这些长老都被他一个个教会了,只要人家一有空就会被他捉来对弈。只是,那些残存的棋子不够使,他们便去河滩上寻找黑白两色的鹅卵石,慢慢研磨成棋子的模样。也亏了他们有恒心,几十年来,硬是磨出了一副完整的围棋子儿来。只是难免大小色泽不统一,比之云窑子儿来,那是差远了。所以,他从你们包里发现有一副完整的云窑子儿时,简直是喜出望外,忍不住手指发痒,立刻摆开棋盘就和人对弈起来。你们进来时,他们正在棋盘上杀得不可开交,一时也没来得及放回你们包里。你们千万不要误会，他再是喜欢也不会要你们围棋的！等会儿你们数数，不会差一个子儿的。"

这时，那白发老人已从青色布袋中掏出两枚黑白棋子儿，也放在掌中，然后托着四枚棋子朝李虎走来。脸上红一块白一块的，极像小孩子做错事被发现后有些尴尬的表情。

李虎不知他要干什么，朝小樊望望。小樊忙起身迎上，问那老人："您这是……？"

3

那老人说："小娃娃，我请你看看，这两种棋子儿，是不是都是书上说过的云窑子儿？它们的色泽质地，看起来也没甚区别。你看，这白子儿温润如玉，柔而不透，微呈乳黄，似像牙色；黑子儿呢，仰视若碧玉，俯视似点漆，漆黑润泽。"

说着，他用另一只手拈起一枚黑子，对着灯笼举到眼前，眯着眼睛边看边说："对着光，它又呈半透明状，棋子周边还有一种碧绿的又或是宝蓝色的光彩。我第一次见到这东西时，还不知道它是什么，只是看着珠圆玉润，拿着手感舒适，就巴心地爱着，不忍释手。后来从书上得知，有一种名叫云窑子的围棋子儿。说是仙人吕洞宾在云南永昌郡的什么龙泉池畔，见到一位农家小子，因为家里太穷孝敬母亲不周，愁得没法。吕仙人感念他一片孝心，便教他利用当地出产的玛瑙、琥珀等物，熔炼成围棋子儿出售。从此，这世界上便有了云窑子儿！因为云窑子儿工艺复杂，又锻造不易，出品极为稀少，一出世便被人献进了皇宫。从此，这云窑子儿便只供皇族宫中享用，一般达官贵人见之也不易，要得到一副就更难了！那时候，我看着手中的围棋子儿就想，这莫非就是书上说过的云窑子儿？不然，又有什么东西具有如此高贵典雅的品相？想到我们先祖向王也曾经称雄一方，能拥有此物那也不算稀奇。这样想着，我这心中就咚咚直跳！可惜这里无人能问，没法证实！当年不知

第三十八章·英雄虎胆

是哪位先人留下这东西,又没有只言片语的说明,这岂不是让人心中干着急!所以呀,这问题就一直成为我的心病,困扰了我一生啊!直到昨晚,我看到你们包中也有这东西,两下一比,不差分毫!你不知我心中有多高兴,心想老天总算派人给我带来答案了!小娃娃你说,我猜得对不?它是不是云窑子儿?"

老人将手掌摊到小樊眼前,指点说:"这两枚是你们的,这两枚是我的。"

樊高听他说出一大堆话来,其实就是一个十分简单的问题:这是不是云窑子!

见老人飘着长长的白须,两眼紧紧地盯着自己,满脸急欲知道答案的迫切表情,小樊点点头说:"对!这就是出自云南的云窑子儿,我们现在都叫它云子儿。您手上这两种棋子都是老云子!只是,你这是双面凸的,我这是单面凸的。比较起来,你这个双面凸是国际流行款式,更为珍贵。再加上年代久远,可算是云子儿极品了!"

老头儿听罢此言,一下笑得满面开花,手舞足蹈回过身去,大声叫道:"听到了么?你们听到了么?!我一直猜得不错,这就是云窑子儿!我的云窑子儿!!"

说着他又转身过来,一把抱住小樊,连声说:"好娃娃!好兄弟!你可解开了在我心中纠结了一辈子的疑团啊!嗯嗯,我现在就是死也可以瞑目了。"

土司过来拉开老人,笑着说:"好了好了!你不要吓着我们的客人。"

老人回到桌边坐好,眼中竟然滚出两粒老泪来。他毫不掩饰地用手擦擦,又将手中棋子分别装好,再牵开自己棋袋,对着灯光仔细观赏那些棋子。先是一脸的得意,然后忽又布上阴云,自顾摇着头,嘴里嘟噜说:"只可惜呀,就剩下这八十九枚,这么好的东西,却配不成一副整的了!"说罢眼里又流出泪水来。

土司说:"真是让你们见笑了。我的这位哥哥呀,都成了棋痴了。以前有一段时间,他那棋子儿从不离身,连睡觉也要将那棋袋放在枕边。有时半夜听到他的哭声,问他怎么了,他说,梦中把棋子儿弄丢了。"

老人有些不好意思地望望小樊,擦擦眼泪说:"嘿嘿,关心则乱,偏就爱做那样的梦,让人担心死了!后来……就再不做那样的梦了。"

刚说完，又问道："小兄弟，你叫什么名字？"那语气，那表情，都自然而然透出一股亲切劲儿。

小樊说："老人家，我姓樊，名高。您就叫我小樊好了。"

"姓樊名高。"老人连连点头说，"嗯嗯，这名字好！这是好名字！你也下棋么？"

"嗯，有时也下。"

"嗨！"老人一拍大腿说，"我怎么早没想到？……你看你，也不早说！来来来小兄弟，我与你厮杀一盘再说。"说完，起身便欲去取棋盘。

刚奔出一步，却被土司一声喝住了。老人身子朝向那边，脑袋又扭了回来，定定立在那里，瞠目结舌望着土司，说："咋……咋了？"

土司没好气地说："人家还有事情，现在哪有时间陪你下棋！"

老人又把头扭向小樊，问道："事……事情？你还有什么事情？"

不待小樊回答，土司提高声音对白发老人说："赶快把东西给人家装好！好让人家清点自己的行李！"

那老人脸色难看，很不情愿地回到桌边，将小樊的围棋盒重又用绸布袋套好，望着几只一模一样的登山包，迟疑着不知该往哪个包放。小樊从那老人拿出围棋的时候开始，便一直在观察着他，被他对围棋的一片赤诚所感动。此刻，见他准备还回围棋时那种恋恋不舍的表情，心中一时不忍，便说："老人家，这副围棋我就送给您吧！只是，这金丝楠木棋盒，还是抗战时期一位来自上海的文化人在我家避难时送给我爷爷的，意义很不一般。所以，我……我还得带回去！"

老人呼的站起身来，脸涨得通红，望望手中棋盒，呼吸急促地说："什……什么？这，这围棋，你你你……你说要送给我？！"

"送给您了！"

老人慌忙放下棋盒，双手在身上一阵乱摸，神情狼狈地说："可，可我却没什么东西送给你！……这，这如何是好？"

小樊笑着说："要在几百年前，这样的围棋确是十分稀少，也算得上是圣品！但现在，云南有很多工厂都在进行规模化生产，这样的围棋已经十分普通了。在市面上，一百多块钱都能买到的。"

"钱，钱么？可我们……从来没有使过钱的！一百多块钱是多少钱？"

老人说着扭头看向他的兄弟，"土、土司老爷，我们有钱不？"

樊高笑着说："是送给您！又不是卖给您，要钱干什么？"

土司呵呵笑道："这是小兄弟的隆情高谊，我们却之不恭啊！你就收下吧。"

那老人喜不自胜，只顾嘿嘿笑着，自言自语说："嘿嘿，这下就有整副的了。我的乖乖，一整副云窑子儿哪！这盒子么……我要它做什么，这是人家小娃娃的心爱之物，当然得还给小兄弟了！"

一边说着一边揭开盖子，一时却不知这棋子该往哪腾。四下望望后，两手便伸到腋下，开始解他那青衫的布扣。看样子，他似乎打算要脱下衣衫来包棋子。还是那姑娘见机快，不知从什么地方拿来两只木盘，叫道："大伯，你用这个！"

"哦？"老人慌忙接过，感激地望望姑娘，说，"好好好！"

两盒棋子装了满满两盘，老人搓着两手，喜滋滋地低头看着两盘棋子儿，眼珠都快要滚落出来了，嘴里啧啧有声。

这时，李虎几人过去取过包，各自检查包内东西。当小樊去拿那两只棋盒时，老人一把抓住他手，连连摇着说："这个，小，小兄弟……你看，你喜欢什么？我们这里，要有你喜欢的东西，无论什么，你说出来，我就送给你！"

小樊被他弄得有些尴尬，抽回手说："老人家，您不要这样！一副围棋也不值什么，真的！要说喜欢么……"他四下望望，调皮地笑笑说，"我就喜欢你们这里的空气，真是干净！"

老人一下欢喜得跳起来，拍手说："那好那好！只要你喜欢，这个空气……这个空气么？"老人一下醒悟过来，抓耳挠腮地说，"这……这东西可怎么好送？"

室内人一片哄笑。那姑娘说："行了大伯！快把棋子儿收好，这么珍贵的东西可不能丢了一粒。你看，现在天已大亮了，我得带这些客人去祭拜先人了！"

说罢，姑娘回头叫了一声："石头！"

一个十七八岁的大男孩儿跑进来，对姑娘说："郡主，都准备好了！"

姑娘望着李虎，十分自然地叫道："李虎哥哥，东西都看好了吧？现在就出发么?"

李虎先是听人叫她郡主,这会儿又听她突兀地叫出"李虎哥哥"来,那声音表情都自然得了无痕迹,好像他们自小就是青梅竹马十分熟识似的。旁边郑雯暗暗用肘拐撞他,一脸似笑非笑的表情。李虎脸上有些发热,很有些不自在,强作镇静地说:"好好,我们现在就去!"

这时,外面明晃晃的天光映进屋子来,室内几只灯笼也被人熄灭了。晨光之中,李虎几人背好包,老人们也都立起身来。那白发老头儿忽然又拉住小樊,说:"小,小兄弟,你也要跟他们去?"

"是啊,"小樊说,"我们去祭拜李虎哥的先祖!"

老头儿怔怔地望望李虎,说:"既是他,李……李什么虎哥的先祖,你去做什么?不如我和你下棋!"

那姑娘拉开老头儿,像哄小孩儿似的拍拍他说:"等他回来,有空了再和你下。"

"那,"老头儿似乎很听姑娘的话,极不情愿地放开小樊的手,眼巴巴地说道,"小兄弟,你可要早点回来。啊?!"

第三十九章　巴氏先祖

1

几人走出大门,刚刚来到天井,看着脚下地面用各种不同颜色的鹅卵石铺成整齐对称的圆形图案,正暗自惊讶。忽听外面隐隐传来一阵嘈杂人声,一个中年人快步奔进大门,一眼瞧见李虎几人,惊疑地立住了步子。又看到那被称作郡主的桂花姑娘,才吁出一口气,用手指指外面说:"郡主,他们……他们见到夜里从土司府发出的白光,说是像太阳一样,把神堂湾和四周的寨子照得白昼似的。又听说来了一些衣着奇怪的外乡人,他们有些担心,就……就过来看看……"

不待桂花姑娘答话,便听到一阵爽朗的笑声——

"呵呵,这是喜事,有什么可担心的!"

原来,土司和一群长老也随后来到了天井。土司一边笑着,脚不停步,领着一群老头儿直向门外面走去。李虎他们跟着来到门外,只见广场上熙熙攘攘聚集着不少人,三个一团五个一堆的,正比手画脚争相诉说着什么,气氛十分热闹。

土司在门外石阶上站定,笑眯眯地望着众人,人们立即向土司围拢过来。李虎几人的出现,让原本闹嚷嚷的人群一下子噤了声,一个个都睁大眼睛张开了嘴,好奇地望着他们。后面有被挡住视线的就拼命往前挤,一些小孩子则从大人的空当中钻到了前面。一时秩序大乱。然而,混乱之中,人们也不忍将目光从李虎几人身上移开。

齐刷刷的目光射到李虎几人身上,让他们感到有些不自在。小樊轻轻说道:"我的乖乖!这下我们是进了动物园了!"

向前进四处望望,说:"哪有什么动物?"

郑雯悄声说:"傻瓜!我们就是从天而降的稀有动物,正被人家观赏着呢!"

土司满面笑容地在台前立定,让李虎几人站到他的身边,然后伸出双手,朝空中按了按,大声说:"好了,大家不要挤了,听我说几句!"

人群一下子安静下来,大家都伸颈仰头朝台上望着。

土司清清嗓子,朗声说道:"自从祖先来到神堂湾,在这里休养生息,与世隔绝六百多年了。现在,第一次有外面的客人来到我们这里了。说是客人,其实也不妥当,因为他们与我们同宗同源,都是白虎神廪君一脉相传的后代!他们是受神的旨意来到这里的,为我们带来了向王当年遗落的一枚虎胆,为我们带来了神迹!昨天夜里,当两枚虎胆团圆之际,向王在天之灵突然显圣,让两枚虎胆发出祥瑞之光,普照我神堂湾,这是在为他的子孙后代,为生活在神堂湾的向王后裔们赐福赐寿、消灾祛邪啊!"

说到这里,土司声音哽咽,老泪纵横了。一些上了年纪的人也擦着眼泪,还有人轻轻啜泣起来。只有挤到前面的那些小孩子,静静地仰着头,张起无邪的大眼睛,一眨不眨地望着这些天外来客,不知心中想些什么。

接着,土司又说:"今天,是七月半的最后一天了,是我们一年一度请神祭祖最隆重的节日!我已经留下了我们最珍贵的客人,他们答应和我们一起过完节日再走!"

人群立即发出一阵欢呼,尤其是前面那些小孩,嘻嘻笑着直想要登上石阶。土司向大家挥挥手,大声说:"好了!现在,我们的客人要到船棺崖去祭祖。你们都回去吧,先忙各人的事情去!晚上,大家再到王陵庙与我们的客人一起尽情狂欢!"

第一抹朝阳照到前面的树梢上,广场上拥挤的人群渐渐散开了。

这时,一直守候在旁边的桂花姑娘走上前来,轻轻拉了拉李虎的衣袖,笑着说:"李虎哥哥,我们走吧。"

走下石梯,到了广场上,一些小孩子跟了上来,胆子大一些的便试探着摸摸他们的衣服,又摸摸他们的背包。小樊见这些孩子纯朴天真,心中欢喜,顺手也摸摸身边那小孩的头发,那孩子立刻仰起一张向日葵般的笑脸,清清脆脆地叫了一声:"阿阔。"

于是,周围的小孩在一片嬉笑之中,便"阿阔""阿阔"地叫个不停。

第三十九章·巴氏先祖

小樊听得心中疑惑，望望桂花姑娘，正要出言相询，却听她说："好了，阿矮们，不要闹了，去一边耍吧！我们要去船棺崖有事的。"

一个大点的男孩儿说："我晓得，你们是要去船棺崖祭祖。我也去！"

立时便有一些孩子附和道——

"我也去！"

"郡主阿阔，让我也去。"

"我们都去……"

"不行，都给我站住！"桂花姑娘柳眉一竖，严厉地说，"小孩家家去做什么！哪个要不听话，我就告诉你们家长老，让他明天好好收拾你们！"

孩子们原本灿烂的笑容一下僵在脸上，就像盛开的花朵突遭严霜袭击，一个个嘟着嘴讪讪地立在那里，再也不敢跟着他们了。

广场外面有一条不大的河流，清澈平滑的水面，在曙光中如绸缎一般向前伸展。前方，被一层氤氲的雾霭轻笼着，树影婆娑，扑朔迷离。

他们来到河边，只见那被叫做石头的小伙子和另一个年轻人牵了一条长长的独木舟等在那里。桂花姑娘说："有一段水路，我们乘舟去。"

几人看那独木舟，舟形如梭，尖头尖尾，舟头翘起，尾部也翘起，舱中间却甚宽敞。沈立估算，那舟的长度约有十四五米，舟舱的宽度也在一米以上，外壁光滑，木纹毕现，内壁稍见粗糙，布满了斧凿的斑斑痕迹，显然是由整段巨大的原木挖空而成。舱中镶着一格一格的木板，大概就是座位了，数一数竟有十格之多。看来这是能够容纳十来人的大舟了。

见几人只顾愣着，桂花第一个跨了上去，稳稳地坐在一格木板上，然后朝岸上招招手，笑着叫道："李虎哥哥，你们都上来吧！"

人们陆续上舟坐好后，牵着舟的两个小伙子这才上去，一前一后分别坐在舟的两头，拿出长长的桨板装好，动作整齐地划动起来。独木舟轻轻向前滑出，穿过薄薄的晨雾，擦掠着水面，直向下游驶去。波光粼粼的水面上，偶尔会有山的倒影在桨声咿呀中一波一波地晃动着，却是模模糊糊的看不真切。一网一网的雾气迎面扑来，缠绕在脸上，让人们感到丝丝凉意。

"他们为什么叫我'阿阔'？"

这声音从小樊嘴里突兀而出，一个个音节跳过碧油油的水面，一下子撕破了清晨这河面的宁静，让人感觉特别刺耳，一时竟没人反应过来。

"桂花郡主？我问你哩！"

"啊？"桂花一下子红了脸，回过神说，"你是说……阿阔？那是叫你哥哥。"

"他们叫你郡主阿阔，也是哥哥么？"

"我们这里，哥哥和姐姐，都叫阿阔。"

"哦。"这话匣子一打开，小樊的舌头也灵活了，他说："我知道了，你们这里，弟弟和妹妹都叫阿矮。是这样么？郡主阿矮！"

一片轻笑中，桂花红着脸，含羞带笑点头说："是这样的。"

坐在前面的郑雯也回过头，笑着说："郡主阿矮，我们一起五个人，你能叫出李虎哥哥的名字，其余几人也能叫出名儿来么？"

桂花的脸更红了，神态却不见窘迫。她大大方方说道："李虎哥哥在和化阿巴说话时介绍过自己名字的。姐姐你叫什么名字？"

郑雯笑着将自己和几个同伴的名字都介绍一遍，桂花听了，便在"阿阔"前冠上他们的名字，逐个叫了一遍。气氛一下变得轻松活泼了。

这时，郑雯想起一事，问道："那些小孩子，好像很怕他们的长老，这是为什么？"

2

桂花说："各家的长老，就是各家学堂的先生。那些孩子不怕自己的化阿巴，对学堂的先生可是怕得厉害！……哦，化阿巴就是爸爸。"

"学堂？"郑雯好奇地说，"你们还有学堂么？"

"有啊！没学堂怎么行！"桂花睁大眼睛说，"每个寨子都有学堂哩。我们家还有一个大学堂，各寨子学业最好的学生就会选到大学堂来读书。你们昨晚几个人睡的那大屋，就是我们的大学堂。"

樊高说："怎么还会有寨子？"

"我们神堂湾的史书记载说，当年，从那场瘟疫中幸存下来的，也就几

第三十九章·巴氏先祖

十人了，总共有九个姓。度过了最初的饥荒，慢慢安定下来后，凭德公便按一姓一家，划定地盘，各自开荒垦地。后来，人口逐渐增多，就形成了九个寨子。各个寨子都会选出品行最好、学问最好的人来做本寨的长老。长老平日除了管理寨子里的族中事务，还要在学堂里做先生，负责本寨子弟的教育。"

"你们土司家也有长老么？"

"有啊！我大嘛就是我们家的长老。"

"大嘛？"樊高问道，"就是你爸爸的哥哥，你的大伯吧！那位恋棋成痴的老人，他也能做长老？你们家长老不做事么？"

桂花笑着说："樊高哥哥，你可小看他了！大嘛这人，也就是说到围棋时变得痴痴癫癫，像个小孩儿似的。其实，他肚子里的学问大着哩！我们这里所有的书他都读完了，不但过目不忘，讲解起来，还比谁都明白哩。前些年，在整理书籍时，发现当年祖辈带进神堂湾的书籍有很多被虫蛀坏了，一翻动便成了粉末。大嘛心痛之余，硬是凭着记忆将那些书籍重新抄了出来。他还精通医术呢，几种看似平常的野草，经他一配制，就成了祛除沉疴的神药！现在，他除了做大学堂的先生，还是我们的史官，负责记录神堂湾的发展变化。比如像你们到来这样重大的事情，一定会被他记入史册的。我们这里上上下下，谁不敬重他！尤其是那些小孩子，做梦都想成为他的学生呢！"

一席话听得几人惊叹不已。尤其是小樊，先前见那老人如赤子般率真质朴，心中早存了喜爱亲近之情。此时听桂花如此说来，惊讶之中不觉生出敬意来。

"可是，"向前进不解地说，"自古学而优而仕，你们这里没有官位，又不与外界来往，为什么人人都还要读书呢？"

"为什么要读书？"桂花姑娘听到这话感到十分惊讶，一脸的迷惑不解。她想了想说，"你这问题问得好生奇怪！'玉不琢，不成器。人不学，不知义。'这人，不是生来就应该学习的么？圣人发明了文字，又殚精竭虑写成书籍，不就是为了启智化愚、教化天下么？老人们在教育小孩子时常说：'养儿不读书，等于喂头猪！'人需要读书，就像灯需要点亮，这是一样的道理嘛。"

这一番道理说出来，让向前进听了，脸上红一阵白一阵的。他自知这问题问得愚蠢之极，一时尴尬万分，不知如何继续聊下去。连郑雯听了也感到脸上发热，不禁回过头，对着小向刮了刮自己的脸。樊高拍手说："妙极妙极！

桂花阿矮这话真如醍醐灌顶，让我辈茅塞顿开，茅塞顿开啊！受教了！"

然后，小樊又指指向前进说："小向啊小向，你这个京城的研究生，居然能提出如此狗屁问题，这都是现代功利教育的结果吧！"

小向不服气地反驳说："什么现代功利教育！难道古代教育就没有功利了？那'书中自有颜如玉，书中自有黄金屋'又是什么意思？"

"启智化愚、教化天下！"李虎望望两岸朦朦胧胧隐在雾霭中的田畴旷野，若有所思地说，"看来，我们民族的传统文明还在这里留下了标本哪！"

郑雯张张嘴，刚要说什么，忽听"泼剌"一声，一条大鱼轻快地跃出水面，在空中欢腾几下，很快又钻入水中。那鱼带起亮晶晶的水珠在空中撒开，有几滴正好飞进郑雯嘴里。她尝到一股淡淡的腥味，忙向河中"扑扑"吐了两口。樊高在后面看见，打趣说："郑雯姐姐真是好口福。这鱼汤味道还鲜吧？"

正说着，独木舟忽然转了一个弯，拐进一片宽阔的水域，然后向岸边泊去。

河流在这里被迎面一山挡住，先是迂回形成一潭，然后水分两路，一路向南，一路向西，形成一大一小两条河流。此刻，独木舟正好驶进潭中，宽阔的水面两旁长满了密匝匝的类似芦苇的水中植物。阳光初现，河面雾气渐渐散去，他们发现那些植物间栖息着数以万计的鸟类，有苍鹭、白鹳、白鹭鸶、鹈鹕，还有许许多多叫不出名字的鸟儿。体大者如山鸡、野鸭，体小者似云雀、画眉；有悠闲地浮在水面从容觅食的，有欢快地扑腾在草间嬉戏玩耍的；有的呆头呆脑，有的灵巧多动。五颜六色混杂一起，各自相宜。

木桨击水的咿呀声惊扰了它们，一个个都停止觅食，抬起头来，呆呆地望着独木舟从水面划过。一些体形较小体态灵活的鸟儿，沉不住气振翅而飞，在空中盘旋着发出尖锐的叫声，似乎在对入侵者作出强烈的抗议。

"天哪！简直就是一个鸟类博物馆了！"向前进一时看得呆了，习惯地摸摸鼻梁，才想起眼镜早已丢到子午河里去了。

正当几人目不暇接地观赏着这些鸟儿的时候，独木舟已绕过那些植物，在一处平坦的石岸泊下了。李虎回过神来，四下望望说："我们到了么？"

"从这里上岸，还得走一段山路。"桂花姑娘说着带头跨上岸去。

大家陆续登上石岸，猛一抬头，燃烧朝阳中，只见前面山坡上间错排开一栋栋吊脚楼，底下以木桩相撑，房舍临空悬起。往后依山就势层层升高，群落间显出纵深来。房前屋后，间缀着一丛丛翠竹和果树，葳蕤婆娑，临风摇曳。竹树参差中，房屋轮廓若隐若现，但见翼角翘飞，腾空而起，十分宁静和谐。

桂花介绍说："这就是郭家寨了。"

李虎笑着说："就是这样的寨子？"

"是啊。"桂花睁大眼睛反问道，"还会有哪样的寨子？"

"在我们家乡，我曾见到过一些古寨。"李虎回忆说，"都是在险绝之地用麻条石砌成坚固的城堡，里面各种生活设施一应俱全，大的可容纳上千人。一般都是以前富户大族用于防备仇家、抵御匪寇的堡垒，现在只剩下一些遗迹了。先前听你说到寨子，我以为也是那样的，没想到会是这种散开的聚落，甚至连围墙都没有。不过，我更喜欢这样开放自由的生活环境，与大自然融为一体，充满诗意的栖居。"

桂花听到后面两句赞美话，脸上立时笑靥如花。

郑雯一旁冷笑着说："好啊，诗意的栖居！那李虎哥哥你就留下来吧，去与自然融为一体，也不要跟我们回去了！"

李虎惊讶地看了郑雯一眼，搁下刚说出一半的话，不作声了。

桂花却问："刚才你说什么？"

"哦，"李虎尴尬地笑笑，说，"我是问，这寨子里住有多少人？"

"估计百十来人吧。"桂花说，"我也不太清楚，具体数字要问他们的长老，还有我化阿巴和我大嘛也都是知道的。"

走在前面的沈立忽然立住步子，回过身来，指着眼前一片玉米地，向桂花问道："你们地里的玉米有没有被偷盗过？"

"偷……盗？"桂花惊讶地说，"我们这里从来没有发生过这样的事情。"

"你们地里的玉米，从来没有丢失过？"

桂花一脸迷惑地说："玉米，什么玉米？"

沈立指着眼前那片玉米地说："就是这个，又叫包谷。"

桂花恍然大悟，笑笑说："你认错了！这个叫番麦，我们的坡地都种这个。除了作粮食，我们还用它酿酒呢。现在正好成熟了，好好地长在地里，怎会丢失？"

番麦？！

怎会是这么个叫法？

向前进拍拍脑门，皱眉说："我隐约记得，好像老师有一次曾经讲过，说这玉米引种到我国，也不过七八百年时间，大概在宋末元初吧。因为是从美洲土著人那里引来的，最初好像就是叫番麦。后来可能是依据其外貌特征，就叫成玉米、包谷了。"

"哼！"郑雯白了小向一眼，一脸不高兴地走到前面去了。

小向莫名其妙地摇摇头。只听沈立说："昨天我们曾见到过一群野人，发现她们提着几桶刚刚摘下的这个……这个番麦，估计她们自己也不会种植，一定是从别处得来的，所以……我以为……"

"哦！"桂花点点头说，"你说的是她们！"

3

"你认识那些野人？"

几人听了桂花的口气，都惊讶地看着她。

"当然认识了！"桂花说，"我们做了几百年的邻居，一直友好相处呢！据老一辈人讲，当初祖辈在这里定居不久，常有野人偷食他们的番麦和水果。那些野人胆子很大，光天化日之下，从不避人，在祖辈的庄稼地里来去自如，就像是在收获自己的果实。寻常人追赶不上，又不忍心用刀剑伤害她们。后来，祖辈就设陷阱，捉住，又放了，还送给她们东西。开始，她们既不服气也不领情，今天刚放回去，明天又来了。见到果实，照摘不误。祖辈就学诸葛亮征服蛮夷的办法，捉了放，放了又捉。久而久之，野人渐渐服气了，对祖辈十分恭顺，还把她们最珍贵的神仙果摘来献给祖辈们。祖辈知道她们有盐水，恰好他们的盐泉不够用，就和她们进行交易。如今，这种交易已经存续几百年了。你们看见的那些番麦，就是我们拿去交换盐水的。说来，你们也是受到祖先神的保佑，昨天，要不是我们的人去扁桶峡取盐水经过醉花谷，说不定一时还发现不了你们呢。"

李虎说："看来，你们还教会她们使用工具了？"

第三十九章·巴氏先祖

"可惜她们学得不多。这么多年了,我们一直在努力尝试教她们吃熟食,穿衣服,可没什么效果,她们总是习惯不了。烧熟了的食品她们偶尔还会尝尝,但蔽体的衣服,哪怕是一块简单的布,她们也会觉得累赘,套在身上不到一个时辰就会扯了丢开。她们甚至还会对火产生畏惧,见到烟雾便远远地躲开了。"

向前进一把拉过樊高,推到桂花面前,笑着说:"你知道么,这位樊高阿阇前天曾被那群野人捉去,差点和她们那位年轻的首领拜堂成了亲哩!"

樊高一拳砸在小向肩上,咬牙说:"胡说八道!"

桂花笑道:"真的么,樊高阿阇?那首领我见过,可不是好惹的!聪明伶俐,本事高强,仅凭一根藤蔓就可以在几十丈高的悬崖上行走自如。野人是凭本事竞选首领的,没人服气可不行!连那些散居的男野人都十分惧她哩!"

"男野人?"小樊想到那个拿着木棒要打杀自己的高大野人,心有余悸地问。

"那些男野人自己结不成团,又不为女野人所容,便两三个一群,或四五个一伙,东游西荡,四处漂泊。他们性子暴烈,人数再多了就不行,有七八个就会成天打架斗殴,争吵不休!也有独来独往,单个儿行动的,都同样是居无定所,行踪诡秘。他们很怕那些住在盐泉边上的女野人,但又总是离不开她们,隔三岔五地在她们家周围晃来晃去,还时时搜罗各种稀奇物品向她们献殷勤。"

说话间,他们已踏上一块绿草青青的土坪。看见坪边有几根木棒支起一张竹席,搭成一个简易的棚子,棚子里放着一张陈旧的木桌,桌上摆了几只土碗,一些碗里还剩有残余食物。桌下一只香钵,满满的灰烬里插着几炷燃剩的香棍。

望着这些摆设,几人迷惑不解。

桂花介绍说:"这是我们祭厉的地方。"

"祭厉?"小樊不解地问道,"什么叫祭厉?"

桂花指着前面那一个个隆起的土堆,说:"这些,都是闯入神堂湾横死的人。每当发现残缺不全的尸骨,我们就会捡来埋在这里。每年中元节,我们都要先祭了他们,再祭祀祖先。摆供品,燃香烛,烧纸钱,叫饭食,还有梯玛来为他们作法超度,以消弭死者亡魂的戾气,让他们得以早日投生转世。"

李虎向那些土堆望去,密密麻麻的恐怕有好几十个,不禁说道:"这里少说也有五六十个吧。有这么多的人闯进神堂湾?"

"这些人只是到了我们这周边,被我们发现了的遗骸,实际还不止!"桂花说,"几百年来,那些半道死在丛林中被野物吃掉的,还不知几何呢。你们能够好生生地走到这里,没有神灵的护佑恐怕是不行的!"

听到这些话,李虎想起自己那位惨死的先祖,心中凄然,不禁说道:"要不是谷口那些醉花,这些人也不至于全都死去吧!"

桂花解释说:"醉花并不是这些人致死的主要原因!我们真正在醉花谷发现的人很少,反而是在其他更为险峻的地方找到不少人的残骸。就如你的那位祖先,虽然中了醉花之毒,如果不是受伤过重,喝过解药后也是不会有事的。"

"为什么醉花谷会长出那么多的醉花?其他地方也有吗?"

"当初,那些醉花生得杂乱,到处都有,只是醉花谷要多一些。我们刚进入这里不久,无意中发现醉花有毒,牛羊吃了都会醉倒,严重的还会死去。开始只是想将它毁去,但总是毁不尽,越毁越长。那时候,常有猛兽从谷口侵入,危害人畜。这些猛兽也有不小心昏倒在醉花丛中的。有人就想到把各处醉花全部都移植到谷口去,既能挡住猛兽,又为牛羊除去了一害。好在这醉花每天总有几个时辰毒性不大,也便于移植。那些野人是不怕这个的,他们很聪明,醉倒几次后就专拣醉花毒性小的时候进来。后来,我们又找到了克制醉花的解药,人畜中毒之后,只要能及时服用,也会没事。"

李虎想起郑雯他们喝的那琥珀色热汤,问:"就是昨晚他们喝的那个?那是什么水?"

"其实,说起来也非常简单,就是生长在醉花丛中的一种葛藤。我们一位先祖有次无意之中发现,用葛藤的花和根茎熬水,解醉花之毒十分灵验!"

"那醉花谷口就是你们的边界了?"

"是的。一般人从不去那里,但我们经常有人要穿过醉花谷去扁桶峡换盐水。"

他们转过一道山梁,眼前是一条宽敞的河谷。灿烂的阳光映照过来,青青草坡泛出一片金色。微风轻拂中,忽闻一阵悠扬的笛声,如一只隐隐约约的鸟儿在空中鸣唱。

李虎心中一动，突然生出一股既亲切又陌生的感觉，忙举手示意让大家停下来。桂花问："怎么了？"

李虎说："听听这笛声。"

桂花轻声告诉他："这是驼背聂梯在弄箫。"

走出几步，果见前面草坡上端坐一人，正对着一群悠闲的山羊竖捏着竹管。呜呜的声韵便从那竹管中流淌出。最初入耳，李虎但觉那调子苍凉、古朴，极为熟悉，一下子唤醒了他一段温馨的往事，让他忆起小时候曾听漆大大吹过的《苏武牧羊》。那是逢到下雨天，漆大大不能上街卖草药，便在那旧屋内常吹的一段曲子。每每曲终，一老一少便端坐在空寂的旧屋里，静听雨打瓦面，淅淅沥沥，任那不绝的笛韵，留在心间回荡。此刻仔细聆听眼前调子，却并非那曲。箫声悠扬，节奏从容不迫，音阶起伏不大，恰似斗折蛇行婉转，又如行云流水变幻。曲调同样的古朴圆润，却少了几分旷远苍凉，多出几分清宁恬静。犹如谷中那清波粼粼的河水，缓缓淌过心田，涤尘洗垢，神清气爽。

一曲既终，那人回过头来，喊道："是桂花嘎惹嘛！怎么不让你的客人过来？"

桂花领着几人走过去，大声喊道："驼背聂梯，这么早哦！"

"是啊，"那人呵呵笑道，"近来羊儿也不兴睡懒觉了，一清早就'咩咩'叫个不停，闹着要我领它们出门哩！"

桂花笑着说："这些羊儿还不是让您给惯的，有些撒嗲了！"

"是啊是啊，这些羊儿恐怕是舍不得我这把老骨头哩！"

李虎见那人后背略高，果然是有几分驼背。只是他头发不白，面容也不苍老，虽然看不出到底有多大年纪，比起土司府见过的那些长老要年轻多了，但言语表情间又透出一股老气横秋的样子。李虎见他那握箫的姿势，还有手指粗大的骨节，竟依稀与漆大大有几分相似。他眨着一双不大的眼睛，仔细打量着李虎几人，不住点头。尤其是对李虎，他上上下下看了又看，直看得李虎心中咚咚直跳。他却淡淡说道："不错不错！听说你们几个娃娃给神堂湾带来了神迹？"

"是哩！"桂花笑嘻嘻地说道，"他们带来了向王遗落的那枚虎胆。天快亮的时候，两枚虎胆团圆之时，向王突然显灵，虎胆如太阳一般放出冲天光芒，把黑夜中的神堂湾照得亮堂堂的！您都见到了么？"

"见到了见到了，我就等着这一天呢！"

那人又向李虎看了两眼，眼中似乎颇有深意。他笑笑说："你们几个娃娃些来了，我这把老骨头也该安歇了！快去办你们的事情吧，我也给羊儿换换啃草的地方。"

说着，那人拿起一根长长的竹鞭，虚晃一下，对着羊群一阵吆喝，头也不回地走了。

李虎怔怔地望着那人渐行渐远的微驼背影，回想他那似有深意的眼神，心中那种似曾相识的感觉又涌了出来。

桂花边走边说："你们没有看出来吧，驼背聂梯可是我们这里年龄最大的人哩！"

4

几人听了，心中都是一惊。

樊高说："他头发都还没白嘛，能有好多岁了？比你的大嘛年纪还大么？"

"我也不知道他到底有好多岁了，只听说，他以前做长老时，头发也是白的。"桂花认真地说，"后来到他孙子做长老的时候，他这头发又慢慢变黑了。大嘛曾开玩笑说，他这是返老还童，不只是人瑞，都快成人精了！"

樊高咋舌说："我的乖乖！你莫是编故事哄我们哈，他孙子都做了长老！我们昨夜见到那些长老哪一个看上去都比他老多了，会是他的孙子？"

桂花说："他那做长老的孙子几年前就去世了。昨晚去的郭家寨有长老是他的嘎惹了，比他的孙子还小一辈儿呢！"

"嘎惹是什么？"樊高问，"刚才又听你叫他什么……楼梯？"

桂花嘻嘻笑道："什么楼梯，是聂梯！就是……这么说吧，他比我爷爷还长一辈儿，我得叫他聂梯，反过来，他就叫我嘎惹了。"

樊高似懂非懂地点点头，又摇摇头说："算来算去，这个嘛……还是一笔糊涂账。"

李虎说："百岁称人瑞，这位……聂梯到底有多大岁数了？"

"这个嘛，"桂花摇头说，"没人能说出他的具体岁数，连他自己也说不大清楚。作为史官的大嘛，有一次曾经说过，驼背聂梯的年龄，是神堂湾有史以来最大的一桩疑案！当初生他时，谁知道他会活这么长久？所以，也没人作个记录。再说，神堂湾的人都对年龄一向不大在意，有很多人都说不清楚自己的年龄。但驼背聂梯实在是年龄太大了，大嘛认为有必要弄清楚，并记入家族史册。但所有人的点滴回忆加起来，也只能估算出个大概。本来，这儿的人活到百岁以上也是平常之事，所以人们才不在意自己的年龄。但像驼背聂梯活上这样的年龄，在神堂湾的历史记载还是绝无仅有的。听说，十多年前，在驼背聂梯生日宴会上，我大嘛曾举着酒杯，口占一绝，说什么'花甲堪称两轮半，童颜黑发赛神仙'，这可能就是他的大致年龄了。"

"我的乖乖！"小樊朝几个同伴看了看说，"我们这里所有人的年龄加起来，恐怕也还不及他老人家的岁数呢！"

这时，桂花立住脚步，伸手指着前方一道巍峨的暗红色崖壁说："你们看，那里，就是船棺崖了！"

众人顺她手指的方向望去，约两公里外，小溪对面一处绝壁拔地而起，阳光下显得雄伟、肃穆。高高的悬崖间果然有一敞开的洞穴，穴中隐约现出一个模糊的黑点。

几人快步来到那悬崖下面。李虎仰头望去，在约五十米高的绝壁上，有一石穴，穴内便放着一口灰黑色的船形棺木。清粼粼的溪水不停地冲刷着崖脚，激起"哗哗"水声和一层层细碎的浪花。李虎仰起脖子默默地望着，不知道在那里面躺着的人是姓齐还是姓李，几百年来，孤孤单单地守望在这里，总算等来了族中后人。而族中另一位进入神堂湾的祖先，至今连遗骨也不知所终，更是可悲可叹了。念及此，心中一阵凄然。正不知该如何祭祀，忽见一路默默随行的石头来到跟前，取下了肩上的竹篓。

桂花指着前面一块平坦的沙滩，对石头说："放这边来！"

石头便将竹篓端到沙滩上，从中取出一个折叠的小木桌，在沙滩上支好，又拿出几只土碗摆到桌面上，再往每一只碗中放些东西。李虎看见，那是三碗供品：一碗水果，一碗米饭，还有一碗猪肉。最后，石头又从竹篓里拿出一捆香烛，几包黄表纸。

桂花指着沙滩上一堆灰烬，对李虎说："这是前几天刚刚有人祭过的。现在，还是你自己来吧。先打燃火捻，再点烛烧香。"

"刚有人祭过的？"李虎惊问，"会是谁？"

桂花说："这里是郭家寨的地盘，每年中元节，都是他们在祭祀。驼背聂梯说，既是巴家人，大家同属一脉，就等于是我们自家人。人家千里迢迢葬身于此，自家后人又不知音讯，就由我们替代吧！大过节的，可不要冷落了人家。所以，这些年来，你的这位先祖一直是香火旺盛的，一点也不寂寞呢！"

桂花一边说着，一边从石头手中拿过火镰和捻纸，递给李虎。李虎接在手中，却不知如何使用。桂花笑说"你这么大人还不会用火镰"，正要教他，沈立已递过一只打火机来。李虎取过蜡烛，"啪"地打燃火，一下就点上了。

桂花和石头看着那冒着火苗的打火机，惊奇不已，齐声问："这是什么？"

李虎见石头一脸的憨态，感激他为自己准备得这么齐备，又不声不响一路扛来，于是递过打火机说："这是打火机，挺方便的。送你吧！"

石头有些羞赧，两手在衣上擦着，巴巴地朝桂花望去，却不敢接过。桂花笑着说："人家一番盛意，你就接着吧！"石头这才伸出双手接过，然后举在眼前，笑不可抑地歪头把玩着，一时不知如何使用。

李虎燃起香烛，桂花在一旁帮忙，拆开一包黄表纸，说："要先祭'大士爷'，给他烧第一封纸。他可是阴间的首领，代表观音大士掌管着鬼魂的超度。"

李虎接过，见首封上果然写有"大士爷"三字。心想这"行贿"之风，不管过去现在，无论阴间阳间，也不分大神小鬼，都是大行其道。可见是"礼"多人不怪，无"贿"不成事了。心中虽然不以为然，也不甚乐意，还是点燃烧了。其余几包，因不知死者姓名，都只写了"先祖亡灵"四字，下落"李虎"之名。这些具体细节，李虎一概不知，估计全是桂花在背后代为安排的。李虎慨叹桂花心细，心中暗暗感激不已。

烧过纸钱，李虎面向悬棺，跪在沙滩上，恭恭敬敬叩了三个头。

叩完头，李虎跪在那里，双手作揖，心中默默祷告："先祖在上，晚辈李虎前来祭拜！倘若先祖亡灵尚在，晚辈在此敬请回归！先祖未竟之事，晚辈自当竭尽全力！此次必定带回石虎，完成先人使命！晚辈以为，向王一族同属巴人一脉，且巴家血案，向王当年并不知情！因此，一旦拿到石虎，

第三十九章·巴氏先祖

六百多年恩怨自当一笔勾销！倘若先祖另有遗命，还请示下，晚辈自当不遗余力！"

祷告完毕，李虎再次叩首，方欲起身，忽觉眼前白影晃动。凝神细看，似一中年人站在眼前，浓眉大眼，方脸阔嘴，面容竟与爷爷依稀相似。只见那中年人对自己颔首微笑，颇有嘉许之意。然后他冉冉升入空中，伸手凭空一招，竟似有个人影，衣袂飘飘，驭空而行。再看另外一人，体形瘦小，肩背微驼。那神情，倒与刚才途中遇见的弄箫老人驼背聂梯颇为相像。李虎心中惊诧不已，再定睛细看时，但见空中两人略一回首，已飘然离去。

李虎心中惊疑未定，又听见空中隐隐飘来一阵箫声，调子空灵婉转，却又缥缥缈缈，若有若无。李虎一时听呆了，竟痴痴地跪在沙滩上，半天没有回过神来。

旁边几人见了李虎模样，都以为他是触景生情，一时悲伤所致。

见他久久不起，桂花轻声叫道："李虎哥哥？"

李虎神情恍惚，似未听见。樊高见状，过去扶起他来，劝慰说："李虎哥，毕竟过去几百年的事情了。老人家在这里也是备受优待，你不要太过伤情。"

李虎站起身来，一脸茫然地向众人望望，嘴里含糊地"嗯"了一声。

这时，忽听向前进惊讶地叫道："你们看，那是什么？"

众人转过身，随着小向的视线，从侧后一道逼仄的峡口望进去，只见峡沟里耸立着几座样式奇特的建筑物，圆柱状，上小下大，像是巨大的炮筒，又似小巧的碉堡。一共三座，整整齐齐一字排开。

桂花说："那里叫铄冶沟，是我们专门炼铁的地方。那些炉子你们没有见到过么？就是我们炼铁用的。"

沈立问："那里面有铁矿？"

"是从山洞里流出的一股铁水。当年，先祖们铸剑为锄，刀耕火种，在神堂湾立住了脚跟。后来人口增多，锄具紧缺的时候，有人就发现了这股血红的铁水。老人们都说，这是上天对我们的眷顾。我们用竹麻将铁水过滤成铁粉，然后再放进炉子冶炼成铁。"

沈立和李虎几人对望，都想起了那道神秘的血瀑。原来，它竟穿过地腹，辗转奔流到了这里。沈立说："你们是如何冶炼，怎么没见冒烟？"

桂花说："我也不知道是如何冶炼的，至今我都还没见到过呢！平日，都是将铁粉过滤后累积在山洞里,要三十年才冶炼一次。"

小樊不解地说:"为什么要三十年才炼一次?"

"炼一次铁,就够我们各家寨子使用三十年了。"

回去的路上,经过那片牧羊的青青河谷时,李虎四下张望,再也没有看见那位驼背聂梯的踪影。他仿佛又听到古朴悠扬的笛声,心中生出一股莫名的怅惘,一直在想要不要去郭家寨看看那位老人,却又不知道见面后说些什么……

忽见路边一棵枯死的大树下,有袅袅香烟升起。走近一看,树下燃着香烛,有一中年人跪在那里,正对着大树频频磕头。

桂花叫道:"根叔,在祭拜干爹哪!"

那人站起身来,拍拍手上泥土,嘿嘿笑着说:"是桂花郡主嘛。咦!这几位后生仔好面生哦,又穿得……这么奇怪,莫不就是从外面来的客人?"

"是哩!他们刚刚去船棺崖祭祖的。"桂花嘴里说话,脚步并不稍停。那中年人独自站在树下,瞪眼望着走过的几位,张大嘴半天合不拢。

小樊赶上桂花,好奇地问:"刚才你说那人在拜什么干爹?难道那枯树……就是他的干爹?"

桂花说:"是啊!根叔小时体弱多病,就拜敬这棵千年马桑树为干爹,顺利成人了。哪知几年前这马桑树突然枯死了,他当真如丧爹娘,大哭一场,从此年年不忘祭拜!"

"那是马桑树么?在我们家乡,马桑树只是一种灌木,"向前进惊讶地说,"怎么会长得如此高大?"

桂花说:"我们这里的马桑都能长得这么大,而且长得很快。大嘛说,古人称马桑树是通天树哩,说是能从马桑树爬到天上去。"

"对了,"小樊笑着说,"我想起一个马桑树长得快的故事。说是一个行人内急,去马桑林里解手,随手把草帽挂在马桑树的枝上,等解完手起来,却取不到草帽了。原来,就这会儿工夫,马桑已经长高了好几丈。"

第四十章 祸起萧墙

1

他们回到独木舟上,沿着来路往回划。

虽是逆水,由于水面平静,速度并不比来时稍慢。此时,已是日上三竿,河雾早已散尽,沿河两岸一览无余。但见每隔几里,就会出现一个村寨,都是依山傍水,建在斜斜的山坡之上。有的甚至依靠陡坎,或者临跨溪沟;构思大胆,格调奇特。或许正是因为地形的不利,所有那些村寨都采用了吊脚楼的建筑形式,看去通透轻灵、文静雅致。那些高高的翘角、精细的装饰、轻巧的造型,在树影婆娑之中,真是如诗如画。楼下那些树桩,粗细不匀,大小长短不等,看似排列不整、东倒西歪,反而呈现出一种残垣断壁般的原始美。

向前进说:"你们看,这两岸到处都是平地,为什么这些房子偏要建在山坡上?"

"我们这里土地并不宽裕,"桂花说,"要尽量留出平地来种粮食。至于房屋,无论坡上还是崖边,反正一样可以住人嘛。"

郑雯道:"穴居居于高处,土层较厚,多在北方;巢居居于低处,地面湿润,多在南方。巢居是干栏建筑的早期形态,多现于长江流域以南地区的河姆渡等原始文明中。在武陵山区,由于气候湿热,森林植被资源丰富,居住在这里的早期先民们为了防湿热和避开野兽虫蛇,选择了干栏式建筑作栖居之巢。考古人员曾在三峡云阳的大梁岩石上,发现过一幅神秘的岩画,据考证,是出自三千多年前的巴人之手。画面上的巴人部落雄伟壮观,呈现出篱笆和木桩构成的村落,专家们认为那就是早期的干栏式建筑,也是巴人特定环境中的主要居住形式。所以,神堂湾这些人在进入神堂湾之前,就早已习惯了吊脚楼的居住形式。进入神堂湾以后，这样的建筑就更是与这里湿热多雾的环境融合得天衣无缝了。"

"咦！"樊高笑道，"我看郑雯姐姐一路沉默寡言，显得心事重重的。没想到，现在绣口一开，居然是满口珠玑哩！"

郑雯坐在前面，轻哼一声，再不言语了。

沿河两岸，不断有人和他们打招呼。一些小孩子甚至沿着河岸奔跑，追赶着独木舟玩儿，嘴里还不停地叫着"桂花阿阔""石头阿阔"。

他们看见，几乎家家都有人拿一个带木把的石杵，往一个石臼中一下下杵着。桂花解释说，那是在舂新谷子，祭祖时一定要用新米供奉老祖宗，以向老祖宗们报告秋成，并请他们尝新。还有一些人家在忙于杀猪宰羊，大人忙忙碌碌，小孩兴高采烈。到处炊烟袅袅，鸡鸣狗吠，洋溢着节日的气氛。

回到土司府，桂花为他们安排了早餐，加了蜂蜜的番麦糕，热腾腾的新米粥，这是他们几天来吃得最舒服的一顿饭了。饭后，桂花建议他们休息两个时辰，因为今天是中元节的最后一天，要送亡灵回归阴间，是最隆重的日子。从下午上神堂湾为白虎举行血祭开始，各种祭祀活动会通宵达旦，一直延续到明天早晨。

"血祭？"李虎想到郑雯从拓片上翻译出的那场面，忙问，"什么样的血祭？"

桂花略一迟疑，又笑笑说："下午，你们去看了就知道了。"

李虎考虑祭祀完毕他们就要拿着白虎上路，前面还有更为艰巨的任务等着，便对几人说："我们是得抓紧时间休息一会儿。"

桂花仍将他们安排在学堂那间大屋里休息，每人一个竹榻，却让郑雯去了旁边一间小屋。郑雯皱皱眉，很不情愿地去享受她的单间去了。

李虎几人刚刚躺下，忽见门口人影一闪，伸进一只雪白的脑袋；李虎一骨碌从床上坐起，那人冲他绽开一张满是皱纹的笑脸，轻声说："小……小兄弟睡了？"

小樊连忙坐了起来，说："是……是您？有事么？"

李虎认出，正是桂花的大嘛，那位棋痴老人。只见他几步冲到小樊床前，满脸堆笑，拉起他的手说："我和你下棋去！"

小樊望望李虎，笑笑说："那，我去了？"

第四十章·祸起萧墙

李虎点点头,看着那一老一少消失在门外,复又躺下,却翻来覆去地总是睡不着,一闭上眼,脑子里就有两个缥缈的身影晃动着,挥之不去。也不知时间过去了多久,他越睡越清醒,只觉全身精气弥漫,他想起夜里桂花姑娘说的话,难道是吃了神仙果的缘故?看看旁边沈立和向前进,两人都睡得很沉。他索性起床,蹑手蹑脚走到室外,信步朝前走去。经过一个窗口时,扭头望见郑雯盘腿坐在里面一张竹榻上,正低头在一个本子上写着什么。李虎推门进去,轻声问道:"怎不睡觉?又在翻译拓片么?"

郑雯被吓一跳,抬起头冷冷瞪了他一眼,面色有些苍白,定定神说:"你为什么也不睡觉?是在找你的郡主阿矮么?"

"你胡说什么?"李虎生气地说。

"哼!你不是喜欢这里的环境也喜欢这里的人么,怎不去找她?"

"你什么时候变得如此小心眼了?"李虎在床边坐下,柔声说,"我是说过喜欢,可并不是那意思。"

"那是什么意思?"

"你呀,你明白我的意思。"

"我干吗要明白你的意思?我一点都不明白。"

"好了,不要去生无由之气。"李虎说着一把取过她膝上本子,"译了多少?我看看。"

郑雯"哼"了一声,将手中笔往床上一甩,然后背对着李虎侧身躺了下去。李虎望着她背影,叹口气,摇摇头,将目光投到本子上,很快就被那些文字吸引住了——

清晨,浓雾弥漫着江州城。

若隐若现的城墙上,新任国王带着他的新娘木青,与他父亲并肩站着。他们默默望着脚下的江面。

影影绰绰的船只一艘艘载满了人,没入白雾笼罩的江面之中。

"父亲,您和我们一起走吧。"

"不!我领着这几千疲兵,还可抵挡一阵,为你们多争取些时间。"

丞相领着几位祭司走过来,说:"我们和老国王一起坚守!"

"一座空城,还有什么好守的?"老国王和蔼地说,"不过是个迷魂阵,尽量迟滞敌人罢了。你们还有重要的责任,要辅佐我儿尽快立住脚跟,重新开创局面,要把我们上千年血脉传承下去。"

这时,全身披挂、身高六尺的巴楠将军穿过雾幔,跑步来到跟前,铜钟般的声音禀告说:"国王陛下,各部族已全部撤离,战士整装待发!你该上船了。"

巴楠将军是濮族人,比常人高出一头,威武勇猛。十五岁时进山狩猎,独自扛回一头数百斤重的大棕熊,成为族中第一勇士。后被巴国王子看中,留在身边做了卫士,并赐予王族姓氏。不久前在阆中,与数倍于己的蜀军对抗时,他袒胸露背,手执双矛,一声焦雷般的大喝,只身率先闯入敌阵,以先声夺人,吓得蜀军不战而溃。王子新做国王后,提拔他做了王室卫队首领。现在,从江州撤出的数万名族众,在他的指挥下,三天之内,已经秩序井然地从码头乘船,分批离去。

巴王流着泪,与木青王后并排跪下,向他父亲叩拜告别,然后毅然转过身去,带着丞相、祭师一群人等没入雾障之中。

老国王孤零零地站在那里,望着儿子健硕的背影,欣慰地点了点头。然后,又从心底发出一声长长的喟叹。

江边。

巴王对神情落寞的苴侯说:"你现在家国尽失,还是跟我走吧。跟我一起打下江山,我照样给你一块封地。"

苴侯无可奈何地点点头。从汉中带来的几百名亲兵,遣散老弱之后,尚余两百人,苴侯交给巴楠统一指挥,自己随巴王一起上了船。

一身甲胄的木青王后英气袭人,正指挥她从家里带出的那一队训练有素的女兵,将一只只木箱抬上船去,那里面装的都是王室的宗庙重器,国脉所在。

巴王与木青王后、苴侯、丞相,还有几名祭司,分坐两艘大船。

水流滔滔,桨声咿呀。巴王立在船头,望着身后这座由巴人亲手建起、成就了巴人数百年辉煌的巍巍山城,思绪跌宕,浮想联翩。如今,这里已成一座被浓雾掩住的空城,昔日的繁华已被眼前这数千只小船尽数带走了;一起带走的,还有巴人千百年来征战杀伐的荣耀和骄傲。想到年迈的父亲和几千名老弱的士兵即将葬身于此,年轻的国王不禁虎目蕴泪,悲从中来,几欲

第四十章·祸起萧墙

失声痛哭。

木青王后走过来，偎到他身边，柔声说："大王，我们只是暂时撤离，前面还有很长的路要走呢！你可要爱惜身子。"

巴王拭去眼角泪花，紧紧握住王后的手，坚定地点了点头。

看着船只在迷雾之中逆水而行，苴侯惊问："这是要往哪走？"

巴王笑着说："这是沿嘉陵江上行。"

"那……岂不是自投罗网？"

"你放心，秦军现在还远着呢。我们逆行一段后，就神不知鬼不觉地拐入一条支流。老天帮忙，这几天的弥天大雾会掩盖我们的行踪的。"

"只说东北方向，到底是往哪里？"

"我们有一支部族在庸地还有一些实力，那地方崇山峻岭，地处秦楚两国之间，是一块相对安宁的乐土。先在那里立住脚跟，然后再图重振旗鼓！"

说到这里，巴王猛地一拳击在船舷，咬牙切齿说："巴人威威虎气尚在，巴国必将雄风再起，定与秦楚一决高低！"

迷雾如同一张巨大的帐幔，接天垂地，笼罩一切。

由于连续几场春雨，河水上涨，虽是逆行，但一路畅通。他们日闯激流，夜泊浅滩。悄无声息地航行三天之后，穿越一个个峡谷，进入了一片开阔的地域。

中午，雾气稍淡，一只小船无声地靠了上来。

身材高大、威风凛凛的巴楠将军站在船头，向国王禀告说："大王，前面的部族已进入渠水，要不要等齐再走。"

巴王说："不用等了。让他们按原定的目的地先行，各部族尽量分开，自行安排行程。一定要注意安全，沿途绝不能骚扰滋事。聚在一起容易暴露行踪。"

然而，行踪还是暴露了。

2

船队过宣汉，河流在这里一分为二。按照预定目的，他们拐进一条被称作前江的小河，打算由此进入山高林密的大巴山区。那里是巴人故地，悬崖峭壁上有先祖们历经千年修出的盐运栈道，可以让他们秘密进入庸地。

进入前江河口不远，天色向晚，雾气散尽，西边天空烧起一片红红的晚霞。

他们泊下船只，在岸边一台地上扎下牛皮帐篷。这是出江州以来他们第一次上岸过夜。连续几天大雾天气，又在水上行走，连衣服都是潮潮的。此时，沐浴在霞光之中，脚踏大地，晚风吹来，让人心情畅快。

晚饭后，巴王牵了木青王后的手，走出帐篷。

望着星光下的广袤田畴，巴王心中五味杂陈，不禁喟然长叹："现在，我们还行走在自己的国土之上。不久之后，这片土地就要易主了！"

王后说："大王，只要我们雄心未灭，有朝一日，必可卷土重来！"

巴王摇摇头，沉重地说："难啊！秦国拥有巴蜀的膏腴之地后，更是如虎添翼，然后居高临下，出三峡，直取云梦，楚国必亡。如此一来，天下尽归强秦，谁能与之争锋！到时候，只怕我们连立足之地都没有了。"

"大王不必如此悲观！"王后信心十足地说，"巴蜀原本势弱，秦国可一鼓而攻之。楚国地阔人稠，财力雄厚，与秦国必有一争。胜负之数，尚难预料。在两强无暇他顾之际，只要假以时日，让我们喘过气来，复国之事大有希望！"

"爱妻言之有理！"巴王点点头，表情坚毅起来，沉思说，"眼下，我们只能避其锋芒，以图长久之计！"

这时，一名祭师匆匆走来，忧心忡忡地说："大王，刚才我们几个卜算，今夜恐有强敌来袭，不得不防啊！"

巴王大吃一惊："这怎么可能！难道秦军长了翅膀？马上叫巴楠来！"

巴王快步赶回帐篷，看见丞相和几个祭师围在一起，正在议论纷纷地研究卦象。巴王问："敌人从何而来？"

第四十章・祸起萧墙

"卦象显示，敌自西来。"

"这么短的时间内，秦军不可能知道我们的行踪！"巴王摇摇头，十分肯定地说，"即使知道，也没这么快的脚步！"

巴楠挟着一股疾风钻进帐篷，闻言说："如果是今夜来袭，不一定就是秦军！"

"什么意思？"巴王不解地问。

"大王不要忘了，这里可是宗人的领地！"巴楠分析说，"我们的族人是前天、昨天经过这里的，人多嘴杂，有可能无意中走漏了消息。"

"宗人！难道他们还敢造反？！"

巴楠说："非常时期，什么都有可能发生，我们还是要做好一切准备！先前上岸时，我已经派人向四周侦察，现在快回来了。"

正说着，见帐外有人探头探脑，巴楠叫道："进来吧！"

三四位轻装的士兵从帐外鱼贯而入，一个个风尘仆仆，脸上汗迹未干。回来的士兵报告说，周围十里之内，未见异常。这话反而让巴楠心情沉重起来：敌情不明，是为将大忌！敌在暗，我在明，防不胜防！手中御敌之兵不足三千，虽是精兵，无奈数量有限；加上出征在外，补给不足，一旦被困，后果更是不堪设想。念及此，他马上问："上游方向是谁去的，说说情况。"

一个士兵说："前去五六里，有一峡谷，水流湍急，船只上行，必须拉纤。"

"带几个人再去看看，一定要看仔细了！快去快回！"

巴王问："连夜出发？"

"现在敌情不明，一切小心为上！"巴楠说，"前方峡谷是一重要关口，如果那里平安无事，还是早些离开为好！"

丞相踱着步子，分析说："自内乱平息以来，宗人恐怕一直只是表面臣服。如今王室流亡至此，倘若真存反心，极有可能乘机作乱！按卦象所说，敌自西来。既然不会是秦军，那就必是宗人无疑！这是在他们的领地之上，欲行不轨，必定利用天时地利。我们要从他们的角度来思考对策。"

"他们邑城就在渠水，"巴王看着铺在木箱上的地图，沉思说，"若要造反，为什么不在那里拦截？"

丞相说："国王出巡，邑侯照例是要到远郊迎接的。但我们是秘行，没有通知他们，待他们弄清原委时，我们早已走远。如此看来，即使有心作乱，那也是匆匆忙忙，准备并不充分。只要我们沉着应对，不难离开此地。"

"丞相之言有理，我们要预作准备！"

巴楠说罢，立即叫来两名校尉，吩咐说："你们两个，一个带五百精兵去东边十里外的山丘密林中设伏，一个带三百精兵去上游峡口把关。如有敌情，林中伏兵听到牛角号后便从后面杀出，要锣鼓齐鸣，歌舞而进，造成赫赫声威，让敌人不知我方虚实！记住，如未得号令，无论这边杀得有多激烈，都要给我稳稳地藏着，不可暴露；峡口把关的，则务必确保水道畅通！如有贻误，提头来见！"

两人得令而去。巴楠又让另一名校尉领兵两百去河岸守住船只。

分派已定，丞相与木青王后一起，立即安排打点行装，撤除营地。国王和巴楠走出帐篷，并肩站在土台上，一时沉默无语。

天清气朗，群星闪烁。淡淡星辉下，只见一队队士兵整齐穿行在田野上，悄无声息，各自领命而行，秩序井然。暮春的夜晚，河风频频吹来，让人感到阵阵寒意，凉透肌肤。这样宁静的夜色，却让人感到空气十分凝重。巴王借着微弱的星光极目西眺，远方刚劲绵延的山峦轮廓被夜色笼罩着，显得暧昧不清，鬼鬼祟祟。敌人似乎正在借助厚厚夜幕的掩护，酝酿着一场叛乱的阴谋！年轻的国王已分明感受到，沉沉空气之中弥漫着浓重的杀气！

他知道，一场血腥的战斗已经不可避免了！

巴王望望周遭地势，对巴楠说："我们脚踏的地方，将有一场惨烈的厮杀了！只是，我们兵力有限，又有辎重老小，千万不能被粘在这里。否则，后果不堪设想啊！"

巴楠说："大王不用担心！我们人数虽少，却都是赤胆忠心的精兵良将，个个都能以一当十！再说，已经预作准备，见机行事，要离开这里不难！"

正说着，忽见先前派去查看峡口的士兵满头大汗奔到眼前，上气不接下气地说："峡、峡口里，果然有人把守了！"

巴楠惊问："看清楚了？有多少人？"

"两岸都有，黑夜中影影绰绰的，看不清人数。"

"回来路上，碰见我们的人没有？"

"碰见了，情况都告诉他们了！他们已经跑步过去！"

第四十章·祸起萧墙

"你再去！告诉他们，不管对方是敌是友，都不能让对方滞留在那里。峡口必须控制在我们手里，确保水道畅通！"

巴王一拳擂在自己掌上，恨恨地说："狼崽子！果然是宗人造反了！"

巴楠见营地虽已拆除，各类箱笼包裹却是一片狼藉，仓促之中尚未收拾整齐。他手执剑柄，对丞相说："我们得抓紧时间！此地已成险境，必须尽快脱离！"

正在箱笼间穿梭督促的木青王后，亮开嗓子，清脆地叫道："大家手脚勤快些！不要舍不得，不必要的东西通通丢掉！"

"敌人比我们预想的要狡猾啊！"丞相分析说，"他们一开始就直取要害，断我去路！如此看来，他们也是由于时间仓促，调兵不及，才如此布局的。目的是要先留下我们，等大队人马到来，再行围剿。——奇怪呀！这宗人邑侯我也认识，只是个有勇无谋、刚愎自用的莽夫，哪会有如此韬略？！"

一位祭师说："听说宗人族里，有一个名叫范发的年轻人，曾去中原游学，拜过鬼谷先生，现在受到邑侯重用。这恐怕是出自他的谋略！"

丞相果断地说："先上船吧！我们最好趁着夜色闯过峡谷！"

巴王问："峡口那边，要不要再增派士兵？"

忽听河边一阵喧哗，有人大喊："对岸有人放箭！"

众人抬眼望去，只见从对岸飞来一支支带火的箭镞，全部射向河里的船只。有的船只已经着火燃烧起来。守船的士兵射箭还击，双方不时有中箭者发出惨叫声。

这时，从上游方向跑来一个士兵，满身血污地倒在巴楠面前。

巴楠急忙扶起，问道："峡口那边怎么样？"

受伤的士兵已经奄奄一息，断断续续地说："敌、敌人太多，不断涌来，我们、我们刚上去时很快肃清了右岸之敌。可还没等我们喘过气来，新的敌人又冒了出来，而且越来越多。兄弟们大多战死了。"

"弄没弄清对方是什么人？"

"宗人！他们战术很特别，总……总是用木盾牌陷住……我们的剑……，在我们士兵拔……剑时，他就一剑刺……过来了。很多士兵都这样死了……"

"现在峡口里我们还有多少人？"

"不到……不到一百人了，已被敌人……团团围住……"

"对方有多少人？能估算个数么？"

"没法估算……他们……人一直在……增加，不知从何……而来，源源……不断……"

士兵说到最后，已经气若游丝，断断续续吐出最后一句话，头一偏，倒在巴楠怀中断了气。

3

此时，曙光初现。在他们眼下，清澈的河水已泛出殷红的颜色，一具具尸体从上游漂来。尸身的甲衣显示，有己方的，也有敌方的。对岸的敌情，此时也已弄清了。他们伏在田埂后面，人数并不多，偶尔放几箭，发几声喊。显然，其用意不在进攻，而是牵制。河里的船虽然被烧掉几只，但损失并不大。

丞相痛心疾首地说："我们不该上岸啊！要是一直前进，在敌人堵住峡口之前，我们或许已经过去了！"

"不！"巴楠说，"正是托了祖先神的庇护，我们才在这里停了下来。要是盲目前行，以我们的速度，必在峡谷之中被敌人赶上。那时候，敌人在岸上两边夹击，我们在船上无法动弹，就只有被动挨打的份了！在这里，地势开阔平坦，便于厮杀。一旦摆脱敌人，我们也可以弃船陆行！"

丞相醒悟过来，不由点头道："巴楠将军说得很有道理！据我分析，宗人的策略是先堵住峡口，毁掉船只，把我们困在这里。但敌人也犯了一个错误——既堵住峡口，就不必毁船！现在船只虽未毁去，但过不了峡谷，也如同废物。这倒给了我们一个启发——我们弃船上岸，走陆路！地图标明，从这里往东，一天的路程可达汉丰。那里不属宗人领地，往东北方向，走陆路可达巫地；往南，有一条彭水直通大江。峡口方面不去管了！我们马上启程，走陆路去汉丰！"

巴楠望望那些箱笼包裹，对巴王说："走陆路必须轻装！这些辎重器物……"

第四十章·祸起萧墙

"不必顾虑了!"巴王说,"就按你说的办。除重要器物外,其余辎重全部丢掉!"

巴楠对苴侯说:"让你的人随王室一起行走吧,就作中军护卫!"

苴侯淡淡地说:"一切由你安排。"

刚刚收拾完毕,正要拔营起程,大队敌人出现了。几里外的田野上,密匝匝的人群向这边蜂拥而来。齐刷刷的刀剑在早晨阳光映照下,反射出青幽幽、冷冰冰的光芒。飘荡的旗帜上,宗族的族徽隐约可见。

巴楠登上一个土台,瞭望一阵后,对巴王说:"敌人不到五千,我们有必胜把握!"

巴王一手抚在巴楠肩上,对他说:"敌人虽有数量上的优势,但他们以下犯上,先已在气势上输了一截。此役必胜,就看巴楠将军的了!"

巴楠一拳擂胸,昂首说:"请大王放心!巴楠不辱使命!"

说罢,巴楠将军一声大喝,指挥士兵列好队形,亮出王旗,严阵以待。

丞相对巴楠说:"我们得防备敌人尚有后援!东面那片土丘,就是我们的退路。在敌人进攻前,不宜暴露我们的企图。敌众我寡,绝不能让敌人预先切断我们的退路!等会厮杀起来,我们就朝那个方向,且战且退!一旦我们进入土丘密林,你的那支伏兵就可出击了,杀他们一个措手不及,然后断后掩护!"

敌人阵营里走出三个人,大踏步向这边走了过来。

巴楠站到阵前,大声喝问:"来者何人?"

那三人在一箭之地站定,其中一口齿伶俐的年轻人朗声说道:"听说大王巡游至此,宗族邑侯前来迎驾!"

巴楠大怒:"烧我船只,杀我士兵,有如此迎驾的吗?!叫你们邑侯前来!"

年轻人说:"你们进入我们领地,并未通报,我们焉知是大王驾到?还以为是外族入侵呢,所以误会了!"

"叫你们邑侯前来说话!"

那人望望身后排列整齐、缓缓而来的队伍,不慌不忙地说:"邑侯马上就到!请大王起驾吧,我们已在邑城为大王准备了行馆!"

"放肆!"巴楠怒吼,"大王行止,自有安排!你们想劫驾吗?!"

几匹快马来到那年轻人身边，马上一位身材魁梧的中年人哈哈笑道："还真是大王到了我们领地，这可是给了我们宗人极大的面子啊！以前大王可是一直帮着濮人挤压我们宗人，今天怎么风水转了，也想到来我们这里来看看？哈哈哈哈……"

巴王忍无可忍，站到阵前，沉声说："邑侯！你敢如此跟我说话？是想造反吗？！"

邑侯又是一阵刺耳的笑声，然后目露凶光，恶狠狠地说："造反？！我听说，秦国的大军已经包围了江州城。倒是没想到你这新任的国王，居然望风而逃了！不过，逃得一劫，却逃不过另一劫啊！我看，你现在已经是丧家之犬，穷途末路，还有什么反可造！？来到我的领地，那叫这个什么……"

旁边年轻人说："自投罗网！"

邑侯在马上爆出一阵狂笑："哈哈哈哈……你现在是自投罗网了！看看我身后吧，数万宗族子弟，已将你团团包围，连一只麻雀也别想飞出去了！乖乖地交出权杖和印玺，我还可以饶你一命！"

巴王气极而笑，忽然一声大喝："巴楠！"

"到！"

"把这犯上作乱的无耻反贼给我拿下！"

"得令！"

巴楠手中长矛一挥，阵中铜鼓响起铿锵的节奏，低沉雄浑，令人血脉偾张。祭师领头唱起战歌，士兵高声合唱，手中挥动武器，脚下跳起战舞。队伍如潮似浪，汹涌向前。

歌声震天，舞蹈动地。双方队伍混战一起，一时杀声震天，尘埃滚滚，遮天蔽地。刀、枪、剑、戟，寒光闪烁，劈、刺、钩、砍，血光飞舞！

巴楠双手各执长矛，直向邑侯冲去，嘴里高喊："反贼！人头拿来！"

敌兵纷纷阻挡，巴楠左刺右劈，硬在人海中扫开一条通道，直向邑侯杀奔而去！两支长矛如双龙飞舞，虎虎生风，所向披靡，无人能敌。

宗人不惯马战，邑侯早已下马步行，在亲兵簇拥之下，慌忙向后退去。

战机稍纵即逝！

敌军方显怯态，阵中铜鼓随即变换节奏，歌声高亢激越。王室卫兵如癫

第四十章·祸起萧墙

似狂，力量倍增，如开闸洪流，以滔天之势向前奔涌而去。敌军如大山倾倒，溃不可止。王军直追出十里之遥，方鸣金收兵。

这一回合，王室大获全胜，斩获颇丰。收缴的大量箭镞，尤其利于精兵远攻。敌军丢下上千具尸体，瞬间溃逃得不知踪影。

巴楠从战场归来，像从血池里爬出来一般，浑身上下，浓浓的血浆尚在点点下滴。巴王惊问："伤到哪里？"

"臣无大碍！"巴楠一拍胸膛，溅起的血点竟洒到了巴王身上。

略一清点，王军损失不到两百人。在祭师们悲壮激越的歌声中，迅速埋葬了死去的士兵，巴楠重整军队，拔营出发。

快接近前面的山丘时，忽闻杀声震天。巴楠回身一看，敌军竟从两边包抄而来。每股敌军约有两千左右，穿戴整齐，来势凶猛。显然又是新到的敌军。

巴楠从容布阵迎敌。

他要分派五百精兵护送巴王一行先走，被巴王拒绝了。

巴王说："你不要分兵，我们也不要先走！我们就在林中等你，林中还有五百伏兵可作接应。再说，我们有苴侯的两百亲兵，还有木青王后的一百名女兵，已经足够！敌人占数量优势，而且来势凶猛，你得小心应战！战胜了，我们自然安全；你要是战败，几百士兵又何济于事！？"

这次巴楠竟不主动出击。

他选取了一块突出的台地，布兵列阵，擂鼓呐喊；居高临下，静守地利，以逸待劳，只待敌人前来仰攻。

敌军冲到台地下的一面缓坡，两股合成一股，竟不稍停，直向台上冲来。巴楠一声令下，立时箭如蝗雨。前面敌人纷纷中箭倒下，后面收势不及，被同伴绊倒，阵前顿时乱成一团。王室卫兵趁机俯冲下去，一阵乱杀猛砍。敌军气势一挫，纷纷后退。巴楠及时收兵，并不追击。

很快，敌军又组织起二次冲锋，遭遇并不比前次好。待敌人第三次冲锋被挡住后，巴楠这才趁势追击，一气追出几里地，直杀得敌人溃不成军。

此时，日头西斜，已是下午时分。

王室卫兵从早晨开始，连续作战，早已饥肠辘辘，疲惫不堪。巴楠估计敌人一时很难组织新的进攻，急待收兵回营，趁早赶路，摆脱敌人纠缠。

哪知道，追出的士兵尚未收拢，敌军又出现了。

这次，竟是上午溃逃的邑侯去而复返。邑侯大旗一到，新溃的敌军重又聚拢，一时声势浩大，卷土重来。巴楠被迫重新组织反击。

战鼓响起，王室卫兵如中魔咒，斗志昂扬，挥刀舞剑，再次出击。

踏着阵地上横陈的累累尸首，双方早已失去队形，短兵相接，各自为政，直杀得天昏地暗，难解难分。

巴楠杀得眼红，纷乱之中瞅准邑侯，大喝一声，直奔过去。

那邑侯生得魁伟雄壮，手执一柄长戈，原也是一员猛将。此时，他望见高大威猛的巴楠，直向自己杀奔而来，眼前亲兵竟无法挡住，四下逃命。早晨，他已见识过巴楠神威，此时见他横冲直撞，直如无人之境，不禁心生怯意，忙呼左右放箭。一时间，箭镞如蝗，漫天飞来。巴楠舞动长矛，已是身披数箭，却浑然不觉，仍是不躲不避，如旋风般长驱直进。巴楠转眼即到邑侯身边，带着箭杆连连劈翻邑侯卫兵，最后一矛直刺邑侯胸腹。邑侯闪身一避，矛头自肋间穿过，痛得大叫一声，已是吓得肝胆俱裂，硬生生挣脱长矛转身而逃。

巴楠也不追赶，只运起神力，将手中长矛朝着邑侯狠狠掷去。那长矛挟着一股疾风，"嗡嗡"直响，如蛟龙腾飞，"嚓"的一声，正中邑侯肩背！

眼望着奔跑中的邑侯仆地，插在背上的矛柄兀自摇晃不停，巴楠仰天长笑，口中喷射出一股血水，将蓝蓝的天空染成一片猩红。

4

林中，巴王的眼睛一直没有离开战场，亲眼目睹了这异常惨烈的一幕。当宗人箭镞射中巴楠时，他感同身受，心口感到一阵剧烈疼痛！他手中宝剑一挥，寒光闪耀中大声疾呼："伏兵出击！"

一直伏在林中，早就咬牙切齿摩拳擦掌的五百精锐兵士，随着国王号令如离弦之箭，直向战场冲去！

双方疲兵正在竭力作最后一搏。矛杆断了便拳打脚踢，剑刃卷了用利齿

第四十章·祸起萧墙

撕咬。全凭一股锐气撑着，谁先泄气谁先倒下。

五百名养精蓄锐的伏兵如神兵天降，似猛虎下山！木青王后也领着一百女兵和苴侯的两百亲兵从另一方向杀出。

战场上平添两支生力军，一时刀光剑影，杀声震天，战场局势迅速扭转。

宗人残兵抬着生死不明的邑侯，很快消失得无踪无影。

巴王来到战场，见巴楠胸前插了六支利箭，兀自站立！巴王走过去轻轻扶住他，慢慢放他坐到地上，要祭师为他拔出箭来，治疗箭伤。巴楠挡住说："不用了！"

然后对着巴王一笑，嘴里渗出血沫，轻声说："可惜，我不能护卫大王去庸地了！"

说完，他望着巴王从容一笑，然后脑袋一偏，口中血沫染红了巴王的衣襟。巴王连忙抱紧，再看时，巴楠已溘然长逝！

巴王一声怒吼，直问有没有宗人俘虏。亲兵带了三位受伤的宗人士兵过来，巴王红着眼睛，"呛啷"一声拔出腰间宝剑，咬咬牙又插回剑鞘，对身边人说："厚葬巴楠将军！将这三名俘虏斩做三截，作人牲祭祀！"

残阳如血。战场上横尸遍野，空气中飘浮着浓浓的血腥味。

士兵们用最快的速度清理完战场，以隆重的仪式埋葬死去的战士。整编队伍时，数数尚有一千二百余人。经此一役，王室卫队损失过半。

巴王在排列整齐的队伍前往来巡视，面容庄重，双目有神，踱着坚毅的步子，久久不语。随后他站定，向队伍大声问道："虎族儿郎们！大家累不累？"

"不累！"

"还有没有精神？"

"有！"

"今日一战，是我见过的最惨烈的厮杀！你们打败了数倍于我的强敌，展现出了巴人的虎威，不愧是廪君虎族的优秀儿郎！但是，此地不可久留！我们前面的路还很长。想当年，巴人先祖出清江，过长江，所向披靡！崇山峻岭挡不住我们前进的步伐，急流险滩阻不断我们艰苦卓绝的征程！一千多年来，我们东征西战，南拒北伐，兼收并蓄，开疆拓地，靠我们的威威虎气，打出了巴人战无不胜的威风！建立起足可与秦楚抗衡的泱泱大国！今天，巴国不幸外遇强敌，内生叛乱！我们只能离开家园，暂避其锋。我们此去，是要找寻新的乐土，立足扎根，休养生息，以图重树虎威，再建王国！虽然我们现在人少，但有伟大的祖先神保佑，我们勇往直前！战无不胜！"

"勇往直前！"

"战无不胜！"

坚定激昂的呼喊，在旷野上久久回荡。

他们乘着苍茫的暮色，从容出发了。一路穿山越岭，逶迤向东而去。

队伍行军到半夜，中军传来苴侯病了的消息。走在前面的巴王停了下来，看到苴侯时，只见他躺在担架上，面色潮红，浑身发烫，时而昏迷不醒，时而胡言乱语。

他们穿过一个峡谷，在一片易守难攻的山腰台地上扎下营寨。

士兵们疲惫已极，刚一倒地，便发出一片鼾声。

几位祭师围着苴侯转悠半天，又是喂药水，又是作法禳治，未见效果。

精通医理的丞相，认真察看了一番苴侯脉象，摇头说："苴侯恐怕更多是心病啊！家国尽失，前程渺茫，郁结于心，排遣无由！加上白天目睹一场惨烈的血腥厮杀，惊骇过度！如今已是意志丧尽，生意全无，只怕神仙也难治了！"

忽见苴侯身子一挺，脸上红光毕现，躺在地上挥手大叫："我要当着列祖列宗的面，把你这好色无厌的罪魁祸首碎尸万段，方解我心头之恨！"

"几多苍生因你命丧黄泉，不杀你我气愤难平！"

……

祭师摇摇头，说："回光返照！他和蜀王正在阎罗面前打阴间官司哩！"

一直守候在旁的巴王俯身叫道："苴侯！……苴侯？"

苴侯睁开一双茫然的眼睛，望见巴王，渐渐还过阳来。目光稍定，用耳语般的声音断断续续说道："我……不能相助大王，反成……反成拖累，只好……只好先走了。大王……大王可要一路保重！"

苴侯说完，胸口一阵剧烈起伏，喉头发出"咕咕"的声响，双眼光泽渐渐散去，空洞无神地瞪着巴王，再也没有气息。

巴王长叹一声，站起身来，目光投向夜幕深处，直欲望穿那无边的黑暗。良久，才轻轻说道："就地葬了吧！多放些陪葬品。"

……

第四十章·祸起萧墙

译文到此，戛然而止。李虎又翻翻后面，见再无下文，长长叹出一口气，脱口说道："怎么没了下文？拓片还有吗？"

不闻应答，李虎回头一看，见郑雯睡得香甜，不忍叫醒。

正欲起身，郑雯忽然一个翻身，一只手搭到了他的腿上。李虎轻轻拿起她的手，感觉温软细腻，一时竟不舍得放开。眼望着她睡得红彤彤的脸蛋，只觉得身上燥热，喉头有些发紧。他连忙收摄，深深吸了一口气，正要放下那只手，却见郑雯睁开了眼睛。李虎只感到眼前一亮，从那两汪清波中清晰地看到了自己的身影。

四目相对，眼里渐渐注满情意，两只手不知不觉间握到了一起。两人淹没在一片浓浓柔情之中，几乎喘不过气来。郑雯微张着两片红润的嘴唇，贝齿微露，闪着洁白的瓷光。李虎见她酥胸起伏，喘息粗重，感觉自己正在慢慢融化，身子不由自主向下倾去……

忽听门响，李虎回头一望，只见桂花姑娘悄悄地立在门边，一双大眼睛正痴痴地望着他们。她一手扶在门上，一脚跨进门内，面色苍白，双唇紧抿，如中邪一般僵在那里，进退不得。李虎连忙松开郑雯的手，却被她紧紧握住松不开来。

李虎神情极为尴尬，轻声叫道："桂花……"

桂花猛一转身，急急地走了。

这时，郑雯一下松开李虎的手，轻轻推了他一把，说："快去呀！"

"哪……哪去？"

"去追你的桂花姑娘去呀！"

"唉，"李虎叹气说，"不要胡闹了！人家多半是有事来的。"

郑雯从床上坐起，拢了拢头发，将笔记本收进背包装好，望着李虎似笑非笑地"哼"了一声，说："还能有啥事？不过是看看李虎哥哥睡醒了没有。"

李虎站起身，一眼瞧见床上落有一张纸片，捡起一看，是一小块剪报。上面有一行手写的小字：华西都市报 2003.3.19。再看报上内容，竟是一则与巴人有关的消息——

本报讯 曾经在全国轰动一时的宣汉县罗家坝古巴人文化遗址，近日又开始了新的大规模考古发掘……

李虎目光被后面有一段用钢笔画了黑线的文字吸引了——

……随着发掘工作的进一步深入，文化谜团越来越大。在数千年前相当偏远的罗家坝，何以会有这么大一个巴人遗址区和墓葬区？从发掘器物和墓葬主人能看出，这里曾经发生过惨烈的战斗，是巴人同外敌还是部落之间的战斗？M2号墓墓主身材高大，量其骨骺长度，估计身高约190公分左右。墓主胸前嵌有6枚箭镞，随葬品有矛、戈及青铜柳叶剑等；M5号墓墓主的头部、股骨间、身体右侧分别插一枚箭镞，而且身首分开，可见战斗之激烈……

李虎将这段文字与刚刚读到的译文结合起来，怦然心动，对郑雯说："你的意思是……这次考古发掘，对发生在两千多年前的那场战争作出了印证？而那场战争发生的地点，就在今天的罗家坝？"

郑雯凝望着李虎，深深吸了一口气，沉思说："不是我的意思！怎么说呢，是事实本身在不同时空中的一种自然呈现吧。你知道，由于工作的关系，或者因为父亲的缘故，我一直对巴人历史，尤其是有关巴人的考古发掘十分关注。这片报纸，还是几年前我刚刚毕业参加工作时从报上剪下来的，一直夹在这笔记本中，与其他一些同类的剪报放在一起。刚才写到这段译文时，也许是被战争惨烈的场面所吸引了，我并没有把它与罗家坝的考古发现联系起来，完全忘记了这份剪报的存在。但这片剪报，却无意之中自己滑了出来。你看，夹在封皮中这厚厚一叠剪报，独独它漏了出来……当我见到这剪报时，不知是出于震撼还是惊诧，当时还真的是吓了一跳，仿佛觉得突然之间被抽干了血液，只感觉全身发冷，喘不过气来，再也译不下去了。你进来的时候，我这心还在一种神秘氛围之中瑟瑟发抖呢！你说，这仅仅是一种巧合，还是……"

"一段雪藏了两千多年的离奇事变，"李虎喃喃说道，"记录它的文字与埋藏它的遗址，几乎是同时出现在世人眼前，难道这……真是天意？"

"我一直感觉到，我们这次行动……就像走进迷宫，总有一些谜团解不开。难道冥冥之中，真有暗中指点的神灵？"

"不要胡思乱想了！"李虎站起身来，在房内踱着步子说，"我们现在走到如此地步，便如逆水行舟，再也没有后退的余地了。你手中的石虎和拓片，都是实实在在的东西！罗家坝的考古发掘，也是有力的实证。"

"可惜，我一直想去罗家坝看看的，至今没有去成……"

这时，一脸稚气的石头走了进来，腼腆地说，这会儿长老和梯玛们就要上神堂湾去了，郡主阿阇请他们过去吃饭，然后也一起去神堂湾参加血祭仪式。

李虎和郑雯随着石头走出门外，看看院里日影，估计中午两点过了。这时，旁边学堂屋里的沈立和小向也来到门外。李虎望着长长的廊檐，对他们说："小樊被那长老拉去下棋去了，怎么还没回来？"

第四十一章　血祭

1

李虎话刚说完,小樊就出现在廊檐的另一头,正向这边快步走来,步履轻快。

郑雯见他面有得色,笑着说:"看样子,小樊今日出手不凡,定是大获全胜啊!"

"非也非也!"小樊听见,做出一副痛心疾首的样子,连连摇头说,"今天,遭遇到了我出道以来从未有过之惨败!但是,我也要告诉你们,我这次是虽败犹荣,虽败犹荣啊!我这才真正体会到,什么叫做天外有天了。知道么?我现在对围棋的博大精深,产生了一种宗教般的敬畏之情,再也不敢游戏待之了!受教了啊,真正受教了!"

石头领着他们去吃午餐,桂花的身影却再也没有出现了。

李虎心中隐隐有些不安。早上一路同行,桂花不时投来的热情大胆的目光,曾让李虎怦怦心跳。她那无所顾忌的热情眼神,李虎当然明白其中的含意,但他早已心有所属,没法对这位如水晶般透明的姑娘作出任何回应。每一次面对她目光中自然倾露的情愫,他都暗暗愧疚不已。而刚刚与郑雯在房中情不自禁的一幕,让她瞧进眼里,李虎竟然莫名地产生出一种负罪感,似乎再也无法坦然面对她那双如火的眼睛了。

这一餐饭,尽管桌面上佳肴纷呈,李虎却吃得有些索然无味。相反,郑雯情绪很好,在餐桌上兴致勃勃地和小樊谈着围棋。她说:"小樊,看你输得如此兴高采烈,这一局棋,一定是可圈可点吧?给我们说说。"

小樊望望窗外明晃晃的阳光,一本正经地说:"今后樊某下棋,决不可再有轻慢随意之心了。对弈前,一定先要静下心来,摒弃输赢之念!此刻,

第四十一章 · 血祭

难得郑雯姐姐多云转晴，又有如此雅兴，我就向你们汇报汇报吧！话说……"

郑雯柳眉一竖，瞪眼说："少给我转弯抹角！直奔主题，说是怎样输的！"

"唉，"小樊叹气说，"你们定要看我洋相！我就实话实说吧……"

原来，那老者引着小樊弯弯曲曲来到一僻静的小院，经过一丛幽幽翠竹，踏上几级绿苔斑驳的石级，迎门悬有一匾。小樊抬眼一瞧，只见那匾上随意书刻着"此中有真意"五字，心中一动，不觉呆了一呆。

跨进门内，是一敞轩，但见四壁雕花木窗，穿风透亮，室内仅见一几两凳，简洁清爽。听见"哗哗"水响，小樊临窗一瞧，却见脚下一湾碧水绕楼而流。原来，这竟是一间挑出悬崖的吊脚楼。回过头来，一眼瞧见壁间木柱上刻有一联，笔迹歪歪斜斜，古朴稚拙，与门外"此中有真意"几字显然出于同一人之手。小樊一字字读来——

共向闲中消永昼
更从劫后觅生机

小樊想到当初向大坤被明军所逼，率部投入神堂湾，后遇瘟疫几乎灭族的往事，再看眼前这片清平安闲的世外乐园，这楹联一语双关，既是写围棋，却又分明道破了神堂湾的往昔今朝。加上那字体笔画的浑朴天真，小樊心中感慨，竟然一时看得呆了。直到老人叫他，他才如梦初醒地回过神来。

老人指着木架上一只色泽暗淡的铜盆，一本正经地说："去，洗洗手。"

小樊诧异地看看自己双手，发现并无肮脏之处，于是指指墙柱上的联语，问道："这些字，是您写的？"

老人正"嚓嚓"地打着火镰，点燃一小块墨绿色的东西放进一个圆形的三足木鼎里。听见小樊问话，呵呵一笑，说："一时兴起，随手涂鸦而已。你快去洗洗手了来下棋！"

小樊一双手干干净净的，还是听话地走了过去，将一双手浸在清亮亮的水中，象征性地洗了一洗。这时，石头不声不响地端着一个木盘走了进来，放下两杯热气腾腾清香四溢的茶水，又悄无声息地退了出去。老人拿出一方擦得锃亮的木制棋盘，在几上摆好。

刚在几前坐定，小樊便闻到一股淡淡清香，似乎由远而近源源涌来，弥漫在空气之中，将人整个儿包裹起来。小樊初时以为是茶香，后来又感觉到，那香味有类似茉莉的浓郁，又有如松柏的清香，醇和清新。见到不远处的小木鼎内有淡淡青烟飘出，他知道这神秘的香味多半是源出于此，不禁好奇地望着那紫红色的小木鼎，向老人问道："您这木盒子里燃的是什么香？香味儿如此特别！"

"哦，"老人开心地笑着说，"你倒识货，这可是好东西哩！这香块是用静心草，再加上其他几种罕见香草捣碎做成；点燃后再放入这檀木鼎中，就飘出这种香味儿了。要知道，香块和香鼎配合那是缺一不可的。尤其下棋时燃起这香，能让人沉心静气，在馨香之中调动心智灵性，于有形无形之间调息、通鼻、开窍，调和身心，于心旷神怡之中达于正定。真是妙用无穷哩！"

"在木鼎中燃烧？不会把鼎烧坏么？"

"三百年前，我们有一位祖先在原始森林中发现一株已经枯死百年的老山檀，费了九牛二虎之力才弄回来。这鼎就是那老山檀做的，坚硬如石，哪容易就烧坏了？！"

小樊不由深深吸了一口气，感觉那香气侵入四肢百骸，浑身舒畅无比。到落子入局时，小樊已在不知不觉间被那香味领入空灵的境界之中。

为了表示尊重与谦让，小樊执黑子，先在星位上下了第一手。却见老人低眉垂眼，如入定的高僧，先前那一脸的天真不见了，如泥塑木雕一般毫无表情，只望着空空的棋盘一动不动。似乎面对这地广天阔的大好河山，一时不知该从何处立足。良久，他方小心地在己方的三三位上应了一手。

开局，老人下得很慢，基本上是走三线据实，虽然稳健保守，一步一个脚印，不免显得平庸小气，局势不畅。而小樊则据四线取势，大刀阔斧，居高临下，布下洋洋大局，看上去美好壮观，赏心悦目。中盘以前，双方各自为政，在广阔天地间任意驰骋；虽然针锋相对，却是有理有节。双方都是堂堂之师，尽量避免贴身肉搏、死缠烂打。当黑棋长驱直入、一泻千里地圈定势力范围之时，白棋却显得十分隐忍，不为所动。

小樊看着棋盘局势，曾一度踌躇满志，认为天地都在我心中，胜券在握，再下下去也不会有什么悬念了。因而，小樊在忍受老人慢吞吞的行棋步调时，连兴致也小了许多,只想草草结束这盘结果已经昭然若揭的棋局。哪知进入中盘以后,双方势力纠缠,不可避免的搏杀让整个局势在不知不觉间发生了逆转。黑棋看上去浩浩荡荡,大气磅礴,似乎占尽优势。真正对搏起来,才发现黑棋的洋洋大局与庸常而实在的白棋相比,实在是有些大而不当,华而不实,在与对方的攻防之中往往捉襟见肘,顾此失彼。这个时候,老人那些看似随心所欲、散漫平凡的应手,却处处显示出无招胜有招的威力。进攻时,往往鬼手妙着,叹为观止;防守处,总是平凡着法,却又无懈可击。

这期间,除了偶尔有棋子落盘的清脆声,室内一直静静的毫无声息。石头曾进来给茶杯续了两次水,也是蹑手蹑脚,大气不出。

还不到收官阶段,小樊坐直了身子,认真检视棋局,不由倒抽了一口冷气!他发现,开局占尽优势的黑棋此时败相已呈,正面临着全线崩溃的危局。任是国手出马,恐怕也难起死回生了。小樊脑门浸出汗来,两眼死死盯着棋盘,久久落不下子来,最后只好长叹一声,丢下手中棋子,望着犹自沉思的老人,涩涩地说:"我输了。"

自始至终,老人一直端坐着,几乎没有动一下身子。此时,他抬起头来,一脸木讷地看了小樊一眼,然后又将目光投向了棋盘。小樊此时自觉无趣,如坐针毡,遂起身向老人一揖,朗声说:"您老人家大智若愚,棋艺高妙,小樊输得心服口服!"

老人却示意他坐下,然后端起茶杯,悠闲地品着。小樊见他兀自沉默无语,心中有些不耐,问道:"您有何指教?"

"不敢!"老人一脸认真地摇着头说,"小兄弟,你说心服口服,那么,这盘棋你到底输在什么地方?"

小樊想了想,说:"搏杀力。"

老人说:"表面看来,你说得不错。但说到根本,还是输赢得失之心太强,急功近利,让你丧失了正确的判断力,一味的强取豪夺,有违棋道……"

小樊反驳道:"我的确是有些急功近利,但下棋难道不是为了要赢?"

"我们应当揣摩古者圣人制作之初意,而非拘泥于区区智巧之末!昔者,尧、舜造围棋以教其子。有人说,以丹朱、商均之愚,圣人应该教之仁义礼智之道,怎么会授之如此傲闲之具、变诈之术?岂非更增其愚……"

小樊说:"这都是有关围棋起源的远古传说,未必真有其事。"

老者摇头道:"不然!即便是传说,也自有其深意。围棋脱胎于河图、洛书,宇宙大道皆在其内,如非尧、舜之智,谁能出此神物!你看围棋之制,有天地方圆之象,有阴阳动静之理,有星辰分布之序,有风雷变化之机,有春秋生杀之权,有山河表里之势。其动静方圆之妙,精义入神之玄,出入变化,深不可测。天道之升降,人事之盛衰,莫不寓是。唯达者为能,守之以仁,行之以义,秩之以礼,明之以智!所以,围棋之道,在于周天画地,制胜保德,岂可以寻常游戏之心轻薄待之?!"

这小樊原也是有根基之人,围棋得自家传,自幼听爷爷讲棋,于棋之精微要义也曾有过耳闻。只是,近来在众多网友纵容之下周游四方,寻人对弈,又将盘中实况公诸世,这原本已有轻慢之意,坠入了哗众取宠之行,加之世人无不汲汲于名利,都只向王者致敬,谁肯对弱者同情?!所以,这小樊一路游戏而来,不免心浮气躁,浅薄短视,每每与人品评棋局,只着眼于大砍大杀、奇谋异画,反而忽略了棋之根本。此时听老人娓娓道来,直如醍醐灌顶,霍然悟彻!

老人刚刚说完,小樊便一跃而起,向老人躬身行礼,诚惶诚恐道:"与君一局棋,胜读十年书!晚辈自省近来行径,胡作非为,不知天高地厚,实在愧悔莫及!前辈学之通玄,博大精深,谆谆教诲,令晚辈豁然开朗,着实受教了!"

老人却红了脸,连连摆手说:"惭愧惭愧!老头儿我蜗居僻壤,直如井底之蛙,于围棋一道,不过稍窥堂奥而已,哪里值得小兄弟如此抬举!小兄弟行棋洋洋洒洒,大气美观,足见襟怀,也让我受益不小呢!"

说罢,老人一望窗外,"哎呀"一声,手忙脚乱地起了身,连连说道:"糟糕糟糕,时辰到了!我得上神堂湾去了!你呢?是跟我去还是……去找你那些同伴娃娃?"

"您自便吧!我得回同伴那里去了。"

于是,老人丢下小樊,急急忙忙跑了出去。

第四十一章·血祭

2

听小樊说完，席间几人一时无语，陷入一阵沉默。

还是最先挑起这话题的郑雯，拍拍小樊手臂，开口说："那我要恭喜你了！你娃造化不小，得仙人指点，堪称奇遇啊！经此一役，你这棋侠就算是脱蛹化蝶了！"

"不要寻我开心了！"小樊拍拍脑门，神情忧郁地说，"什么狗屁棋侠！我现在脑子里乱七八糟，都不知道以后……这棋该怎么下了。"

向前进放下碗筷，抹抹嘴，说："这老头儿真有如此厉害？早上桂花姑娘把他吹得天花乱坠，我还不大相信呢。……咦！怎么不见桂花姑娘？"

郑雯望了李虎一眼，似笑非笑地说："这恐怕得问李虎哥哥了！"

正说着，忽见桂花一阵风似的走了进来，一张俏脸明丽如阳光一般让室内一下子亮堂起来。她笑盈盈地说："各位阿阔都吃好了么？我们现在就出发吧。"

李虎和郑雯一起望着若无其事的桂花姑娘，心中都暗暗诧异。桂花大大方方地望着李虎，见他怔怔地坐在席上，笑着说："李虎哥哥还没吃好么？"

"……啊不！"李虎有些不太自然地说，"已经吃好了。我们走吧！"

桂花领着他们，穿过一个又一个天井，层层向上走去。这些天井由五步八步不等的石阶连接起来，一个比一个高。天井中不时有忙碌的人群，都停下手中活计，用热情好奇的目光和他们打招呼。小樊不禁问道："你们这土司府，住有这么多人？"

桂花笑道："这是我们向家寨！你所谓的土司府，只有前面临河的两个天井。长老们的议事厅在第一个天井，学堂在第二个天井。"

原来，这向家寨依山就势建在一道山梁上，层层升高，两边向外挑出，房与房之间以马头墙相间，既防火又隔音。那些马头墙高低错落，轮廓分明，远望宛如一个个轻灵跳跃的音符，令人赏心悦目。

穿出最后一个天井，他们抬眼一望，立时被震撼得迈不开脚步了。

眼前，劈面一道红色山崖拔地而起，如半围的屏风，森然壁立，直刺高天；光滑的崖面，色泽斑驳，寸草不生；崖壁正中张开一穴，上圆下方，端如神龛。

李虎几人被眼前这突如其来的森然气势逼得有些透不过气来，半晌，方有人说道："我的乖乖！这就是神堂湾吧？"

"是的！"桂花说，"崖上那洞，就是供奉白虎的神堂。"

他们沿着一坡石阶拾级而上，一共过了两个平台。上到第三个平台时，展现在他们眼前的是一片上百亩的空旷平地，除中间一条大路外，其余地方长满了浅浅的杂草。平地两旁，是密匝匝的柏树林，一棵棵高大挺拔，排列整齐。桂花告诉他们说，这片阔大的平地就是他们今天晚上唱歌跳舞的地方。每年七月十五的夜里，送回家过节的先祖亡灵回归阴曹地府，人们都要在这里尽情狂欢一夜。七月半，是他们一年中最期盼最热闹的节日。

"过年呢？"向前进问，"你们不兴过年么？"

桂花说："当然要过年了！过年也热闹的。只是，过年是一家一姓的在自己寨子里热闹，寨与寨的亲戚也相互串串门儿。但七月半就不同了，所有神堂湾的人都会聚在一起，男女老少，同吃同喝，尽情狂欢，通宵达旦。"

说话间，他们已走过平地。眼前又是一个平台，台上，一座高大的屋宇雄伟壮观，翘角飞檐，雕梁画栋，显示出一副威严气派。桂花说："这就是王陵庙了。向王天子向大坤的肉身，就在这里安寝。"

他们登上一共九级台阶，庙前平地上立有一方形石柱，约两米多高，上有歇山式的石帽盖顶。桂花说，这是天子碑，由青石雕凿而成，上面的文字都是向大坤的儿子至善公当年亲自书写的。几人围着石碑观看一番，只见四面刻字，标准的颜体，核桃般大小，刻画精致。但有不少地方已经风化剥落了，字迹模糊不清。粗看文字内容，大致是向大坤揭竿前后的生平事迹记录，其中不乏溢美褒奖之辞。

庙宇正殿檐宽面阔，殿内柱大数围，斗拱架构雄浑大气、古朴自然。殿中金柱前立有一尊两米高的木雕神像。那雕像一身甲衣，手握长枪，神态威猛，栩栩如生。不用问，这就是向王天子向大坤的神像了。他们发现，神像前端端正正摆放着一尊熟悉的木架，架上赫然便躺着那两只曾在昨夜显示神迹的虎胆。暗紫色的木架衬得两枚虎胆晶莹圆润，光彩夺目。

小樊忽然抽抽鼻子，游目四顾，脸上现出困惑之色。

第四十一章·血祭

郑雯好奇地问："你在找什么？"

小樊说："我闻到一股熟悉的香味儿，却不知从何而来！"

"哦！"桂花说，"这是虎胆架的味儿！这虎胆架是由檀香木做成，已经三百年了，长年清香四溢，经久不散。"

小樊立即面露庄严之色，喃喃说："原来如此。"

桂花说："这神像后面，就是向王天子的王陵。"几人随她走旁门进入里间，发现所谓王陵不过是由青石砌成的一个普普通通的长方形坟墓。桂花解释说，当初向王天子龙驭归天，正值神堂湾瘟疫横行，人们自顾不暇，只能草草安葬了。好在，这穴地选得极准，正在龙脉之上。后来，人们不忍移动先王尸骨，便在这坟墓上面加盖了庙宇，又塑了神像，便成了今天王陵庙的规模。这是整个神堂湾的祖庙，逢年过节都要朝奉祭拜。

众人转出庙宇，往后走去。这里离山崖根部仅有五六百米了，仰望那神堂，宛若峭壁上开一窗口，下离地面约有百余米，上至崖顶也有同样的高程。四周崖壁如刀砍斧削，就连山鹰也难觅到歇脚之处。这样的险境绝地，要如何才上得去？

桂花笑着说，不用担心，我们有秘径上去！

果然，他们并不直向崖壁走去，而是绕过旁边山脚，穿过一片茂密的灌木丛，转到山的侧面，从森林之中沿一道斜坡往上爬。到了半山腰，眼看路径已绝，藤蔓遮掩中忽见斑驳石壁间裂开一道缝隙。那石缝陡峭险峻，直上直下。石缝里卡着一根根碗口粗的木桩，每级间隔约40公分，形成一道隐蔽的云梯。几人沿云梯一级级攀援而上，到尽头，出现一个有一人来高的洞口，桂花领头径直走了进去。

乍一看，洞口里面漆黑一片，李虎几人不禁迟疑起来，一时迈不开步子。

桂花回头说："进来吧，这里面有松明子照着哩！"

果然一进洞口，他们就闻到一股浓浓的松香和沉郁的烟味。原来，里面每隔一段距离就燃着一根松明火把，映得洞内亮堂堂的，视野无滞碍。走过窄窄的入口甬道，里面空间渐行渐宽，出现一个巨大的溶洞，松明火把黄灿灿的光辉消失在无边的黑暗之中。溶洞宽不见边，高不见顶，只听见黑暗之中传来"叮咚叮咚"的滴水之声。桂花没有说话，也不停留，火把如路标一样引着他们登上一坡潮湿的石梯，然后又钻进一个狭窄的洞口。

几经曲折,眼前豁然一亮,他们已进入一个敞开的巨洞。

洞外绝壁森然,蓝天白云下,田野村舍尽入眼底。原来,他们已经站在绝壁上宽敞高大的神堂里了,视野一开阔,顿觉呼吸畅快,神清气爽。

回望洞内,整个神堂呈长条形,面积有近一个足球场大小,地面是整块平坦的石板,浑然天成,偶有缝隙,也被尘埃泥土塞得平平的。内里是一面光滑的石壁,正中立着三尊比真人还大的木雕神像。尤其中间那尊,要比两旁的高出一个头来。神像面色各异,中间高的那尊是白面,左边红面,右边黑面。白面神像有两撇上翘的浓须,鹰鼻虎目,不怒自威;红面神像长髯飘飘,敦厚儒雅;黑面神像则短髭如戟,威风凛凛。神像前面是一天然石台,被当作现成的祭坛。祭坛上,酒肉瓜果早已摆好。巨大的石制香炉里,密密的香簇燃起袅袅青烟,空气中弥漫着辛辣的香味。

祭坛上有一小桌,李虎看见,石雕白虎便赫然蹲伏在一个特制的木架上!

在这偌大空旷的神堂里,祭坛上的白虎显得很小,但神态威猛,咄咄逼人,让人一见之下,不由自主心生敬畏。

六百多年了!

巴家为它付出了几百人的性命,付出了十多代人的艰难寻找,历经各种难以想象的坎坷磨难,终于重新见到了它!

李虎抑制住内心的激动,绕着祭台缓缓走动,从不同角度仔细端详着这只令巴家人几百年来魂牵梦萦的白色石虎。形制、大小,与李虎见过的四只黑色虎形器别无二致。祭坛台基原是灰色钟乳石,靠外一面已变成陈旧的黑褐色,尽管被打扫得很干净,李虎仍能闻到一股淡淡的血腥味。他猜想,石壁上留下的那些黑褐色,大概就是在几百年的血祭中,由无数鲜血浸染而成的。

他们看见,洞内一角早已聚起一群人,看那一颗颗晃动着的白发皓首,便知是率先进洞的各寨长老了。只是不知他们在那里议论些什么,此起彼伏的声音在空旷的石壁间回荡着,显得瓮声瓮气的,回音极大。还有一些人在洞内来来往往,步履匆匆,也不知在忙碌些什么。

李虎看见一个身材高大的英俊小伙子匆匆向自己这边走来,便微笑着向他点点头。哪知那小伙子却是神情冷漠,对李虎的热情致意视而不见,径直走到一旁的桂花身边,冷冷地对她说了句什么,叽里哇啦的,李虎半句也听不懂，估计说的是本地人土话。

桂花微笑着，也用同样的语言说了句什么。那小伙子白了李虎几人一眼，又用手指了指聚在一角的那些长老，表情冷冷地继续说着。

桂花原本微笑的脸瞬时涨得通红，柳眉倒竖，杏眼圆睁，嘴里连珠炮似的发出一串串清脆的呵斥。那小伙子对桂花的呵斥似乎颇感意外，脸上青一阵白一阵，气呼呼地哼出一声，转过身走了。

李虎看着这突如其来的一幕，感到十分诧异，走到桂花身边，关切地问道："发生了什么事情？"

桂花红着脸望了他一眼，轻声说："没什么。"也转过身走开了。

李虎自觉没趣，向几位同伴望了望，大家都摇摇头，觉得莫名其妙。只有郑雯狠狠瞪了李虎一眼，动动嘴，却没有发出声音来。

3

这时，聚在一角的那群老人一起朝祭坛这边走了过来，一个个显得神情庄严。李虎几人连忙退开，让出位置。

据桂花介绍说，参加一年一度神堂祭祀的，除了各寨的长老和梯玛之外，还要邀请一些德高望重之人。个别有过特殊贡献的，即使年纪很轻，如果众望所归，也会受到邀请。这些受到邀请的人，多半就是下一届或下下届被选上的长老。参加祭祀本身，就是一种莫大的荣耀。在神堂湾，大多数人是一生都没有上过神堂湾的，有的甚至连去神堂湾的秘径都不知道。

李虎看着这群享受殊荣的人，约有二三十个，多数是白首皓发的老年人，其间杂着几位壮年，甚至还有一位青年人。李虎一眼认出，那位青年人就是先前打招呼没有理睬自己的那人。后来虽被桂花姑娘呵斥而去，但显然是位非同凡响的人物。他走在一群年纪比自己大出好多的人中间，显得神态自若，举止之间甚至透出几分冷峻傲岸。李虎心中诧异，不禁向他多看了几眼，不知这位年轻人有何过人之处。

忽然间，李虎从人群中见到一个熟悉的矮小身影，仔细一看，正是那位被桂花称作驼背聂梯的牧羊老人。只见他步子虽慢，却走得十分从容利索，一点也不拖泥带水。那张布满褶皱的老脸虽然覆盖着平静的表情，眉宇间却透出一股若有若无的忧郁。正是这朦胧的忧郁，隐隐引起李虎莫名其妙的共鸣，依稀感到似曾相识。

驼背聂梯望见李虎，目光闪了一闪，随即又若无其事投向一旁。

小樊一眼瞧见了从棋室跑出的大嘛，便冲他挥挥手，又挤挤眼扮了一个怪相。老人一下红了脸，表情极不自在，忙低下了头。

土司老爷走在人群中间，神态肃然，步履矫健。

只听"咣咣咣"三声锣响，有人高声叫道："时辰到——"

"呜呜呜——"

"嘀嘀哒——"

"咚咚咚咚……"

短的牛角，长的喇叭，和着急雨般的鼓声一起奏响。气氛一下子凝重起来，李虎甚至感到全身的血液也流淌得缓慢了。

人们在祭坛前肃然站立。一名盛装男子走上台前，点燃一叠黄表纸，往香炉里加了三炷香。一时烟雾缭绕，香气弥漫。

小樊指指那位身着盛装的男子，轻声问道："这位身穿花衣服的，就是梯玛么？"

一个声音说："对，他就是梯玛！"

几人扭头一看，原来桂花不知什么时候又回到了他们身边。

看那梯玛，身着八幅罗裙，头戴凤冠帽子，一手持八宝铜铃，一手捏着司刀。随着一声清越的铃响，梯玛已挥动司刀，和着紧锣密鼓的节奏，赤足跳起舞来。只见他绕着祭坛，边跳边唱，歌声时而激昂嘹亮，时而沉郁低缓。李虎几人却是一句也听不懂。先是梯玛一人独唱，后来，站着的人群跟着合唱起来，挥舞手臂，脚下踢踏着节拍。初时神情庄重，渐而气氛热烈；唱到后来，更是声嘶力竭，摆动身躯，热情昂扬。连李虎几人也觉血脉偾张，不由自主绷紧了肌肉，脚下随着强烈的节奏踩踏起来。

正唱得汪洋恣意之时，忽地一个清越的高音拔地而起："请血牲——"

歌声如潮，渐渐退去，终致停歇。神堂上一片安静肃穆。

第四十一章·血祭

李虎几人好奇地张着眼，不知血牲是什么！

忽听洞内一角传来"吁吁"两声嚎叫，只见四个壮汉抬着一头被绑在木凳上的肥猪快步跑来，到祭坛前"哟"地一声放下。那猪脖子上缠着一块醒目的红布带，徒劳地挣扎着四肢，嘴里兀自"吁吁"地喘着热气。

一位梯玛拿过一只木盆放在木凳前，抬猪的壮汉按住猪身，一个赤膊汉子口中含着一柄长长的尖刀，双手按住猪的长嘴，扭头测了测方位，然后腾出一手，从口里取下刀来，只见明晃晃的尖刀一闪，已齐把没入肥猪的脖子里；然后握住刀把转了两转，猛一抽，一股鲜血喷射出来，带着腾腾热气，准确射向祭坛上的白虎，白虎被浇得鲜血淋漓，浑身通红。一股热血射出后，猪脖子上的刀口仍有鲜血如泉喷涌，带着热气泡沫，汩汩流入凳下那只木盆。待热血流尽，赤膊汉子干净利索一刀切下了猪头，肥硕的猪身被四个壮汉迅速抬走了。

梯玛双手接过尚在滴血的毛茸茸的猪头，恭恭敬敬捧着，缓缓向前，躬身供奉在祭台上的白虎前；然后退后几步，两膝跪下，匍匐身子，双手抚着地面，额头"乓"、"乓"、"乓"，在地上缓缓叩了三下。

"刷"的一声，站着的几十人一齐跪下，重复着梯玛同样的动作。

见李虎几人还呆呆地站着，一旁的桂花轻轻拉了拉他衣袖，李虎反应过来，连忙跪下，其余几人也笨手笨脚地跪了下去。

梯玛站起来，复又跪下，额头三叩。如是三番，三跪九叩。众人亦如是。

大礼行毕，梯玛又摇起铜铃，舞动司刀，光着脚板跳起来，亮开嗓子唱起来。调子轻灵活泼，表情亲切生动。人群中不时发出一阵阵轻松的笑声，气氛开始活跃起来。有人自由走动，也有人在相互交谈。

李虎看看一旁的桂花，问："这就完了？"

"还没呢，梯玛得唱够时辰。"桂花说，"只是不必拘礼了。"

"他唱的是什么？"

桂花红了脸，迟疑一会儿，才轻声说："是男欢女爱的故事。"

郑雯凑了过来，指了指远远站在一边的那位年轻人，向桂花问道："那人年纪轻轻的，怎么也和长老们在一起？"

"他呀，"桂花望望李虎，笑着说，"他的名字中也有一个虎字哩！他叫曾虎，可是我们这里的大英雄！我们选拔参加神堂祭祀的人员，必须仁、义、智、勇四者兼具。长老们一致认为，曾虎是符合这些标准的，所以邀请他参加了今年的神堂祭祀。"

"是吗？"李虎望着那位与自己同名的年轻人，只见他独自站在一边，抱着双臂，依壁而立，神情显得有些落寞，心中不禁有些疑惑。

桂花说："那曾虎自幼失去父亲，家中有一个瞎眼的老娘，还有一个痴呆的哥哥。他从小就知道尽心服侍老娘，照顾哥哥，从来不用族中人担忧。有一次，他那痴呆的哥哥不见了，几个寨子的人找了三天三夜不见踪影，是他在第四天从一个隐秘的山洞里将奄奄一息的哥哥背了回来的。去年，我们这里出现了一头以前谁也没有见过的怪兽，体大如牛，行动迅猛，生性凶残，嘴里生着两只獠牙，不少寨子的猪羊都被它糟蹋了，却没人能够制服得了。长老会决定挑功夫最好的年轻人组成一个狩猎队，专门对付这头怪兽。曾虎因为身强力壮，又自幼练过功夫，也参加了狩猎队。他们不分昼夜，四处巡猎，那怪兽却是神出鬼没，行踪无定，时时钻了他们空子，照样袭击猪羊。到第十天上，他们在一个月夜和那怪兽遭遇了，双方一场厮杀，结果不但被怪兽从容走脱，反而还伤了几个巡猎队员。其中一个伤势特别严重的，虽然被我大嘛抢救过来保住一条性命，却落下终身残疾。

"那怪兽有了这次经验，越发恣意张狂，公然连人也敢袭击了。连续发生好几起伤人事件，虽然并没造成人员死亡，却一时弄得人人自危，都不敢单独出门了。整个神堂湾一下陷入了恐慌之中！梯玛们认为这是恶魔降临，连续几天造坛作法，祈求神灵保佑，也不见有什么效果！

"后来，覃家寨一个刚过门的新媳妇在去田里为家人送饭的路上，被那怪兽遇上，给活活咬死了。这一下，整个神堂湾的人被激怒了，一个个义愤填膺，连庄稼也不种了，所有青壮男人分成十多支小队全天捕猎，发誓不杀死怪兽死不罢休！连一些长老也参加了进来。

"就在这个时候，曾虎不知用什么办法找到了怪兽的一处巢穴，不声不响地带了一把短刀，独自深入丛林，潜伏在那个阴冷的山洞里。等了一天一夜，那怪兽终于叼着一头山羊回到巢穴。曾虎趁它不备，一下钻入怪兽腹下，将短刀刺进了它的心脏。怪兽被杀死了，但曾虎也受了伤，临死的怪兽垂死挣扎，将两只獠牙深深地插进了他的肋背。他割下了怪兽那长着獠牙的头颅，然后撕碎衣衫裹住自己的伤口，居然提着几十斤重的兽头，又强撑着走出了丛林。

一直见到第一个人后，他才脱力而倒。连为他治伤的大嘛也说，如果不是神灵保佑，那怪兽的獠牙任朝哪个方向偏得一丝丝儿，曾虎那小命就没了。

"后来，人们就把怪兽那两枚长长的獠牙作为奖励英雄的奖品送给了曾虎，而曾虎这名字则被刻到了王陵庙的功德牌上。"

李虎几人听得心惊，都被这英雄事迹深深打动了，不由对曾虎生出由衷的敬意！再看时，却不见了这位孤胆英雄的踪影。

4

大嘛毫无顾忌地显示出他对小樊的好感，一抽空便凑过来挨小樊站着，摸摸他肩背，憨憨一笑，却又不知说些什么。

小樊便指着靠内壁那三尊木雕神像，对他说："你们神堂里为什么还给他们塑像？"

老人望望神像，不解地说："始祖之神是理当供奉的！怎么了？"

"什么始祖之神！"小樊笑道，"那不是刘关张桃园三结义的故事吗？你看，红脸的关公，黑脸的张飞，只是，那刘备一向是素面，怎么弄成了一张白脸？"

"小兄弟眼差了！"老人拈拈胡须，说，"这哪是什么刘关张的故事，与他们一点关系都没有嘛！这是我们清江五姓的始祖神位！你看，中间那是白帝天王神像，白帝天王就是廪君；那红面神像呢，代表的是赤穴巴姓；黑面神像代表的是黑穴四姓！"

"哎哟！"小樊惊道，"如此说来，那可真是我们的始祖了，失敬失敬！"说罢，随即倒下身去拜了几拜。

小樊刚站起身来，忽听一声高亢的吆喝："开饭了——"

老人一下挽住小樊的手，说："走！我们喝酒去。"

小樊疑惑道："还要在这里……喝酒？"

老人说："当然要喝酒了！这可是一年一度祭祀家神的酒宴。"

神堂一角竟然别有洞天。一面薄薄的钟乳石幕从洞顶悬挂下来，如旗如幔，恰好隔离出一个敞亮的小厅。小厅里摆满了餐桌，满桌叠钵垒盘，热气腾腾，肉香四溢。碗筷杯盏都已摆好，有人站在餐桌间朝众人大声喊道："已经叫过祖先神了！现在他们已经吃饱喝足下了席，该我们入席了！"

主持宴会的司仪按长幼尊卑安排席次，请李虎几人坐到了土司席上。

小厅内一字摆开五张席面，一阵嘈杂声中，每一张桌子都被围得满当当的。各自落座后，土司站起身来，将李虎几人向全场作了隆重而热情的介绍，极言他们是与神堂湾同种同族的巴人后裔，是受祖先神的指派来探望神堂湾的，不但为他们带来了外界的消息，也为他们带来了祖先神的恩泽。尤其是说到他们带来虎胆神迹之时，土司又一次热泪盈眶，引得在场也有人涕泣起来。

土司这席，除李虎几人外，同席的还有三位老人。土司看看席上诸人，又左右望望，说："曾虎呢？我们的虎胆英雄哪去了？"

石头过来说："曾虎阿阔下山喝酒去了！他说，和德高望重的长老们在一起，很是拘束，喝不痛快！祭祀仪式结束不久他就悄悄走了。"

土司呵呵笑道："这娃娃倒也有趣！那就让桂花上这席来，陪陪我们的客人。"

土司又介绍身边三位老人说，这第一位，是驼背聂梯，神堂湾的人瑞、全族最高的长辈，在土司很小的时候就做过长老的；第二位，是土司的长老阿阔，桂花姑娘的大嘛，神堂湾的史官，大学堂的先生，是最有学问的人；第三位同席的覃姓老人，养出了今年神堂湾最大的肥猪。

原来，每年这里祭祀的血牲，都要挑选最大的肥猪担任。于是，家家都竞相养猪，到了七月半，会专门为此举行一场盛大的赛猪会，将各个寨子挑出的肥猪聚在一处，由各家长老一起评比。选出的猪状元，当场披红挂彩，敲锣打鼓送入临时圈舍精心饲养，单等七月十五这天，被抬上神堂湾献祭。谁家养出的肥猪能被挑上作神堂血牲，那是全家最大的荣耀，也是整个寨子的荣耀。祭祀完后，猪肉就做成酒席上的菜肴了；而养猪的主人，不但受邀参加神堂祭祀，还会享受与土司同席的殊荣。

介绍完毕，土司向后一招手，机灵的小石头一溜烟跑过来，双手递上一只陶盘。李虎几人惊讶地看到，盘中醒目地躺着三只新鲜的神仙果。

第四十一章·血祭

土司说:"这是我们的邻居刚刚送来的礼物!每年这个时候,她们都会送来三只珍贵的神仙果!这果子,原本应该让我们最珍贵的客人品尝。一来是数量不够,这些邻居们是多一枚也不肯送的;二是你们昨天得遇奇缘,早已经吃到过了。所以,今年这果,第一枚,要敬给我们的人瑞驼背聂梯;第二枚,要敬给神堂湾的学者,我的阿阔长老;第三枚,要敬给我们今年的养猪状元覃老弟。"

土司说着,石头已将果子一一摆放到几人面前。

那姓覃的老人望着眼前的果子,一脸的惶惑不安,不知所措地说:"这个……我受之有愧,不胜惶恐……"

大嘛早已将果子拿在手中啃了一口,津津有味地吃着,含糊说:"嗯!吃吧,挺好吃的!"

驼背聂梯一脸淡然的表情,待土司说完后,便将果子移到土司面前,轻声说:"还是你吃了吧!这东西我都吃过好几回了。"

土司又将果子移回来,说:"您是长辈,您应该吃的!"

"不!"驼背聂梯再将果子移过去,说,"这些年来,我这把老骨头一直熬着,是等着要去完成一件事情!现在,这件事情也快要完成了,我这把老骨头也该歇息了!这果子挺珍贵的,就不要浪费到我的肚子里吧!"

"啊对!"土司省悟道,"这事也只有辛苦您了!所以,这果子您更得吃了它!"

驼背聂梯将果子移到桂花面前:"桂花嘎惹吃了它吧!我们喝酒。"

土司端起酒杯说:"好,我们饮酒!"

说罢,土司要求桌上每个人都将自己的酒杯端起。李虎早已从杯中飘出的浓烈气味中闻出,这是一种极烈的烧酒。他暗自揣摩,要饮下这杯酒,自己大概没有问题,却不知几位同伴能否胜任。拿眼一瞟,果见身边几人都苦着脸,迟疑着不肯端杯,他便对土司说:"我这几位同伴从没喝过烈酒,恐怕不胜酒力,还是免了吧!"

大嘛倾着身子对桂花说:"你们年轻人,今天应该喝女儿酒!"

桂花被土司叫过来,一直在席上安安静静地坐着,不置一言。此时大嘛对她说话,她只闪了一闪眼睛,仍未开口。土司爽朗地笑着,说:"对对对!去抱一坛女儿酒来!"

李虎几人不知这女儿酒与绍兴的女儿红是否同属一类,如果酒性不烈,倒可以浅尝几杯。正猜测着,见小石头果然抱了一只不大的酒坛过来。他为桂花和李虎几人换过杯子,麻利地揭开酒坛封口,给每人倒了一杯。但见这酒殷红如血,奇香扑鼻,却不知是如何酿成的。

土司介绍说:"这酒是用一种红色浆果浸泡的,味道香甜醇厚,很是可口。因这浆果颜色红如胭脂,女孩儿都爱拿它调制化妆品,人们就叫它女儿果。这果甜而多汁,用来泡酒,不但颜色鲜味道好,饮了过后更是精神十足。所以,每到七月间,山上女儿果成熟后,大家就采来泡入早就备好的酒缸中,等到第二年七月半的狂欢夜时,年轻人都要开坛畅饮,为夜间的狂欢备足精神。好了!现在,我们把杯子端起来。这第一杯酒,我要敬我们最珍贵的客人。你们不但是客人,也是我们同种同族的亲人。这也是几百年来,神堂湾第一次在酒席上招待外面的客人。来,我们一起干了这杯!"

大家举起杯,一仰脖子吞了下酒。李虎感觉到,这酒果然醇厚温和,入口甘甜,回味之中又略带酸味,十分清新爽口。

再倒时,沈立用手捂住杯子,声称自己从不饮酒,今天已是破例了,再不肯喝。大嘛冲小樊快活地笑笑,"乓"地摆过杯子,说:"我也喝女儿酒!等会儿好去舍巴日。"

小樊没听明白,问道:"什么舍巴日?那是干什么?"

"嗨!"大嘛连比带画说,"就是这个……跳舞呗。"

酒过三巡,其他桌的人开始过来敬酒了。都是先敬了客人,再敬土司和几位老人。李虎酒量甚好,在广州创业那些年,有时为了拉到业务,不得不在酒席上陪客户喝好。有一次,遇到一位从北方来的房地产老板,他曾陪着喝下过两瓶高度五粮液,并没有感觉到醉意。在李虎的记忆中,至今还找不到有过醉酒的记录,连他也说不清楚自己到底有多大的酒量。所以,当那些长老走过来充满诚意地举起酒杯时,李虎表现得很豪爽,总是一口干,倒得干脆利落,"咽"地吞下肚去,眉头也不皱一下。后来,一位长老为他杯中注酒时,李虎没注意,吞下去才觉出,那酒性烈似火,下口如刀,从喉咙一路剐下去,直烧到肚脐。李虎不禁皱眉道了一声:"好酒!"

土司趁着几分酒兴,哈哈大笑,说:"这蜀黍美酒是专门用来祭神的,我们也是一年才能饮到一次呢!"

"蜀黍美酒？"

李虎一下想起郑雯念过的一首古诗：川崖惟平，其稼多黍。旨酒嘉谷，可以养父。再一回味，果然就是高粱酒那味儿了。家乡故陵正是远古"巴乡酒"的产地，酿制高粱酒的历史少说也有三千年了吧。小时候，家里也常常藏有这种由小作坊酿造的高粱酒，出于好奇，李虎也曾偷喝过。唯一的印象，就是那酒极烈，呛得他差点缓不过气来。

土司又说："我们这里，蜀黍产量很低，精心酿出酒来，就一直为祖先神储藏着，专等每年七月半的这一天，才能开坛敬神的！所以，这酒就显得特别珍贵了！女儿酒是番麦酿制的，虽然年轻人爱喝，却不如蜀黍酒这般甘冽清醇，喝着过瘾！看你饮得豪爽，酒量甚高，品酒也算内行，趁这机会，就喝蜀黍酒吧！"

李虎连忙摇手说："好酒不能多饮，一杯足够了！"

一片欢笑声中，沈立偷偷碰碰李虎的脚，又向他使了一个眼色。李虎醒悟过来，轻声对几个同伴说："你们要量力而行，可不要出了洋相！"

那桂花喝了几杯酒，复又现出她那活泼快乐的天性，将酒坛提在手中，与几个年轻人频频干杯。此时有酒助兴，郑雯倒与桂花十分相投了，两人以话佐酒，你一杯我一杯，饮得畅快淋漓，还要叫上李虎陪喝。说话间，一坛酒不经意便已是坛底朝天了。桂花大声喊道："石头，再提一坛酒来！"

李虎看时，小樊和小向两人喝得少些，倒没什么，郑雯和桂花那两张漂亮的脸蛋，却与那女儿酒的颜色差不多了，忙说："不能再喝了！"

第四十二章　梯玛神歌

1

　　从餐厅出来，站在神堂口沿，只见一轮硕大的夕阳挂在西边一柱峭拔的石峰半腰，将那石峰映成一幅峥嵘的剪影。天边燃烧着几片稀薄的云彩，霞光满天。脚下王陵庙前长满青草的广场上，此时人影憧憧，隐隐传来阵阵喧哗声。

　　此时，桂花已是有了几分酒意，一张俏脸艳若桃花。她将手一挥，大大咧咧地说："看吧，下面也要开席了，那才真正热闹！如果没有喝够，我们下去还能赶上。"

　　"好啊！"

　　郑雯也是满面霞光，发出爽脆的笑声，附和说："我们下去，接着喝酒去！"

　　李虎此时无意关注两位喝高了的姑娘，却望着洞里祭坛上的那尊石虎，心想现在祭祀也已结束，这石虎也该带走了。正想问问桂花，土司却走了过来。他似乎看出李虎心思，对他说，这白虎神刚刚祭祀过，今天内不便移下神堂，已经安排好，明天一早会有专人上来请，让他不必担心。

　　从神堂下来，钻进曲曲折折的山洞，郑雯果然是喝得有点高了，红红的脸蛋光彩照人，挽着桂花手臂，嘻嘻哈哈。走起路来，脚步虚浮，不免有些东倒西歪；桂花的酒量显然比郑雯要高出许多，面色鲜红欲滴，脚步却踩得稳稳当当的。两位姑娘相互挽扶着，在洞内松明火把的摇曳光亮之中，如小孩般戏弄着地上晃动的人影，不时爆发出一阵阵银铃般的笑声，在洞壁间久久回荡着，不绝于耳。

　　李虎看得提心吊胆，几次伸手欲扶，都被郑雯挡开了。

　　此时，郑雯对李虎，先是冷颜相向，嗤之以鼻，继而又和桂花一起哈哈

第四十二章 · 梯玛神歌

大笑。众人没法,只好在甬道中前前后后护着这两位耍着酒兴的姑奶奶,慢慢走出洞来。

下那石缝木梯时,李虎几人费尽口舌,总算让郑雯同意系上安全带,再拴上绳子,沈立在上面拉着,李虎则在下面挡护,一级一级缓缓下到地面,这才松下一口气来。桂花好奇地看着他们从包里翻出的那些攀援工具,觉得不可思议。轮到她自己下那木梯时,声明无须任何帮助,说罢她翻身攀下云梯,果然身姿矫健,十分敏捷。

下到崖根,李虎却让大家等等。他抬头仰望,担心着那群上了年纪的老人,不知他们怎样走下这隐藏在石缝中的云梯。桂花笑着将手一摆,不以为意地说,大可不必为此担心,莫看那些老人喝了点酒,身手恐怕不会输于年轻人哩。正说着,便见那些老人已走出洞口,一个个从木梯上鱼贯而下,果然是轻盈沉稳,如行大道。最让李虎担心的驼背聂梯,看似行动迟缓,实则稳健沉着,大可不必担心。

一行人从山坡往下走,调皮的山风挥动着夕阳金色的鞭梢,抽打得沿途树枝飒飒作响,让人呼吸畅快,心情大爽。一些叶面光滑的树叶反射着金绿的阳光,被阵阵山风摇得一阵阵乱晃,直耀人眼。

王陵庙前宽阔的广场上,整齐排列着百十张餐桌,此时酒宴正酣。虽是隆重祭祀祖先的节日,却一点不见沉重凝滞的气氛。相反,人们倒显得轻松快乐,男女老少围在一起,欢声笑语,其乐融融。

李虎望着广场上欢乐的人群,向身边的土司提了一个问题:"神堂湾这片土地,一共养育着多少人?"

土司将目光投向远处苍茫的暮色,意味深长地说:"这个数据是难以计算的!我们这片天地虽然不大,却存在着三种不同层面的人。"

"三种不同层面的人?"

"是啊!一种是已经故去的人,一种是眼下活着的人,还有一种是将要出生的人。七月半,正是这三种不同层面的人一年一度欢聚一堂的时刻!今天是最后一天了,明天太阳出来以前,所有的亡灵都要回到各自的天地去了!有的去了上界,有的回到阴曹地府,还有的无所归依,得继续在虚空中游荡,直至找到新的归宿。所以,今夜必定是晴空朗月,每年的这个日子都是这样的天气,人们要尽情玩乐,与已故的先人和未来的子孙们一起度过一个狂欢的夜晚！"

这话听来是如此的匪夷所思，但仔细咀嚼起来，却又觉得合情合理，以致李虎找不出适当的话来回复土司。沐浴着最后一抹霞光，他把眼光投向神秘悠远的长空深处，眼望那一片苍苍茫茫，蓦然想起郑雯父亲说过不同时空并存的话语，只感到天地人浑然一体，圆圆融融，心中但觉暖洋洋的，久久无法言声。

此时，广场上的人们已经吃饱喝足，开始收拾残局了。

人们来来往往，川流不息，撤去的餐桌被擦拭干净后又重新在广场两边的柏树下摆好。人声如潮，广场一片欢腾，一些年轻人正点亮了一个个黄灿灿的灯笼往两旁高大的柏树上悬挂，小孩儿们则在灯光下往来奔跑，雀跃欢呼。

王陵庙前的平台上也排列了十来张宽大的桌子，上面摆满了瓜果茶水。从神堂下来的老人们在桌前半围而坐，却空出了朝向广场的一方，那几个位置俨然就是贵宾席位。李虎几人被安排到中间紧邻土司的桌上，由桂花陪着。李虎望望身后的王陵庙，只见大门敞开，里面香烟缭绕，不解地说："这向王天子神位，怎么不去祭祀？"

"早祭过了！"桂花说，"神堂里是最后一场祭祀活动。"

"那，"李虎看着广场上忙忙碌碌的人群说，"这么多人聚在这里，是干什么？"

"唱神歌，舍巴日。"

"舍巴日……"小樊猛地一拍脑门说，"我想起来了！红灯万盏人千叠，一片缠绵摆手歌，舍巴日就是跳摆手舞了！那可是热火朝天的盛大场面，桂花阿矮你说是不是？"

桂花睁着一双大眼，诧异地看着小樊，正要开口说话，忽听"咦"的一声，只见郑雯眉头紧皱，正望着手中一枚如樱桃大小的鲜红果子，张着嘴说："这是什么果子？又酸又涩！"

桂花哈哈笑着，指指桌上一盘带着水珠的果子说："你不该拿这种颜色的！要这种黑紫色的才算成熟了。这就是女儿果！只是，吃这果……"

不待她说完，几人争相拈那黑紫色果子放入口中，但觉酸酸甜甜，汁液满口，十分解渴。除沈立外，桌上几人都喝过不少酒，正觉心中燥热，口焦

第四十二章·梯玛神歌

舌燥，一大盘满满的女儿果瞬间便被分而食之，仅剩几枚色泽艳丽的涩果了。桂花笑着让他们看看自己手指，几人一看，只见捏过果子的指头都被染成红艳艳的胭脂般颜色了。郑雯用茶水冲冲，又在自己衣服上擦拭，却见颜色依然如故。

桂花说："那没用的！女儿果的汁液已经浸透了你的皮肤，要三天过后才会慢慢淡去的。哦，你们稍坐，我去去就来。"

待桂花离去，小樊盯着郑雯的脸，笑说："还有你那嘴唇，这几天也不用涂口红了。"

郑雯在几人脸上扫视一圈，哈哈一笑，也说："彼此彼此！你们几个臭男人，我看比涂了口红更好看哩！"

这时，广场上灯火通明，十多面酒缸般大小的牛皮大鼓在广场中央围成一个紧密的圆圈，鼓架上挂着一个与鼓面大小相当的铜锣，锣面在灯火映照中闪耀着金黄色的光芒。十多名身穿大红短褂的精壮汉子，手握鼓槌，赤膊站在圈子中央。先前散散乱乱忙忙碌碌的人群此刻都换了衣服，摇身一变，已列成身着盛装的整齐队伍。男的是藏青色对襟短衫，女的为宝蓝色镶花边的短衣大袖，数百人在锣鼓周围站成了一个更大的圆圈。

小樊兴奋地说："看吧，这就是他们的舍巴日了！"

"咚咚咚咚咣——"

陡然间，锣鼓齐鸣，直如石破天惊！

李虎只觉全身一震，体内血液如江河奔流，汹涌澎湃，两条腿似弹簧一般腾地站了起来。与他同时站起来的，还有郑雯、樊高和向前进，一个个面红耳赤，显得兴奋异常。只有沈立还端端地坐着，不安地望着他们，眼中满是疑惑。

忽然，几人眼前一亮，桂花仿佛从天而降，一身新装俏生生地立在他们眼前。短衣大袖，丰肌秀骨，脸上容光焕发，浑身热情似火。只见她将手一摆，笑盈盈地喊道："走吧！我们舍巴日去！"

广场上，几百人男女相间，相互手牵着手，随着紧锣密鼓的节奏，翩跹进退，踏足而歌；节奏强弱分明、深沉雄浑，动作整齐和谐、稚拙率真；几百人嘴里同时发出"呀嗬嗬"的呐喊声，与锣鼓声相互应和，气氛热烈庄重，气势恢弘磅礴。

李虎几人按捺不住亢奋的心情，浑身肌腱早已活泼地跳动起来，都不由自主随着桂花姑娘向台下走去。李虎回头望望，只见沈立端坐如仪，向他们挥挥手，沉静地说："你们去吧！我不喜欢这个。"

　　刚刚走下石阶，几位盛装姑娘一拥而上，不由分说簇拥着李虎几人便向场中跑去。

　　忽听"啊"的一声惊叫，李虎回头一望，只见桂花被一高大男子拦腰抱起，直向场中飞奔而去。

2

　　李虎见到桂花两只脚在空中乱踢乱跳，心中一惊，脚下不由迟疑起来；却听郑雯一旁说道："人家英雄追美人，关你什么事！"

　　"那人是谁？"李虎脱口问道。

　　身边一姑娘说："那是曾虎！姑娘们都知道，他喜欢我们的郡主阿矮！"

　　李虎听了，心中呆了一呆，隐隐感到有些失落；却被身边姑娘拉进场内，身不由己裹挟在人流之中。场内热烈气氛撩动着李虎神经，让他不由自主随着前面的姑娘踩起步子，扭动身姿，很快融入热情奔放的节奏之中，一时物我两忘。

　　锣鼓变换着不同的节奏，人们的动作和队形也随之变化。这时，人们相互牵着的手已经放开，大幅摆动起来，什么套摆、比摆、对摆，还有激烈狂放的插花摆，形式多样，气氛热烈。李虎几人虽然动作并不熟练，尤其是跟着大家甩同边手让他们很不习惯，生手生脚的，洋相百出。但他们自己浑然不觉，忘情地跳着舞着，"呀嗬嗬"的呼吼声如喷涌的泉水自心底倾泻而出。

　　郑雯天生就是一个跳舞的坯子，模仿别人的动作，却比别人跳得好看。尤其是明快节奏中那些诙谐滑稽的动作，如赶野猪、跳蛤蟆，如公鸡打架、犀牛望月，还有播谷撒种、耕田赶牛，学一样似一样，模拟夸张，惟妙惟肖；加上那样一副好身材，又趁着浓浓的酒兴，忘情呼喊，肆意摆动，淋漓尽致

第四十二章·梯玛神歌

展示出一种原始粗犷的野性之美。一时竟吸引了不少人的目光,引起场内阵阵喝彩。一些小伙子情不自禁地围到她的身边,敞开衣襟,嘴里"呼嗨"连天,舞之蹈之,热情奔放。

锣鼓声、吆喝尖叫声、脚步踢踏声,一浪浪嘈杂热烈的声波,将整个广场推入疯狂的气氛之中。李虎并没注意到郑雯那精彩的表演,他自己也进入一种癫狂状态,却浑然不觉,直如灵魂出窍,忘乎所以。

疯玩累了的孩子躺到树下睡着了,一些上了年纪的因体力不支退到一边喝茶休息。只有激情澎湃的年轻人不知疲倦,每一个人都是如癫似狂,大汗淋漓。

一轮明月渐渐爬上中天,朗朗清辉铺洒而来。

天清气朗,流向远方的河水在月下静静地闪耀着粼粼波光。远山近树,被月光浸染得朦朦胧胧、影影绰绰,显得神秘莫测。月光融进辉煌的灯火,给广场上狂欢的人们蒙上一层梦幻般的色彩。

鼓声沉重,仿佛从地底迸裂而出;锣韵轻灵,又似自天外飘洒而来。

坐在台上的沈立感觉眼前那些晃动着的人影有些失真,心中猛然一惊,忽然醒悟:李虎他们在场中已经跳了好几个小时了,如中魔咒一般,浑然没有停下的意思。这完全不像平日理性节制的李虎了。还有郑雯、小樊、小向几个,也早已超过了他们的体能限度,仍显得毫无倦意,亢奋不已。场中狂跳着的那些年轻人,那些不停挥动双臂变换种种节奏的锣鼓手,一连几个小时不停歇地剧烈运动着,是什么在支撑他们的体力?就是特种部队的魔鬼训练,也没有如此强大的运动量!如此下去,场中人会不会最终力尽而亡?那些坐在桌边悠悠闲闲喝着茶的老人,有的也曾去场中放纵过一番,还有的甚至跳出一身大汗直至体力不支而退场。此刻,他们眼看着这一切,为什么又无动于衷?

一定是有什么控制了他们的心智!

是巫术?魔法?还是药物?

沈立看见桌上盘中残余的几枚貌似樱桃的鲜红果子,猛然想到女儿酒!心中又是一惊:一定是这女儿果中含有什么致人迷幻的物质!

他扭头寻找,想询问据说医术通神的大嘛,却不见那老人的踪影,就连刚刚还坐在这里的土司老爷此刻也不知去向。台上,只有稀稀落落几个老人还坐在桌边，慢慢喝着茶水，有一搭没一搭地扯着闲话。

沈立心中一急，立即飞身下台，直向场中奔去。他想，身处非常之地，任何事情都有可能发生，必须尽快将李虎几人从迷幻之中唤醒！

他跑到李虎身边，大叫一声："虎子！"

李虎闻声，直着眼睛下意识地朝他望了一眼，恍若不识，继续扭动身躯，嘴里"哼哈"有声。沈立伸手抓住他的胳膊，却被李虎随着扭动的节奏一下挣脱了。

正在这时，忽见一个人影飞奔而至，一把捏住李虎身边那姑娘的肩头，厉声喝问："你怎么跳到这儿来了？！"

沈立一下认出那姑娘正是桂花，只见她双臂一振，脱开那人的手掌，大声说："在哪儿跳，那是我的自由！你凭什么管我？"

这时，沈立又认出，那人就是先前强行扛着桂花去跳舞的曾虎。此时，这位神堂湾的大英雄扭头望向李虎，原本已是紫色的脸上忽然腾起一团黑光，两眼直欲喷出火来，只见他伸手指着李虎额头，暴跳如雷地问道："这是谁给你画上的？"

李虎摸摸自己额头，莫名其妙地问道："什么？"

桂花一旁冷冷地说："那是我刚刚给他画上去的！怎么了？"

那曾虎喉头发出一声闷吼，突然挥起一拳便向李虎额头砸来。李虎猝不及防，在桂花的惊叫声中，本能地避开了曾虎的拳头，却呆呆地立在那里，仿佛不明白到底发生了什么事情。沈立见状，知道那曾虎神志已处于狂乱之中，而李虎却昏昏然不知所以，当下立即跨上一步，待曾虎第二拳挥出之时，施展擒拿手段，轻轻将曾虎放倒在地上。

那曾虎生性彪悍，身手敏捷，身子甫一触地，便欲弹跳而起。恰在此时，一只有力的大脚凌空而降，突然踩在曾虎那宽厚的胸膛。曾虎待要挣扎，只听一个焦雷般的声音劈头砸下："畜生！你想要干什么？！"

场中锣鼓仍然紧一阵慢一阵地响着，跳舞的人群却已秩序大乱。不少人围了过来，发现曾虎已被那声断喝泄了锐气，直挺挺地躺在地上不再挣扎。

这时，沈立已看清，一脚踏在曾虎身上那人，却是威风凛凛的土司本人。沈立心中暗暗诧异，初见土司时，只觉他恂恂儒雅，和蔼可亲，没想到盛怒之下，也能如此威武凌人。只听土司义正词严大声喝道："有你这样对待客

第四十二章·梯玛神歌

人的么？对自家兄弟挥动拳头算什么样的英雄好汉？！神堂湾的脸面都给你丢尽了！"

土司说完，不知从什么地方掏出一样东西，"叮"的一声丢到地上，从曾虎身上挪开那只大脚，转过身去看也不看他一眼，只冷冷地说："去吧！自己禁闭几天！以后什么时候想通了，就什么时候出来。"

曾虎躺在地上一动不动，眼里怒火渐渐熄灭，瞪着一双空洞的大眼只是痴痴发呆。一位长老模样的老头子将他扶起来，然后捡起地上的东西塞到他手里，严厉地说："没出息的东西！你这哪像男子汉的行径？！拿上钥匙快去吧，不要在这儿丢人现眼了！"

曾虎慢慢爬将起来，无神的眼睛四处望望，似乎在寻找着什么。他又望望李虎，忽然用拳头朝自己胸上一阵猛捶，喉咙里迸出一阵撕心裂肺的号叫，然后从人群中冲开一道口子，狂奔而去，如一头负伤的野兽，转眼即消失在广场边森森的柏树林中。

沈立听到旁边有人轻叹一声说："大个子野人！"

回头一看，见是樊高汗津津地站在身边，面色苍白，似乎浑身都在发抖。沈立吃了一惊，伸手摸摸小樊后背，只觉入手冰凉，忙问："你怎么了？"

小樊打了一个寒战，摇摇头说："没事！刚刚突然感觉有些发冷。"

这边，土司拉着李虎的手，关切地说："刚才，这畜生没有伤着你吧？"

此时，李虎浑身冒着热气，虽然清醒过来，一时却不明白为什么会发生这样的事情，只望土司笑笑说："哦，没有。"

这时，大家都一齐把目光投到李虎宽宽的额头上。有人惊讶地说："是谁画的？"

在一片喻喻的议论声中，只听几位姑娘异口同声地说："是桂花郡主！这是桂花郡主给他画上的！"

这下，引起了更多姑娘的议论和叹声。那些声音，充满了惊讶、钦佩。

李虎被众人瞧得手脚无措，只觉额头一阵发热。他下意识地摸摸额头，四处寻望，不见桂花踪影，却与郑雯寒冰似的目光相遇，不由打了一个寒战。

3

　　这一闹腾，广场上跳舞的人群终于散开，锣鼓也停息下来了。

　　天心明月朗照，两边柏树下排列整齐的餐桌上，又摆出了丰盛的夜宵，除大块的肉食外，还有热腾腾的粥和加蜂蜜的糕点，再也没有红红的女儿酒了。

　　李虎几人又被土司请回台上的餐桌边，有土司、大嘛和驼背聂梯陪着，却一直不见桂花出现。面对满桌飘香的食品，李虎几人却迟疑着不肯下箸。李虎望着一直脸上结霜的郑雯，不解地问："我额头上，到底画了什么？"

　　郑雯"哼"了一声，扭过头不理他。沈立说："是一只大大的眼睛！殷红色，好像是用女儿果画上去的。"

　　桌上三位老人曾劝过一阵，见李虎几人不肯动箸，只好枯坐着，也不言语，气氛颇为沉闷。李虎将目光转向土司，又问："在额上画一只眼睛，有什么寓意么？"

　　土司望望李虎，长长叹出一口气来，欲言又止。郑雯却抢着说："你还不知道什么意思？岂不辜负人家一番情意？！在你额上画了眼睛，那就等于是打上记号下了订单，人家姑娘当众宣布爱上你了，这辈子非你不嫁了！"

　　李虎闻言大惊，心想若此言非虚，那岂不……？

　　只听大嘛道："神堂湾几百年的习俗了！我们寨与寨之间互相通婚，既无父母之命，也无需媒妁之言，由姑娘小伙们各人挑选。每年七月半狂欢之夜，姑娘们趁跳舞之时，用女儿果在自己倾心的小伙子额头上画上一只眼睛，表示从此盯上他，一辈子再不会让他离开了！小伙子呢，如对姑娘有情有意，会满心欢喜让她画完这只眼睛；若是小伙子不喜欢那姑娘，或是另有所爱，则会在姑娘下手之时赶快逃走。"

　　李虎听罢，只觉脑子里嗡地一响，心中一片混乱。

　　郑雯目光如刀，直直地盯着李虎，冷笑说："你不是挺喜欢神堂湾么！这里山好水好人更好，眼睛也让人家画上了，就留下来吧！"

第四十二章·梯玛神歌

李虎望着郑雯,满脸尴尬,欲辩无言。

一旁沈立不忍地责备道:"雯雯!……"

郑雯扭头不语。这时,土司开口了,他一手抚着李虎肩头,用沉沉的声音说:"这事……你不要放在心上!你只是路过这里,对这习俗并不清楚,我也看出来……"

说到这里,土司朝赌气的郑雯看了一眼,继续说:"……我也看出来,你早已另有所爱。况且,你不是神堂湾人,你还得回到自己家乡去!所以,不要把这事放在心上,桂花还小,少不更事,就当她酒后……闹着玩的!"

沈立见此事微妙,越说越复杂,趁机岔开话头说:"刚才,我发现李虎他们几个在场中跳舞时,似乎完全进入一种疯狂迷乱状态,兴奋失态,体能超强!其他人好像也一样忘乎所以、如痴如醉,我百思不得其解!现在想来,是不是喝了女儿酒的原因?这女儿果里面,是不是含有某种致人迷幻的药物?"

只见大嘛目光一挑,似乎很觉意外,惊讶地看着沈立,说:"咦!你这娃娃倒聪明得紧,怎么一下子就想到了这问题?要知道,几百年来,神堂湾对此事早已习以为常,可从没人提出过这问题呢!我也是年轻时候学医,发现这女儿果有些不同寻常,却也想不透什么原因。后来翻阅祖辈的记录,才知道,早先,神堂湾的羊儿们每年到了七月就会发一次癫狂,相互斗殴打架,'咩咩'大叫,公羊追着母羊满山乱跑,直折腾得筋疲力尽后才勉强啃几口青草。一个七月下来,羊儿们都变得瘦弱不堪,每年都是如此。开始,人们不知道缘由,以为是羊儿习性如此,或是神堂湾的风水所致,并没有人去深究。好多年以后,一位聪明的先辈在牧羊时发觉,七月间的羊儿,每天上了山不去寻草吃,却争相啃食一种拇指头大的紫红色果子,吃完果子后便满山疯癫。那位先辈倒也没想到其他,只是尝了这果子后觉得味道不错,便采了一些回去。人们吃到后纷纷上山采摘,女孩儿家更是喜欢那颜色。开始吃了也没觉得有啥,却听不得锣鼓响。在七月半的祭祀活动上,一些吃过女儿果的人,一听到锣鼓响起,便觉全身震动,仿佛灵魂飞出了躯壳,不由自主随着节奏疯狂跳动起来,不知疲倦,那精神、力气比之平日,不知要强出好多!直到筋疲力尽汗水出完之后,人们坐躺下来,就像新浴过后,感觉十分轻松,心中一片宁静,脸上会现出婴儿般纯真的表情。就这样,女儿果渐渐成了我们祭祀活动中不可缺少的神物。这不，我们刚刚又采下了新的女儿果，把明年祭祀用的女儿酒都备好了！"

说到这里，老人提了提自己被汗水浸湿的衣衫，不自然地笑笑，又说："不瞒你们说，老头子我至今还喜欢喝这女儿酒哩！每次跳出一身汗后，总感觉一下子年轻了好多！"

沈立望望几个同伴说："果然如此！好在，这东西能够通过这种激烈的宗教仪式得到及时宣泄，不至于酿成不良后果。"

李虎有些神不守舍，回忆起刚刚过去的这段疯狂经历，深切地感受到，这种一年一度的狂欢活动，让虔诚的人们倾注了极大的宗教热情，男女老少在精疲力竭的疯狂宣泄之中，身心都得到了彻底的净化。脱胎换骨之后，人生又站在一个崭新的起点，进入一个新的轮回。生命，便在这循环向上的不断轮回之中，更趋完满。

这时，广场上随意走动的人群又渐渐聚到一起，围成一个圆圈。圆圈中央，那些锣鼓手换成了一群身着盛装的梯玛。几位梯玛手握牛角号，吹起呜咽低沉的调子，另几位梯玛则伸出长长的喇叭，奏起嘹亮的和声。八位盛装梯玛踩起八卦步，亮开嗓子唱起了古朴原始的歌谣。八宝铜铃在他们手中，既是舞具又是乐器。他们动作整齐划一，身体摆幅夸张，手舞足蹈，衣袂飘飘，时而如行云流水，时而似惊涛骇浪，简直就是跳着飘逸雄健的古代摇滚，释放出快意舒畅的生命活力。

梯玛们的表演，让桌上诸人如释重负。他们撇开让人尴尬的话题，一齐将目光投向广场。李虎忽然感到心中空落落的，他一下想起了桂花。一整天来，桂花几乎一直在陪伴着他们，就像一束朗照的阳光，明艳亮丽，暖人心扉。此时忽然没有了，让人觉得冷冷清清的很不习惯。一阵隐隐的疼痛猛地攫住李虎那空荡荡的心，他不知道此时此刻桂花身在何处，不知道她在想些什么。她那火辣辣的目光老在他的脑子里晃来晃去，就像两团滚烫的火焰，此刻深深炙痛了他的心灵。他甚至依稀忆起了她在他额上抹画的情境，在他如痴似狂的时候见到了她眼中那两团闪耀着的热情火焰，还有她伸向自己额头玉笋般的嫩手。当时虽然不知道她到底在干些什么，但那种酥酥凉凉的感觉让他充满快意。她居然画上了一只表达爱情的眼睛，当众袒露了一个纯真少女的心扉，这将李虎推上了备受煎熬的难堪境地。他实在无力承担这样的情感重

第四十二章·梯玛神歌

负!

在李虎心目中,桂花是一个不沾世尘的圣女,只可景仰,不敢亲近!

广场上,梯玛们一段气势雄浑的合唱过后,忽然只剩下一个平缓舒展的单调独声,有如繁华后的萧条,大幕落下的清寂,浩瀚的江河变成了轻吟的小溪。那声音婉转轻灵,在洒满月光的夜空中自由滑翔,舒展自如。

李虎一颗不安的心与月光中流淌的歌谣擦肩而过。

胡思乱想中,他感觉太阳穴涨涨的,脑袋似乎被一片混沌塞得满满的,膨胀欲裂,越来越沉重。额头上则火辣辣一片烧灼,刺痛不已。他紧皱眉头,一抬头恰与驼背聂梯目光相遇,发现坐在对面的驼背聂梯正静静地凝望着自己,那目光宁静得如一泓秋水,又悠远得恍如隔世,似乎蕴藏着无穷的力量。

李虎心中一惊,突然觉得头上一阵轻松,仿佛七窍洞开,污浊排泄而空,一股清风徐徐吹进脑海。轻松之中,他忽觉额头一紧,两眉之间突然迸出一道金光。炫目的光芒让李虎不由自主闭上了眼睛,一片辉煌绚丽之中,如太阳般浮起一张俏丽的脸蛋,如雨后的梨花,似带露的百合,宁静中透出忧伤,楚楚可怜……

李虎看得明明白白,——那是桂花!

他感觉心中一阵撕裂般的痛楚,禁不住轻嚎了一声。

正在这时,只见小石头一溜烟跑了过来,在土司身边低头说着什么,用的是李虎他们听不懂的语言。只见土司眉头一挑,眼里闪出一丝惊慌,显是发生了什么意外之事。驼背聂梯和大嘛也凑过头来,驼背聂梯静静地听着,大嘛瞅着李虎,张大嘴"啊"了一声,被土司瞥了一眼,又连忙低下头用手掩住了嘴,脸上却毫不掩饰地流露出惊异的神色。

听石头说完,几位老人互相望望,土司已沉住气,不动声色地说了几句什么,驼背聂梯和大嘛随即起身,跟着小石头急忙走了。

4

因为不懂石头的语言,李虎几人听不出个眉目,你望望我,我望望你,不知发生了什么事情;但都猜测到,这事多半与桂花有关,连郑雯脸上也露出担忧的神色。大家心中暗暗着急,却又不便开口询问,席上原本沉闷的气氛显得更加凝重了。

土司定定神,故作轻松地对他们笑笑,轻描淡写说:"呵呵,你们不用担心!是小女桂花,一时顽皮冲动做了糊涂事,不好意思躲在房里。这会儿独自一人闷得慌,请她大嘛和驼背聂梯过去陪她说说话。她从小和这两位长辈一起玩耍,他们是她的老伙伴,知她个性。放心吧,消解消解就没事了!"

土司回头望向广场,又说:"你们恰好赶上神堂湾一年一度的盛会,好好听听吧,这可是唱了几千年的古老歌谣,有人称它为梯玛神歌哩!"

此刻,广场上的人群显得极为安静。圈子中央的那些梯玛,有的坐着,也有的站着,显得轻松随意,不拘礼节。再没听到开场那样雄浑大气的合唱了,梯玛们一个个轮番上阵,亮开嗓子清唱。轻锣细鼓咣当响,间或响起嘹亮的唢呐声,众梯玛会用低音在尾韵处帮上一嗓子,让歌谣在起伏跌宕中显得多姿多彩,层次分明。

李虎听了土司的话,虽然将信将疑,却也稍稍心安。又见郑雯几人都静静地将目光投向场中,渐渐也被梯玛们一波一波的歌声吸引了。

一个梯玛刚刚唱完坐下,另一个高个子梯玛站了起来。只见他煞有介事地向前跨出一步,昂首向天,张开双臂,仿佛要拥抱蓝天,却又久久无声。李虎几人正不知他要干出什么来,忽听"耶——"

一个舒缓的声音从他微微张开的嘴里飞出,平平向前滑去。那声音平平淡淡,既无起伏波折,又不飞扬动听。李虎几人被他开始的动作吸引,一番期盼却等来这样乏味的开端,正感到失望之时,那声音陡然一变,惊得李虎几人几乎忘记了呼吸。

一开始,那调子平平向前展开,就像迎着朝阳出海,波平浪静,视野开阔,

第四十二章 · 梯玛神歌

毫无悬念。正当人们视野在无涯的海面轻松瞭望时，那声音却突然拔起，一个绝险的跟斗翻了上去，将人们视野牵上蔚蓝的高空，让人猝不及防，猛地悬起了心。

李虎在惊诧之中还没透过气来，那声音却是一层又一层地翻转向上攀升，将李虎那颗心揪得紧紧的。他真不敢相信，一个人的声音怎么会达到那样的高度。那声音翻到寒冷的高空似乎停住了，让人感觉它正在白云深处喘喘气，然后就会回到地面来了……再次听到时，它仍是又一个跟斗翻了上去，似乎毫不费力。只听它在高空中抖动着，摇摆着，玩尽花样，然后才不慌不忙地画出一个漂亮的抛物线，由星际高空从容潇洒落到地面，被一群梯玛低沉整齐的合唱声稳稳接住。

李虎也随之长长地舒出一口气来，绷得缰直的身子也跟着放松了。他忽然悟到，这不就是漆大大描述过的符咒高腔调？！梯玛神歌与巫师咒音都是源于远古人神交流的神秘音符，原是相通的。他不禁问道："这就是传说中的梯玛神歌？"

"我想是吧。"小樊说，"唱的都是古语，反正听不懂。舞蹈动作也是十足的原生态，与我见过的舞台表演大不一样。听父亲讲，梯玛神歌是一部卷帙浩繁的民族史诗，多达数万行，表现开天辟地、人类繁衍、民族祭祀、民族迁徙、狩猎农耕以及饮食起居等等，内容十分广泛。"

"多达数万行？"李虎问，"还有文字记录吗？"

"据说现在有人用现代汉语整理出版了书籍，但梯玛唱的都是巴人古语，没有文字，只有语音，是靠口耳代代相传下来的。"

一旁的土司饶有兴致地听着小樊的介绍，笑着说："呵呵，看来这梯玛神歌源于远古的传承，神堂湾与外界也是大同小异啊！只是，这传承方式，仅靠师徒间口耳相传是不大靠谱的，往往记不住，也唱不全。在我们这里，很多梯玛都是突然生过一场奇怪的病以后，自然就会演唱了。而且一部神歌能够全部唱出，与别的梯玛唱的，不差分毫。你们看，中间那位个子高高的，就是刚才领唱的那个，才三十多岁，从小有些痴呆的，连他父母都说养了个傻儿子。他性格内向，平时说话也是结结巴巴的，整个神堂湾却数他神歌唱得最好。他经常在歌中唱道，他是上界星君下凡尘，与南斗六星、北斗七星称兄道弟，能够把蜜蜂、蚂蚁、喜鹊、野猪、老虎等各色虫兽一齐招来，也可以与土地神像老朋友一样拉家常，还可以上天河潭与岩上歌娘盘歌对唱。"

小樊问道："他也是在病中学会的？"

"那是在几年前一个早春季节，他突然从家里失踪了，寨子里人到处寻找不见，几天后被他弟弟在一山洞里找到了。那时候，他全身滚烫，口吐白沫，奄奄一息了。延医吃药均无效果，只好请来梯玛禳治。哪知梯玛一到，他竟从床上一骨碌爬起来，从梯玛手中抢过道具熟练地挥动起来，又唱又跳；虽然疯疯癫癫的，却显得精神十足，动作声韵十分内行老到。那前去禳治的梯玛见了，惊诧得睁大眼睛，慌忙跪下，诚惶诚恐向他行了大礼，说是自己的祖师爷已神附他身，要比自己高出好几辈哩！从此，几乎神堂湾的所有梯玛见了他，都毕恭毕敬以晚辈自居！"

李虎忽然想起桂花讲过的故事，忙问："你说他失踪后是在一个山洞里找到的？莫非他……就是曾虎的哥哥？"

土司诧异地望着李虎，点头说："……正是。"

李虎望着场内那些用全部身心尽情演唱的梯玛，心想，看来真正有本事的巫师都是得自于神降。他们是一种人神合一的共同体，是沟通人神之间的神秘使者，也是传达远古人类智慧的神秘声音。

小樊听场内梯玛唱得如泣如诉，问土司说："他们唱的是什么？"

土司凝神倾听一会儿后，说："现在唱的是《雍尼补所尼》，先人们开天辟地的故事。说史前的世界是毁于一场大洪水的，由于人类自以为聪明，不自量力，妄想要吃雷公肉，惹怒天神，涨起齐天大水要把人类毁灭。躲在葫芦里的补所尼、雍尼两兄妹，随水漂流，保住性命，成为人类宝贵的幸存者，也成了现在人类的始祖。为了人类的繁衍，兄妹在神仙安排下无奈成亲。雍尼怀胎三年零六个月后，生下一个肉团。兄妹俩把这肉团剁成一百二十坨，分别和上泥土、青草和沙子撒出去，便形成各个不同的种族，分别居住在大地的不同方位，从此人类重又得到繁衍。歌中，还唱了神征服太阳，安排日月星辰；得水得火，得五谷杂粮；人战胜各种毒虫毒蛇、洪水猛兽等等。"

李虎听到土司的讲解，联想起一句"洪水弥漫"的图语密码，觉得这《雍尼补所尼》的神话故事，更像是一个规劝人类的现代寓言。说什么不自量力，惹怒天神，还有齐天大水，倒像说的是自恃技术贪得无厌的现代人呢！

现代人依靠高度发达的科学技术对大自然的无限掠夺，引发频繁的自然

第四十二章·梯玛神歌

灾害,应该说是早就遭到天神的警告性惩罚了!尽管天怒人怨,我们却无法抑制自己的步伐,因为人类已经走上一条永远无法回头的不归之路。有关世界末日的各种预言早已在互联网上频频传播,难道我们真的又到了一个新的轮回的临界之处?……

只听土司继续解说:"……混沌初开时期,日月不明,昼夜不分,天和地隔得太近了,天变成了地,地变成了天。于是,铁汉大哥和铜汉二哥爬上大树,以指戳天,天垮了用杈子叉起来,地塌了用钩子钩起来!……"

一直悬挂在天空的那一轮朗月,不知什么时候隐匿不见了,广场上的灯笼也不似先前那样明亮了。放眼望去,浓浓的夜色已如潮水般退去,远山近树的轮廓渐渐显露出来,熹微的曙光已经悄悄爬上了树梢。

李虎的思绪正在远古神话之中沉沉浮浮,被沈立伸手一拍,猛然一惊,望望天色才明白:新的一天已经开始了!眼见场中梯玛虽然歌声未歇,却已息了锣鼓,开始收拾道具了。正在这时,忽听一阵隐隐的锣鼓声,却并非从场上传来;辨其方位,似乎是在王陵庙后面。一个中年人快步来到土司身边,轻声说:"马上到了!"

土司将手一挥,对那人说:"撤了吧!"然后肃然起立,对李虎几人说:"我们得让让了!要撤去这些桌子腾出地方来,白虎神已经请到!"

王陵庙前平台上刚刚清理干净,便从旁边转出一队人来。走在前面的是一位头戴花翎凤冠、身穿大红罗裙的梯玛,步履端庄,神情肃穆,手中端端抱着一件物事。

李虎一见梯玛手中那物事,心中不由大吃一惊!

第四十三章　驼背聂梯

1

那梯玛手中抱的，竟然是一只黑色的木匣。看那大小、形制，与郑雯几人包中那匣子也相差无几。李虎并未听土司说起，当年盛石虎的匣子还保留着。况且，据他理解，巴家当年传下的匣子与郑雯几人的并不一样，因为里面还装有陶简，恐怕匣子要大得多。那么，眼前梯玛手中抱的这匣子又是从何而来？

锣鼓声中，那梯玛抱着匣子独自走进殿堂，来到向王天子神像前回过身来，面朝大门立定，一脸肃容，目不斜视。一众长老和其余人等皆在大门外有序排列，禁口无言。土司拉了李虎走进殿内，净手焚香，又独自踱到梯玛面前，对着匣子跪下三叩首，然后向上伸出双掌，梯玛方将抱在怀里的匣子郑重放入土司手中。

土司托着木匣从地上缓缓站起，转过身来，叫道："李虎！"

此时，殿外平台上，人们早已跪成一片。就连郑雯几人稍作犹豫，也都虔诚地匍匐在地。李虎却望着土司手中那匣子，神思恍惚，冷不防听到土司的叫声，不免悚然一惊，未及应答，又听土司叫道："李虎跪下！接白虎神！"

李虎定定神，依言跪下，也如土司一般三叩首后，抬起头来，向上伸出双手。土司却不忙将匣子递交过来，只对着李虎揭开了匣盖。李虎先是闻到一股舒心的馨香，昂首一瞧，果见匣内躺着那尊白虎，晶莹剔透，神态威猛，正是在神堂木架上见到过的那只。只是那匣子内壁镂空，凿痕明显，纹理毕现，内外皆为紫黑本色，做工略显粗糙，与郑雯几人那匣子不一样。

土司说："这匣子是我们用一截紫檀木连夜赶制出来的！时间仓促，做工不免粗糙。但这材质颇为稀有，白虎神也不会太过委屈！这白虎神是主宰一切的王神，被我们供奉六百年，早已融进我们的魂灵！现在被请走原身，虽然我们心有不舍，但同为巴族后裔，共尊一个王神，于你们是失而复得，于我们也并无所损，正可谓两全其美！当然，神堂湾不可一日没有白虎神，作为替代，我们将用紫檀木重塑一尊，继续供奉！来吧，孩子，现在，我要将白虎神移还给你！"

李虎从土司手中接过匣子时，忽闻身后唏嘘不已，转过身来，发现那群正从地上爬起来的长老已是泣成一片。李虎心中有所不忍，一时忆起巴家遭遇，也禁不住热泪盈眶。他长长吐出一口气来，将手中匣子贴靠在胸口上，一步步走出神殿大门，早被郑雯几人围住，他们忍不住要打开匣子欣赏一番。李虎特意取出石虎，见到腹部那几行熟悉的字符，又递给郑雯。郑雯仔细瞧了瞧，冲李虎点点头。

土司说："走吧，孩子们！我知道你们专程前来取回白虎，定有更为重要的事情，我也不强留你们了。请跟我来！"

土司亲自引领着他们，穿过寨子里的一个个天井，向河边走去。

在他们身后，是送神的乐队、长老以及从广场走来自发送行的人群，浩浩荡荡，逶迤而行。红红朝霞之中，但闻锣鼓声碎，喇叭声咽。

就要离开神堂湾了！

李虎已将匣子放入包中背好，紧随土司一路走着，心中却怅然若失，不免东张西望。旁边郑雯紧抿着嘴，不时拿眼瞟他，见他神不守舍的样子，忍不住用手肘撞了撞他。李虎回过神来，脸上一红，却再也平静不下来了，心中烦乱一片。

来到河边青青的草地上，他们又见到那条静静泊在岸边的长长独木舟。

但守在舟边的，却是手执桨板面无表情的驼背聂梯，几人见了，都是一怔！土司告诉他们说，神堂湾通往外界的秘径只有驼背聂梯等几人知道，先要通过一段水路，现在就由他送你们出去！说着，土司向驼背聂梯深深鞠了一躬，拉住他的手，未及开口，先已流下泪来，哽咽道："聂梯……"

驼背聂梯一脸木讷着，从土司手中抽回手，淡淡说："不是早就说好了么！"

"是！"土司定定神，说："辛苦您了……"

驼背聂梯将目光投向岸边人群，似乎在搜寻什么，又像是在告别。然后回过头，挥了挥手，对李虎几人说："上船吧！"

正要上船，忽听远处传来一声呼喊："驼背聂梯——"

几人同时僵住，然后转过身来，李虎一颗心几乎蹦出了嗓子眼。河边送行的人群原本闹嚷嚷的，似乎被这喊声镇住，忽然一下子安静了，所有人都回过身去……

谁都听了出来，那一声清脆亮丽的呼喊，是出自桂花郡主那熟悉的嗓子！

自从桂花在月光舞会上悄然离去，她就一直成为人们心中一个隐秘的悬念，大家都暗暗地牵挂着，甚至默默期望事情会出现转机。这个时候，当人们看到，李虎宽宽的额上带着桂花画上的那只鲜艳夺目的眼睛，就要乘船离去时，桂花却仍然隐忍不出，大家心中无不生出深深的惋惜！

此时，当桂花的身影悄然出现在土司府大门外的石梯上，河边的人群竟爆发出一阵热烈的欢呼。一些姑娘喜极而泣，大声呼喊："桂花郡主——"

桂花娇小轻盈的身影如飞而来，朝阳之中，但见衣袂飘飘，婀娜多姿。

人们默默地为桂花姑娘让出一条甬道，一些年轻的姑娘则不由自主地鼓起掌来。也许是奔跑的缘故，桂花一张脸红扑扑的，在阳光下像盛开的红花，娇艳动人。

这时，谁也没有注意到，土司发出一声深深的叹息，转过身悄然离去了。

驼背聂梯脸上露出难得的笑容，招招手，亲切叫道："桂花嘎惹。"

桂花便如小鸟依人扑到老人怀里，轻轻抽泣起来。老人伸出一只青筋毕现的枯手轻拍着姑娘后背，侧着头在她耳畔说了几句什么。桂花点点头，然后抬起一双泪光盈盈的大眼，大胆率真地直望着李虎，缓步向他走了过去。

河水咿呀，林中小鸟奏起欢快的晨曲。河边宽阔的青草地上，此刻却是鸦雀无声，几百双眼睛一齐盯向桂花姑娘。只见她款款走到李虎面前，浅浅一笑，轻声说："李虎哥哥，昨晚舞会上，是我唐突了！一时冲动，给你画了这只眼睛……"

说到这里，她十分自然地伸手摸摸李虎额头，嫣然一笑，又平静地说："要几天过后才会消去呢！你不会怪我吧？"

"不！"李虎望着桂花那张明显消瘦了的脸，满心怜惜，柔声说，"我们就要走了，你……你可要多保重！"

"知道么？"桂花眼里含着泪花，却笑着说，"夜里我曾收拾行装，决

第四十三章·驼背聂梯

定要跟你们一起走哩!后来……是驼背聂梯和大嘛与我说了好多话,我才打消了这个念头。我知道,我是离不开神堂湾的,我的根在这里。老天爷把你送到神堂湾,送到我眼前,却又不让你留下来……这都是命!今生能够让我见到你,这实在是老天爷对我的眷顾,我也该知足了。再说,我就算跟着你……们,也只会……徒增麻烦!"

说罢,她拿起李虎的手,将一样东西放入他的掌心。李虎感觉暖暖的还带着她的体温,低头一看,是一块殷红的玉佩,扁平的虎头形,温润的,在阳光中闪耀着柔和的光泽。桂花看着他的眼睛说:"这是我们家祖传的护身符,据说能够驱邪镇妖哩!你带上吧,它会保佑你一路平安的!"

李虎心中感动,看着手掌中的玉佩,不知如何是好,嗫嚅说:"这个……"

桂花却已转过身,对一旁咬住唇默默看着他们的郑雯说:"郑雯姐姐,你不要怪我!其实,我知道他是喜欢你的!我只是,我只是……"

桂花眼中含满了泪水,此刻终于涌出眼眶,顺着红红的脸颊直淌下来。她说:"……我只是一时……一时忍不住!知道么,姐姐,我第一眼见到他的时候,就情不自禁地喜欢上他了……"

郑雯也早已流下泪来,一把将桂花拥入怀中,动情地说:"好妹妹!不要说了,这……感情上的事情,我们都毫无办法。我一点也不怨你,真的,一点也不怨……"

桂花从郑雯怀中挣脱出来,定定神,又伸手替郑雯擦擦脸上泪水,勉强挤出一个笑容,说:"好了姐姐,我不能耽误你们了。你们上路吧!"

草地上传出一片长长的叹息声,还有姑娘们断断续续的抽泣。

郑雯望望木然的李虎,忽然脱下自己腕上那串黑曜石手链,戴到桂花手上,说:"好妹妹,我们出门在外,没带什么东西,这手链给你作个纪念吧!"

李虎醒悟过来,连忙摸摸衣袋,发现身上别无长物,也解下腕上手表,递给桂花,笨拙地说:"这个……你也留着吧。"

桂花也不推辞,接过手表,望着李虎的眼睛,再次被泪水模糊了。

几人上了独木舟,刚刚坐好,又听有人喊道:"小兄弟,小兄弟!等一等——"

抬眼望去,只见大嘛正银须飘飘朝河边快步走来。

大嘛气喘吁吁赶到河边,躬下腰,将怀里搂着的一只小布囊小心地递给小樊，红着脸说："这个……给你！"

小樊解开布囊，一眼见到那只紫红色的小木鼎，吃惊地拿在手中，急道："这个，是你下棋用的，我可不能夺人所爱！"

大嘛双手直摆，急急地说道："嗨！这个……不是那个！这是我让人新做的，专门给你的，刚刚才凿好的，和那个一模一样的，你不要……是不行的！"

小樊见他急不择言，一连说出好几个"的"字，被他一片真诚所感，一时说不出话来。见包中还有一个方形木盒和一只白色瓷瓶，他拿起瓷瓶，拔开瓶口木塞，一股刺鼻的辛辣味儿冲进鼻孔，让他打出一个响亮的喷嚏来。

大嘛发出一阵响亮的笑声，指着瓷瓶说："你那鼻子也太娇嫩了！这东西味儿是大了点，闻惯了也不咋的！"

小樊抽着鼻子，将瓶口对着阳光，只见里面黑乎乎的，问道："这是什么？"

大嘛面带得色，介绍说："这是我花费多年心血做成的一种药膏，专治外伤，止血镇痛生肌，只敷薄薄一点，很是灵验哩！你们出门在外，带在身边挺方便的。"

小樊又打开那木盒，只见里面满满的全是墨绿色的碎块，发出幽幽的清香。他拈一小块在手中，说："鼎中燃烧的香块？"

大嘛点点头，一脸洋洋自得，每一条皱纹里都堆满了笑意。

"这些东西太贵重！我呢，是受之有愧……"小樊一边说一边将布囊重新包好。

大嘛急得额头青筋直冒，不待小樊说完，就连连摇手说："不愧不愧，一点不愧，这都是些寻常的东西。你要是不收下，我，我……"

"我还没说完嘛！"小樊本想开几句玩笑，见到老人一脸认真，于是感动地说，"您的一番盛情，我也却之不恭啊！只是，我无以为报，回去以后，我只有认真下好围棋，不辜负您的一番教诲，就算是对您的报答了！"

老人拍手说："好好好！"

驼背聂梯似乎显得有些不耐烦了，闷声说："走了！"然后在后面摇起桨板，咿呀几声，独木舟已快速向前滑去。碧波微漾，青青草岸向后退去。李虎几人回过头，向岸上人群挥手致意，目光却都在搜寻一个身影。

桂花不知什么时候已经隐匿不见了。

第四十三章・驼背聂梯

船上几人都是默默无语。

两岸移动的风景美不胜收,但大家心中一片怅惘,绿水青山过眼即空。昨天,也是这样的早晨,暖暖的朝阳之中,他们几人在同一条河中坐着同一条船,看着两岸竹木掩映的寨子,看着田园中由古老种子长出欣欣向荣的农作物,再听着桂花姑娘的欢声笑语,只觉得心旷神怡。如今天这样的离别,在李虎几人都是第一次经历。此刻,沉郁的气氛几乎压得他们透不过气来。

驼背聂梯看上去一副老迈瘦弱的身子,摇起桨来力气悠长却并不输于年轻人。独木舟轻快地擦过水面,很快就到了河水分流的岔口。宽阔的水面上依旧是百鸟齐集,但人们已无心观赏。独木舟从水塘边轻掠而过,转过一个大弯,驶入朝南的河流。

这时,忽听小樊一声惊叫,侧身指着远处,张大嘴说不出话来。

2

几人随着他手指的方向望去,只见正对河湾的一柱光秃秃的笋状石峰顶上,站着一个人,正迎着朝阳向这边使劲挥动手臂。看那窈窕的身影,分明便是桂花!

李虎甚至隐约听到了她的声音,惊得直要站起来。独木舟一下失去重心,猛地一偏,几乎倾覆过去。

驼背聂梯在后面冷冷叫道:"坐好了,小子!"

眼看桂花姑娘在那样陡峭的险绝之巅,仿佛一阵轻风都会将她吹下绝壁,每个人心里都悬吊吊的,感到腿骨发酥。

郑雯反过手一把抓住李虎手臂,颤抖着声音问:"你看看,那真的是她吗?"

小樊惊乍乍地叫道:"怎么不是!我的乖乖!她是怎么上去的?不会有事吧?"

"驼背聂梯!"郑雯忽然拍着船舷,哭喊道,"快把船停下!我们过去劝劝桂花姑娘,让她下来跟我们一起走吧!"

"放心吧!"驼背聂梯平静地说,"你们不要小看了桂花!她不会有事的,她只是想多看看你们,多送你们一程。"

李虎倾过身子,两手握住郑雯肩头,轻轻叫了一声"雯雯",却说不出任何宽慰的话来。郑雯抽泣着说:"其实,桂花知书达理,挺招人喜欢的。让她去外面的世界闯闯也是好的,肯定会有一番作为的!"

驼背聂梯语重心长地说:"傻孩子,人各有命!桂花的命就在神堂湾啊。她今生今世做不了情人和妻子,但她会成为一个好的土司!"

几人闻言,都是一惊。

郑雯说:"她做不了一个妻子?那个叫什么曾虎的小伙子不是挺喜欢她么?"

"唉!"驼背聂梯一声长长的叹息,说,"不要说曾虎这孩子针眼儿大的气量!就桂花嘎惹那性格,她那心里现在哪里还装得下别的人?!"

李虎闻言心中一痛,痛彻肺腑!

他深深埋下头,良久,才长长叹出一口气来。船上,又是一阵难堪的沉默。

独木舟一直向南。水流渐急,两岸山势渐陡,两旁茂密的原始森林一直延伸到河岸。不时有一身金毛的猕猴在树间纵跃飞荡,见到独木舟从水面滑过,它们会悬挂在树枝上,鼓着双眼发出"吱吱"叫声,也不知是出于对人类的好奇还是对同伴的警告。

阳光停留在高高的山腰上,谷底雾气尚未散尽,丝丝缕缕,牵牵挂挂,让人感觉拂面若水,沾衣欲湿。河水挟裹着冷气,在两岸冷峭的岩石上激荡出嘈嘈切切的涛声。几人默默打量这人迹罕至的峡谷深山,不知出境的秘径究竟隐在何处。茫茫雾霭中,忽然发觉小舟已慢慢靠向一壁湿漉漉的陡峭崖岸。几人暗暗惊讶不已,正想如此绝壁该怎样登陆却见独木舟已横了过来,悄无声息地钻进了崖壁间一道藤萝密挂的隐蔽洞口。

藤蔓轻拂,滴下一串串晶莹的水珠,触颈生凉。几人在一阵寒颤中感觉眼前陡然一暗,独木舟正穿过一段黑黢黢的石洞。前方洞口有朦胧天光,映得阴冷的洞壁闪出湿漉漉的光泽。长长的独木舟顺着窄窄的石壁间又缓缓转过一个九十度的大弯,眼前霍然一亮,他们进入了一个竖井般的椭圆形水池中。

第四十三章·驼背聂梯

碧莹莹的池面飘浮着一层淡淡的白雾，像披上一层白纱。仰望两壁，光滑如镜，坚硬如铁，森然直上，不知其高几何，唯留一线白蒙蒙的天光。

原来，他们刚刚穿过的，是河边峭壁上一个天然的拱洞。外面是整壁峭崖，进入洞口后渐渐两壁分峙，形成了一道逼仄的峡谷。这样的结构，除非大自然的鬼斧神工，恐怕人间任何人力都是难以企及的。所谓水池，也不过是稍微宽阔一些的谷中溪流。两山夹峙中，水流清澈见底，甚是平缓。

小舟划开迷雾，轻贴着水面向前滑去。清澈的河底沉淀着一些大小不一的彩色石子儿，被磨得圆圆滑滑，看上去十分可人。河水中游动着一群群椭圆形的鱼儿，大的如盘，小的如掌，自由灵动，一点儿不惧人。但见那鱼体薄似纸，青脊白肚，鳞片闪烁，煞是好看。李虎"咦"了一声，说："这鱼儿，倒与广东的边鱼有几分相像。"

"呵呵，"驼背聂梯说，"难怪前人要把这里取名叫边鱼溪。"

小樊见老人开口说话了，笑问："老辈子，这边鱼好吃么？"

"那谁知道？人们从不到这里来，连边鱼溪这名字都极少有人知道哩！再说，我们平日也不大吃鱼，只逢年过节时去河里捕几条凑凑桌面。"

极少开口的沈立忽然说："我们连续朝同一个方向转了两次九十度的弯，现在应该是又回到来的方向了。前面峡谷越来越窄，我们还有多远？"

"你倒心细。"驼背聂梯说，"我们左手边，隔着大河与小溪的，就只是一壁薄薄的山崖哩！我就送你们到前面，然后你们得自己走了。"

几人听了，心中竟然隐隐有些失望。难道就这样走出了秘径？

独木舟驶过水池，又进入狭窄的水道。两壁伸手可触，壁间青苔斑驳，偶有藤萝牵挂，这让他们想起刚下神堂湾时走过的那道子午河峡谷。正是汹涌的大水把他们带进了神堂湾这片神奇的土地，现在，却又顺着清澈的小溪离开这里。

老人说是前面，这前面似乎没有尽头。他们在阴森狭窄的石壁甬道之中，穿过时浓时淡的阵阵雾气，听着木桨击水的单调声，也不知行进了多久，直到雾气慢慢散去，右边石壁渐渐退开，变成林木森森的斜坡，独木舟才贴着右岸森林边缘停了下来。

原来，小船已经行到水穷之处。

前面一汪碧水尽头，是一堵横亘的山崖，崖根有一人来高的小洞，源源清流便从黑森森的洞口里汩汩涌出。山未穷,水未尽,但被密林峭壁挡在这里,真是山重水复疑无路。他们一起把目光投向驼背聂梯,看他一脸笃定的表情,满心期待着柳暗花明又一村。

驼背聂梯轻轻将桨板搁好,在嘴上竖起一根手指,摇摇手,示意他们不要作声,然后引着他们跨出独木舟,蹑手蹑脚登上岸边一道窄窄的石台。几人心中惴惴不安,眼见这绿树碧水,不闻水声鸟鸣,偶尔轻风拂过,树梢发出梦呓般的喁语,真不知在这一片清幽之中隐藏有什么样的厉害物事,以致驼背聂梯如此郑重其事。

只见老人东张西望一阵,分开树枝便欲往林中钻去。恰在这时,寂静的空气中突然爆发出一阵急促响亮的婴儿啼哭声,惊得几人头皮一炸,全身发麻!

在如此原始清寂、人迹罕至的地方,猛然间传出婴孩的啼叫声,真是诡异、神秘得让人毛骨悚然。那声音后面带着嗡嗡的回音,似乎从空旷的地底迸出,宁静的空气被激荡出震颤的碎波,一波波凌厉地撞击着人们的心壁。沈立和李虎原本一前一后护着其余三人,此刻眼观六路,耳听八方,浑身每一块肌肉都绷得紧紧的。

驼背聂梯回过身来,自言自语说:"它到底还是来了!"

话犹未了,忽听"哗啦啦"一阵水响,几人胆战心惊循声望过去,只见前面黑幽幽的洞口处,从碧水间钻出一只金色的怪兽,体壮如牛,嘴阔似蛙,全身闪亮光滑,正划动四肢,捣起层层浪花,"稀里哗啦"向这边疾行而来。

"畜生!"老人骂了一句,一把扒开挡在身后的沈立,迎着怪兽走出两步,从腰间掏出一管竹箫凑到嘴边。一阵尖厉的哨声突兀而起,令几人耳膜一紧,感觉空气骤然紧张起来。那怪兽似乎也吃了一惊,疾行的步子突然停滞了。只见它两只粗壮的前腿拖泥带水撑上岸边,整个身子直立而起,歪着头,鼓起一双铜铃般的大眼,就此僵立不动了。

一股浓重的腥味扑面而来!

几人望去,只见那东西似兽非兽,似鱼非鱼;短而粗的前腿底端,有几个肉乎乎的分枝,像是趾,又像是蹼,撑着一只宽而圆扁的大脑袋;浑身金黄色的皮肤,隐隐透出棕红色的斑纹,十分醒目。水珠顺着怪兽体表黏液缓缓向下滴落,闪光透亮。它立在那里,与驼背聂梯相隔约十多米,看去却比

第四十三章·驼背聂梯

老人高出许多。它不安地扭动着圆滚滚的肥胖身躯，阔嘴一张，又发出一阵小儿啼哭般的叫声。

这时，老人的箫声节奏渐渐缓和下来，音调也变得婉转轻柔了，如咏叹调一样倾诉着，又似摇篮曲一般轻抚着。那怪物如受到催眠一般，渐渐合上两只圆鼓鼓的眼睛，慢慢伏下了身子。随后，又一步一步退入水中，搅起一阵哗哗的水响，很快调转头，带着一溜激荡的波纹，又潜回洞中去了。

李虎几人回想起初下神堂湾时见到的种种怪物，此刻心中犹在惊悸不已。小樊咂着舌，对驼背聂梯说："我的乖乖！这东西体形如此庞大，叫声却又如小孩！看它穷凶极恶的样子，怎么会听您这箫声的招呼？"

向前进沉思着，自言自语说："这东西有点像是大鲵，俗称娃娃鱼。"然后又摇摇头，"不对，只是叫出的声音有点像，那外形，尤其是那眼睛，却大不一样！老人家您说，这到底是个什么东西？"

老人告诉他们说："其实，这么多年来，我也不知道这到底是个什么东西。它守在这洞口恐怕是有几百年了吧，这方圆几里之内，都是它的地盘哩！这东西腆着个大肚皮，食量可大了，加上性情凶残，力大无比，飞禽走兽遇啥逮啥，什么都吃！它可以吞下一整只山羊，连碗口粗的蟒蛇也会被它一截一截地吞进肚里！我第一次遇到它时，正值年轻力壮，也险些成了它的腹中之物哩！慌乱之中我逃到一棵大树上，它就守在下面不肯走，一直僵持对峙着。后来我是无意中摸到身上带着的竹箫，才想到了这个法子。吹起一试，果然有效！"

李虎说："您这是……某种禁咒之音吧？"

老人目光一跳，满意地瞅瞅李虎，点头说："不错！"

这时，沈立无意之中回头发现，泊在岸边的独木舟正顺着水流缓缓向下游漂去，心中一惊，连忙回身追赶，却被驼背聂梯叫住了。

老人淡淡说道："随它去吧！"

沈立听了惊诧不已，担忧说："等会儿，您怎么回去？"

"我这把老骨头了，还回去做什么！"

李虎闻言心中一震！望望老人若无其事的样子，心里捉摸不透。

小樊却兴奋地笑了起来，对老人说："那好，您就跟我们一起出去吧，也好看看外面的花花世界！"

老人佝偻着背，也不言语，只领着他们在林中左穿右绕。树大林密，间以灌木杂草，让他们走得磕磕绊绊；而且不辨方向，恰如在水底盲目潜行，对周遭形势一概不清楚。

李虎取出丛林刀来，想要清理出一条路径，老人一把拦住说："不要砍了它们！没有多远，我们走慢一点就是了。"

七弯八拐，他们走近一堵光秃秃的绝壁，老人终于立住脚步。再仔细一看，这哪是什么绝壁，分明是一棵巨树的树干！

在那巨树后面，倒真是有一堵挂满藤萝苔藓的峭壁。巨树高大葳蕤，傍着崖壁直伸入高高的蓝天，撑起的树冠将整个天空都给遮住了。

聂梯仰起头，努力伸直佝偻的背，团团转着身子，朝上面望了一阵，自言自语道："没错，就是这里了！"

说罢，老人转眼看着眼前几位年轻人，目光突然变得锐利起来。

几人听说就是这里了，正在东张西望，忽然被他如鹰隼一般的目光紧紧盯着，不知何意，心里不禁有些发毛。老人转身拍拍旁边那棵参天巨树，冷冷地说："我们要从这棵树爬上去，你们能行么？"

李虎看看那树，估计是数千年的老树了，大概联十人之手还难以合围。树干老皮斑驳，下面二十多米粗壮得如一堵高墙，树身披挂着层层叠叠绿色的苔藓，缠绕着粗粗细细的寄生藤蔓，还布满蛀洞裂缝；到了二十多米以上，则有粗大的分枝旁伸斜出，枝繁叶茂，密密匝匝，张开巨大的树冠，遮天蔽日。

李虎信心十足地对驼背聂梯说："我们没问题！您告诉我们上去以后怎么办吧。"

老人扎了扎衣服，点点头说："我先上去，你们跟着来！"

几人闻言都是一惊！因见他老态龙钟，谁肯相信他还能爬上这样的大树！李虎正要出言相劝，却见老人屈身一纵，已如猕猴般"嗖嗖"登上了树干。他借助树干表面的裂缝蛀洞，十指如钩，攀爬纵跃，轻灵敏捷，简直就如电影中的蜘蛛人一般，哪还有一点老态的模样！直看得几个年轻人瞠目结舌，半天合不拢嘴。

看着老人越爬越高，身影越来越小，李虎脑中灵光一闪，忽然想起一事，两下印证，不由得倒抽了一口冷气！

他轻声对郑雯说："宁河疯子的谜语。"

第四十三章·驼背聂梯

3

郑雯不解地看着他："你说什么？"

"'大河朝南，边鱼上树'！还记得么？"

郑雯闻言脸色陡然一变，望望树上老人，半晌无语。

当下，李虎几人取出攀爬工具，各自装束停当，由沈立打头先上。为保险起见，沈立在粗壮的树丫处垂下了绳索。几个年轻人也是工多艺熟，熟能生巧借着绳子的助力，几下就蹿上了树冠之中。李虎殿后，他没有借助绳索，也学着驼背聂梯，如蜘蛛人一般纵跃而上，其动作更为潇洒自如。

几人到了密匝匝的树冠之中，简直就是如履平地。但他们心中都在嘀咕一件事情：难道这棵巨树会与出境的秘径相连？或者秘径就在隐藏在对面那独立石柱的崖壁间？从树冠中隐约望见崖壁光秃秃的，除了生着毛茸茸的青苔之外，别无长物，又从何处立足？而且，崖壁虽然看似近在咫尺，但要通过树枝攀上对面绝壁，几乎是不可能的事情。中间至少隔有上十米的距离，谁会长出翅膀飞了过去？他们猜不透驼背聂梯领他们上树到底是何用意，但驼背聂梯钻入树冠中后却不见了！

层层叠叠的枝叶形成厚重的幕帐，挡住了大部分天光，树冠间显得阴沉沉，模糊不清。他们五只脑袋转来转去，都没有发现驼背聂梯的身影。

几人面面相觑，一时感觉气氛十分神秘。

正惶惶无措之时，忽从头顶树枝间漏下一个轻飘飘的声音："上来吧！我在这里。"

几人朝发声处攀援而上，在接近树顶的一个米字状枝丫处见到了驼背聂梯。只见他盘腿坐在树丫中央，居高临下对他们说："先上来两个！全部上来这里会承受不起的。"

李虎与沈立对望一眼，会意地点点头，留下其余三个，两人先上去了。

此前，他们在树上攀爬跳跃，粗壮的树干纹丝不动，让他们自觉渺小，小樊曾使劲拍拍树干说："原来，蚍蜉撼树就是这样的感觉。"

这时，李虎与沈立攀上驼背聂梯盘坐之处，虽然树干尚有腰围般粗，却感到一阵明显的摇晃。老人让他俩各居一枝小腿粗的树枝，一样的盘腿坐稳了，然后指着对面的崖壁，说："你们看，那里有一个小小的平台，沿着平台向右边往前走，越来越宽，最后会出现一个很大的坝子，然后再穿过一个山洞，那就是你们出去的路径了。现在，我们就要从这里飞到对面的平台上去！"

飞过去？！

李虎与沈立听了，倒抽一口冷气，只觉寒彻肺腑，心中一片冰凉！

从树冠中隐约看见，对面那个所谓平台，不过两三米宽，离他们落脚之处有近二十米的宽度，而且在水平线以下十多米处。连李虎和沈立都自忖没有这样的本事，这样的所谓秘径岂不是如画饼一般看得见摸不着！两人对望一眼，不约而同地摇了摇头。

老人平静地说："不要这样气馁！往前看，从我们头顶这根树枝望过去，上面有团密匝匝的绿叶，实际上是从崖顶垂下的一丛老山藤，又长又结实，抓在手中，轻轻一荡就过去了。你们能够下到神堂湾来，想来这点本事还是有的！"

说罢，老人起身，轻捷地翻上头顶那根树枝，站立上面，稳稳地向前走去。驼背聂梯虽然个头不大，全身体重少说也有个七八十斤吧，此时，见他在胳膊般的树枝上行走自如，竟似影子一般没有重量，树枝不摇不晃。

李虎心中暗暗惊诧，此刻方才明白，原来这老头儿身负绝世神功！

只见他两手随意轻拂，四周密层层的树枝纷纷断开落下，那纠结成团长满绿叶的山藤随之垂挂下来，被老人抓在手中，如抽丝线般一根根扯着。那些山藤被扯断，又被老人随手丢下。不一会儿工夫，浓密的树冠便让老人那双如刀似剪的手清理出一片开阔的空间。而他手中，还握着一把为数不多的老山藤，光溜溜的显得韧性十足。

对面崖壁清清晰晰地展现在眼前，仿佛伸手可触。老人回到树丫处，又随手将脚下的枝条去掉几根，眼前的空间已经毫无遮拦了。老人又一根根试扯着手中山藤，断去两根，再试了试，又断去两根，然后将剩下的在树枝上缠好，说："这里还有十来根，每根都结实得足可悬挂五六百斤，每人一根，你们大可放心使用！至于如何使用，你们照我的来。我先过去了！"

也不待两人回话，老人便双手握住山藤，两脚一蹬，身子"嗖"的一声，

第四十三章·驼背聂梯

已如离弦之箭直向对面飞荡去。李虎与沈立看着倒没什么，脚下三人却是一片惊呼。

只见老人借着一荡之势，身子尚在半空便已松开山藤，屈腿展臂，直如鹞子扑食，稳稳当当地落到对面平台上了。整个动作前后不过几秒钟，一气呵成，极为流畅。直看得几个年轻人魂飞魄散，听到老人喊声才回过神来。

老人在对面抖抖手中山藤，喊道："你们要是有问题，我还可以荡回来帮帮你们！"

沈立马上回答说："不用了！我们能行！"

沈立回过头来，笑着对李虎说："这老头儿，在激我们的将哩！我们两个就学这老头儿，如法炮制便是！但他们三个必须拴上保险绳了，这样，既是以防万一，又为他们吃颗定心丸。还是我先过，你殿后。我过去固定好保险绳，另一头留在这边。每一个过去的都为下一个人留下保险绳，他们飞纵之时，我在那边拉住绳子带一带，帮助他们准确落地。这样，就可以做到万无一失了！"

"好！就这样！"

沈立过去后，这边李虎来指导，小樊、郑雯、向前进，一个个都干脆利落、有惊无险地飞荡过去，最后，李虎来了一个完美收官。驼背聂梯抱着双臂斜靠在崖壁上，似睡非睡，一副气定神闲的模样，直看到五个生龙活虎的年轻人全都站到了眼前，他才偷偷在衣衫上擦了擦潮湿的手心，面上流露出满意的笑容，拍拍手说："都不错！跟我来吧！"

他们随着驼背聂梯，沿着脚下这小小平台缓缓走出，眼前别开生面，但几人却无心欣赏风景。走在中间的三个小年轻人，虽然刚才凌空一跃表现得大胆潇洒，其实内心紧张得要命。此刻脚下窄窄的平台微微向外倾斜，外面是毫无遮拦的万仞悬崖，他们紧贴着崖壁小心迈步，尤其是郑雯、向前进眼睛死死盯着脚下，心中惴惴不安，大气也不敢出。

走着走着，眼前出现万顷绿涛，脚下这条悬在半壁的羊肠小道已戛然而止，似乎走到尽头。一阵劲风迎面吹来，众人眼迷离之际，走在前面的驼背聂梯突然闪身不见了。

正惊疑间，只听紧跟老人身后的沈立回头说："大家小心了！这里是一个拐角急弯，路面窄，风又大！"

后面几人紧趴在崖壁上，在猎猎疾风中眯着眼睛，小心地一点点挪动着脚步，好不容易转过凸出的拐角弯，路面渐宽，眼前景物陡然一变，老人也在前面等着。

先前从下面看到，巨树所挨傍的是一柱擎天的独立石峰。此刻转到侧面，发现擎天的石柱原来并非独立，身边峭峙的崖壁一路前奔，宛若拉开一堵巨大的屏风；屏风顶端是一道密密树林构成的绿色裙边，被阳光劈面一照，映衬着蓝天，森然夺目。

而脚下路面所连接的，是崖屏下一块空旷的平地，足有两个足球场大小，不长大树，只生杂草灌木，其间杂陈着几堆黑黝黝的乱石。

这时，除向前进面色苍白，两腿仍在打软，其余几人都渐渐活泛过来。小樊长长吐了一口气，犹有余悸地说："我的乖乖！这样的秘径，即使有人知道，又有几人敢走？！"

老人说："当年，向王兵败天子山，先是来到这块坝子，秘密收拾残部。后被明军发觉，派大军在外面堵得严严实实。向王确实是在走投无路之际，这才率部投下神堂湾的！你们看，这些乱石堆就是向王天子为防明军进入而布下的石阵。"

李虎瞧着那些看似凌乱实则暗藏玄机的石堆，遥想向大坤当年英雄末路的无奈情景，心中暗暗叹息，不禁问道："这一藏，就是六百多年了！难道从来就没人走出神堂湾，去探探外面的世界？"

老人似乎走累了，随意在一堆乱石上坐了下来。向前进早就腿软，长吁一声，也跟着坐下了。郑雯连忙取出自己的水壶，递给驼背聂梯，轻声说："您喝点水。"

老人伸手挡开，摇着头说："向王当年就是因为天下大乱，民不聊生，这才率众揭竿，自立山头，南面称王的！随向王进入神堂湾的人，都是历经战乱，劫后余生，因而看破红尘。后世子孙受先祖影响，世世代代一直对外面的世界心存恐惧、厌恶。既有神堂湾这样的洞天福地，谁还愿意再赴火坑！"

说完，老人又狠狠地摇了摇头，苍茫的目光似乎直要刺穿长天，看透外面的世界。

沈立突然说道："六百多年从没人走过的秘径，您又是如何知道的？如果我没猜错的话，您还是通过这秘径走出过神堂湾的！"

第四十三章·驼背聂梯

老人听了，眉头一挑，两眼精光闪烁，直直地瞪着沈立，半晌才说："你说的没错！神堂湾世世代代流传着一句指引秘径的谜语，没人怀疑过，但也没人当回事！因为从没有人想过要出去的事情。我就是依据这个谜语找到出境的秘径的。"

李虎说："您是说，您真的曾经走出过神堂湾？"

几人惊诧地盯着这位见过外面世界的老人，不知他对自己的见闻会有什么样的评价。

但郑雯却开口问出另外一个问题："您说的那句谜语，叫什么？"

老人望望郑雯，淡淡说道："大河朝南，边鱼上树。"

郑雯闻言脸色一变，与李虎对望一眼，吃力地说道："几天前，我们在巫溪宁厂，曾见到过一个神秘的怪人，他也说过这句谜语——'大河朝南，边鱼上树'，我现在都还记得他那奇特的声音。他还给了李虎那枚为神堂湾带来神迹的虎胆！"

"是么？"老人眼中一片迷茫，喃喃说，"这可……当真让人难以索解！"

几位同伴也是第一次听说这事，心中都是惊疑不已。

沉默之中，见老人再没说话，李虎又抓住原先的话题，问道："您走出神堂湾都看到些什么？为什么又去而复回？"

4

老人好不容易才收回迷茫的眼神，回忆说："那时候，神堂湾遇上了有史以来从未有过的大灾难！先是连续几年大旱，庄稼歉收，饿死无数；接着又来了一场瘟疫，几乎让神堂湾减少了一半人口！梯玛们作法求神无效，一致认为是天要灭我们，神堂湾陷于绝境再也无救了！神堂湾这片曾经充满生机的世外乐园被死亡的阴影笼罩着，一时人心惶惶。

"这个时候，我们土司老爷，也就是你们见到的这位土司的爷爷找到我说，这些长老中，也就是你还有点本事，想办法到外面去瞧瞧吧，看能不能找到一线生机，我们不能坐以待毙啊！就这样，我依着那条谜语，开始寻找出境的秘径。那时候，这河里已经没什么水了，没法行舟，我徒步沿着裸露的河床，好不容易找到了边鱼溪，只见那里水草茂盛，鱼虾成群，一派生机盎然，心里稍觉安慰。

"我从绝壁上伐了几棵树，扎成一个简易的筏子，溯水而行，一路寻寻觅觅，结果差点成了那金色怪兽的午餐。也许是天意使然，我在慌乱之中逃到刚刚上来的那棵大树上。驱走怪兽之后，无意之中见到了崖壁上那块平台，猛然想起那句谜语，我脑中灵光一闪，毫不犹豫便飞纵而过。然后我来到这里，见到这些石阵，心中总算踏实下来。向王当年招集残部的这块地方，还有这些防御明军的石阵，在神堂湾的史书上都是有过记载的。到了这里，再走出去就是很容易的事情了。"

说到这里，老人脸上一片宁静，深邃的目光悠悠地盯着前方，又陷入一片沉思。小樊说："这事过去有多少年了？神堂湾后来是如何得救的？"

老人似乎没有听到他的问话，又自顾说道："走出神堂湾这片土地的时候，我是满怀着拯救神堂湾数百口人的希望的！尽管心存疑虑，毕竟外面的世界地大物博，生机更为宽广。但到了外面，我见到的情景……当真是……当真是让人彻底绝望！"

说到最后，老人声音越来越小，断断续续，显得特别吃力。他艰难地咽了咽口水，朝郑雯伸出手，羞涩地说："来，嘎惹，给我喝口水。"

喝完水，老人叹一口气，用手擦擦嘴，又说："回来的时候，我再没有朝后面望上一眼，发誓此生再也不走出神堂湾了！"

郑雯着急地问："您到底遇到了什么事情？"

老人眼望着远处，长长叹出一口气，说："我出去的时候，正是春耕季节，下山后却看到一片片荒芜的田地，见到几处破败的房屋，早已无人居住。后来总算找到一户偏僻的人家，老两口带着一个傻儿子，正在地里播种。他们告诉我说，这两年大旱，田地歉收，加上近来这里老是过兵，有一点粮食也被抢光了。要是家里还有点钱财，或是好看点的闺女，多半是遭抢劫、糟蹋。所以，但凡有点门路的人都拖家带口逃难去了。我们上了年纪，又有一个傻儿，走不动了，哪也去不了，就守着几亩薄地过一天算一天吧。

"我听了这话，心里凉了半截！又继续向前，来到一个小市镇，果然见

第四十三章 · 驼背聂梯

到不少穿着同样服装的人，三三两两，来来去去，不少人肩上还挎着一截木棍似的东西，心想这大概就是所谓的兵了。只是，有的衣着整齐光鲜，有的衣衫破旧不整；衣服颜色也不一致，有土黄色的，也有青灰色的；有的用白布缠着头，或是吊着臂，还有的腋下挂着双拐。这时，天色已近黄昏，我在街市上闲逛着，心想这些兵不能招惹，还是去找一户本地人家问问情况。到了街尾，见到一片茂林修竹中有一整洁小院，夕阳映照下显得极为幽静。小院大门虚掩着，我正要进去看看，忽听里面传来一阵激烈的争执声，便谨慎地停下了步子。只听一个沙哑的嗓音蛮横地说：'没有老子们在前线和日本鬼子真刀真枪流血卖命，你们能在家平平安安享清福吗！老子拿你几颗米还舍不得了？！'

"一个女人声音哀求说：'不是不让老总拿，是求老总给我们也留下一点活命的米。'

"'活命的米？你们这些刁民，以为老子不知道你们还藏得有粮食吗！老子不挖地三尺搜刮你们，也算对得起了，还不知足么！'

"'老总也晓得，如今粮食金贵得很，就是有钱也买不到！我们真的就只有这一点了，您就高抬贵手给我们留下一点吧！不然，我们这两条老命就真要饿死了！'

"这时，忽听'咦'的一声，接着响起一个女孩儿的惊叫声。先前那个沙哑的嗓子一阵哈哈大笑，说：'好好好，这娘们儿长得还行！这样吧，米我们就不要了，但这姑娘得跟我们走！'刚说完，便听到姑娘发出一阵惊恐的哭叫。

"接着，一个浑厚苍老的声音喝道：'畜生！你们放了她！'

"另一个油腔滑调的声音说：'哈哈，老头儿如此不舍，该不会是你新娶的小妾吧？捐献出来吧，犒劳犒劳我们这些前线英雄也算是为抗战出力了！哈哈哈哈……'

"我站在门外，只觉脑门发涨，全身热血喷涌，再也听不下去了，'砰'地一脚踢开院门，一个箭步冲了进去。一瞥之下，只见院内站着三个身穿土黄色军服的士兵，其中一个正拦腰搂着一个十七八岁的小姑娘，另外两个则横端着木棍挡住一个手执拐杖的白发老者。听到院门响声，院里所有人都朝这边望来，忽听'叭'的一声脆响，只见一个士兵手上那木棍火花一闪，我身后的院门木屑纷飞。我警觉到某种致命的危险，便猫下腰，欺身而上，同时已拔出腰间小刀，以迅雷不及掩耳之势，挥手从挡住老者那两个士兵的颈上划过，只听'啊啊'两声，那两士兵已仰身倒地，随即朝天喷出两股鲜红的血泉，在夕阳中如彩虹一般耀眼。另一个士兵傻瞪着双眼，呆呆地望着两个倒地的同伴，直看到我手中尖刀已抵上他的脖子，才'咚'地跪倒在地，连连磕头，哭喊'好汉饶命'。

"这时，那姑娘已脱离士兵伏身到一个老太婆怀里，正抽动着双肩嘤嘤哭泣。那白发萧萧的老者快步走过去关好院门，然后走过来立在一旁，双手拄着拐杖，凝望着我，沉声说：'多谢好汉义伸援手！只是，你在这兵窝子里头杀了这两个兵痞，一旦被他们知道，那可是捅了马蜂窝了，你我立时就会化作齑粉！现在，我们该如何收场？'

"我闻言一时语塞，竟不知如何回答。那时候，我也是有一把子年纪的人了，在神堂湾一直性情平和，从未有过重言厉色，怎么一到外面就如此冲动鲁莽了？！但一想到那些兵痞禽兽不如的行径，我又觉得所为正是当为之事，毫无不妥之处。那老者又说：'这地上尚有一张活口，我们又该如何处置？'

"地上那兵一时捣头如蒜，痛哭流涕说道：'我们禽兽不如，原本罪该万死！只是，我家里上有八十老母，下有妻室儿女，从四川出来抗战几年，侥幸留得一条性命，还指望回家尽孝尽责，也不知在日本鬼子被赶走之前还能活得几天！万请好汉留下我这条狗命，从今以后再不敢胡作非为了！至于这两个同伴，死就死了，也是罪有应得。你们好生掩藏了尸首，我绝不说出去就是……'

"我听了，心中一时犹疑不决。老者对我说：'看你一身功夫，先制住了这东西，我们进屋说话吧。'我点了那兵的穴道，让他动不了也喊不出，然后随老者走进堂屋。落座后，那小姑娘奉上热茶，老者说：'这孩子是我家使女，从小就来到我家，我们一直视同己出。刚才，要不是好汉出手相救，这孩子性烈如火，多半是活不成了！还不快谢！'那姑娘便在我身前跪下，磕头说：'多谢……爷爷救命之恩！'

"不容我逊让，老者又说：'看你装束，似乎不像本地人氏。这兵荒马乱的，不知好汉从何而来，又所为何事，如有所需之处，老汉我一定尽己所能。'

"直到这时，我才有了开口说话的机会。但我又不能讲出神堂湾的事来，只好随口编造说：'我这辈子一直住在天子山上，从未见过世面。最近，唉，最近我们……村子里出了瘟疫，人畜死亡过半，这才下山……求药，却又不知……不知……唉！'

"老者说：'原来如此！听你这口音还带有古韵，果然是与世无涉的山里人。瘟疫……你说说看，都有些什么症状？'

"我说：'先是发烧，不想吃东西，浑身酸软无力。后来就作冷作寒，无论盖上多厚的被子都是全身哆嗦颤抖，牙齿叩叩直响，好像是坠入冰窖，寒透骨髓，然后没几天，就……只要一染上，都是这个样子。我们村里……也有人粗通医理，所有药方都尝试过了，就是没见效果……'

"老者又问：'这事发生，有多长时间了？'

"'去冬开始，先是一个人，后来就三个五个，或是一家，或是相连几家，成片躺倒。开春以后，全村就有一半人染上了这病。'

"那老者沉吟一会儿，然后叫过小姑娘，向她耳语几句，小姑娘飞也似的跑了出去。

5

"老者回头对我说：'老汉我也算是粗通医理吧！听你说起症状，我看也不是什么厉害的瘟疫。我这有一单方，你拿回去试试，如若不成，再作他想。眼下兵荒马乱，日本人又正在攻打常德，你不能再往前走了，赶快回去吧！'

"这时，那小姑娘又风一般旋进屋内，将手中一把青青绿草交给老者。老者看了看，又递给我，说：'看看这东西，你们那儿有吗？'

"我接过一看，立即说：'这是苦蒿嘛！我们那里遍山都是。'

"'那就好！'老者说，'你就用这个熬水，让病人喝下，一直喝到病症退尽。事不宜迟，你还是赶快上路吧！万一要是这药不灵，你就背一个病人上我这来，要是我还没被这些当兵的打死，一定会尽力医治的。如果治好了，你们……你们就好好在山上过活吧，不要轻易下山来，这世道……它不是人

"我进屋时,早已闻到一股药香,又见这老者白发苍苍,满脸正气,也是有德之人,所以,对他所言已是信之不疑。想到神堂湾这下有救了,心中一喜,连忙起身道谢。老者挥挥手说:'我家世代行医,救死扶伤原是分内之事!要不是家里有个多病的老婆子离不开,就跟你上山走一趟也是应该的。不过,若是你说的症状没错,就这青蒿可保药到病除!'

"我连忙说:'如此甚好!大可不必劳烦您的大驾!只是,如此兵荒马乱的,您在这里……为什么不带着夫人也去避一避?'

"'唉!还避什么!要是日本鬼子真的攻下常德重镇,洞开西南大门,长驱直入,这天底下,又哪里还会有一块安身之地?至于这些兵痞,我倒没有放在眼里。我也养有一对儿女,儿子几年前跟着贺将军去了北方,如今正在太行山区鬼子的大后方作战,那才是真正的抗战英雄!女儿现在也在重庆的中央政府工作,天天在为前线抗战奔走服务。我们老两口都这把年纪了,哪也不去,就在这世代居住的老门老户里,等着儿女们赶跑了鬼子,好回家团圆哩!'

"就这样,等到夜里,我们偷偷埋掉两个死兵,又仔细洗净了地上的血迹,然后给那个活着的士兵换上普通人的衣服,我就提着他趁黑离开了市镇。回来的路上,不时遇到成群结队扶老携幼的逃难人,也有三三两两的散兵。看着沿途荒芜的良田沃土,破败的村舍房屋,我这心中一片苍凉。'人之初,性本善',或许正是因为世界大了,这人的贪欲也大了,就喜欢争来斗去,把人性中最丑恶的东西全都激发出来了,展示得淋漓尽致让人不忍目睹,弄得人心不古,世道乱七八糟!好生生的一个锦绣世界,就这样溃烂成不堪入目的人间地狱!

"回到神堂湾,我们用山上的苦蒿熬水果然治好了瘟疫,神堂湾又重新恢复了生机。但这件事情,就只有我和土司知道。我们对大家隐瞒了出境秘径和外界的消息,只说是白虎神托梦授药方,挽救了大家的性命。此后不久,我连长老也不做了,每天只是放羊,在这与世无争的化外之地,过着宁静自足的逍遥日子。

"但只要一想起那次外出,我这心里就堵得慌,不是滋味。就连这条出境的秘径,我也有意识地想要把它忘掉,暗暗祈愿再不会有人从这里走出去了。近些年来，我渐渐感到这把老骨头活得太久了，有些腻烦，常常祈求神灵，一心想要解脱这身皮囊。有一天，我在坡上放羊，对着羊群吹弄了一会儿箫管，然后又默想着神灵，自言自语述说着心中的愿望。忽听身后有人说：'你这驼背儿，又在这里胡说八道了！'我回头一看，是一个鹤发童颜的陌生老儿，我奇怪地说：'你是谁，我怎么没见过？'

"那老儿呵呵笑道：'我一直就在神堂湾啊！你没见过我，我可是早就见过你哩。我问你，你手中这紫竹箫是从哪来的？'

"'哦，这是我在林中捡到的，有好多年了。'

"'那原本就是你遗落在那里的，你只是自己忘了。我来见你，就是要告诉你：你还有一桩事情没有完成哩，哪能轻易就想解脱！'

"'什……什么事情？'

"'不久后，会有几个年轻人要来收债，那可与神堂湾、与你都是大有渊源的人。你是唯一知道出境秘径的人，到时候要负责把他们送出去！'

"说完，那老儿如隐身一般，倏忽间就不见了。我使劲眨眨眼，以为是在做梦，却分明又没睡着。我虽然心中暗暗诧异，却也知道这是神灵相托，便将这事牢牢记住了。几天前，我在山坡上放羊时，又在阳光下睡着了。这次，那老儿是真的出现在我的梦中，他笑着对我说：'驼背儿，果然还活得好好的嘛！上次给你说的事情，可还记得？'

"就在那天晚上，你们来到了神堂湾！"

几个年轻人如泥塑木雕一般，听得如痴如醉。在他们眼中，这位其貌不扬面色古旧的驼背老人，从长长的时空穿越而来，身上披满历史的尘埃，仿佛就是一卷发黄的史册。

驼背聂梯歇了会儿，见几个年轻人仍痴痴望着自己，拍拍手，笑着说："好了！如今我也算完成了那白发老儿对我的托付，这把老骨头也得以解脱，可以放心休息啰！"

几人这才如梦方醒，只见老人从腰间摸出两样东西来：一管紫黑透亮的竹箫，一截赭红色的木疙瘩。他随手将木疙瘩放在石头上，拿着竹箫把玩了一会儿，然后凑到嘴上，那竹箫便随意流淌出几个柔和跳跃的音符，宛若温暖的手指轻叩在心壁，让人在舒畅之中感受到一股暖暖的情意。箫声时而明快天真，有如春天原野上赤子透明无邪的笑声；时而沉静悠远，仿佛在碧天长空倾诉着朦胧的恋情；时而凝重低沉，又似暮云低垂时吟唱永恒的忧伤。到了最后，箫声节奏一变，渐渐激越昂扬，繁音高调，呈现出一片璀璨的辉煌……

后来，一曲既终，老人已取开箫管，垂下双手。但箫声未绝，仍在长空回旋飘荡，仍在人们心间婉转流淌。老人也似乎仍旧沉浸在箫韵奏出的那一片云霞灿烂之中，显得容光焕发，神采奕奕。

李虎猛然醒悟，这是一曲告别的旋律！曲调轻重缓急，波折起伏，既像是对客人的不舍与祝福，又像是对人生的回忆和总结，更像是对生命的思量和礼赞！

他到底是在和谁告别？！

李虎心中惊疑不定，却见老人已将手中竹箫递向自己："小虎子，这管箫，你把它带走吧！我这把老骨头再也吹不动了。"

李虎还没反应过来，箫管已和木疙瘩一起被塞到了自己手里。李虎感到那箫管已被老人握得暖暖的，管面黑中透紫，光滑透亮，管身沉甸甸的。老人指着那个散发出浓浓松香味儿的木疙瘩说："这是一截松明子，你们穿洞就用它照明。能弄燃它么？"

"能！"李虎说，"我们有打火机。"

老人说："这洞子入口很小，要猫着腰才能进去，但里面会越走越宽阔。不久会见到天光，要继续向前，听到水声轰鸣，那才是出口到了。"

"您不领我们去了么？说了半天，可这……"小樊四处寻望说，"洞子入口到底在哪？"

"回过身去，扒开你身后那丛灌木就是了。"

果然，在几人身后的灌木丛中，隐藏着一个不易发现的小小洞口，约有一米四五的高度，里面黑黝黝的什么也看不见。

老人说："这洞子不长，在出口处，有一块大石挡着，我当年是靠了一身缩骨功才得以进出的。你们只有掀开它才出得去，但凭你们几人力气，加起来也是不够的！"

小樊说："那怎么办？"

第四十三章·驼背聂梯

6

"我这把老骨头虽然发誓再不进洞,但还可以想法助你们一臂之力!来,小虎子,你放下包,坐到我面前来!"

李虎依言坐到老人面前,在老人导引下调息运气,转三百周天,然后又散去丹田之气,静极入定,进入了无知无觉状态。这时,老人忽然腾身而起,一掌拍在李虎头顶,整个身子悬空倒立,模样十分滑稽怪异。

另外几人在一边眼巴巴望着,大气也不敢出,只见两人一上一下,纹丝不动。老人仅靠一只单掌支撑着倒立的身躯,山风吹来,衣袂飘飘如旗。

大约过了五六分钟,老人"嘿"的一声翻转而下,复又在石上盘腿坐好。见李虎缓缓睁开眼睛,老人无力地对他说:"我已将毕生之功倾囊而授,你可要善用!现在凭你一人之力,已足可撼动洞口大石了。你们去吧!我这把老骨头要好好歇歇了,请不要动我!"

李虎闻言一惊,正要起身相谢,忽然脑袋一阵眩晕,但觉气机游走四肢,如江河流淌,滔滔不绝;又似风帆涨满,鼓荡而行!他连忙运气行功,收束气机,导入任督二脉快速旋转不停,三百余周后,如江河归海,自然而停。这时,李虎忽觉喉头一阵冲动,不由自主发出一声劲锐的长啸来,声振长空,经久不息。

啸声毕,李虎如弹簧般一跃而起。看看在石上端坐的老人,只见他低垂眼帘,面含微笑,如入定的高僧一动不动。李虎轻声叫道:"前辈,前辈?"

老人只是端坐如钟,毫无声息。李虎一怔,望望几位同伴,大家都是面面相觑。李虎用手探探,发现老人鼻息全无,早已气绝。

李虎满心悲戚,想起老人说过的最后一句话,"我这把老骨头要好好歇歇了,请不要动我",只好对几个同伴说:"老人已经仙逝,我们就遵其所愿,不要动他吧!"

说罢,他们一起恭恭敬敬向老人磕了三个头。起身时,几人已是满面泪水。

他们随后检查一番装备,发现手电和头灯都基本没电了,仅有两盏灯还能发出微弱光芒。他们引燃那截松明子，由沈立当先，屈身钻进了隐秘的洞口。

洞内是缓缓向下的坡道，果然是渐行渐宽，并不难走。走出不远，忽见右边洞壁裂开一缝，漏入一线明亮的天光。裂缝渐大，张开一道很大的缺口，几人停下张望，发现外面竟是一个桶状的巨大天坑，他们所处的这道缺口，尚在天坑的半腰。铁灰色的坑壁斑驳陆离，寸草不生，向上看不到坑沿，下面坑底影影绰绰，似乎长满了树木。

想起老人的交代，沈立说："我们继续走！"然后又向前探路而行。

洞内渐渐潮湿起来，偶尔听到"叮咚"滴水声，脚下路面也反射出水光来。不久，隐隐听到隆隆之声，几人知道离洞口不远了，加快脚步，远处若隐若现的白光渐渐清晰起来。洞内空间越来越小，仅容一人通过。洞口果然被堵住了！一片水声轰鸣之中，洞口余缝漏进的白光映得洞壁湿漉漉的。

前面沈立仔细察看，拦在洞口的巨石恰与洞口形状相符，留出的最大缝隙也仅够一只小猫通过。从缝隙望出去，洞外垂挂着一道白花花的厚厚水帘，飞珠溅玉，轰然有声。他试着推了推巨大的挡门石，那石头摇了摇，再使力掀时，却又稳如泰山了。这时，李虎已挤上前，蹲下察看，原来石头底部有一块向外凸出，支撑着石身，只一根指头也能撼动巨石，但要掀开它，却非九牛二虎之力不可。

李虎放下背包，调息一番，双手搭上巨石，运起神力，"嘿"的一声，巨石应声而起。后面几人心中一喜，正要欢呼，却听"砰"的一声，上面已撞上洞顶，再也掀不动了。李虎放下石头，歪头察看，原来这巨石一端已伸入洞内，上下卡着，唯有向前平推，才能将其挪出。李虎扎起马步，向外推了一番，却因阻力太大无法移动。

几人挤在这狭小的洞口，一时束手无策。

向前进说："若有钢錾，我们凿开一个口子，也能挤出去了。"

"这倒是个办法！"樊高接口说，"驼背聂梯用缩骨功可以出去，为什么我们不能用缩石功呢！只是，得麻烦小向先去找来钢錾，不然你那手指恐怕是凿不动的！"

这话提醒沈立，他立即取出猎斧来。李虎一把拿过说："我来试试！"抡起斧背运力砸下，"当"的一声火花四溅，有几块指头大的石屑飞上洞壁，又反弹到地上。小樊捡起一块看了看，说："这石头如此坚硬，以虎哥神力，

第四十三章·驼背聂梯

才砸下这么一丁点！看来，没有愚公移山的精神是练不成缩石功的！"

小向说："哼！就知道油嘴滑舌，你倒是想一个办法出来？"

"不要吵了！"郑雯说，"这样的确不行！好砸的地方出不去，能出去的地方又不好砸！如此下去，那要耗到猴年马月？"

一直沉思着的沈立，此时找来几坨碗大的石块，对李虎说："你再掀起来，我在下面垫上石块，然后一点一点向外挪。"

李虎依言而行，待沈立垫好石块，再慢慢放下大石。可怜那小小石块，在大石千钧重压之下，只发出"噗噗"两声，立即粉身碎骨，变成了一堆灰末。沈立好不容易寻来的几块石头，都是同样的下场。

李虎摇摇头，说："这办法倒是可行，可惜下面垫的石块太软了！"

几人你望望我，我望望你，一时谁都说不出话来。

郑雯忽然拉过李虎的背包，在里面摸索一阵，然后拿出一个比拳头稍大的圆球来。几人一看，认出那是他们在丛林中捡到的那块陨石。她说："用这个试试！"

李虎知道郑雯喜欢这石头，所以才不嫌其沉一路带着。此时别无他法，也只好拿来一试了。他生怕陨石被压碎了，撑着巨石一点一点慢慢下放，直到重力卸尽，仍没听到他担心的破碎声，这才吐出一口气来。

郑雯兴奋地问："成了？"

李虎点点头，说："这陨石果然坚硬无比！"

所有人都松下一口气来。李虎再伸手一推，巨石发出隆隆之声，轻松向外移去。在一片欢呼声中，巨石又停滞不动了。看看地上印痕，巨石前移了二十公分左右。沈立说："这样的成绩，已经相当不错了！"

就这样，利用陨石撑垫，每次移动二十公分。当巨石移出两米的时候，他们实际上已经来到了洞外。由于全都将注意力集中在巨石的移动上，竟然没人发现这个事实。

当向前进被水珠溅进颈项，仰头看到飞流的瀑布时才醒悟过来。他大声喊道："还推什么！我们都已经来到洞外了！"

众人听到喊声，直起腰一看，一个个不禁哈哈大笑起来！

原来，巨石旁边果然露出了一道一米来宽的空间，他们完全可以大步从容地通过了。他们从瀑布下的石台上穿出来时，尽管已经全身湿透，在阳光映照下却是欢畅无比。远远看见下面河谷中，有正在拍照的游人，他们确信是真的走出神堂湾了！

小樊不禁又吊着嗓子唱起来——

又见炊烟升起……

（第二卷完）